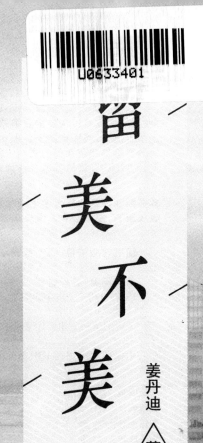

留美不美

姜丹迪 著

清华大学出版社

北京

内 容 简 介

这是一部有关"选择"的小说。近年来选择出国留学的人越来越多。当留学生涯结束时,他们究竟该选择留在国外还是回到自己的祖国?孩子十六七岁时由父母替其决定是否出国,当那批孩子二十几岁时又将如何自己抉择?《留美不美》为你揭秘身在美国的留学生和新移民的真实生活。让我们一同品读他们的经历,参考他们的选择。留美,美或不美,留给读者自行判断。

图书在版编目(CIP)数据

留美不美/姜丹迪著. —北京:清华大学出版社,2017 (2017.6重印)
ISBN 978-7-302-45802-9

Ⅰ. ①留… Ⅱ. ①姜… Ⅲ. ①长篇小说-中国-当代 Ⅳ. ①I247.5

中国版本图书馆 CIP 数据核字(2016)第 291271 号

责任编辑:黄 芝
封面设计:刘 键
责任校对:梁 毅
责任印制:刘海龙

出版发行:清华大学出版社
  网 址:http://www.tup.com.cn,http://www.wqbook.com
  地 址:北京清华大学学研大厦 A 座 邮 编:100084
  社总机:010-62770175 邮 购:010-62786544
  投稿与读者服务:010-62776969,c-service@tup.tsinghua.edu.cn
  质 量 反 馈:010-62772015,zhiliang@tup.tsinghua.edu.cn
  课 件 下 载:http://www.tup.com.cn,010-62795954
印 装 者:北京泽宇印刷有限公司
经 销:全国新华书店
开 本:158mm×203mm 印 张:25.5 字 数:403 千字
版 次:2017 年 3 月第 1 版 印 次:2017 年 6 月第 2 次印刷
印 数:3001~5000
定 价:59.80 元

产品编号:071645-01

作 者 简 介

　　姜丹迪,女,汉族。她是 90 后,更是个典型的北京姑娘。16 岁时,她来到美国上高中,8 年后正式回国发展。在美国上大学期间,她主修酒店管理专业。大学毕业后为实现自己的音乐梦想,特到位于洛杉矶好莱坞的 MI 音乐学院(Musicians Institute)进修音乐。回国后,她同时担任艺人词、曲创作以及影视作品音乐作曲等工作。2016 年,姜丹迪最具代表性的音乐作品是《最好的我们》和《超能姐姐大作战》。其中由王栎鑫演唱的《选择权》的作词,正是出自姜丹迪之手。为了能让国人了解到海外求学的真实经历,她又于同年撰写了《留美不美》这部小说。

前　言

　　大家好，我是《留美不美》的作者姜丹迪。很荣幸各位可以阅读到我的作品。

　　《留美不美》是一部小说，但它更像是一本参考书。书中包含了留学生和新移民在美国所经历的所有事情。它们是真实的，是可以供大众拿来参考和比对的。

　　如果你有出国留学的打算，却担心自己英文不行。不要紧，看完这本书，你将会找到赴美求学的捷径。如果你发愁出国太贵，正想要放弃。先别急，书中的省钱方法，正是为你量身制定。如果你很热爱美国，一心想要留在那里。对不起，或许读完这本书后你对美国的认知会与原先有着较大差异。如果你正身居海外，却因种种事情对未来的去向举棋不定。别担心，书中的人物自会替你解开难题。

　　《留美不美》不仅仅讲述的是十几岁乃至二十几岁留学生和新移民的经历，它还包含了那些孩子的父母以及 20 世纪 90 年代初期去到美国的那批华人及子女的经历。所有这些人物的生活背景和价值观都截然不同，然而当他们彼此在美国相遇，又会发生什么？只有当你阅读完本书后才能有所领悟。

　　吴暇和 May 属于新移民。吴暇来自北京，May 来自上海。即便两个女孩有着明显的南北方差异，但同样持有美国绿卡的她们都享受到了和当地美国人相同的待遇。她们上学全部免费、她们可以合法打工、她们可以名正言顺地向银行贷款买房买车。虽然她们都来自中产家庭，但"绿卡"给她们带来的保障让她们可以毫无顾忌地将大部分时间用在追求梦想和谈恋爱上。毕竟她们没有太大的后顾之忧,不必担心未来是去是留。

然而作为留学生的封赫和 Lily 则和她们大不相同。封赫属于典型的富二代,自从踏入这个自由的国度后便开始了肆意挥霍的生活。Lily 出身贫寒,为了能够留在美国她必须费尽心思艰难地生活。

当这四位祖籍不同、家境不同的十六七岁的少男少女在美国洛杉矶相遇后,又会发生什么? 他们四人能否一直保持着一成不变的生活态度? 还是随着在美国经历得越来越多,四人逐渐改变了最初的选择?

随着中国经济水平的迅速提升,现在的新移民又会和 20 世纪 90 年代初期抵达美国的那批华人有何不同? 他们能否和平共处? 他们的价值观是否早已颠覆?

很多心怀"美国梦"的人都会选择拼了命地留在美国,然而这样做是否真的值得? 如果用假结婚等卑劣手段留在美国,应该感到骄傲还是自责?

《留美不美》以四位赴美求学的主人公为主线,分别展开四个不同家庭在美国经历的不一样的境遇和抉择。每个人都会在特殊的时间点经历足以改变他们一生的事情。或好或坏,他们没有时间抱怨。他们能做的,只有学会接受和理解。

美国并不是他们的家乡,然而他们人生中最重要的那些象征青春岁月的年华却是在美国度过的。他们会在美国学到什么? 他们又会因为来到美国而失去什么? 每个人都有自己的骄傲,每个人也都有自己的无奈。当留学生活宣告结束时,他们会选择留下还是回国? 他们会感谢这段留学经历,还是悔恨自己没有好好把握?

本书适合人群:

一、家长

① 打算送孩子出国留学的家长

② 有移民或陪读计划的家长

③ 想要了解真实留学生活的家长

④ 已经身居海外的家长

二、留学生

① 正在国外念中学的留学生

② 正在国外读语言学校的留学生

③ 正在国外读大学的留学生

④ 正在国外打工或实习的留学生

三、国内的朋友

① 有出国打算的朋友

② 有亲人或朋友在国外念书的朋友

③ 对美国充满好奇的朋友

④ 想要了解中、美差异的朋友

⑤ 打算合理避开高考的朋友

四、海归和海待

① 怀旧的海归和海待

② 曾在国外成长和历练过的海归和海待

五、有梦想的人

① 正在寻找梦想的人

② 已经确立梦想的人

③ 正在为梦想努力的人

④ 在梦想的道路上摇摆不定的人

⑤ 最终依旧选择坚持梦想的人

《留美不美》是一本小说，但也不仅仅是一本小说。它记录了真实的留学生活，更承载了年轻人对梦想的执着。相信每一位留过学的人都能读懂这本书，更相信每一位有梦想的人都能认可这本书。本书出现的每个人物，都不仅仅是一个人名。他们会是你的亲人、你的朋友、你的同学，甚至是你自己。无论你是否出过国，书中的人物都在那里。无论你信与不信，你都早已活在书里。

姜丹迪

2016 年 9 月

目 录

引　子

随着机舱乘务员的那句"女士们先生们，早上好。飞机即将在半小时后抵达首都北京 T3 国际机场，请打开遮光板，收起小桌板并调直座椅靠背，谢谢。Good morning，Ladies and gentlemen…"吴暇收回全部思绪，郑重而又期盼地拉起右侧那个比 A4 纸还要小的遮光板俯视北京，窗外竟是一片灰色。不知是被云层遮盖了，还是此时才刚刚凌晨四点半，再或许真的是由于空气质量严重污染，她竟没有看到心中那片熟悉的蓝。然而在吴暇心里，那依稀透过灰色的黄色光点，却是那么温暖，那么明亮。就这样如繁星般指引，令人无限向往。

北京，一个她出生的地方；北京，一个她成长了 16 年的地方；北京，一个原本亲朋簇拥而后逐渐扩散的地方；北京，一个她百转千回又最终选择归来的地方。"北京"这个普通到不能再普通的地名，在吴暇心里却是家乡、是梦想、是一切终将奋不顾身的充满期望的方向。

不知什么缘故，想到这儿吴暇的胸口竟渐渐促紧，仿佛有一股无形的力量将她紧紧包裹住。然而，她并没有抵抗，任凭两股暖流随着她白皙的脸颊滑至脖颈。她下意识地将脑后的橡皮筋解开，柔顺的黑色长发自然地散在耳侧。她低下头偷偷拭去脸上的泪水，待情绪平复后装作毫不在意地转过身。她不想让周围的陌生人看到她如此敏感的一面，更不想让自己变得这么多愁善感。然而当她看到周围的一切时，不禁无奈地笑了。是啊，有谁会像她这般奋不顾身？又有谁会在意一次平凡到不能再平凡的飞行？不过是一次从洛杉矶飞往北京的航班，没有什么特别，没有人会在意。也就理所应当地没有人看到她曾因兴奋和怀念而落下的泪,更没有人能体会她赴美求学五年后毅然决定回国的真正原因。

随着"噔"的一声闷响,飞机起落架平稳地触碰跑道,吴暇终于长长地舒了口气。看着远处枯败的树干,她并没有担心走出机舱后室外温度有多低。相反地,她此时无比激动,炙热的血液在体内循环不停。

是的,她回来了。她终于回来了!当飞机正式停稳,安全带的指示灯随即熄灭后,机舱内的乘客陆续打开手机,告知在机场大厅等候接机的亲朋,或立即起身去拿头上的行李。吴暇也跃跃欲试地站到了过道中间,排队等待着舱门开放。

就在这时,吴暇看到左前方一个三十多岁的年轻母亲正吃力地由下自上拽着躺在她头顶上方位于行李架上的行李。或许是她力气不够再或许是她不够高挑,那个黑色小号行李箱竟卡在那里纹丝不动,任凭她如何左右晃动。

座位上一个六七岁的小男孩看到妈妈一直没能将行李拿下,便急切地想要过去帮忙。年轻母亲赶忙制止儿子上前的举动,不知是她怕自己等下会失手将行李滑落,还是担心周围人的行李会不小心磕碰到年幼的儿子,只见她温柔地对男孩说:"没事儿程程,妈妈可以。"

就是这样一句"妈妈可以",就是这样一位母亲带着一个孩子,就是这般旁人视若无睹的冷漠。吴暇不禁怔住了。她愣愣地看着眼前这一幕,想要上前帮忙却怎么也迈不开脚步。这一幕简直太熟悉了,熟悉到吴暇误以为自己就是座位上的那个孩子。那个看着母亲很辛苦想要搭把手,却什么也做不了的、力不从心的孩子。几年前的一幕,瞬间在吴暇脑海显现。那年她16岁;那年妈妈和她一起赴美陪读;那年是奥运会在北京举办的那一年;那年是2008年。

第一章　过海关

1

　　"妈，你说咱们到了美国想家怎么办？"吴暇侧头望向身旁的母亲。这是她头一次坐这么久的飞机，已经连续看完两部电影的她真的有些闷得发慌了。

　　"没事儿，咱们可以和你爸视频。你来之前不也教会外公怎么上网登录 MSN 了吗？再说咱们寒假就回来了。"吴妈妈一连说了很多，不知是在安慰吴暇，还是在替自己打气。毕竟美国对于她而言，也是一个未知的国度。她今年已经 45 岁了，在一个语言不通文化不同的环境中，如何将自己的女儿照顾好肯定也是一项艰巨的任务和一道不可避免的难题。

　　吴暇想到外公一遍又一遍地苦苦练习着自己写在白纸上的上网步骤，心中不禁有些难过。其实她本可以不必来美国的，她可以继续快快乐乐地在北京生活。每周末去外公外婆家住上一天，白天和外公去各个博物馆参观，晚上回家陪外婆看每晚八点钟中央 6 频道的电影。她可以继续做一枝温室里的花朵,继续幸福地被爸爸妈妈外公外婆四位大人呵护疼爱着。

然而命运往往不可预测。有天放学回家,父母问她想不想去美国上学,吴暇想都没想就回答说:"好啊,反正也没去过。"兴许是父母觉得吴暇回答得如此肯定,亦或许是父母早已经过深思熟虑和反复斟酌。总之,"出国留学"这个在当时算得上时髦的事情就降临到了吴暇身上。

她浑浑噩噩地上了一学期新东方,然而只有她自己知道,她的英语水平并没有随着学费的增长而增长。她依旧每天自娱自乐,享受着本不属于她这个年纪应有的清闲生活。但当时的她并不觉得时间紧迫,也从未担心未来是否需要付出更多倍的努力来弥补此时的懒惰。只因她骄傲,她自信,她从来没有受到过任何打击,从来没有。

"睡会儿吧,再过六个多小时就到了。"吴妈妈看着身旁若有所思的吴暇关切地说。

"好。"吴暇利落地回答,随即闭上双眼。

随着机舱内照明灯的逐渐熄灭和看完两部电影后的疲倦,吴暇渐渐昏然睡去。不知过了多久,身旁细微的抽泣声唤醒了睡梦中的吴暇。她借着机舱内暗淡的灯光,看到母亲正轻轻拭去面颊的泪水。这是她第一次看到母亲流泪。随着情绪的渲染,吴暇也默默流下泪来。是的,想家了。在这个不知未来如何,飞向遥远国度的国际航班上,这对母女真切地想家了。

一缕强光照进机舱。吴暇下意识地朝光线射入的方向望去,是有人将遮光板打开了。吴暇暂不能确定国外的月亮是否比国内的大。但她能很确信地说,美国加州的太阳确实够毒辣。

"应该是快到了。"吴妈妈随口说道。

仿佛忘掉了之前的悲伤,吴暇兴奋地幻想着美国的样子,幻想着洛杉矶的样子。好莱坞是不是有很多明星?美国的肯德基和麦当劳是不是比国内的还要好吃?迪士尼和环球影城是不是比北京的欢乐谷和石景山游乐园还要大?就这样想着想着,飞机着陆,准备过海关了。

◇ 2 ◇

　　"Why do you come to U. S. ? ""Did you bring any fruits, meats, or seeds?" "What is the address of the house or apartment you will be staying? Show me the address. ""How old are you? Which school are you going to study at?""How much cash did you carry with you on your trip?"排了将近半个小时的队伍终于轮到吴暇母女，一名白人签证官严肃地问出了一连串问题。吴妈妈自然是听不懂的，她只是忙着从包里拿出早就准备好的手抄地址和母女二人的护照及绿卡递给面前的签证官看。站在一旁的吴暇也好不到哪儿去，随着纯正美式发音和不带喘气的连番问句轰炸，吴暇早就听蒙了。她朝四周望去，渴望获得帮助。然而吴暇并没有得到任何实质性的回应，只见周围的人也都一个个手舞足蹈、嗯嗯啊啊、自顾不暇。

　　一看求助无望，吴暇只好鼓足勇气用标准的中式英语对面前的签证官说："Can we have a translator? Please!"白人签证官面无表情地拿起桌上的对讲机，叽里咕噜地对着里面说了几句，随后一个身材瘦小的亚洲女人朝这边走来。

　　"你好，请问有什么可以帮到您？"瘦小女人带着浓郁的台湾腔慢条斯理地问着，随即用英文和签证官简单交流几句。就这样，在接下来的几分钟里，吴暇母女在翻译的帮助下和面前的白人签证官一问一答地说了很久。其实并没有很多问题要问，只不过签证官一直重复问着很多相似的问题，或许这就是美国人在检测对方是否说谎的唯一方式。

　　半晌过后，白人签证官在纸上不知写了些什么，随即递给吴妈妈。"Okay, you can go that way. "之后便对后面排队的旅客说了句"Next"。

　　问话终于结束了，母女二人如释重负般地松了口气。谢过翻译后，她们朝行李托运出口处走去。然而她们刚走两步，就被翻译叫住并领到一间坐满亚洲人的封闭房间。这个房间没有什么专业的名称,中国人称之为"小黑屋"。

其实房间并不黑,只是氛围很紧张。据说被带进房间的人都要被挨个问话。如果回答不上来或者美国海关觉得你有移民倾向、欺骗行为,甚至就是单纯看你不顺眼,都有可能不让你入境。也就是说,如果你真这么倒霉的话,不仅要再坐十几个小时的飞机回国,更会被登记在黑名单上永久备案。

正是这样一个不友好的国家,却被世人称为全世界最包容的国家;正是这样一个不给当事人解释及申辩就有可能被立即遣返回国的国家,却被世人称为全世界最平等的国家;正是这样一个看似很开放的国家,却不准屋内的人们相互交流喧哗。就这样,又过了将近一个小时。吴暇母女在不解和恐惧中焦虑地等待着。

"妈,这是什么情况啊?怎么把咱们领这儿来了?"吴暇压低声音问妈妈。

"不知道啊,刚才他问什么咱们都如实回答了。不应该出错啊。"

"是啊,咱们又没带违禁品而且我也确实是来上学的啊。"想了想吴暇又说,"妈,你说他们会不会不让咱们入境啊?别回头儿给咱俩遣返了。北京那边儿可都已经退学了,他们要是真不让咱俩过我回去都没地儿上学啊。"

"别着急,别着急,沉住气。应该没那么严重。咱俩再好好想想是不是刚才哪句话说错了?"

"没说错啊,手续也都是齐的。绿卡、护照还有单阿姨家的地址。还有……哦,对了,是不是钱啊。是不是因为你说你带了两万美元所以他们觉得咱俩有问题啊?"

"应该不会吧,来之前我特意问了。他们说去美国一人可以带一万美元的现金,咱俩带两万也没超。应该不是这个问题。"

"那就没别的了,他翻来覆去地总共也就问了这几个事儿啊。妈,要不咱们回北京吧,咱都在这儿坐半天了也没个人过来招呼一下。你说美国人民怎么一点儿都不友好啊,没一个和颜悦色的。他们怎么都没有那种招待国际友人的热情呢?咱俩跟这儿完全被忽略啊。"

　　"行了，你别贫了。赶紧想想问题出在哪儿？然后把之前让你记的都再过一遍，别一会儿叫到咱们你回答错了。还有护照、绿卡都拿好，别弄丢了。"

　　"知道了，知道了。"吴暇虽嘴上不说，心里却已经开始害怕了。如果真的被遣返，那她回国该如何面对那些羡慕她、崇拜她的同学？她自己又该何去何从？难道真要当一个无业游民吗？

　　想着想着，吴暇母女各怀心事地陷入沉思。她们不知道是哪个环节出了错，就像没人能说得清为什么明明一踏进这个国家就感到强烈的不平等与不舒服，却还是有很多人拼了命地想要来到这里，去实现那些看似更容易实现的美国梦。

　　终于叫到她们了，其实应该是叫了好几声她们才反应过来是在叫自己。"Xia Wu."下午？吓我？暇吴？！吴暇猛地意识到，美国人是名字在前，姓氏在后。短短一个多小时，强烈感受到口语和听力都如此不堪的她真后悔自己当初应该和班上同学一起追美剧，而不是特立独行地沉浸在皇上万岁的宫廷剧里。

　　母女二人赶忙起身朝叫到她们名字的窗口走去。只见一名长着亚洲面孔的年轻男子微笑地看着吴暇母女，礼貌地问了好，并在短短一两句问话后就在护照上盖了章。外加赠送了一句"Good luck! Have a nice day!"其实说白了，这次问话就是再次核实身份，检查她们填写的资料是否完全属实。

　　"祝你好运！有个好天?"吴暇用仅有的单词量在心里默默翻译着，她不明白为什么外国人会在祝你好运后面加一句"有个好天"，毕竟她还不熟悉国外那些俚语和日常交流的口头禅。

　　或许是面前这位亚洲签证官的微笑和简短的问话出现得太来之不易，吴暇母女竟愣了几秒才反应过来自己已经可以顺利入境了。想明白这点后，母女二人赶忙谢过亚洲签证官，快步走出这个快要令人窒息的房间，朝行李传送带走去。

　　传送行李处的人已经很少了，围在周边拿自己行李的多半都是刚从"小黑屋"里出来的亚洲人。吴暇看到不远处一个身高180cm左右、身材匀称、五官立体、背着吉他的亚洲男生，正一个人推着叠摞了两层超大号行李箱的推车往外走去。吴暇不禁在心中暗叹,文艺青年啊!

她兴奋地对妈妈说:"妈,你说那边那个是留学生还是来美国旅游的?背个吉他好帅啊!"

吴妈妈此时正吃力地从传送带上往外拽那个鼓鼓囊囊的黑色大号行李箱,头也没抬地说:"来来来,快帮我一下。"

吴暇这才意识到应该先帮妈妈一起搬行李,而不是东张西望地打量周遭人群。她觉得很抱歉,但她明白不必向妈妈道歉。或许真的是早就习惯了吧,习惯这种衣来伸手饭来张口的日子和父母把一切都安排好的生活方式。身为独生子女的她不用担心什么,因为她始终拥有在她面前无所不能的爸爸和妈妈。

3

与此同时,在机场大厅等了将近两个小时的欢欢终于受不了了,他再次看向妈妈。"Where are they? It's almost been 2 hours. I don't want to wait here forever, I'm going to leave now."

欢欢今年 17 岁,比吴暇大一岁。他在美国出生美国长大。说起今天的接机,他是很抗拒的。他对中国没什么印象,更别提从国内来的妈妈的朋友了。对他来说,他和她们属于两个不同的世界。欢欢会说中文,因为英文并不是很好的欢欢妈只能在家和他说中文。然而在外面,他从来不讲中文。他和大部分美国出生的华人小孩一样,他们觉得说中文很别扭,甚至对外宣称自己不懂中文。

"快了,快了。你再等等,等她们一出来你再走也不迟。"话虽如此,欢欢妈也面露不悦。毕竟他们也确实等待了将近两个小时。

欢欢不再多言,一脸不情愿地坐在座椅上摆弄着自己的手机。

拿完四件超大行李箱的吴暇母女,终于可以停下来喘口气。她们随着零星的旅客,大步朝外走去。

走着走着,队伍又慢了下来。"啊？ 怎么又有一道安检口啊。这又是要干嘛啊？"经过好几个小时的折腾,再加上在飞机上没睡好,此时吴暇已经开始小声抱怨起来了。

"好像是要开包检查。没事儿,快出去了,没多少人了。"

吴暇双眉紧锁地推着行李车,她想不通为什么过个海关比审犯人还要严格。她有一搭无一搭地朝前推着车,一寸一寸地挪着脚步,不经意转头的瞬间又瞟到了那个背吉他的少年。

再次打量少年,吴暇觉得他并没有自己想象中那般文艺。男孩没有高傲的不屑神情、没有染时髦的发色、更没有穿破洞牛仔裤或麻布上衣。他只是时不时地用右手擦去额头上的汗,迷茫又焦虑地推着行李。

"妈,这就是我刚才说的那个人。你说他是来上学的还是来旅游的？"

"应该是来上学吧,旅游不可能带这么多东西。"

"真可怜,都没家人陪着。"

"是啊,你以为所有孩子都像你这么幸福啊。我看他年龄跟你也差不多,哎,要是让你自己来美国我还真是不放心。"

"那必须啊。要是让我自己来,打死我也不来啊。"

"以后我可不能什么都惯着你了,该自己做的你要学着做。"话虽如此,吴妈妈还是顺势将女儿背后的书包摘下,背到了自己肩上。

"妈,我觉得他挺幸福的,这么小就找到了自己的爱好。你说我到底喜欢什么呢？ 我怎么觉得自己对什么都不感兴趣呢。"

"什么感不感兴趣的,等到时候毕了业踏踏实实找份工作才是真的。"

"嗯,也是。你说他爸妈怎么就同意让他来学音乐呢,而且还是弹吉他。现在满大街的人都会弹吉他,学来有什么用？"吴暇顿了顿又继续俏皮地说,"问你啊,要是我特喜欢弹吉他,你跟我爸会出钱供我学吗？"

"你先把钢琴捡起来再说吧。之前那些曲子你都忘光了吧？"

"那些有什么可弹的呀,我要弹肯定弹流行歌的伴奏。自弹自唱多有范儿啊。"

"到了美国好好学习,别像之前那样整天在家哼哼唧唧地唱那些没用的歌了。"

吴暇刚想反驳，却发现已经排到她们了。

果不其然，她们的四个行李无一例外都被开包检查了。工作人员在行李箱里翻了半天，发现没什么可疑物品，于是有点诧异地放她们过了。

母女二人知道这次是真的过完全部关口了。她们再也不想在这个鬼地方多待一分钟，使足力气将小推车推出安检口。

"在这里！"欢欢妈看到吴妈妈后，拼命挥手。

看到好友后，吴妈妈也赶忙挥手回应，并对吴暇说："那边那个长头发的就是单阿姨，你小时候见过的。"

"我知道，有印象的。"说话间，两人已经走到单阿姨跟前。"单阿姨好！"吴暇礼貌地问好。心想单阿姨保养得真是太好了，身材匀称、五官精致。在她脸上完全看不出岁月的痕迹。

"哎哟，小暇都长这么大了。真是越来越漂亮了！"单阿姨喜笑颜开，但吴暇明显感觉单阿姨说话也带着一口台湾腔。

"是，孩子都大了。欢欢呢？欢欢来了吗？我们刚才被关在一个屋子里问话，你们都等半天了吧？哎，真是不好意思！"

"是呀，我还以为出什么事了呢。来欢欢，阿姨和小暇出来了。"单阿姨赶忙招呼着正在玩手机的儿子。

朝着单阿姨的目光方向望去，吴暇看到不远处的椅子上坐着一个身穿白T恤、肤色黝黑、剃了个光头的男生朝她们这边走来了。"这是欢欢？怎么剃了个光头啊？学校不管吗？"吴暇在心里想着。

吴妈妈看到欢欢的那一刻，也明显吃了一惊，但随后又开心地说："小伙子越来越精神了。这大高个儿，都快超我一头了！"

"是啊，他现在天天都去健身房，身体壮着呢。"单阿姨听到有人夸奖自己儿子，也欣喜地笑了。

"妈，我先走了。我朋友等好久了。"欢欢用美国华人特有的普通话对单阿姨说着，想必他还记着刚才妈妈那句"她们一来，你就可以走了"的承诺。

欢欢说完这句后，气氛略微有点尴尬。吴暇母女没想到她们一来欢欢就要立马离开，单阿姨也面露难色地说："你就跟你朋友说今天家里来人了，先不去了。"

"我都答应他们了。"

单阿姨显然面子上有些挂不住，毕竟刚来人儿子就要走，但一想到儿子已经在这等了两个多小时了，也就没再多留。"那你开车慢一点。"

"I know."欢欢随即跟吴暇母女说了声"Bye."就扬长而去了。

吴妈妈担心地问："他去哪儿啊？这么晚了能打到车吗？别不安全啊。"

"他自己开车来的，本想着你们行李箱不够放所以我俩一人一辆车。"说到这，单阿姨突然想到了什么赶忙把欢欢叫住。"你拿两个行李放你车上吧，我的车放不下那么多。"

欢欢折返回来从吴妈妈手中拿走两个行李箱，随即消失在人海中。吴暇母女和单阿姨也边走边聊，来到了停车场。她们装好行李后，单阿姨便驾车朝她的住所驶去了。

与此同时，那个背吉他的少年也终于打上了一辆黄色出租车。他紧张地用蹩脚的英文对司机表达自己想去的地方，并从口袋里拿出那张早已烂记于心的手抄地址的纸条。他虽一直跟司机强调自己需要在天黑之前赶到学校旁边的出租公寓，却仍被司机故意绕远并在结账时不礼貌地索要小费。

男生无可奈何，却没有多言。身为留学生的他只想快点安顿好，早点买到电话卡给自己的父母报个平安。只见他匆匆下车，背着吉他拖着行李朝公寓楼走去。他没想到自己初来美国的第一天竟是这么狼狈，但他也暗下决心：父母既如此支持，必不负众望，学有所成！

经过一个多小时的车程，吴暇母女终于抵达单阿姨的住所。

房屋是复式的，一层是一个小厅和开放式厨房。厨房旁边摆放着一张长方形的玻璃餐桌。虽然餐桌旁只搭配了四把简易的黄色木椅，但当吴暇看到墙角处的楼梯时还是兴奋地尖叫起来："哇！单阿姨你家太棒了！居然是楼上楼下的复式房！"

吴暇觉得这里简直太漂亮了！虽然她在北京的家也不小，但毕竟是楼房啊。第一次走进这样的复式房，吴暇觉得一切都降临得如此美妙。

"其实也还好啦，不值一提的。"单阿姨强掩心中的骄傲。

"单阿姨你真好，人美心也美。从小我妈就跟我说，以前在北京你俩关系最好了。我还记得你上次回国给我买的巧克力呢，特好吃！"吴暇回想起八岁那年单阿姨从美国带给自己的巧克力，不禁喜上眉梢。

"这你都还记得啊。"单阿姨也颇感欣慰。

这时吴妈妈从包里拿出那叠用白色信封包着的一万美元，走到单阿姨面前。"小单啊，这是你爸妈托我给你带的钱。正好一万美元，你点点。"

单阿姨接过信封，仔细地点了一遍，没再多说什么。

"叔叔阿姨身体都不错，有时候还跟我爸妈一起参加院里老干部组织的合唱队呢。"吴妈妈继续对单阿姨介绍着单阿姨父母的情况。

吴妈妈和单阿姨从小在一个部队大院长大。由于两家人关系不错，所以她俩从小就形影不离。吴妈妈虽比单阿姨年长几岁，但在那个物质和娱乐都匮乏的年代，两个女孩便经常结伴跳皮筋和丢沙包。虽然二人没有血缘关系，但在吴妈妈眼中，她的这个发小可以算得上是自己的亲妹妹。

单阿姨没有接话，只是说："我带你们到楼上看一下吧。"

在单阿姨的带领下，吴暇母女上了楼。正对着楼梯的是一个带浴室的卫生间，右手边则并排有两个房间。

"这个是我的房间，你们睡这就好。"单阿姨指着那个大一点的房间对吴妈妈说。

房间大约十五平方米。有一张很大的双人床、一个衣架和一张写字台。看得出单阿姨是个很讲究的人，房间收拾得一尘不染，物品归纳得井然有序。

"这个是欢欢的房间。"单阿姨指着旁边那个小一点的房间。

吴暇好奇地推开欢欢的房门。房间不大，只摆着一张单人床和一个小书桌。书桌上有一个台式电脑，仅此而已。

看到二楼的全貌后，吴妈妈心里不由咯噔一下。两间房，四个人，这可如何是好。

"小单啊，你这儿就两间房是吧？"吴妈妈略带难色，"你看啊，来之前你在电话里也没说是这个情况，所以我们什么也没打听直接就来了。只有两间房的话，咱们肯定是住不开的。要不你再辛苦一下带我们找个旅店吧。然后这两天也帮我们找找房子，省得也打扰你们休息。"

"够住了。我睡楼下，楼下是个沙发床。"单阿姨边说边往楼下走去。

吴妈妈紧跟着也下了楼，"小单啊，我还是觉得这样住不方便。你看你明天还要上班，要是休息不好就糟了。你还是带我们找个酒店吧，早知道就不麻烦你了。"

"真没事的，你们就踏踏实实在这住着。再说了咱们不都在电话里说好一起分摊房租了吗，没什么不方便的。"单阿姨若无其事地说。

吴妈妈看自己拗不过小单，只得说："那好吧，今晚就先这样了。明天我们还是去住酒店吧，回头你帮我们找找有没有租房子的。"

单阿姨不愿再纠缠于这个话题，便问："糖火烧带了吗？那些小吃都带来了吧？"

"带了，我现在给你拿。"

吴妈妈去翻行李箱里给小单带的东西，单阿姨则把沙发床倒下来。至于吴暇，则依旧沉浸在入住复式房的兴奋情绪里。

"你们要不要吃点东西？"铺好床单的单阿姨朝冰箱走去。

只见她打开冰箱门，从里面端出一个大砂锅和两个小盘子。站在远处虽看不太清，但吴暇已经开始幻想单阿姨准备的是什么美食了。

吴暇快速走到餐桌前，刚想拉椅子坐下，却被桌上的吃的给弄蒙了。她很尴尬地拉出椅子，极不情愿地坐了下去。其实她是不想坐下去的，但碍于单阿姨的面子，她还是硬着头皮坐了下去。

"来，何姐。你也过来吃点吧。"单阿姨边拿碗筷边对吴妈妈说。

就在单阿姨背过身拿碗筷的瞬间，吴暇赶忙朝妈妈使了个眼色。起初吴妈妈还不懂女儿有何用意，但当她看到餐桌上的食物时也不禁愣了一下。

"来来，我给你们盛碗粥吧。"单阿姨边说边从砂锅里盛了两碗白米粥，并继续殷勤地说，"吃菜啊，这是我早上拌的豆芽菜和肚丝。"

吴暇没吱声，不敢发作又实在不高兴地往嘴里送着大米粥。吴妈妈则礼貌地说："好的好的，自己来自己来。"

吃饭时间持续了大约十五分钟。在经过十多个小时的飞行和将近三个小时的过海关后，吴暇对美国的好感早已所剩无几。而单阿姨提供的接风洗尘的餐食，更像是压在骆驼身上的最后一根稻草。吴暇彻底绷不住了，她不明白为什么她们大老远地来趟美国，招待她们的还不如飞机上提供的丰富。是单阿姨觉得她跟妈妈不配拥有好一点的吗？还是其他什么？她不禁想起小时候欢欢回北京的场景。那时候一听说欢欢回国了，爸妈各种带他吃带他玩，生怕把哪个项目落下了，没照顾好他。怎么这回换成自己跟妈妈来美国，单阿姨却用一锅粥就把自己给打发了？吴暇越想越生气，于是放下筷子说："妈，单阿姨。我刚坐完飞机有点累，不太饿。我想先睡了。"

吴妈妈自然是明白女儿心思的，但毕竟好友也为了接她们忙乎了大半天，而且宁可自己睡沙发床也硬要她们母女睡在大房间。所以看在女儿态度还算礼貌的份儿上也就没再多说什么。单阿姨见吴暇不吃了，连忙带吴暇上楼，告诉她哪个是洗发水、哪个是沐浴露。

吴妈妈和单阿姨又聊了一会儿，收拾好碗筷后，纷纷洗了澡准备睡觉。

单阿姨没一会儿就睡着了，可吴暇母女却因为时差的缘故在床上怎么也睡不着。既然毫无睡意，吴暇母女自然而然地开始聊天了。

"妈，你说单阿姨怎么这么抠儿啊。咱俩好歹也是客人吧，她怎么也不知道尽尽地主之谊？哪有说家里来人了，就给喝个白米粥的。都什么年代了，真受不了。"

"话不能这么说，跟人家接触要看人家身上的优点。你看单阿姨开那么老远去机场接咱们，过海关半天出不来人家就在外面干等着。来了之后还把自己房间给咱们睡。这已经很照顾咱们了，你不能老是这么挑剔。"

"真不是我挑剔，以前欢欢去北京的时候你跟我爸是怎么对他的？就别说欢欢了，就说单阿姨吧。当时她回国的时候咱们第一顿也在外面吃了满满一桌子菜吧，凭什么现在咱们来了就这待遇啊。"

"早跟你说了，出来留学不比在家里。你在北京全家人都惯着你，现在出门在外不可能事事都如你意。早点让你经历也好，省得长大了吃亏。"

"别长大吃亏了，我现在都觉得吃亏了。你跟我爸招待他们的时间和金钱真是一点都不值。"

"行了行了，别没大没小了。再怎么说单阿姨也是你的长辈。万一是她每天都喝粥呢，没准儿这是人家的生活习惯。你就别瞎琢磨了，赶紧睡吧。"

"我睡不着，一点都不困。"吴暇翻了个身，继续说，"妈，你说欢欢怎么还没回来啊？现在都快一点了。他这属于夜不归宿吧？"

说起欢欢，吴妈妈也有些担心："我刚才问小单了，她说最近欢欢都很晚才回来。"

"啊？那她怎么不管啊？"吴暇立马激动地坐了起来，"要是我这么晚不回来，你肯定早疯了。"

"每家都有每家的规矩，你就别瞎操心了。不过以后有机会我确实得跟欢欢说说，毕竟在大人眼里你们始终都是孩子。这么晚还不回家，也确实叫人不放心。"

"你就是偏心，小时候在北京看过他半年还真把他当自己儿子了。"吴暇故作吃醋状。

"欢欢小时候可懂事了，不像你去个幼儿园跟杀猪似的。欢欢说去就去，放学时还知道从幼儿园给你拿个馒头回来。我跟你爸都特喜欢他，虎头虎脑地一点都不娇气。"吴妈妈边说边回忆小时候的欢欢和年轻时的自己。

说曹操，曹操就到。吴暇母女正在楼上聊着呢，欢欢就开门回来了。起初吴暇母女并没有意识到是欢欢回来了，直到楼下传来单阿姨的指责声她们才明白到底发生了什么。

"你干嘛去了?! 这么晚才回来！"一听到开门声，单阿姨知道是儿子回来了。

"去朋友家啊，都跟你说了啊。"

"我是不是跟你说让你今天早点回来！家里来人了你还这么晚回来，传出去还不让人笑话！"

"我现在不是回来了吗。"

"从现在开始，以后每天十点钟必须回家！"

"What? Why?"

"不为什么,这就是规定!"

"我朋友都是这个时候回家的,我才不要十点就回家呢。好了,我要睡了。你睡这里可以吗? 要不要睡到我的房间去?"欢欢边说边要上楼梯。

"你给我站住!"单阿姨一把拽过儿子。"你交的都是些什么朋友? 哪有好孩子大半夜还不回家! 你以后不要和他们接触了!"兴许是生气到了极点,单阿姨竟一个没忍住扇了欢欢一个耳光。

欢欢明显是愣住了,不过依旧转过身想朝楼上走。见儿子对自己的话无动于衷,单阿姨又抬起手想在儿子脸上补一巴掌。她其实是不忍心打儿子的,确切地说以前也从来没有打过。但面对这样一个处于叛逆年龄段的儿子,身为单亲妈妈的她倍感无助。

欢欢在单阿姨右手落在自己脸上前,牢牢地将妈妈的手臂抓住,略带愤怒地说:"Enough!"

"你怎么这么不孝啊,我容易吗? 你怎么就这么不听话!"单阿姨开始痛哭。从对儿子安全的担心,到怕好友觉得自己教子无方,再到现在儿子完全无视自己的话语,单阿姨彻底失控了,她挥起左手就朝儿子身上捶打。然而这次,欢欢没有躲避。

由于隔音效果还算不错,吴暇母女起初并不知道楼下发生了什么。但随着单阿姨的痛哭,吴妈妈赶紧跑下楼去。

"怎么了小单,你没事吧?"吴妈妈一边快速下楼,一边焦急地询问着。等她看到欢欢的时候,瞬间明白发生了什么,于是赶忙说道:"欢欢回来了? 快回屋睡觉吧。以后早点回来啊,别让你妈担心。"

"他就是不听我的了! 你让他永远也别回来了!"单阿姨委屈的泪水,止不住地落下。

"She is crazy,我要去睡了。Good night,何阿姨。"

"你听听,你听听! 他说我疯了! 你回来! 你别去睡觉!"单阿姨又想拉回正在上楼的欢欢,却被吴妈妈挡在中间。

"小单你别激动,孩子回来了就行了。你让他早点睡吧,明天我跟他说。"然后又转过头对正在上楼的欢欢说,"欢欢你早点睡,明天跟妈妈认个错。"

"Okay."

"你是不是觉得我特失败？自己离婚这么多年还没找到合适的，现在孩子大了也不听我的。你说我是不是特失败？"单阿姨越说越伤心。

"别想太多了，青春期的小孩都这样。小暇有时候也不听我话。美国本来人就少，没找到合适的不要紧，慢慢来。再说以前欢欢都是在姑姑家长大的，现在刚跟你一起住肯定有很多生活习惯也不一样。得慢慢来。"

"你说我的命怎么就这么苦？虽然他以前没跟我住在一起，但我每天都去他姑姑家接他上学啊。"

"送孩子上学也就那么点时间，你还是跟他接触太少。现在孩子不是过来了嘛，以后有的是时间磨合。你快睡吧，明天还要上班呢，别想了。"

"嗯。"

吴妈妈看小单心情平复些了，也就轻手轻脚地上楼了。

"妈，什么情况？你快过来讲讲。"吴暇在屋里早就忍不住了，一看妈妈开门进来，小丫头立刻从床上跳起来压低声音好奇地问妈妈，等着听八卦。

"没什么，就是欢欢回来了。对了小暇，咱们明天搬出去住宾馆吧。之前在电话里你单阿姨说能安排开，让咱们放心过来住。但现在我觉得这样住着太不方便了，而且老麻烦人家也不好。宾馆肯定不便宜，咱们也不能长期住。到时候让小单帮忙找找出租房，咱俩早点搬出去适应一下美国的环境。"

"好啊，反正跟你在一起怎么着都行。"吴暇依旧很乐观地看待这一切，因为她始终觉得妈妈无所不能什么都能搞定。

"其实小单也不容易，自己一个人这么多年。"吴妈妈叹了口气，继续说，"哎，其实人这一辈子也真不好说。90年代初一听说她要嫁到美国，我们院里的人都羡慕死了。那时候国内物质水平不行，想着要是她能在美国生活一定能过上好日子。可是你看现在，白天她去上班晚上回来却是一个人待着，哎，我也真是没想到是这样的情况。"吴妈妈想到刚才单阿姨的绝望和无助，心不由得痛起来。

"是啊，我也觉得她挺可怜的。"

"所以啊，婚姻真的很重要。她那会儿还是太年轻，再加上刚到美国英文肯定也不行，也不知道有没有受别人的气。"

"这个应该不会吧,我觉得她前夫挺绅士的而且也特老实。哦对了,她前夫是台湾的,难怪她说话也一口台湾腔呢。"吴暇回想起小时候见到单阿姨老公时的样子。

"嗯,据说是婆媳关系合不来,再加上台湾男的本来就孝顺。小单当时年轻气盛,气不过就离了。谁能想到离完了就一直没找到合适的。所以说,家庭还是很重要。以后你要是找对象一定要注意这些事,如果是认定了某人,就要互相理解相互体谅。"

"理解什么啊,不合适就离呗。现在离婚率那么高,也没什么谁缺谁就过不了的。再说了,有你跟我爸陪我呢。而且外公外婆身体又那么好,我才不怕呢。"

"这傻丫头。"吴妈妈不禁苦笑,"哪像你说的那么轻巧啊,要真离婚了小孩儿怎么办,受伤的永远都是孩子。"

"那也不能勉强凑合一辈子啊。"顿了顿,吴暇又说,"不过像单阿姨这样离完却找不到合适的,那确实还不如不离呢。至少我觉得以前那个叔叔挺不错的。"

"人都是好人,可能是南北方差异太大吧。再加上当时台湾和大陆的教育方式也都不一样,所以他们之间的问题应该也不小。"

"有道理。"吴暇仔细回味着妈妈的话,继续道,"我突然觉得结婚好麻烦啊,不仅要考虑自己跟对方是否合适,还要考虑跟对方的家人是否能够融洽地生活在一起。我要是以后结婚肯定自己住,绝对不可能跟男方家人住在一起。不过你跟我爸可以跟我们一起住,因为我肯定会想妈妈的。"吴暇自顾自地幻想着她并不了解的成人世界,津津乐道地设计着未来。

"哪儿能像你说的这么简单,再说了光让我们住不让人家住,你这也太霸道了。不过话说回来,我跟你爸才不跟你们凑热闹呢。年龄层不一样,长期住在一起肯定有摩擦。等你大了,肯定也希望有自己的个人空间的。"

"我才不要什么空间呢,我就要和你们永远住在一起!"

"好好好,永远住一起。"

吴妈妈替女儿盖好被子,毕竟夜晚的洛杉矶还是有些冷的。"行了,快睡吧,不聊了。"

"好,晚安。"

第二章　租房

为了孩子将来能有更好的发展，为了让孩子感受到不同国家的人文习惯，很多家长下定决心赴美陪读。有勇气放弃国内安逸的生活陪孩子在国外从零开始，是每个移民家庭的必经之路。

◇ 1 ◇

第二天醒来时，阳光早已透过白色百叶窗照进卧室。吴妈妈看了眼墙上的挂钟，已经将近下午一点钟了。由于时差一直倒不过来，她和吴暇熬到早上六七点钟才双双入睡。

吴妈妈洗漱完毕后，一个人安静地下楼以免吵醒女儿。这是她第一次真正近距离感受美国。由于昨晚走出机场后天色已晚，她们根本什么也没看清。

美国的天是真蓝，万里无云，炙热的太阳在天上高高挂起。正是由于没有云层遮盖，火辣辣的太阳直射皮肤表皮，仿佛走进沙漠一般让人无法逃避。

加州的阳光是很出名的一道风景。很多住在美国东部的居民都会在冰天雪地的冬季选择前往洛杉矶。人们可以到海边享受日光浴，可以酷酷地戴上墨镜穿上超短裙。同时一些时尚元素也在好莱坞迅速崛起。再加上美国人酷爱户外运动,如此温暖的气候正好为人们提供了天然的运动场地。于是人们热爱加州,更热爱洛杉矶。

加州阳光固然为多数人带来了福利,然而作为刚到美国的新移民,吴妈妈真心受不了头顶炙热的太阳。她决定过两天就去买把遮阳伞,方便日后出行。

美国的绿化也很值得一提,每栋房子跟前都有一大片绿色的草地,修剪得很平整,让人看到后着实欣喜。房屋间距很大,几乎每家每户之间都保留了足够宽的私密距离。在北京那种高楼大厦人满为患的环境住久了,来到这样空旷的、全部房屋都不超过二层楼的开阔环境也确实令人心旷神怡。吴妈妈仿佛回到了自己小时候生活的北京,毕竟那时候北京的常住人口还没有那么多,那时候部队大院周边还都是平房与菜地。

正当吴妈妈追忆童年时,只见街旁一辆汽车从左侧马路向右侧马路驶去。然而当汽车行驶到小区十字路口处时,却突然减速直至停稳三秒才继续前行。吴妈妈没有看到十字路口处有红绿灯,于是便朝远处看了看。街道上依旧很宁静,一个行人都没有,吴妈妈甚至也没有发现任何过马路的小动物的身影。在这种空无一人的道路上,她怎么也想不明白为什么刚才那名司机要减速停车。于是带着疑问,她又一连看到四五辆路过此地的汽车都一一先停车再前行。没有行人、没有交警、没有原因。

快到三点钟吴暇才醒。她迷迷糊糊地走进浴室进行梳洗。由于昨晚没怎么吃东西,现在的她早已饿得肚子咕咕叫了。她看楼下没人于是喊了妈妈一声。吴妈妈听到女儿的呼唤,立即回到屋里。

"妈你干嘛去了?我饿了。"

"嗯,我知道。你再坚持坚持,一会儿小单就下班回来了。"其实吴妈妈也已经饿到不行,但毕竟主人不在家也不好随便去翻别人冰箱里的东西。更何况冰箱里本身也没什么东西。

"咱俩直接出去吃吧,打个车或者坐公交车看看街边有什么。"吴暇自作聪明地提议。

"我刚才围着房子绕了一圈,没看到公车站也没有出租车,就连马路上都没人走路。再等等吧,咱们人生地不熟的语言又不通,还是等你单阿姨回来了再说。"

"欢欢呢？让他带咱们去。"吴暇突然想起楼上还住着一个哥哥。

"欢欢估计是又出去了，楼上没人了。"

"啊？又出去了？他怎么天天不着家啊。"

"没准是有正事，听你单阿姨说欢欢最近开始找工作了。"

"找工作？他才17岁找什么工作啊？不会是被学校开除了吧？"

"这叫勤工俭学。你没看报上说的吗，国外小孩很小就出来打工了，人家看重的是积累社会经验。"

"哈哈，不过确实也挺好玩的。"吴暇幻想着自己穿着漂亮的套装坐在办公室的场景，不禁脸上挂起一丝笑意。

"你自己傻乐什么呢？"吴妈妈不解地看向女儿。

"哈哈，我在幻想以后上班的情景呢。我上班的地方肯定是在一个特大的办公室，办公桌上会有好多漂亮的纸和笔。然后所有人都听我的，我让他们干嘛他们就干嘛。至于我的工作嘛，就是监督他们。反正就是什么都不用做还有钱收的那种工作。"

"又开始想美事儿了。天底下哪有那么好的工作等着你。我听小单说欢欢是去找那种超市收银的工作。听她那意思如果想在餐厅应聘个职位应该很容易，而且大部分的服务生也都是这些在校生。不过欢欢好像不喜欢在餐厅工作，所以才一直没找到合适的。毕竟他还没成年，好一点的单位肯定也不好进。"

"这个我一百个赞成！哪能放下姿态给别人端盘子啊，又不缺那俩钱。"

吴妈妈听女儿这么说，立马制止道："以后在外面可不能瞎说啊。在美国都是人人平等，甭管什么行业都要尊重人家的劳动成果。再说如果不从小历练，将来就算得到很多你也不会懂得珍惜的。"

吴暇依旧不以为然："再历练也不能从端盘子开始啊。你就别说别的了，这要是让我北京那些同学知道了还不得笑话死我。端盘子可都是外地人干的事儿。"

吴妈妈虽然从小在北京长大，而且还是在待遇不错的部队大院，但她一直心态很平和。在她心里从来没有谁比谁更高贵或谁比谁更卑微。然而女儿则不同，她可以清楚地意识到，女儿已经被北京这个大都市给惯坏了。女儿从小被一家人宠溺，在学校也从没受过气，所以她习惯性地以为现在所拥有的一切都是应该的、必然的。她很想告诉女儿这样盲目的自信是不对的，她很想告诉女儿如此高高在上的心态也是不正确的。但与此同时，她又很庆幸自己的女儿并不是一个自我糟践、内心自卑、上不了台面的傻丫头。所以她很纠结，她不知道是否应该扼杀女儿的自信，但她明白有些话也必须早点对女儿提一提。

"谁都不容易。外地人来北京也做了很多贡献，所以你这种心态是不对的。再说咱们现在来到美国，不也等于是外地人到北京吗？"

"那可不一样，咱们是从北京来的。等开学以后，我肯定把那帮老外都给灭了。"虽然吴暇也不清楚自己到底拿什么灭人家，但她始终是骄傲的。她为自己有北京户口而骄傲，她对自己出身于部队家庭而骄傲。她甚至觉得在走出国门的那一刻，中国人就是全世界最棒的人，她要向世界证明中国人有多优秀，她暗自发誓绝不会向外国人低头。

2

在一个并不算很大的多人办公室里，单阿姨正在收拾东西准备下班回家。

"小单，你那朋友到了吧？"一个短发华人女同事一脸关切地问着。

"到了，照你说的那样我煮了一锅粥。"

"那她们有什么反应吗？"

"好像也没什么反应，不过看到我家就两间房应该是想早点搬出去住了。"

"这就对了！你可不能让她们贴上你，别到时候赖上你不走就麻烦了。"

"其实我也并不是很想让她们搬走。毕竟她们如果住在我那儿，也能替我分担一半房租。"

女同事眼珠子转了转，继续说："嗯，也是。但你一定要坚持住，只要是要花钱的地方都要 AA 平摊，绝不能让她们占到便宜！"

"那肯定，再说我也没那么多钱给她们花啊。"

"哈哈，是。你还要存钱买包包呢。你这么漂亮，将来肯定能等到一个有品位的大老板再婚的。"女同事笑着看向单阿姨背的名牌包。

单阿姨笑而不语，将办公桌整理干净后说："那我先走了，等什么时候商场打折咱俩再去逛。"说完单阿姨便走出办公室，开车朝家的方向驶去。

就这样又过了半个多小时，单阿姨终于回家了。令吴妈妈感到欣慰的是，小单脸上已经没有昨晚的失落之情。她化着精致的淡妆，穿着合身的套装，散发着职场女性特有的魅力。

单阿姨说要请吴暇母女出去吃饭，带她们好好领略一下真正的洛杉矶。吴暇听后兴奋不已，期待着来到美国后的第一顿美式美食！

世事本难料，世事本如此。正所谓希望越大失望越大。果不其然，在坐了将近 15 分钟的车程后，单阿姨将车停在了一个广场里。饥肠辘辘的吴暇赶忙跳下车，一抬头便看到车头对着一家川菜馆。吴暇很爱吃辣，她暗想就算吃不到汉堡尝尝美国的川菜也是一种不错的体验。于是她拉开餐馆大门，准备进去。

"小暇！先别进去！"刚锁好车的单阿姨赶忙叫住吴暇。吴妈妈看到车前方的川菜馆也很开心，因为她知道好友也爱吃辣。吴妈妈本来想着昨晚好友在楼下肯定没休息好，所以这顿饭由她来请。

"小单，美国还有川菜馆呢？咱们今天吃这家吗？"吴妈妈微笑着问，心想等下多点几个菜一起聊聊天叙叙旧。

"不是这家，这家要给小费的。咱们去旁边那家吃面。"单阿姨边说边朝左侧大门走去。吴暇关上川菜馆的门，跟在单阿姨身后和妈妈并肩前行。

单阿姨将他们领到了一家面馆。与其说是面馆倒不如说是一个广场里的一家类似大排档一样的地方。就是很多家小店都在里面，房间中间是公用桌椅，有点学校食堂的感觉。单阿姨点了三碗面，没点饮料，没点小菜，就是三碗面！可能是吴妈妈担心吴暇挑食，也可能是吴妈妈觉得这样请客太过简单了。碍于单阿姨的面子，吴妈妈只得起身说："小单啊，你们先吃。我去那边转转。"说完便朝其他摊位走去。

没过一会儿，吴妈妈便买了三杯饮料和一些台湾小吃。单阿姨看到后，赶忙说："何姐你买这些干嘛？吃不了的。"

"没事儿小单，吃得了。台湾小吃在北京很少见，我们以前也没吃过，所以正好买一点尝尝。来，咱们大家一起吃。"

即便吴妈妈又买了些小吃，但对吴暇而言，今天这顿饭依旧毫无新意。"这和昨天晚上喝粥有什么区别？哪儿有这么招待人的！"吴暇从没见过如此吝啬的待客之道，不禁在心中暗自埋怨着。不过吴妈妈却在吃饭间隙了解到了她之前困惑的谜题。

单阿姨告诉她，那些司机之所以会在小区路口停三秒是美国的法律规定。交规上明确标明，如果汽车驶入学校附近、住宅小区、超市广场等一切可能出现行人的公共场所，在路口但凡看到有指示牌写着"Stop"的区域，都要先停车再继续前行，以防有行人突然过马路而发生交通事故。

吴妈妈问单阿姨为何没看到马路上有行人，司机还是先停车再前行？于是单阿姨难掩心中的骄傲，坚定地说："因为美国人就是守规矩呀！"就这样吴暇再一次对面前这位阿姨产生了些许反感。或许是因为吴暇从小生长在军人家庭，父母对她的爱国主义教育贯彻得比较透彻，亦或许是学校老师、新闻媒体对宣扬"讲文明、懂礼貌、守规矩"的理念也实施得比较成功，再或许单纯是吴暇感到面前这三碗面和内心期望的落差太大，所以她觉得单阿姨刚刚那句话已经将自己划分到"我是美国人，所以我骄傲"这个简单粗暴的行列里，即便她也确实入了美国籍。

离开大排档已经快六点了，头顶的大太阳还是敬业地照着。单阿姨带吴暇母女开通了手机卡，之后便开车朝家驶去。

吃饱饭的吴暇终于有兴致好好看看车窗外的城市街区。很亮，因为阳光照到的所有地方都很亮。很矮，因为洛杉矶除了downtown市中心有几栋高楼外，其他地方都是平房。很破，因为这里不像北京，政府会为了城市道路更加美观而出资修路刷漆。

这里的一切建筑物都是那么普通。明明很大的商场，从外面看却像个大仓库。明明很有特色的餐厅，门脸却普通到毫无新意。洛杉矶，这个被世人称赞到接近完美的海港城市却被来美第二天的吴暇定义成了有点像郊区的、未经规划的、看不到行人的落后城区。

"单阿姨,路上怎么没人啊?"吴暇开口问着。

"在洛杉矶一般没人在马路上走的。人人都有车,每家都至少有一两辆。就比如我家,我一辆欢欢一辆。这里都没人坐公交车的,坐公交的也都是那些homeless。半小时才来一辆公车,站牌间隔也特别远,所以很不方便。美国小孩都很早学车,欢欢去年就有驾照了。"单阿姨边开车边说。

"真厉害! 我都不知道自己什么时候才能有第一辆车呢。"吴暇如实说着。

"是啊,中国肯定不能跟美国比。在美国,像欢欢这么大的孩子早都有车了而且都开得特好。他们上学都是自己开车去,完全不用家长操心。出去玩也都自己去,还自己打工赚钱呢。我都不用给他零花钱,他自己赚油钱自己赚生活费。大陆来的孩子可不一样,一个个都娇生惯养肯定不会出去打工的。动手能力肯定也没有美国这边孩子好……"单阿姨打开了话匣子,越说越带劲儿。

虽然单阿姨说的也对,在美国长大的孩子相对比较独立,但这也是因为大环境不同而产生的不同结果。就好比在北京一辆车很贵,但在美国可能随便打大半年的工就能买到一辆不错的二手车。又比如国内孩子天天学习压力很重,哪有时间或者平台可以供一个未成年去打工?

或许是刚刚单阿姨的那番话顺道把吴暇也捎进来了,所以吴妈妈开口说:"小单啊,其实也分人,并不是所有国内孩子都娇生惯养。再加上国内车多人多,当家长的肯定也不太放心让孩子这么小就去开车。"

"中国的交通就是特别乱! 完全没有法! 我上次回国,过马路都不敢过……"就这样单阿姨开始了她的各种抱怨。各种美国怎么怎么好,国内怎么怎么不好。仿佛她的祖国不是中国,仿佛在国内生活的人都是在人间地狱。仿佛她依旧是二十年前高高在上的她,而所有从国内来的人都是没见过世面、没素质、没文化的乡巴佬。

吴暇突然觉得今天的单阿姨才是真实的单阿姨。她不明白昨天那个一直对她面带微笑的单阿姨哪儿去了? 难道昨晚都是强装出来的? 想到这儿,吴暇也终于想明白为什么昨天招待她们的是大米粥,今天招待她们的是大面条。刨去单阿姨原本就节俭的因素外,还有一个很重要的原因就是她认为从大陆来的人,这样招待就足够了。可能她觉得国内的人依旧觉得美国是天堂,依旧一个个削尖脑袋都想要进入美国。然而她不能理解的是,虽然可能确实存在这样的人,但这样的人并不是吴暇以及她的家人。因为在北京她们生活得很好,因为北京确实很好。

不知是聊天内容让车内氛围变得不舒服,还是吴妈妈确实是想早点搬出来住,于是她开口问:"小单,要不我们今天住酒店吧。另外在美国租房子都在哪儿找房源啊,之前你帮我们打听了吗?还有小暇学校的事回头等你哪天方便也带我们去看看吧。最好是找个离学校近的房子住,这样刚开始先让小暇走路去学校,等我回头考了驾照再接送她。"

一听到吴妈妈又提出要搬走,单阿姨有些不悦。"你们住着不舒服吗?"

"那倒不是,主要等下个月开学了也不可能让你天天接送,毕竟你还得上班呢。再加上我们在肯定也影响你休息,所以我想早点独立,再说也不能一直麻烦你。"吴妈妈诚恳地说。

单阿姨没有马上回答,兴许是在"分摊房租"和"每天接送"这两个问题上犹豫不决。半晌终于松口说:"买车你就打开广播早上六点听 1300,那上面有买卖私人二手车的信息。租房子的话,到时候我给你拿几份华人报纸,上面会有租房信息。"单阿姨没提学校是否联系好,也没说带着她们母女二人去车行买车以免上当受骗或车况不安全,更没说带着她们周末有空转一转,了解一下洛杉矶或者看看学校周边找找房源。当平摊房租的幻想破灭后,即使曾经是很要好的姐妹,但在自己权益受到损失时还是果断地划清了和吴暇母女二人的界线。当然了,单阿姨的这些心理活动吴暇母女自然是不会知晓的。

3

"喂你好,请问是张小姐吗?我看到报纸上你打的广告,你这是有房子出租吗?"吴妈妈对着手机那头礼貌地询问着,不知今天她已经打出多少通电话了。

"那个已经租出去了。"一个女人在电话那头回答着。

"那你还有其他空房吗？或者你家附近邻居和朋友有打算出租房子的吗？"吴妈妈不死心地追问着。自从单阿姨第二天给了她报纸后，她便一直打电话咨询。

"没有，不认识。拜拜。"对方挂断电话。

其实吴妈妈从小在部队大院长大，日子过得还算安稳。她没有经历过四处租房的生活，所以这样看着报纸找房子也是她的第一次。她知道来到美国后，一切都要从零开始。为了孩子将来能有更好的发展，为了让女儿感受到不同国家的人文习惯，她下定决心赴美陪读。起初也有人建议她给吴暇找个寄宿家庭，但她不放心让处于青春期的女儿自己在外面住，所以她跟老公商量好自己陪女儿一起来美国。她明白这对于她来讲是一个很大的挑战，但其实也不仅仅是她失去了原本安逸的生活，毕竟自己老公也同样为了孩子的前程只得孤身一人在北京继续赚钱打拼。想到这，吴妈妈又拿起电话，拨打了新的号码。

来到美国已经四天了，学校依旧没去看过，房子也依旧没有着落。吴暇母女就这样天天被困在这栋房子里，无处可去，无比空虚。

网络是她们唯一的调剂品。算好时差后她们会和吴爸爸还有外公外婆视频。外公头几次还是不太会用 MSN，连了很多次也断了很多次，甚至一度找不准摄像头的位置。经过反复试验，老爷子终于开心地对着话筒称赞上网视频是个很先进的高科技产品。每次几个人一聊就是将近一个小时。外公说完换外婆说，两位老人仿佛一天中最开心的事就是打开电脑等待外孙女的头像亮起。

相比较而言，吴暇爸妈之间的交流反而用时不长，或许这就是中国男人的特性吧。他们普遍不太善于表达，没有嘘寒问暖、没有殷切关心。吴爸爸只是简单询问了一下她们这两天在美国过得是否还适应，便草草了事。不过也都是老夫老妻了，吴妈妈并没有觉得这样的交流方式有何不妥，吴暇和爸爸自然也对这样的交流方式习以为常，也就没人会挑剔。

除了和家人视频，吴暇最爱做的就是登录百度空间（相当于当下的微博，可以在上面写文章并得到好友点评）。那时候她在北京所有的同学都人手一个百度空间账号,大家会在上面写博客写心得,然后上传头像、上传歌曲、上传照片来装饰自己的空间主页。吴暇很想写点什么,她很想告诉小伙伴们她在美国这几天都经历了什么。然而她没什么好写的,因为除了天天待在单阿姨家,她和妈妈寸步难行。不过她还是会和好友互动,会上QQ聊天,会在百度空间里留言。她就这样从一个不爱上网的女孩逐渐变成了一个网不离手的女孩。因为她在美国还没开学,没有朋友的她很寂寞,对原先国内的生活很是想念。

虽然吴妈妈一直想搬走住旅店,不麻烦小单,但一想到就算住进旅店还得让小单带她们出去吃饭或者是带着看学校反而更不方便,于是母女二人一合计就先在单阿姨这再住几天,等房子一有着落就立即搬走。

功夫不负有心人,在吴妈妈坚持不懈的努力下她们终于找到一家离学校很近,走路只要 5 分钟就能到学校的房源。吴妈妈迫不及待地想要看到房子,但考虑到小单正在上班,于是没有麻烦她而是直接在报纸上叫了一辆私人专车(也就是国内所说的"黑车")直奔出租房地址而去。

4

房子不算很新,据房东说是 60 年代末盖的,是个独立的 house。虽然同样都是上下两层,但吴暇发现这栋房子和单阿姨租的却有明显不同。这栋房子依靠马路,是临街第一家。白色的外墙由于年代较久补过一些淡蓝色的漆。房子前面有个开放式的小院,地上铺满草皮。前院的草坪需要由房东自行修剪或花钱雇人打理。如果杂草丛生无人打理则会被政府罚款,并安上"影响市容"的罪名。

单阿姨租的房子则与这栋完全不同。单阿姨住的没有后院,前院的草坪也属于小区公共绿地。每周二会有墨西哥裔的除草工按时来小区打理。所以住在像单阿姨住的那种连体别墅里,虽然房价和室内面积远不如独立别墅贵和大,但每月却需额外支付 70～200 美元(因学区不同,价位也不同)的社区管理费,将美化环境的问题交给小区物业处理。

房东带吴暇母女进入屋内参观。一进门左手边是一个小厅,里面摆放了一张白色的三人座布艺沙发和一个电视柜跟一台电视机。再往里走则是餐桌和开放式厨房。

在经过厨房时,房东特意强调:"何女士呀,由于我们这里已经住了三户人家了,所以最好是不要开火做饭,难免会有租客不太喜欢油烟味。"

"所以我们如果搬进来就是第四家了?"吴暇明显没想到要和这么多陌生人住在一起。

"对,你们是第四家。"

吴暇没再吭声,只是继续参观。餐桌紧挨着后院,从推拉门一出去便是游泳池。

"哇!居然还有游泳池呀。"吴暇兴奋地叫了起来。

这样的反应正是房东希望看到的,她强压得意地说:"是呀,周边几家都没有,就我家有泳池。我每半个月就会找人清理一次,水很干净的。"

小丫头见到带泳池的房子异常兴奋,全然不顾要和其他三家共住一起的风险,笑嘻嘻地说:"阿姨,你带我们看看房间吧。"

房东正愁那间西晒的小房间租不出去呢,没想到小姑娘一看见游泳池就如此开心,立马趁热打铁地说道:"好的好的,跟我来吧,这边请。"

出租广告上介绍的房间位于二楼,其实准确地说应该是三楼。由于老房子的结构比较特殊,当年修建的时候一楼只是前厅和厨房。至于几间卧室则是从大门右手边的楼梯上去,不过这栋房子比较特殊,楼梯旁还有一个通往地下的另一节楼梯。

先从地下室说起。地下有一间房,没有窗户,但是房东在地下室安了一个独立的厕所和淋浴室。所以有一对五十多岁的湖南夫妻租住在楼下的房间里。他们觉得环境私密相对独立,可以不必跟楼上的租客碰面且能拥有独立卫生间。这样算来,这栋房子虽然从外面看是二层楼实际则是三层。

房东给母女二人介绍了楼上的格局。楼梯只有六七级,刚一上来左手边的便是房东打广告要出租的房间。房间朝西,阳光透过没有窗帘的窗户将整个房间照得没有一处阴影。房间不大，只有不到八平方米。里面除了一张单人床垫外，看不到任何家具。

房间对面也就是一上楼梯右手边的位置，是一个公用卫生间。卫生间不大，是个狭窄的长方形。一进门是个洗手池，再往里是一个推拉门的淋浴浴室。

与公用卫生间同侧的走廊尽头有一间带独立卫生间的主卧，窗户朝东且房间比其他几间要大很多。"这里面住着一个 ABC（ABC 泛指在美国出生、美国长大的华人孩子）。女的，三十来岁。性格有点奇怪，至今都是单身。不过好在她爸爸住在她对面，所以你们也不用太担心。"说着她就指向主卧对面的房间，也就是跟出租屋同侧的那个走廊尽头朝西的房间。"她爸爸姓孙。孙先生在我这里住了五六年了，一直把房子打理得很好，相当于是个二房东吧。以后你们要是有什么问题都可以询问他，来美国前他一直是帮连战参与竞选的。"

吴妈妈一听说旁边的租户帮连战参与过竞选，很快就意识到这个孙先生来自宝岛台湾。

"如果你们觉得房间可以，今天可以先付定金。"房东看出母女二人有些犹豫，立即又补充道，"你电话里问的学校就在出门右拐走路五到十分钟就能走到的地方，一会儿我可以带你们去看一下。另外房子反方向就是出门左拐走二十分钟左右，其实开车也就两三分钟吧，那里有个'99 美分'的超市。超市里卖一些面包、牛奶、水果、蔬菜，还有一些本啊笔啊之类的生活用品。基本所有商品都在一块钱左右，所以超市取名'99 美分'。"

一听说房东要带她们去看学校，吴妈妈立即说："好啊，那就麻烦你了。要是离学校近，我心里这块石头也就落地了。"

房东一听这事儿有门儿，立即说道："那我现在就带你们去看吧。哦，对了。这间房子本来是 400 美元一个月，但考虑到你们是两个人住，水电费肯定也要成倍消耗，我也不管你多要，咱们就 430 美元一个月吧。"

"行，这都好说。主要是考虑她上学要方便，那咱们去看看学校吧，离着近就行。"

"好，那我开车带你们看一下。另外这个价格不包含上网啊，如果你们要上网需要自己找人来安装。还有窗帘和家具也都是你们自己去置办。"

一想到她们刚从国内来，肯定没租过这种什么都没有的房间，房东又立即补充道，"可能你们也会疑惑为什么没有提供家具。其实在美国租房子就是这样的，里面什么都没有的。"说完房东还不忘露出一个善意的微笑。

三人陆续下楼，坐上房东开的车朝学校方向驶去了。学校真的离得很近，开车拐两个弯就到了，差不多也就一两分钟的距离。

吴妈妈迅速衡量了住在这里的利弊。优点在于：(1)地点不错，离学校近，对于她们来说，在还没有买车的情况下，首先解决了吴暇上下学的问题；(2)离超市近，虽然吴妈妈还不清楚超市卖的那些不到一块钱的食物是否好吃，但肯定也都是通过了国家安全验证的健康食品，对于没有车的人来说，走路二十分钟就能买到菜也算非常方便了；(3)楼下住着一对夫妻，楼上住着一对父女，租客整体的个人情况还算安全，应该不会对她们母女造成人身威胁；(4)房东不住在这里，所以她们日后的自由空间会大一些；(5)既然有了邻居，日后如果有不懂的问题也可以找他们咨询；(6)后院的游泳池可以随便使用，吴暇没事的时候也可以锻炼一下身体。缺点：(1)房子有点旧，应该也不太隔音；(2)毕竟男女有别，和孙先生共用楼上的卫生间还是会有所顾忌；(3)房间朝向向西而且现在正是夏天，日后西晒的问题肯定也不容小觑；(4)房东不提供家具，肯定自己还要大动干戈地采购搬运。

片刻思索后，吴妈妈决定租下楼上那个小房间。因为她已经连续打了两三天的电话了，好不容易找到一个空房。再加上下个月女儿就开学了，如果再不提前把这些事情办妥会影响女儿的学业。所以即便跟这么多人住在一起很不方便，吴妈妈还是想先搬到这里再说。毕竟等吴暇入学后再慢慢找其他房子也不迟。

想到好友平时上班也忙，没时间过来跟她看房。再加上现在房屋紧缺，吴妈妈担心过了这村就没这店了。于是当机立断向房东付了定金，想着回到家再把这件事跟小单说明。

房东一看吴妈妈这么爽快就确定下来，也异常欢喜。毕竟她自己心里明白，楼上那个小房间已经连续打了三个多月的广告了。当收到吴妈妈从包里拿出的定金后，乐得合不拢嘴的她立刻给吴妈妈写了张凭证，并提议："我送你们回去吧，我开车送你们回去。"

吴妈妈没有拒绝,因为她也正好想看看从小单家到这里的距离。一路上,房东很热情地给她们介绍周边的环境,哪儿哪儿是社区图书馆、哪儿哪儿是各种餐厅。没一会儿的工夫,房东就开到了单阿姨租住的房子跟前了。吴妈妈大致看了下,其实两处地方隔得很近,也就不到十分钟的车程。而且一路开过来都是方方正正的大马路,说白了也就两三个红绿灯的距离。

吴妈妈谢过房东,并说这两天需要好好收拾收拾,争取下周正式入住。房东很爽快地答道:"好说,好说。随时欢迎。"

5

打了一天推销电话的单阿姨,此时正疲惫地坐在办公室的座椅上。她紧闭双眼,双手揉着太阳穴。

"小单。"那个短发的女同事轻轻拍了一下单阿姨的右肩。

"嗯?怎么了?"单阿姨疲惫地睁开眼。

"你那朋友找到房子了吗?确定搬走了?"

"还没呢,我这几天跟她说我太忙,没带她看房呢。其实我真不想让她们搬走,你看我马上又要交房租了。之前电话里说的是等她们来了我们一起平摊房钱,这样我就能省下一半开销了。哎,可她就是想搬走,估计是觉得我就两间房住着不方便。"

"你又没让她们睡客厅,她们还不乐意了。"短发女同事一脸厌恶地说,"大陆来的就是娇气!你就应该让她们多吃点苦,别以为美国有个认识人就能什么都不做就得到好的关照了。"

"是啊,你看看咱们当年来美国那会儿。那时候英文又不会,还被人家瞧不起。说实话,我真觉得自己是中国人特丢脸。哎,算了不提了。我赶紧回家劝她们至少再住一个月吧,住到小孩开学。这样不仅我能省700多块钱,而且也不用开学后接送她了。"

"行,那你快回去吧。有什么新情况随时跟我说啊。"

单阿姨打开车门系好安全带,思考着到家后应该怎么跟何姐说。其实何姐着急找房搬出去的想法确实出乎了她的意料。她本想着她们母女俩刚从大陆来,人生地不熟的,就算借她们一万个胆子也不可能这么快就独立出去。她早在她们来之前就做好了她们会投奔她赖着不走的打算,所以也早跟自己同事商量好应对的计策。不过当她发现何姐是真心想要搬走并非嘴上说说的时候,她反而又气又恨。即便她明白何姐是不想打扰她正常休息才提出搬走,但毕竟这个要求早已超出了她的计划范围。对于离婚后就独居惯了的单阿姨来说,她能下决心让吴暇母女搬来自己家里住已经很不容易了。她觉得何姐在来之前承诺的共同住在一起平摊房租的事情完全没有兑现。如果早知如此,她根本没必要给自己揽下招待她们的事情。想到这,她不再犹豫。用力踩下油门,朝家的方向驶去。

吴妈妈照例准备好了晚饭,等单阿姨下班。既然好友肯腾出房间让她们住,吴妈妈自然也要替好友多分担些家务。

下午六点多钟,单阿姨准时到家了。

"小单回来了?"吴妈妈边跟单阿姨打招呼,边把刚做好的三菜一汤往桌上端。

"嗯,回来了。"单阿姨关好门,顺手把皮包挂在墙上的挂钩上。

"欢欢还没回来,你要不要给他打个电话? 今天我做了红烧排骨,他肯定爱吃。"

"他应该在朋友家。没事不用管他,咱们吃吧。"单阿姨挤出一丝无奈的笑,边说边往洗手池走去。与此同时,她正在找开口挽留好友多住一个月的好时机。

"小单啊,今天我跟小暇去看房子了。"还没等单阿姨想好何时开口,吴妈妈却抢先一步提起下午看房的事情。

这对于单阿姨来说是万万没想到的,吴妈妈此话一出,当真打了她个措手不及。"啊? 你们什么时候去看的?"单阿姨听后很是吃惊,随即甚为恼怒。她觉得何姐完全没有在意她的感受,完全没有听从她的安排。她瞬间又想起那晚儿子无视自己的情景,一股无名火"噌"的一下蹿了上来。

"怎么不等我回来再去？是欢欢带你们去的吗？我不都跟你说他最近忙着找工作没时间帮你们了嘛，你怎么还找他带你去？"

吴妈妈看到好友反应如此激烈，明显也被吓了一跳，急忙解释道："没叫欢欢去，是我在报纸上找的黑车。主要怕影响你上班再加上确实也挺着急就没跟你说，我这不是想着晚上等你回来了再好好跟你说吗。"

"你们签合同了吗？在什么位置？"

"具体的还没签呢，只是交了个定金。位置还不错，离学校挺近。不过好几家住在一起，活动起来也有点不太方便。不过考虑到以后小暇上课方便，我们在那将就将就不要紧。"

"所以你们都没多对比几家就决定了？"单阿姨顿了顿，一脸讥讽地说，"将就将就？你在别处能将就，怎么住我这儿就不行？"

"之前你给我的报纸，我基本上都打过电话了。有的是离学校太远，要不就是已经租出去了。其实我是想找自己住的那种不想要合住的，但报纸上都没有这种房源。所以相比之下今天这个算是不错的。"吴妈妈看小单脸色不善，继续解释道："小单你真误会了，我想早点搬走是不想麻烦你。再说我们一来你就搬楼下去了，我这心里也不落忍。我们来之前不都在电话里商量好了吗，在你这先落个脚我们早晚还得自己独立。"

早就等着开饭的吴暇听到两位大人因为看房的事弄得有些不愉快，原本想要夹菜的手抬了放、放了抬。为了能早点吃上红烧排骨，吴暇插嘴道："是啊单阿姨，我跟妈妈也不能总麻烦你。再说了你要是晚上想上厕所还得爬楼梯，那样太辛苦了。虽然今天那个房子特别小，但是后院有个泳池。总的来说，也算可以了。要不你周末跟我们一起去看看？反正还没签合同呢，你替我们参谋参谋吧。"说完立即拿起筷子，夹了一块排骨塞进嘴里。

单阿姨依旧没好气，但在孩子面前多少也收敛了些："既然你们都决定好了，那我也没什么好参谋的了。再说我的意见重要吗？我都说了你们在楼上住着就好了，你们偏要走。来之前不都在电话里说好了吗，怎么一到美国就变啊。"单阿姨又怒目圆睁地瞪向吴妈妈。

"小单啊，我们搬出去住很正常啊。这事儿你怎么就那么在意呢？我们也是不想麻烦你，再说这样住着也确实不方便。你看小暇就快开学了，我们连学校还没去看过呢。现在不管怎么说，学校周边的房子落实了也算是来美国的第一个任务完成了,不然我这心里真是不踏实。"

"小暇下个月才开学,你们着什么急?!刚来美国都要慢慢适应,你现在周边环境还不熟悉呢就开始找房子搬家。别人不知道的还以为我怎么你们了呢。"单阿姨始终没有点明她不想让她们搬走的真实原因,但正是由于她将这个说不出口的原因死压在心底,才会让她更加无法消停。

坐在一旁的吴暇有些看不过去。她觉得自己和妈妈没有做错。她们早点搬走也是替单阿姨考虑。再说单阿姨天天上班,欢欢又不在家。自己和妈妈整天困在房子里寸步难行。早点出去适应,交交新朋友有什么值得生气?

"单阿姨,主要你每天上班都很忙,我在家也挺无聊的,所以其实搬出去多认识一点人也挺好的。"吴暇抹了把嘴,小声说道。

"在家无聊?!"单阿姨突然觉得面前这对母女正合起伙来跟自己过不去,"觉得无聊你可以上网学学英语背背单词啊。我上班那是没办法。我可不像你妈,不用上班还有钱花。"单阿姨说着说着,又将矛头指向了吴妈妈。

这下吴暇彻底搞不懂了。当年离婚是单阿姨自己提出来的,之后遇不上合适的对象跟妈妈有什么关系?她凭什么把矛头指向妈妈?爸爸给妈妈钱是因为留学需要学费需要生活费,这样的家庭模式有什么不对?难道她得不到的就要怨恨别人能得到吗?

想到这儿,吴暇不由得在心里苦笑。她暗想:"当初妈妈口中那个好姐妹哪儿去了?为什么出国前她们可以隔着太平洋打越洋电话,一聊就是好长时间。然而现在两个人面对面地同处一个屋檐,却因为这点儿小事就能拿出来理论半天?难道这就是所谓的距离产生美?如果当真如此,还不如早点切断这种美,免得引火烧身毫无防备。"

"小暇,你先上楼吧。我跟你单阿姨单独说说话。"吴妈妈显然是不想让女儿介入到她们大人之间的谈话中去,更何况吴妈妈也想搞清楚好友三番五次发火的真正原因。

吴暇早就不想待在这儿了,她迅速放下碗筷走上楼去。她走进房间打开电脑,开始查看国内好友给她的各种留言。留言主题多半是围绕"奥运"展开的。毕竟奥运会就要到了,全国人民都在欢庆中耐心等待着。吴暇看到很多北京的小伙伴都在各个学校的组织下担任起做义工的光荣使命,远在美国的她甚是羡慕。

她刚要给好友逐个回复留言,门外便传来妈妈的脚步声和单阿姨在后面不依不饶的指责声。吴暇快速合上电脑,小心翼翼地听着外面的动静。没一会儿,门就开了。吴妈妈走进屋里,随即单阿姨也跟着走了进来。开门前的话吴暇没有听清,但二人进门时的对话她却听得真切。只听单阿姨愤怒地说:"你怎么不离婚啊!你离婚就知道了!"

吴暇诧异地望向单阿姨,简直有些不敢置信。她如晴天霹雳般怔怔地坐在那里半天回不过神。她不明白单阿姨怎么会当着自己的面质问妈妈为什么不离婚?!难道她很想让妈妈离婚?!她为什么想要让妈妈离婚?!究竟是有多大的深仇大恨才会在自己和妈妈刚来美国不到一个星期的时间里,就这般连续折磨着自己和妈妈的心?

"小单,你情绪不要这么激动。你婚姻不顺,我都可以理解你。但是你要调整一下自己的心态。叔叔阿姨年纪也大了,他们在部队也就每月拿那点退休金。再说你当年离婚那会儿不也没跟他们商量嘛。国内老一辈的人谁能接受自己孩子离婚啊,所以你想开些,别老钻牛角尖!"吴妈妈焦急地劝说,生怕小单又会说出哪些过激的言语影响女儿的身心。

"我离婚跟他们商量什么?商量了管什么用!他们根本就不理解我!根本不知道我在美国生活得有多苦!凭什么你来了美国就有钱?!我当初来的时候他们只给了我几百块钱!"单阿姨发了疯一样地冲吴妈妈喊着。

"当时的几百美元已经够多了。那时候工资才多少钱啊。而且换美元的汇率还是一比十一。过去的事你就别想了。你也都四十多岁了要学会往前看。"吴妈妈不厌其烦地劝说着。

"我就是记恨他们一辈子!我这辈子都不会原谅他们!你说得好听!如果你把小暇嫁到澳大利亚去了,你放心吗?这么多年也没主动给我打过一个电话。他们心里根本就没我这个女儿!"单阿姨好像受到了什么刺激,有点歇斯底里。

"你那时候是自由恋爱,你自己决定嫁到美国来跟你爸妈真的没有关系。叔叔阿姨当时只是给你介绍了这个人,之后不也是你俩一直书信往来感觉不错才决定结婚的嘛,所以你嫁过来觉得婚姻不顺也确实怨不得他们。还有电话里我都跟你说了，从国内往国外打电话很不方便。当时那个年代你自己也应该知道，打长途电话一分钟好几块钱，他们肯定也是考虑到这方面原因。你要是在美国打电话便宜你就打给他们啊。其实你跟叔叔阿姨之间的这些事也是需要你自己来调节的。"

"你不要再替他们狡辩了！他们就是心里没我这个女儿！他们就是为了能到美国旅游才让我嫁到美国来！"

"小单你这么想就太偏激了！叔叔阿姨那时候都还没退休还都是军官证呢，怎么可能出国旅游？好了，你先冷静一下。你现在情绪太激动了，要不要喝水？我去给你倒点水。你在这儿别动，我下楼倒杯水。"

听到这，吴暇实在有些受不了了。她不理解上一辈乃至上上一辈之间到底有什么恩怨。但她是来美国读书的，而且是单阿姨在电话里保证"一切都联系好了，你们来吧"之后他们才来的。可是来到这里后房子住着不合适，出去租房单阿姨也没时间参与，就连学校都还没有去看过，根本不知道接下来要在什么样的环境里学习。她和妈妈就这样像傻子一样天天在家坐以待毙地等着单阿姨下班回家，然后听她开始讲她和她父母之间那些陈年旧事。让吴暇最最受不了的是今天单阿姨的谈话内容不但包含了她爸妈，甚至还把吴暇一家子也全捎进来了。吴暇简直忍无可忍，真想立即搬走或者马上回国。她太讨厌这里了，她觉得美国一点都不好。她开始分不清究竟是美国很不好，还是身边的人很让人烦心。

第三章　到美国高中报到

国内高中三年，美国高中四年。这些最基本的小常识，是否在你出国前就已然了解？

◇ 1 ◇

　　兴许是昨晚的气氛成了僵局，第二天吴妈妈便打给房东问能不能提早搬进去。一听母女二人决定立刻交钱入住，房东心花怒放地表示热烈欢迎。

　　由于来美国前好友的各种保证，吴妈妈并没有通过中介承办任何事宜。但是来美国后好友并不热心，所以本想着在美国慢慢适应的吴暇母女在两眼一抹黑完全不了解美国的情况下，只在小单家住了一个星期就彻底独立出去。吴妈妈清楚地意识到，真正的留美生活已然开启。在接下来的日子里，她将独自带着女儿面对所有可能发生的、难以预料的情形。

　　从单阿姨家搬出来的第二天，也就是入住顶层小房间的第二天，吴暇母女早早地来到单阿姨介绍的那所位于洛杉矶 R 市名为 R 高中的公立学校报到。单阿姨曾说欢欢就在这所高中上学，所以如果将来吴暇来到美国后也可以上欢欢这所学校，毕竟公立高中全部免费不要一分钱。

　　母女二人兴冲冲地来到学校，竟也是一片平房。她们拿着一摞资料，七拐八拐好不容易才找到新生接待处。

"一会儿进去了要对老师有礼貌,给老师留下个好印象。"吴妈妈在开门前特意叮嘱道。

"我知道。快进去吧,晒死了。"吴暇收回挡在额头上的手,推开了新生接待处的门。

"How can I help you?"一位年纪很大的白人女教师在听到门被推开的那一刻,头也没抬,面无表情地问着。

"Hi, I am... I am new student. I want to study in this school. Thank you."吴暇结结巴巴地说着。

白人女教师这才抬起头,打量了吴暇母女一眼。随即问吴暇要个人资料。吴暇母女听了半天才听懂对方是管自己要资料,于是赶忙答应:"哦哦,好的好的。噢,不是,okay, okay. This is... ah, give you."老师接过资料没再多说,空气中只剩下母女二人尴尬的笑。

"你资料不全,我无法帮你办入学手续。"老师把资料递给吴暇,依旧面无表情。

吴暇母女以为自己理解错了,又询问了老师好几遍,并指着带过来的国内高一成绩单给老师看,生怕老师漏看了这一页。

"对不起,如果你们想在我校上十一年级(国内高二)就必须提供九年级和十年级两年的成绩单。你们现在只带来了十年级的成绩单,所以我们无法帮你办理入学手续。"

听完老师的解释,吴暇母女愣愣地站在学校接待大厅,如遭晴天霹雳。

不能入学? 她们已经按照单阿姨在电话里说的那样提供了国内高一成绩单的所有原件和复印件,也准备了身体各项指标合格的体检证明,还带齐了护照、绿卡和房东帮忙提供的水电费的住宿信息。为什么现在突然又说需要初三的成绩单? 吴暇母女简直不敢相信!

"小暇,老师是说咱们少准备了一年成绩单吗? 要不你再跟老师说说,让她通融通融。之前小单没跟我说要准备初三成绩单啊。她在电话里说她已经来学校打听过了,说只带高一的就行。怎么现在又要初三成绩单了? 你问问老师是不是刚改的政策? 你跟她说咱们上个礼拜就到美国了,要是这礼拜刚改的政策能不能按以前的执行?"吴妈妈焦急地说。

吴暇明显也快急疯了,她结结巴巴地边说边用电子词典翻译。但老师给出的答案却是:"我们没有改过任何制度,从我校成立以来就是这样的入学流程。"之后又补充了一句:"你确定你朋友来学校帮你询问过? 如果她真的来过,我们不可能给出那样错误的消息。"说完便继续低头处理自己的事情。

吴妈妈眼看老师送客的姿态已经摆出来了,只得带着女儿往出租屋走去。

"妈,你说这是怎么回事啊?"吴暇急得快要哭出来,她不明白为什么来到美国后就没一件顺心的事。

"别急别急,我给你单阿姨打个电话问问。这事真是怪了,她明明跟我说只需要准备高一的成绩。"吴妈妈边说边从包里翻出手机。

"喂?"单阿姨接通了电话,但明显语气不太友善,想必还在对吴暇母女搬出去的事耿耿于怀。

"喂,小单啊。有个事儿我想问你啊,小暇那学校……"吴妈妈还没说完,就被单阿姨打断了。

"我现在上班呢,学校等过几天我有时间了再带你们去看。还有一个月才开学呢,着什么急。"

"不是小单,我们今天去学校了,他们说我们带来的资料不全不让小暇入学。"

"啊? 资料不全? 不可能啊,是不是你们没听懂老师说什么啊。行了,先不说了,我下班再打给你吧。Bye."说完单阿姨便挂断了电话。

"怎么样? 单阿姨怎么说?"吴暇一脸期盼地望向妈妈,渴望从妈妈口中听到令她满意的回答。

"她上班呢,说下班再给我回电话。没事,车到山前必有路。咱们先回家吧。"

挂断电话后,单阿姨也明显愣怔半天。在她看来,一定是吴暇母女英文不好没理解清楚老师的意思才误以为是资料没带全。不过她也很清楚,自己并没有百分百的把握支撑这个观点,毕竟当年欢欢入学时自己根本就没参与过。

"小单你想什么呢? 谁的电话啊?"见小单有点魂不守舍的样子,短发女同事又开始八卦起来。

"哦,没什么。就我那朋友,她说她女儿入学手续不齐不让她上课。"

"她上几年级啊?你儿子那学校吗?"

"我也不太清楚,应该是高二吧。"

"难怪呢,她肯定是少带了一年的成绩单,所以才不让她入学呢。前几年我老公哥哥的小孩来这边上学,就差点出现这个问题。"

"啊?少带什么成绩?"

"她如果开学后上高二,就要带国内高一还有初三两年的成绩。因为美国这边高中是四年制的,所以美国的高二相当于国内的高一。要是你朋友的小孩在国内该上高二了,那其实在美国就是上高三了。所以她肯定是没带国内初三那年的成绩单才不能顺利入学的。"女同事顿了顿又补充道,"不过她们来之前应该都打听清楚了啊,怎么会犯这么低级的错误呢?"

单阿姨听完同事的解释,心里早已乱作一团。由于儿子之前一直在姑姑家住,所有上学的手续都是那边帮着打理,自己根本就不了解学校的规章制度。虽然何姐在电话里再三强调希望自己能去学校打听,但由于自己嫌麻烦就没亲自去。一想到自己只是凭空想象地告诉何姐只需带上国内高一的成绩就能顺利入学,单阿姨突然觉得事态很是严峻。她很想打电话向何姐解释,不过转念一想既然当初自己在电话里信誓旦旦地承诺过她们一切都已经安排妥当,又怎能实话实说告诉她们自己压根就没去学校打听?

想到这,单阿姨又再次询问了一遍短发女同事:"你很确定美国跟中国的年级分配是不一样的?"

"是啊,美国高中是四年制的,九年级到十二年级呀。九年级就相当于国内初三,十二年级就相当于国内高三。"女同事捋了一下头发,疑惑地看着单阿姨,"不是吧小单,你儿子今年不是正好上十二年级吗,你难道真不清楚这些事情?"

单阿姨略显尴尬,忙堆笑说:"嗨,我不是平常事情太多了嘛,学校的事都是他自己联系的,我基本上都没操过心。"

"你可真有福气,儿子这么独立。我家老二要是长大以后能像你儿子这么省心就好了。"女同事一脸羡慕地望向单阿姨。

单阿姨很想说,其实自己儿子也并不省心,但碍于面子只得说:"嗯,是。他是挺让我省心的。嗯……先不说了,我刚想起来还有几个电话要打呢。"说完便拿起办公桌上的座机,假装要给客户打电话过去。

◇ 2 ◇

吴暇母女顶着大太阳走回那栋淡蓝色的房子,吴妈妈掏出钥匙打开大门,发现孙先生正在客厅看电视。三人打过招呼后,吴暇母女随即进了自己房间。

房间依旧很热,却多了一匹布艺窗帘。吴妈妈昨天通过黑车司机的介绍,在离这很远的 M 市的一家家具店里买了一个单人床垫和布艺窗帘。由于店员说床架暂时没有现货,所以母女二人决定先凑合一下只睡床垫。于是在这个不到八平方米的、热得像蒸笼一样的西晒的房间里,又多了一个单人床垫、一匹并不养眼的窗帘和四个从北京带来的大号行李箱。由于心疼女儿,吴妈妈睡原本房东留下的那个床垫。至于吴暇,则睡那个昨天新买的床垫。

这样艰苦的生活对吴暇来说是从未设想过的。就算退一万步讲,北京各所学校的宿舍楼都要比她现在住的地方强得多。她不禁心生困惑,疲惫地说:"妈,你说咱们来这儿受这罪是图什么?电视里天天报道说美国怎么怎么好,生活水平怎么怎么高,这不都在那胡说八道吗。这破地方到底哪儿好了? 我真快受不了了!"

吴妈妈看着女儿,不由得也是一阵心酸。"小暇啊,都怪我。要不是我看你单阿姨为了咱俩住在客厅过意不去,再加上她每天那么忙也没时间带咱们看学校,所以我才想着咱们自己早点搬出来,尽快熟悉周边环境。哎,让你受委屈了。是妈妈不好,我不该这么着急。"

"妈你瞎说什么呢,这不是你的问题。咱们早点搬出来是对的,在她那天天憋着寸步难行早晚得生病。我的意思是说自从咱们来到美国就事事不顺，而且单阿姨也一点忙都帮不上。你说学校这事到底是怎么回事啊？是不是刚才那老太太故意不让我上啊？"

吴妈妈看了眼手机，才上午十一点。"一会儿十二点多你单阿姨应该能有休息时间，到时候我再打电话问问她是什么原因。然后晚上我也给你爸打个电话，等他那边起床了我跟他说一下，让他去你学校开个初三成绩单的证明。"

"开什么呀，大不了不上了！你说咱们在北京哪儿受过这窝囊气？有吃有喝的什么也不用操心！"吴暇气急败坏，什么都不想管了，"妈，要不这样，咱俩甭跟他们磨叽了，直接订个机票回去得了，我在这儿真快被他们气死了。"

吴妈妈理解女儿从小到大没受过什么委屈，毕竟所有事情都是他们几个大人在替吴暇安排处理。吴妈妈想到女儿早晚要步入社会自己独当一面，所以一直想找机会锻炼一下女儿的耐性。之前在北京一直找不到合适的时机，她觉得眼下这件事倒是个不错的机会。

吴妈妈捋了捋思绪，望向女儿说："小暇啊，你做事不能太急。出国前我跟你爸就提醒你了，到了外面肯定会遇到很多状况，你要学着如何解决问题而不是只顾着逃避。你要是现在回国了，不又得荒废一年？再说我跟你爸还得再去给你找新学校，跟在美国是一个道理，所以咱俩就算现在回去也解决不了根本问题。"

吴暇不吭声，继续在那儿生闷气。

"这屋里实在太热了，咱俩到客厅坐会儿去吧。我也正好想想一会儿怎么跟你单阿姨说。没准真是咱们听错了呢，说不好那外国老师不是那个意思呢。"吴妈妈安慰女儿，顺道儿也安慰下自己。

吴妈妈擦了把脸上的汗，跟女儿一前一后地走下楼梯。

"小何啊，今天学校的事情办得怎么样啊？"孙先生见母女二人从楼上下来，关切地问。

"哎，别提了。学校老师说我们手续不齐。小暇要上高二，美国这边需要我们提供初三和高一两年的成绩。我们只带了高一一年的，所以只能让她爸再到以前学校跑一趟了。"

"没事的,不要担心。美国学校很好说话的,他们不会让孩子没学上的。现在离开学还有一阵子嘛,你们可以先去周边玩一玩,也算了解美国文化了嘛。"

"孩子学校的事情还没落实好,哪有心情玩儿啊。再说我们哪儿都不认识,还是别玩了。"

"话不是这么说的,既然这几天事情也解决不了,出去转转总是好的。离这里不远的地方有一个旅行社,等会儿太阳下山了我可以带你们去。旧金山蛮好的,可以去玩几天。美国好无聊的,你们才刚来就这样闷在家里肯定会很难过的。相信我,出去转一转心情就会好的。"孙先生慢条斯理地说给吴妈妈听。

吴妈妈听完孙先生的建议,也觉得既然事情一时半会儿解决不了,还不如出去转转散散心。她转头看向女儿,说:"小暇啊,我觉得孙先生说得有道理,你想不想去其他城市看一看?反正咱们现在待着也是待着,出去转转开开眼界也不错。"

"我无所谓,反正我对美国已经不抱任何好感了。"

一听女儿同意了,吴妈妈赶忙对孙先生说:"孙先生那就辛苦你等下陪我们走一趟了。会不会很远啊?要是太远我有黑车司机的电话,咱们可以打车去。"

"不远的,太阳下山就不怕了。走半个小时就可以到的,另外我也可以给你们介绍一下周围的情况的。"

孙先生的话,让吴妈妈生出一股暖意。她是多么希望对自己说这番话的人是小单,而不是才刚认识不久的邻居。

聊了一会儿,吴妈妈看时间差不多了,回屋拿起手机拨通了小单的电话。

这次响了很久单阿姨才接起电话。"喂?"

"小单啊,是我。我就是想问你小暇上课是不是要带国内初三的成绩单啊?你之前去学校帮我们问的时候他们是不是忘记说了?"

"哦,何姐啊。好像确实是需要带初三成绩单,我之前一忙就把这事给忘了。那你让小暇她爸再去学校开一个吧,反正离开学还早着呢。"单阿姨在电话那头轻描淡写地说着,仿佛这一切都和她没有半点关系。

"哎呀小单，你怎么把这么重要的事忘记说了呢。我们来这边就是为了小暇上学的！"吴妈妈一听也有些生气，毕竟她们选择这么早来到美国，就是为了在孩子开学前把所有事情都办妥。

"我能有什么办法啊？我自己一个人又要工作又要养孩子，天天忙得要死，哪能记得住这么多东西？再说这也不是什么要紧事啊，反正你们有绿卡，美国学校肯定都会收啊。欢欢以前上学都是自己弄的，肯定不复杂的。"

"欢欢在美国长大，肯定很多事情都清楚啊。小暇是转学过来插班的，再加上我们英文本来就不好，肯定走的程序也是不一样的。"吴妈妈还想往下说，一想到好不容易两人通了电话，别再像上次似的闹得不欢而散，于是换了个话题说，"这事儿就不提了，到时候我让她爸先去学校跑一趟，然后再看看怎么办吧。哦，对了，小单。我打算这两天带小暇去旧金山玩几天，学校这事落实不下来孩子心情也不好。我就跟你说一声，我怕回头电话打不通你联系不到我们。"

一听吴暇母女刚来美国就想去旅游，单阿姨顿时又急了。其实连她自己也说不清到底这样的情绪从何而来。只是当她一想到自己至今都没去过旧金山，可何姐她们刚来美国就可以肆无忌惮地出去游玩时，心中那股无名火又"噌"的一下蹿了上来。

"旅游？！旅什么游啊？！你们才来几天啊，就想着去旅游？！"

"多看看外面的世界也是孩子学习的一种方式，再说我们憋在这儿什么也做不了，也确实没意思。"

"美国就是这样！你们来之前我就在电话里跟你说过了！在美国生活就要忍受孤独、忍受寂寞！这里本来就没有国内热闹，没人天天聚会，也没那么多朋友。我们辛辛苦苦地赚钱生活，不像大陆的人天天公款吃喝！"

"小单，你现在怎么变得这么偏激啊。你从哪儿听来的说国内都是公款吃喝啊？我们都是平常老百姓，周末聚个餐都是花那点工资。还有啊，正是因为在这边没有事情做，所以我才想带小暇出去转转，不然孩子憋坏了早晚得生病的。"

"网上啊，网上都这么写的啊。难道你们出去吃饭都是自己花钱吗？"

对话进行到这儿，吴妈妈已经不想再向自己儿时的伙伴解释什么了。

她不明白是小单太久没回国，已经跟国内脱节了，还是网上那些一边倒的言论将小单彻底迷惑了。只见吴妈妈随便找了个借口，匆匆挂断了电话。她静静地坐在那个单人床垫上，无暇顾及汗水早已滴落至脖颈。她只是搞不懂小单怎么会变成这样？难道在国外待久的人都会变成这样？无数的疑问困扰着她，吴妈妈不禁开始担心自己的女儿将来会不会也变成这样？不过转念一想，立即打消了这个可怕的念头。小暇这么懂事，再加上有自己陪在她身边，自己的女儿肯定不会变成这样。

吴妈妈算好时差，一直等到国内上午八九点钟才拨通了刚从超市买的打往国内的电话卡。由于数字太长再加上学校的事弄得二人心情过于焦虑。吴妈妈拨了好几次才输对正确的回拨号码。

电话是打给吴爸爸的。在跟吴爸爸说明情况后，吴爸爸说一会儿就去学校找老师帮忙。然而令他们失望的是，学校还没开学，值班老师并不负责这方面工作，所以只能等到九月一号开学后才能开始处理此事。在得知这一消息后，原本抱着最后一丝希望的吴暇母女也彻底泄气了。由于美国学校是八月底就开学，比国内整整提早了一个星期。如果等到九月一号才能找学校要来初三的成绩，那等吴暇她们拿到成绩单时估计美国学校已经开学至少一个星期了。

"妈，你说单阿姨是不是故意整咱们啊？怎么这么点事儿她都问不清楚。真不是我说她，如果是欢欢想到北京上学，你肯定各种学校到处对比了。"

"哎，现在说这些也没意义。你单阿姨这么多年都自己一个人过，可能待人接物这方面也确实有点欠缺。你就别怪她了，一会儿咱们跟孙先生去买票，出去玩几天就好了。"

话说到这儿，母女二人的房门突然被敲响了。

"谁呀？"

"是我。"外面传来孙先生的声音。

一听是孙先生，吴妈妈立即把门打开。

"小何啊，不好意思呀，我忘记人家旅行社五点钟就关门了。要不明天我给他们打个电话，先替你问问有什么行程吧？"

"好啊孙先生，那就麻烦您了。"

"不麻烦的,都是中国人嘛。出门在外,帮一帮是应该的。"

孙先生此话一出,吴暇母女顿时倍感欣慰。身在异国他乡,能感受到台湾同胞如此真心的关怀与帮助,可以说是母女二人赴美以来最大的收获了。

第二天上午在孙先生的帮助下,母女二人在旅行社报了旧金山三日游的旅行团。出发日期是周六上午九点,吴妈妈回家后便将时间告知了小单。明知二人没车,小单却问了句:"用我送吗?"

吴妈妈心里自然是希望小单能来送的,可是考虑到出发当天是周末,小单可以睡个懒觉,于是吴妈妈说:"不用了,我们走到集合地点就行了。你周末睡个懒觉吧。"

小单没有推辞,说了句:"那好吧。"过了两秒又补充道,"你们三天后回来时应该也快晚上了,到时候我下班顺道接你们回来吧。"

"好,就这样吧。"

很快就到周六了,吴暇母女早早地起了床。当她们把行李箱搬到门外时,正巧和晨练回来的孙先生打了个照面。

"咦?你们怎么走这么早啊?开车十分钟就到了。"孙先生疑惑地问道。

"哦,是这样。我们走路过去,怕一会儿晚了。"

"走路去?你朋友不送你们啊?"

"不用她送了,我们走过去就好了。"

"哎,走路至少要走两三站地啊。你们知道在哪里集合吗?"

"大概方向知道,具体不知道,到了再找人问吧。"

孙先生不放心母女二人独自前去,怕她们走错路,坚持要陪她们走到集合地。在孙先生的带领下,母女二人拖着行李箱就出发了。一路上三人有说有笑,完全没被炙热的太阳干扰。

走到路口处等红灯时,孙先生特意告知吴暇母女应该如何在美国过马路。在洛杉矶几乎看不到斑马线,行人在过马路时一定要看行人指示灯而并非参照红绿灯。就这样又过了几个路口,三人终于到达目的地了。

大巴车还没来,看来他们是提早到了。吴暇母女谢过孙先生,看着他独自远去的背影心中充满感激。

◇ 3 ◇

与此同时,大洋彼岸的另一个家庭正在替孩子计划着出国求学的各项事宜。

"宝宝,妈妈都给你安排好了,等这学期上完课你就跟我来日本吧。咱们在一起也好有个照应,再加上去年你居住权的证明也下来了,上学也都方便了。"身在日本的 Lily 妈给在老家上学的女儿打着越洋电话。

"我又不会说日语,去那边干嘛?"Lily 明显有些吃惊,她从没想过自己会离开这片生她养她的土地,即便她很不喜欢这里。

"以前都是妈妈不好,妈妈没有亲自照顾你。现在妈妈总算在日本有稳定工作了,我们可以一起生活。你听妈妈话,跟我来日本吧。这边学校都很好,而且将来毕业了肯定工资待遇也很好,总比一直待在咱们那个小地方强啊。"

Lily 没有马上回答,她也在思考妈妈说的话。日本她去过两次,那两次都是为了办理所谓的"日本绿卡"。未来是什么样的她根本没有设想过,但如果能借此机会拾起遗失了十多年的母爱又何尝不是一种幸福呢?

Lily 妈见女儿半天没吭声,生怕女儿仍旧埋怨自己那么早就离开了她,于是小心翼翼地说:"宝宝,你怎么不说话? 如果你不想来妈妈也不勉强你,但我是真的好想弥补自己过去犯下的错。你能原谅妈妈吗?"她说着说着,就在电话那头哽咽起来了。

其实 Lily 早就习惯了这种没爹疼没娘养的日子了,起初她还有些不解,不明白为什么别人都有一个完整的家庭而自己却没有。不过后来她渐渐从失落和委屈中放下这一切,她觉得或许这就是人们所说的"命"吧。她不想让妈妈觉得自责,因为她早已不再计较太多。"妈,我没怪你。我听你的,我去日本。以后我跟你一起生活。"

Lily 妈明显是吃了一惊,半晌才激动地说:"好好! 那我这几天就去帮你联系学校,等这边都安排好了我就给你订机票!"

"妈。"Lily 不带任何情绪地唤了妈妈一声。

"怎么了宝宝? 你说,妈妈听着呢。"

"我过去了住在哪儿? 跟他一起住吗?"

"哦,不跟他住。你放心,不跟他住。"女人在电话那头明显有些慌乱和尴尬,"我现在在东京找了一份工作,他没跟我一起来。你放心,不跟他一起住。"

"好吧,那你联系好学校再跟我说吧。我还用告诉我爸吗?"

"告诉他干嘛? 这些年把你判给他,他管过吗?! 只知道把你扔到你奶奶家,自己从来都没养过你! 一说起来我就来气! 你直接过来就行,到时候我跟他们家去说!"

"我还是跟奶奶说一下吧,毕竟也是她把我养大的。"

"好吧,那你跟她说一声吧。好了宝宝,妈妈不能跟你说了,我要去工作了。拜拜宝贝。"

"拜拜。"

挂断电话后,Lily 一个人在原地坐了很久。她不明白为什么自己的命运永远都无法由自己掌控。三岁那年父母离婚,妈妈独自去了日本。或许是对妈妈怨恨太深,当妈妈离开后爸爸就一直冷落自己。被送到郊区奶奶家后,Lily 就在那所几乎没有任何优等生的郊区学校得过且过。她从没想过会出国,更没奢望有天能和妈妈一起生活。就在她终于认命,终于准备踏踏实实在老家过完一生时,却接到了妈妈这样一通电话。说实在的,她并没有任何欢喜的情绪。因为她早已习惯了一个人生活,因为她早就不对外界奢望太多。

Lily 想了想该如何向奶奶开口,最终觉得还是实话实说比较稳妥。她走进奶奶的房间,看到奶奶正在缝纫机上替爷爷缝补那条洗了无数遍的、几乎看不出是蓝颜色的长裤。

"奶奶。"Lily 开口。

"干啥?"

"刚才我妈给我来电话,说想接我去日本读书。"

老太太明显愣了一下，反应过来后立刻停下手头上的活。转头看向Lily，用一种听起来很不友善又夹杂明显吃惊的语气说："什么？去日本上学？我们辛辛苦苦把你拉扯大容易吗？你好不容易可以替家里干点活了她就想空手套白狼地把你带走?!"老太太抹了把满是皱纹的脸继续说，"你告诉她，别做梦了！我是不会放人的！你爸也不可能答应她！"

"我之前几次去日本你们不都答应了吗。"

"之前几次是短期的，说是给你办那个什么卡。现在卡办下来了你还过去干啥？"

"是绿卡，有了那个我就可以在那边上学了。而且还能跟我妈试着一起生活。"最后那句话，Lily说得很小声，小到连她自己都快要听不到。

"不行！哪儿都不许去！老老实实在家待着，过两年跟隔壁家的小子成个亲就完事儿了。去日本干啥？在外面有在自己家里舒坦吗？再说我跟你爷爷也老了，以后这个家还指着你养活呢。"

不知从哪来的勇气，Lily一听说自己要一辈子困在这个充满童年阴影的地方就倍感焦虑。只听她脱口而出："你们对我一直也不好，我为什么要在这和你们过一辈子。不管以前发生过什么事，至少我妈现在把我当宝贝，至少她从来没有打过我。我不想一辈子待在这里，更不可能跟隔壁的张军在一起！"或许是压抑太久，这个年仅十七岁的女孩终于绷不住了。

老太太明显有些错愕，她不知道孙女抽的什么疯。不过老人毕竟是老江湖了，愣怔片刻立马开始反攻："哼，不是我打击你。就你那个不要脸的妈，你跟着她能有什么好？当年那些事你都忘了吗？你要是忘了我就再给你说一遍。"Lily很想逃离这间屋子，因为这些有关妈妈的事情奶奶不知对她说了多少遍。然而她却像锈住了一般，僵在原地挪不开步。不知是还没从自己刚才顶撞奶奶的话语中回过味儿来，还是早就习惯了奶奶对她的各种说教。她呆立着站在原地，听奶奶继续说："当初你爸跟她好，我就不同意。你爸可是堂堂大学毕业生啊，多少姑娘想给他生胖小子呢。可你那不要脸的妈就只是个中学毕业，一脸狐媚子样就把你爸勾搭得不吃不喝了。这场婚姻就是你妈给咱家下的套，真不知道是谁派她来祸害咱们家的。我就你爸这么一个儿子，他死活要娶她我能有什么办法？我想了各种法子都没用，最后只好答应下来。可是然后呢！然后那个贱人做的事情对得起你爸对得起咱家吗?"老太太明显情绪有些激动,左手狠狠地拍在了桌子上。

　　Lily 不想再听奶奶继续说下去,可还没张嘴制止就被奶奶的声音打断了。老太太继续说:"结婚第二年你就出生了。让她安安分分地在家好好带孩子,她还一脸不乐意。你说一个女人家,出去上什么班? 她也不掂量掂量自己的分量。我们家是坚决不同意她出去工作的! 就为这事,你爸是打也打了骂也骂了。可她不但不害怕,反而背着我们去一个什么日本公司应聘去了! 你说她是有多不要脸! 我真后悔当初没让你爸打断她的腿!"

　　老太太平复了一下心情继续道:"之后的事你就知道了吧。你三岁她就提出离婚,说什么要去日本工作。你见过这么没良心的人吗? 自己孩子都不要,就拍拍屁股去日本了。在那没待两年就找了个比她大二十岁的日本老头,想想我都替她寒碜! 哼,我说这话你还真别不爱听,你要是到了日本肯定也会跟她一样学坏给日本鬼子当小媳妇去!"

　　听到这,Lily 再也忍无可忍了。虽然以前奶奶也是用这样的口气说妈妈,但她只当是奶奶误会了妈妈。但此时此刻,她不想再生活在这样一个环境中。她不在乎妈妈是不是抛弃过她,她不在乎妈妈是不是像奶奶说得那么不堪。她只觉得至少现在唯一叫她"宝贝"的人是妈妈,至少妈妈不会天天在言语上折磨着她。即便 Lily 很清楚她是靠着爷爷奶奶提供的最基本的温饱才能长大,但在这种精神压抑的氛围里她始终得不到真正的解脱。于是她下定决心,不管未来的道路会怎样,她都要离开这里彻底逃离。

4

　　"爸爸,我们今天可以去外面吃饭吗? 妈妈不让我们出去吃,你能带我们去吗?"男人刚一到家,就被三个女儿围了上来。他疲惫地坐在沙发上,无心理会女儿们叽叽喳喳的呼唤。

　　男人今年四十岁。一米八的大个子让他看起来还算健壮,然而岁月却早已剥夺了他原本英俊的脸庞。他深陷在沙发里，环顾四周，不由得只能苦笑。这个家，只是刷了层白漆而已，几乎家具全无。唯一让他继续工作的动力只是那三个还未成年的女儿。至于他那个看起来比他还显老的老婆，早就提不起他的精神了。

他来美国整整十年了。从陪女朋友出国，到被女朋友抛弃，再到娶了现在这个有美国国籍的老婆和三个女儿的陆续降临。这一切都是他想要的吗？似乎美国对他而言早就是条不归路，他只是在不停循环地做着一些看不到未来的工作，苟且存活。不过说归说，美国也不是一文不值，至少孩子们可以在这受到良好的教育。想到这儿，男人不禁释然。"是啊，既然我们这一代已经废了，那还有什么好顾虑的？只要下一代能有出息就行了！"男人在心里默默盘算着。

"今天你妈来电话了，我接的。她说你姐要把小丽接去日本读书，估计下个月就过去。"男人的妻子听见孩子的叫嚷声，知道是男人回来了。她紧着从里屋走出来，告知老公这一消息。

女人很矮，也不漂亮，确切地说是有点丑。她从不修饰自己，一头长发胡乱地扎在脑后。还不到四十岁的她，早被洛杉矶的大太阳晒得满脸雀斑了。

"去日本？"男人明显没想到姐姐会做出这样的决定。他从裤兜里摸出一包烟，双眉紧促，抽出一支点燃。"小丽不能去日本上学。我姐在那边累死累活的，再多个孩子肯定照顾不过来。再说日本的教育肯定也比不上美国呀？不行，我得给她打个电话。绝对不能让我外甥女去日本上学。"说完他掐灭了烟，起身朝电话走去。

女人仿佛听出了丈夫的弦外之音，赶忙劝道："你要干嘛？你先别打电话，你想干嘛？"

男人拨开女人上前阻拦的手："要真是出国上学，就来美国上。美国的教育是全世界最好的，将来找工作肯定美国的文凭要比日本的强。"

"不是我不让她来，她要真来了住在哪儿？咱们家就两间房，根本不够住啊。而且三个孩子我都照顾不过来，要真是再多一个可怎么办？"

"有什么不够住的，只要想让她住，怎么都能想到办法。"顿了顿，男人又说："你天天在家闲着也是闲着，又没让你出去上班。你要是不乐意就出去找份工作,我在家照顾她们还图个清闲呢。"说完,男人就去拨打姐姐的电话了。

Lily妈正在去往上班的路上,看到手机上显示了一连串不成规律的数字,就知道肯定是远在美国的弟弟打来的。"喂?老弟啊,啥事儿?"

"哎姐,是我。"男人把听筒从左手换到右手,"我听说你要让小丽去日本上学?"

"哈哈,你听说了是吧。对,我也是刚决定的。这样我不也能跟她多相处嘛,再说日本的教育肯定比咱老家那边强啊。"

"咱老家肯定不行,但我觉得你要真想让小丽出国还不如来美国呢。再怎么说美国大学毕业证肯定比日本的漂亮啊。你要是觉得行,我这两天就找学校打听去。要学就学最好的,咱苦什么也不能苦教育。"

Lily妈从没想过要送女儿去美国读书,因为她正想借此机会好好和女儿建立一下感情,从而弥补这十多年不尽职的母爱。但转念一想,弟弟说的也确实在理。与其让女儿从头学日语,还不如直接学一门全世界都通用的英语。只不过如果真送女儿去美国上学,作为留学生身份的女儿肯定需要花费不少钱。这笔开销对她而言,基本就是全部家当了。

"嗯……去美国?这个我还真没想过。主要去美国学费肯定很贵吧?她要是来日本,我几乎都不用怎么花钱。不过你说的也确实有道理,等她学出来了肯定是美国毕业证好找工作。"

"是啊姐,只要你愿意我这几天就给你问去。以前你为了能让我上学,自己都放弃了上大学的机会。既然现在我在美国,以后小丽要是来了我就算不给我那仨孩子吃饭,也不会饿着她的。"

"过去的事就别老挂嘴边了。不过你倒真可以帮我打听一下美国的学费是多少,还有住宿什么的。哦对了,美国买东西贵不贵啊。哎,说来说去都是钱。"

"你管什么住宿费啊。要是小丽真过来了,肯定是住我这啊。你放心吧,够住。"男人想了想,继续说,"我现在是美国绿卡了,要不我问问能不能帮小丽也申请个绿卡吧。实在不行让我老婆去申请,她不正好是美国公民吗。"

一听弟弟这么说,Lily妈突然觉得这是个好办法,立即说:"这个好这个好！你们都有身份(这里特指美国绿卡或美国公民)，你去问问能不能给她也办一个绿卡。对对，这个好！"

"行，姐。那就先不跟你说了，电话卡也快没分钟数了。我明天就去问，过几天再给你回话。"

"好。记得问问全下来要多少钱啊，然后美国大学需要学几年？最好是找一个稍微便宜点的大学，但质量也不要太差。总之你多比较比较，那我就先不给她买来日本的机票了。等你电话啊，拜拜。"

挂断弟弟的电话，Lily 妈陷入沉思。如果真送女儿去美国读书，那她想陪女儿共同长大的愿望又无法实现了。更何况自己这么多年攒下来的钱全都要花在学费上，或许还远远达不到学费的标准。Lily 妈想到这儿，原本很快能与女儿见面的喜悦又一扫而光了。

见老公挂断电话，矮个儿女人赶忙冲到老公面前。"你怎么回事啊？咱们还没商量呢，你怎么就跟你姐说要把孩子接过来？你能不能在做决定前先跟我商量一下！"女人在男人眼里一直没有地位，但这次她还是勇敢地说出了心中的想法。

"商量什么？我刚才不都跟你说了吗。再说那是我外甥女，跟你商量什么？"男人走回沙发，把刚才掐灭的烟又重新点上。

"她是你外甥女，可这也是我的家！"

"什么你的家？你哪儿来的家？这是当年我姐省吃俭用付的首付才买下来的房子。没我姐，咱俩早喝西北风去了。"男人白了女人一眼。

"我就算没有功劳也有苦劳吧，我给你生了三个孩子，还给你办了身份。你为什么做事情之前就不能先问问我的想法？"

"你的想法我已经很清楚了，还有必要再听你拒绝一次吗？不过你说的身份问题，确实说到点儿上了。你这样，明天打电话找人问问，看能不能也给我外甥女办个绿卡。你给我办的时候那么顺利，给她办肯定也没问题。身份问题要真能解决了，我姐那边的压力也不用那么大了。"

"你都没问问我的意见就跟你姐说大话。办什么绿卡？怎么办绿卡！我跟她又没有血缘关系，我给她办不了绿卡。再说就咱们家这样的情况，也没钱给她做担保啊。"

一听女人提到钱，男人又急了："咱家什么情况？！你嫌我没赚到大钱是吧！我还没说你天天在家白吃白住呢！反正这个绿卡你办也得办，不办也得办！"说完，男人起身朝卧室走去。

女人呆呆地站在原地，委屈得说不出话来。她是想过要离婚的，但离了婚又能够去哪儿？与其四处漂泊，还不如在家受男人的气。至少还有三个孩子陪着，至少还能解决一日三餐的温饱问题。

第二天一早，男人就开车到各个学校咨询。公立高中一致给出的答复是：没有身份，不让进。而私立高中虽然招收留学生，但昂贵的学费他们肯定负担不起。男人思来想去，决定直接去公立大学打听打听，看能不能收外甥女这样没有身份的孩子。

到了学校一咨询，只要有留学生签证外加年满十八岁就可以顺利入学，只不过学费比有身份的孩子要贵好几倍。男人说明了外甥女今年只有17岁，问能不能破格录取。学校给出的答案是：不管是否有身份，都需要进行入学考试。如果她的英文成绩不达标，就要从语言学校从头学起。所以还不如先考虑把英文能力提高上来，不然就算来到美国也会学得很吃力。男人觉得老师说得很有道理，于是拖着一身的疲惫往家的方向开去。

一进门，男人就问自己媳妇今天有没有打电话咨询律师替外甥女办绿卡的事情。女人回答说："问了，他们说我没资格办。必须是直系亲属或是姐弟之间才能办。就比如你给你姐先办，然后你姐再给她办。但这样一来，肯定要等十多年。"

男人不信，以为是自己媳妇故意骗自己。于是等到第二天，男人自己拨通了律师的电话进行咨询。得到的答复和媳妇昨晚说的一致，于是他只得放弃了给外甥女办绿卡的决心。

男人一连又跑了几所学校，得到的回答都大同小异。于是再次回到家，给远在日本的姐姐拨通了电话。

"喂，姐。我这几天都打听清楚了。绿卡是办不成了，但是过来上学绝对没问题。我建议小丽这半年就好好学英语、办签证。等签证下来了就来美国这边适应适应，找个语言学校什么的练练口语。之后等她十八岁了，就可以直接上大学了。"男人把知道的信息一五一十地告诉姐姐，包括学费和美国大学的学分分配。

Lily妈听弟弟说完，算了一下四年的学费总和，又算了一下自己每月工资和花销的差额。发现她这十几年辛辛苦苦攒下的钱,将将只够女儿这四年的学费。除了学费外,她简直多一分钱的生活费都给女儿凑不出来了。好在如果真去美国上大学,也不用一次性把四年学费都付清。想到还有几年周转的时间,Lily 妈才觉得去美国上学也是个可以考虑的后备之选。

Lily 妈把想法跟女儿说了一下,想问问女儿怎么想。没想到 Lily 在得知有可能可以去美国上学后,当机立断就决定要去美国不去日本。Lily 妈再三询问原因,Lily 却始终没有给出一个正面回答。

Lily 妈左思右想,看来这辈子是没法实现和女儿一起生活的愿望了。既然亏欠女儿的,那就索性答应她这个要求吧。在有限的金钱中替女儿实现赴美留学的美国梦也是自己唯一能做的了。母女二人在电话里又详细沟通了去美国前以及到美国后的各种计划,在双方达成共识后 Lily 开始研究如何申请留学签证,Lily 妈也开始起早贪黑地拼命工作。既然指望不上前夫,又不能拖累弟弟一家人,Lily 妈只能自己拼命赚钱和绞尽脑汁攒钱。一想到女儿将来拿着美国大学毕业证的样子,瞬间觉得自己就算再苦再累也都值得。

第四章　开学第一天

新学期有新气象，想象与现实不一样。

$\diamond$ 1 $\diamond$

　　吴暇母女对孙先生介绍的旧金山之旅格外满意。华人导游在大巴车上风趣幽默的讲解，使游客们都增长了不少见识。沿途经过的优胜美地自然风景区，山清水秀景色宜人。金门大桥和九曲花街更是必去景点。古城堡和酒窖也是回城的必经路线。吴暇母女很喜欢旧金山那种高楼大厦空间紧凑的城市感觉，况且北加州的气候也确实要比南加州凉爽得多。不知是一路的美景让她们心情大好还是她们自己在心态上调节得很好，总之这趟短暂的出行使母女二人一扫之前的阴霾，心情大有好转。

　　再次回到洛杉矶已经是三天后了，单阿姨在指定地点接上吴暇母女，于是何、单二人的关系又得以缓解了。

　　"再过几天就奥运会了，你跟欢欢有什么安排?"吴妈妈开口问道。

　　"美国小孩都不看奥运会的，欢欢只看 NBA。不过你跟小暇可以来我家看直播，到时候我也在家炒几个菜。"

　　何、单二人谁也没提之前不愉快的事，仿佛吴暇母女去了一趟旧金山，一切美好的情谊又都拾了起来。

几天后，让全国人民期盼已久的时刻终于到来了。身在美国的吴暇母女也怀揣着万分激动的心情，来到单阿姨家准备观看奥运会。

单阿姨早早地去超市买好菜，打算给吴暇母女好好露一手。同时也对欢欢下达了死命令，叫他老老实实在家等着哪儿都不许去。于是两家人其乐融融地挤在单阿姨家那个不算大的厨房里，有的负责剥蒜、有的负责炒菜。单阿姨突然觉得此时此刻有点小时候在家过年的感觉，觉得很温暖，仿佛这么多年堆积在她内心的苦闷，正在一点一点慢慢释怀。

正所谓人多力量大，很快四菜一汤就摆上桌了。单阿姨做了三道菜，分别是粉蒸肉、清蒸鱼和麻婆豆腐。吴妈妈做了红烧鸡翅和紫菜蛋花汤。吴暇负责给大家盛饭，欢欢则负责倒饮料和拿筷子。

四人笑盈盈地围着餐桌坐下，随着四只玻璃杯发出清脆的碰撞声，晚饭时光开始了。

没吃两口，单阿姨仿佛突然想起什么事，赶忙起身朝冰箱走去。

"怎么了小单？还有什么好吃的没端出来呀？"吴妈妈打趣道。

"我买了欢欢最爱吃的牛排，忘记做了。你们先吃，我先煎牛排。"

吴妈妈知道小单宠溺儿子，就像自己总惯着吴暇一样，不过还是关心道："要不我来吧，别一会儿菜凉了。你都忙活一天了，先过来吃点吧。"

"不用，你不知道他喜欢吃什么样的。你们先吃吧，我很快就好。"

吴妈妈看着小单，不禁心中暗自感叹："时间过得可真快啊，转眼间孩子都这么大了，我们也都人到中年了。"

"欢欢哥哥，你是不是今年就毕业了呀？你打算上哪所大学？"吴暇好奇地问。

"这附近就有一个全洛杉矶最大的 Community College，我到时候就申请那个学校。"

吴暇明显没听懂，追问欢欢那句英文是什么意思？单阿姨替欢欢翻译道："就是社区大学的意思，一般美国当地的小孩都是先读社区大学的。"

吴暇在国内的时候，从来没听说过什么社区大学，于是好奇地问："社区大学和其他大学有什么区别呀？世界排名多少呀？"

欢欢没料到吴暇会问社区大学在世界上的排名，不过也很认真地用并不太标准的普通话回答道："社区大学只有两年，普通大学有四年。其实教的课程都是一样的，只不过如果大一、大二在社区大学上，会省很多钱。因为政府有补助，所以我们都是先上社区大学，等修够两年的学分以后再转去四年制的其他大学。到时候拿到的毕业证还是之后那所大学的毕业证，所以其实上社区大学是很好的。"顿了顿，又补充道，"不过现在上社区大学的人越来越多了，所以两年之内应该还转不出去。我朋友的哥哥就在社区大学里读了快四年，不过也可能是因为他选的专业比较难，所以上的课程比较多吧。"

吴暇听完欢欢的解释，虽觉得美国政府给学生的福利还算不错，但却并不适合从国内来的学生。因为国内家长送孩子出国都是奔着名校去的，像这种排不上名次的便宜大学别说吴暇看不上了，退一万步讲如果让国内的同学、朋友、叔叔阿姨们知道自己只在美国上了一个毫无名气的社区大学，还不得在背后说三道四笑掉大牙吗？

想着想着，煎牛排的香味就飘过来了。

"还挺香啊。"吴妈妈称赞道。

"嘻嘻，那是。欢欢最爱吃我煎的牛排了。"

很快，牛排就煎好了。单阿姨关上火，端着盘子走了过来。煎得还算快，桌上的饭菜基本还都是热乎的。单阿姨把盘子放在欢欢面前，随即坐回原位开始吃饭。

吴暇咽了咽口水，没吭声。吴妈妈也心知肚明地没有多说什么，只是招呼单阿姨多吃菜。当然，单阿姨和欢欢也没有觉得有任何不妥。于是四个人，只有欢欢一人有牛排。

其实吴暇还是很在意的，毕竟她也还只是个孩子。她不免会在心里嘀咕为什么欢欢有牛排，而自己却没有。如果换做是自己的妈妈，就算不给自己吃，肯定也不会亏待别人家的孩子。吴暇不知道单阿姨是无心的，还是压根儿就没把自己放在眼里，再或许就是所谓的一个人过惯了，所以变得自私了？吴暇不明白为什么面前这位总是把自己打扮得很精致的单阿姨，骨子里却是这么小气。到底是跟她婚姻不顺有关，还是由于长期待在国外导致？为什么最基本的待人接物的方式她好似全都不知？是真的不知道，还是装作不想知道的样子？吴暇暗自发誓：不管自己将来有钱没钱，生活过得好与不好，都不能在外人面前掉价儿。如果决定招待别人，就算是借钱也要把对方招待好。与其像这样心不甘情不愿地招待别人，还不如干脆别揽这些事。

吴暇第一次意识到，懂得与人分享是一件多么重要的事情。以前在北京，父母在这方面一直做得都很好，所以在没看到反面教材前，很多为人处世的道理在吴暇心里早就习以为常了。然而当她今天见到单阿姨这个再自然不过的举动后，瞬间明白并不是所有事都是等量交换的。就好比即便吴暇爸妈在很早以前就把欢欢当成是自己的孩子看待，但在单阿姨心里，吴暇却始终是个外人。

大家伙儿吃饱喝足后，单阿姨擦了桌子、吴妈妈洗了碗，之后四人就准备观看奥运会的开幕式了。

就在此时，小插曲又出现了。

事情是这样的，在美国除去个别三五个频道是免费的之外，其他所有台都需要单独付费才能收看。由于单阿姨从没关注过体育台，欢欢又几乎都在朋友家看电视或在房间使用电脑，再加上如果多加几个频道每月又要多花出几十块钱，所以单阿姨家根本没有安装过可以收看奥运会的电视频道。

本想着用欢欢的电脑看，但四人一合计，欢欢的房间太小，根本就坐不下四个人。于是大家决定，过几天再找个时间到单阿姨家看重播，外加巩固一下来之不易的平和。

单阿姨开车送吴暇母女回到了出租屋，欢欢也借此机会开车去了朋友家。或许美国真的是太过寂寞，就连去别人家看个电视都能成为一天中最重要的娱乐项目。想到这，吴暇不禁有些恐慌。难道她真的要在这种社会环境中待到大学毕业吗？不过转念一想，这又有什么关系呢，反正妈妈一直都会在自己身边陪着。

到了出租房，单阿姨没有上去。确切地说，自从吴暇母女搬到这里后，她就从没进去看过。吴暇母女下了车，谢过单阿姨后便朝那间闷热的小屋走去。

房间一直很热，阳光每天一直从午后晒到太阳下山。屋里没有空调，因为据说她们搬来前屋内的中央空调就坏了。房东一直不想花钱修，要不是摊上吴妈妈为了能给小孩找个离学校近一点的房子，她这间屋子肯定是租不出去的。

　　吴妈妈买了个电风扇。不过不管电风扇如何卖力地吹，吹到身上的风始终是热的。

◇ 2 ◇

　　几天后，吴暇母女又到单阿姨家吃了晚饭，并顺利地观看了奥运会。

　　从打开电视机到她们离开，母女二人全程都很激动。两人目不转睛地盯着电视屏幕，生怕错过任何一个细节。然而坐在一旁的欢欢好似对奥运会并不怎么感兴趣，只见他一直拿着手机在跟朋友发短信。

　　"欢欢哥哥，你喜欢看哪些体育项目啊？"

　　"我只看篮球，NBA。"

　　"看那个多没劲啊。我喜欢看排球、羽毛球、跳水、游泳、体操，还有乒乓球。如果是世界杯就更好了，我最喜欢看足球，因为我爸喜欢看足球。"

　　"Oh，okay."

　　其实也不能怪欢欢对奥运会比较冷淡，主要还是在于两国对奥运会的看法有着本质上的差异。中国人普遍认为奥运会是一个向世人展现我国风采的重要时刻，国家队的队员年复一年、日复一日地刻苦训练，就是希望能在奥运会上为国争光，从而不辜负国家和人民对他们的期望。

　　然而美国人对待奥运的态度却截然不同。一些参加奥运会的美国选手都不是职业的体育选手，他们有的是医生、有的是工程师、有的甚至是老师。大部分人都有一份稳定的工作，只是他们在某项运动上比常人多了一些天赋，所以在奥运会开始前国家会召集他们在短时间内加强训练。其实说白了，大部分的美国人对待奥运会的心态要比中国人平和很多，他们没有指望那些选手获得什么名次，他们只当是看了场普通的体育比赛而已。所以在欢欢眼中，吴暇母女那种热烈的、期盼的眼神显得格外夸张，而吴暇却觉得欢欢的冷淡是一种不爱国的表现。

说起爱国，又有一件事情不得不说。当吴暇母女看到中国队出场或中国选手走上领奖台高唱国歌的那一刻，母女二人都会忍不住热泪盈眶甚至一同唱响国歌。那种发自内心的骄傲和身为中国人的自豪，在那一刻被吴暇母女展现得淋漓尽致，那完全是一种最本能的发自内心的情绪。她们觉得此时此刻，那些站在领奖台上的中国队员都是英雄！

然而欢欢却和她们恰恰相反。当他看到中国选手的完美表现时，并没有什么反应。可是当他看到美国选手的良好发挥时，却显得格外开心。不过那种开心也仅仅是开心，并不是吴暇母女那种由衷的激动之情。

尽管吴暇不愿意承认，但事实就是如此。虽然吴暇和欢欢都长着一张中国人的脸，虽然他们都留着炎黄子孙的血，但欢欢早已把自己看成美国人。不管吴暇母女能否接受这个事实，至少欢欢承认自己是美国人，至少单阿姨也早已认定欢欢是属于美国的孩子。

日子依旧一天天地过着，从单阿姨家看完奥运会到现在为止已经有几天了。原本吴妈妈想着自己和小单的关系得到了缓和，女儿从旧金山回来后心情也好了很多，应该不会再出现什么其他状况了。但她万万没有想到，在出租房住了没几天女儿就开始疯狂掉头发了。

吴暇的发质一向很好，又黑又直极其浓密。以前在北京吴暇从不掉头发，但最近每次洗完澡都会发现头发大把大把地掉。吴暇很害怕，问妈妈是什么原因。吴妈妈觉得可能是最近只给吴暇吃从九毛九超市买来的食物，导致营养缺失。她们为了少走冤枉路，几乎能不出门就不出门。不是因为她们懒惰，而是洛杉矶的太阳实在是太晒了。如果是在北京走两三站地去买点东西肯定不成问题，但在洛杉矶顶着大太阳行走在毫无阴影的马路上，也着实让人一阵眩晕。吴暇好几次都要中暑了，吴妈妈也感到有些身体不适。为了减少出行次数，吴妈妈每次炒完菜都会放在冰箱里，然后第二天再用微波炉热一热拿给女儿吃。

吴暇倒没觉得有多委屈，毕竟她觉得吃隔夜饭总要比出去暴晒强得多。但吴妈妈却清楚地意识到，肯定是时间久了女儿营养跟不上，才会出现掉头发的问题。她很自责，也很无奈。她自责不该让女儿受这样的苦，虽然女儿嘴上不说，但这样的生活方式已经比在北京时差了很多。她无奈，因为她到美国后才明白，自己的好友根本靠不住。虽然现在她们居住的房子只跟小单家相隔十分钟的车程，但小单却从没主动提过开车带她们去趟超市、买点生活必需品。

是的，小单从来没提过。好像自从她们从小单家搬出来后，小单对她们的生活就彻底不闻不问了。有时吴妈妈自己也会想，"小单自己每周也要去买菜，既然她知道我们刚来美国人生地不熟的，又没有车，为什么就不能主动问一下或直接捎上我一起去买点东西回来呢？"不过想归想，吴妈妈依旧本着从部队出来的那种不怕脏不怕累的原则生活。她觉得能自己干的就自己干了吧，反正无非就是累一点也没什么大不了的。不过一想到女儿跟着自己受罪，难免有些心碎。

"妈，要不你问问孙爷爷为什么我掉头发吧。我看他知道的事情多，你问问他吧。"

"好吧，那我去问问孙先生。"吴妈妈的思绪被女儿打断，随即来到客厅询问孙先生。

孙先生正在看电视，是洛城18台，一挡会播一些过时的华语连续剧的频道。

"孙先生，我向您咨询一下啊。"吴妈妈坐到沙发上，"小暇最近老掉头发，您知道是什么原因吗？我觉得是我这段时间给她做的饭太没营养了，不知道还有没有其他因素会导致孩子掉头发。"

孙先生一向是个很注重礼节的人，他见吴妈妈过来向他请教问题，顺手就把电视声音调到了静音。

"是啊，你最近给孩子吃的东西太单调了，而且微波炉对身体也不好。哎，真不是我说你那个朋友，自从你们搬到这里以后就没见她进来看过。

她要是能每周带你去几趟超市，你肯定也不会老让孩子吃微波炉热过的饭了。"

吴妈妈苦笑道："嗯，她挺忙的。一个人带孩子也不容易，我也不能总麻烦她。"吴妈妈不知道还能用什么话替小单辩解，因为她自己都已经不想再替小单解释了。

"出门在外能帮则帮，况且你和她从小一起长大，她这个样子真的是有点说不过去。"吴妈妈在平常聊天的时候会和孙先生聊到自己以前在北京的经历，也就自然而然会提起那些年她和小单的情谊。孙先生喝了口水，继续说："掉头发还有一个原因是美国的水质和中国的不一样。我们刚来的时候也都会掉头发，你给小暇吃一点复合维生素片就好了。"

一听有办法解决，吴妈妈立即问道："哪有卖复合维生素片的？我去给小暇买一瓶。超市有吗？"

"超市没有卖的，要到专门的保健品店和大型的美国超市才有。你现在就给你那个朋友打电话，让她给小暇买。不管怎么说她也算是小暇的长辈，给孩子买点东西她应该也没有理由拒绝的。"

虽然吴妈妈不想麻烦好友，但转念一想孙先生说的也有道理。既然是给小孩买东西，就算小单对自己有什么意见，看在自己是小暇阿姨的份上应该也不会拒绝。再加上自己也确实不清楚在哪儿可以给孩子买到复合维生素，所以麻烦小单跑一趟也在情理之中。想到这，吴妈妈谢过孙先生，回房拨通了小单的电话。

"喂？"

"小单啊，这两天做什么呢，忙不忙？"

"还行吧，不忙。"

"是这样，小暇最近总掉头发。我一打听他们说可能吃点复合维生素片就能好。你看你一会儿下班有时间吗，能不能帮忙给孩子买瓶复合维生素？要是你下班没事，叫上欢欢咱们一起吃个晚饭？"

"掉头发啊？哦，好吧。饭就不吃了，我家里还有吃的。"

"另外这房子实在太热了，房东还没找人来修空调。你要是有时间的话也顺道帮我买两个小西瓜吧，就我家旁边那个九毛九超市就有，一块钱一个的那种小西瓜。"说完还不忘解释一句，"其实我们走路也能去，但是这几天实在太热了,我跟小暇都有点要中暑,所以就麻烦你跑一趟了。"

"行,知道了。我下班给你。"

"好的,那你先忙。"

"拜。"

单阿姨下了班直奔超市而去。她给吴暇母女拿了两个小西瓜,顺便也给自己挑了一个打算回家尝尝。一想到保健品店和回家的路线正好是两个不同的方向,单阿姨就没去给吴暇买复合维生素片。

开到吴暇她们租住的出租房后,单阿姨没有下车。她掏出手机给吴妈妈拨通了电话,告诉吴妈妈自己已经到门口了。

"来了啊小单。"吴妈妈接到电话后,赶忙从屋里出来,"要不要进去坐坐?"

"不进去了。这是西瓜,复合维生素片我下次再去买,不顺路。"

"哦,好。要不中秋节一起吃个饭吧,我看再有两个多礼拜就中秋了。回头你叫上欢欢,咱们四个在美国也吃个团圆饭。"

"行,到时候我跟欢欢说一下,看他有没有时间。"

"好,那你们定下了就打电话通知我。"

"OK,没别的事我就先回去了。"单阿姨打开车门准备坐进去。但就在身体快要全部塞进车内时,她好像突然想起什么似的,重新站出车外对吴妈妈说:"哦,对了。差点忘了,西瓜总共两块钱。"

吴妈妈明显愣了一下,然后快速缓过神儿,从兜里掏出早就准备好的五块零钱递给小单。单阿姨接过钱说:"我找你三块。"

这样的对话多多少少让吴妈妈觉得有些尴尬,于是她说:"不用了,你拿着吧。路上慢点,注意安全。"

单阿姨也顺水推舟:"那行,那我就先走了。"说完就开着那辆香槟色的本田汽车扬长而去了。

多年后,吴妈妈通过国内的某个朋友得知,小单的父母曾拿出了一部分退休金来支援小单买这辆车。当吴妈妈得知这些后,不禁哑口无言。"叔叔阿姨对她这么好,她有什么资格一直记恨他们?"不过这都是后话了,毕竟那个时候吴妈妈对这些事还并不知情。

吴妈妈拎着西瓜打开房门,正巧碰上刚从后院游完泳的孙先生。

"孙先生又去游泳了？要不要吃点西瓜？"她依旧保持着国内那套对街坊邻居都很热情的老习惯。

"谢谢了小何，我就不吃了，过一会儿我要跟女儿出去。"

"那行，那西瓜我就放冰箱了，觉得天气太热您随时拿去吃。"

孙先生笑了笑，表示好意心领了，随即上了楼，走进自己房间去。

吴妈妈走进那个狭小的"蒸笼"时，吴暇正躺在床垫上发呆。见妈妈回来了，她有气无力地说："快去挖一碗儿来，我快不行了。"

吴妈妈看女儿那一脸快中暑的样儿，立刻下楼替女儿把西瓜切成两半。

再次见到妈妈，吴暇"噌"一下坐了起来。接过妈妈递来的勺子和西瓜，贪婪地享用着。

"妈，你说什么时候才能到冬天啊？再这么住下去，我绝对就牺牲了。"

"我听孙先生说，就算是冬天也跟现在这气候差不多，只不过天黑的早一点儿。"

"啊？那还让不让人活了。"

"什么死啊活啊的，天天竟胡说。"吴妈妈有些生气。她觉得女儿一个大姑娘家，整天这样口无遮拦的，一点都不像个女孩子。

"你就别说我了，你赶紧汇报一下刚才你们见面的场景吧。"吴暇一直都用这样的口吻和爸妈对话，他们三人好像早就成了朋友。吴暇可以各种没大没小，吴暇爸妈不但不埋怨还都挺接受。

"嗯，被你说中了。除了西瓜，没有其他的。"

"对吧！我就说吧！她肯定除了西瓜什么也不知道买。你说她怎么这样呢？你好不容易麻烦她干点事，她怎么也不知道一趟多买点东西过来？咱们又没车，这大热天的，她怎么就不能温柔体贴一次？怪不得找不着对象呢，就她这么自私谁能看上她呀。"

"又开始胡说八道了！大人的事儿你别瞎评论，找对象这种事方方面面的因素很多。再说人家单阿姨一下班就给你买西瓜去了，你还有什么不高兴的。"其实吴妈妈虽嘴上训斥女儿，但心里却是认同女儿的。像小单这种不为他人着想的人，也确实很难找到合适的对象。人跟人都是相互的，只想着索取不想着付出又如何长久得了呢？

不过不管怎么说,吴妈妈和小单也都是从小长大的朋友。所谓发小儿,就是即便长大后发现对方变了很多,也依旧会单方面地认为自己的发小儿还会再变回从前的模样。所以吴妈妈依旧对好友持肯定态度,也依旧觉得没准过段时间小单就正常了。毕竟她们这么多年没见,生活方式有些改变也在所难免。

◇ 4 ◇

还有不到十天就开学了。虽然吴暇的初三成绩单还没有落实,但小姑娘明显也看开很多。她不再像之前那般急躁,而是渐渐明白世界上有很多事是由不得她的。同时她也意识到,很多事也是父母力所不能及的。她开始懂得不论一件事的过程和结果是否如意,都要将心态放平的道理。

吴暇依旧每天和外公外婆视频,也依旧每天听着中文歌、回复着同学们留在留言板里的话语。她觉得日子好像过得还算安稳,虽然身在另一个国家,但除了现实生活无聊点之外,网络世界依然精彩。

吴妈妈和女儿不一样。她除了要计算着开学的时间,还得尽早替女儿上个保险。

保险,是美国人必备的一项生活保障。由于医疗费用太贵,如果没有保险随便打个点滴都要花上几千甚至上万美元。如果要是不小心出了车祸动个手术,则有可能花掉几十万美元。所以人们常说在国外千万不能生病,不是因为国外不容易生病,而是真的生不起这些病。

通过楼下那对湖南夫妻的介绍,吴妈妈了解到很多医疗保险以及理财保险的相关信息。经过一段时间地详细对比,吴妈妈给女儿买了医疗保险。虽然正常情况下肯定也不会生什么大病,但如果女儿真有个头疼脑热或者上体育课不小心骨折了,在异国他乡有个保障也总归让人安心一些。

九月一号很快就到了,吴爸爸在北京前前后后往学校跑了不下十次,终于在两周后拿到了吴暇的初三全年成绩。吴爸爸先是给她们扫描了一份过去,随后又将原件用 EMS 寄到美国去。

在收到爸爸邮件的那一刻,吴暇的内心其实是很矛盾的。她很想早点去学校报到,但同时又很舍不得不用上学的散漫日子。有段时间她甚至默默祈祷学校别给她开初三成绩单,这样她就可以继续优哉游哉地整日逍遥。

想归想,但吴妈妈还是一大早就给她拎起来,拿着复印件去学校报到了。由于国内学校办事效率太低,各个部门推来推去,再加上本来美国学校开学就比国内早一个星期。吴暇再次来到学校时,发现美国学校已经开学将近一个月了。在欢欢的翻译下,学校老师勉强同意先以复印件为准让吴暇先入学。不过也一再强调,等成绩单原件寄到后必须立即交给学校,否则吴暇将面临随时被退学的风险。

入学手续办好后,老师带吴暇走进另一间办公室。老师对吴暇说:"你先在这里坐一下,我们需要根据你在中国的成绩帮你安排课程。"说完,便转身离去。

吴暇在那儿一等就是大半天。起初她还笔挺地端坐在那儿,可到后来当她透过玻璃窗看到所有老师都有吃有喝有说有笑的时候,才意识到没必要坐得那么端正。反正美国人也不看重这些,何必弄得自己腰酸背痛?

又等了很久,老师终于拿着一张纸走了进来,吴暇明显看到老师的右嘴角多了几粒饼干渣。

"这是你这学期的课表,明天就可以来上课了。祝你好运。"说完,老师就走了。吴暇不知是该感到开心还是失落,她拿着那张纸和妈妈一起朝家走去。原本吴暇以为欢欢还在学校,却得知欢欢替她翻译完就开车去找朋友了。

由于吴暇是最后一个入学的,即便小姑娘各科成绩都合格,但很多课也已经没有她的位置了。排课老师给她排了 ESL Level 1(E:English,S:Second,L:Language),也就是最最基础的英文课,面向英文是第二语言的学生。另外有一节 Algebra 2、一节 Chemistry 1、一节音乐课、一节美文鉴赏的选修课和一节必修的体育课。

虽然课程不多,但一些词吴暇还是没有看懂。就比如"Algebra"这个词,吴暇也是在查完电子词典后才明白是代数的意思。

　　吴暇早早地上了床。她想着今晚早点睡明天能以饱满的精神状态迎接她到美国来的第一堂课。然而她却事与愿违地在那张单人床垫上怎么也睡不着。吴暇的睡眠质量一向很好,确切地说是非常能睡。平日里如果吴妈妈没有特意叫她起床,她恨不得能在床上睡一天都不成问题。

　　小姑娘确实是紧张了。她怕自己在新学校什么也听不懂、怕同学会嘲笑她,更怕自己会交不到新朋友。她就这样躺在床垫上胡思乱想,一直到后半夜才渐渐睡着。吴暇心里清楚,自己还是很敏感的,即便她总在外人面前昂首挺胸、强装坚强。

5

　　第二天一大早,吴妈妈便早早地起了床。她替女儿准备好早餐后,才回到房间叫女儿起床。

　　吴暇吃过早饭,背起书包朝学校走去。

　　学校很大,有很多教学楼。外围还有网球场、塑胶跑道、游泳池和一大片草坪。前面提过洛杉矶的房屋除了市中心有几栋不太高的楼房外,其余地区都是平房,R 市的 R 高中也不例外。

　　放眼望去,每栋教学楼都有一个编号,每个编号后加上不同的数字表示不同的教室。也就是说,如果将数学楼编号为"A 楼",那么可能代数 1 在 A1 教室、代数 2 在 A2 教室、函数 1 在 A3 教室,以此类推。

　　在美国没有所谓的固定班级,所以每个学生的课表和上课时间都是不一样的。比如 A 同学的课表是:生物 1、体育 1、英语 2、代数 1、历史 1、音乐 1。B 同学的课表是:英语 1、函数 2、政治 1、生物 1、体育 1、音乐 1。那么两人唯一能够碰面的机会则是在音乐课上。或许这也可以很好地解释为什么美国人在马路上都会主动跟他人打招呼的原因,毕竟一天下来确实有很多机会去接触形形色色的不同人群。另外,像这样没有固定班级的上课模式也可以理解为美国人更看重个人主义,而中国却更推崇集体观念的原因。

由于美国不存在某某班级,所以上任何一门课都是老师不动地儿,学生到处换教室的节奏。在这样看似一盘散沙的排列方式下,吴暇开始了紧张寻找教室的开学第一周(别人的第四周)。

第一节课是 ESL 1,上课铃都响完 3 分钟了,吴暇还是没有找到对应的教室。正当她沮丧地准备放弃时,一名迟到的学生替她指明了教室的位置。那间教室与其他教室看起来有着明显差别。之前吴暇一直穿梭在不同编号的红色教学楼里。然而那名学生替她指的却是一个白色的简易房,有点工地旁边工人们临时搭的那种简易房的感觉。于是吴暇拿着课表背着书包,朝白色房子走去。

房子很小,确切地说这里就是个临时搭建的教室。老师还没来,几名学生在里面窃窃私语。令吴暇失望的是,即便里面坐着的几位同仁母语都不是英语,但他们肯定也不会说汉语。

里面坐着一个墨西哥女生,一个东南亚男生和一个墨西哥男生。吴暇和他们点头示意后,找了一个靠窗户的位子坐下,等老师来上课。

老师依旧还没来,吴暇便好好利用了这几分钟的时间观察了一下美国教室的布局。房间不大,教室摆放了两排桌椅。注意,是两排,也就是横着摆放了两排桌椅。每排只有五个座位,不论坐在哪儿都会离前面的黑板很近很近。

和国内不同的是,美国教室的墙上没有粘贴国旗。不过一些基本设施倒还算齐全,比如黑板、白板、投影机、电视、DVD 机,等等。最让吴暇觉得和北京学校不一样的就是地毯了。不论是之前报名时进出的老师办公室,还是刚才找教室时进错的好几间其他教室。她发现美国学校的教室都用了深灰色的地毯,而并非国内那种水泥地或是白瓷砖。她不明白这样的设计是不是为了防止学生摔倒时受伤,但她只感觉如果在这样的环境考试,肯定察觉不到老师有没有靠近。

就这样又过了将近五分钟,一个体型肥胖、走路笨拙的白人老师走进教室。她皮肤松弛面部都是皱纹,吴暇预测这位老师应该有六十多岁的年纪。

老师很凶，并没有电视上演的那样开放。老太太一进门就规定在她的教室不能嚼口香糖、不能吃零食、不能把水瓶放在地上。甚至还特意强调"如果渴了只能喝水"这样的硬性规定。

课程内容很基础，几乎是从 ABCDEFG 开始教起。吴暇有些怀疑是不是学校老师给自己分错班了？虽然她的听力和口语都不太行，但再不济也不至于从 26 个英文字母开始学起。于是在无尽的困惑中，她熬过了来美后的第一堂英文课，确切地说是做了一节课的幼儿园水平的练习题。

第二节是数学课，代数 2。吴暇本想着先去上个厕所再去找教室，但美国学校不但教室难找，连厕所也不知道藏在哪里。没办法，为了不迟到吴暇只得赶紧走进数学教室，谁叫美国高中的课间只有短短 6 分钟而已。

数学老师是名男老师，头发花白，约莫六十岁的年纪。老师很和蔼，讲话一直面带微笑。不过他也明确指出了自己的规章制度——不准迟到。他说每天上课前都会点名，不能迟到不能早退，否则日后出成绩时课堂出勤率这块将得不到满分。

这是吴暇第一次真正了解到在美国上课是以什么标准来评判一名学生的最终成绩。一般不同的老师给出的评判标准不同，但无论怎么变也逃不开下面这几大块。第一是出勤率、第二是课堂互动、第三是课堂小考、第四是家庭作业、第五是期中考试、第六是期末考试。当然了，有的科目老师也会制定第七项，比如课外活动。不过由于"课外活动"属于小众，所以就不在这里过多提及了。由于每位老师所看重的侧重点不同，上面几项所占的分数比重也大不相同。

对于像吴暇这种刚从国内来的学生，出勤率有把握拿满分，家庭作业也能拿到至少 90%，期中考试和期末考试咬咬牙使劲复习复习也能争取拿到 80%。但最让他们受不了和无法控制的则是课堂互动和课堂小考。

课堂互动包括小组讨论和课堂发言。当三四名学生将桌椅围成一圈时，也就是吴暇想要自杀时。她完全听不懂小组内的其他成员在说什么，所以即便她能解出那道题也不知道从哪儿插嘴。至于课堂发言就更不用说了。这项指标的得分在于，你要先举手向老师示意自己想要回答问题，之后再在众多举手的同学里很幸运地被老师选中才行。如果很顺利地答对了老师的问题,才会获得这堂课的课堂互动成绩。于是乎,像吴暇这种母语不是英文的外国新生,这项成绩所拿到的分数比重基本超不过 50%。鉴于小组成员都很仗义,会将吴暇的名字写进小组讨论里,吴暇才勉强得到了几个小组讨论的成绩,至于想通过课堂发言提高一下 GPA(各科的平均分),则几乎没戏。

至于课堂小考就更别提了,老师会在临近下课前三分钟叙述他想问的问题,然后让学生们将题目写在纸上并开始作答。对于吴暇而言,不论这道题难也好简单也罢,在听不懂题目又不好意思举手让老师再重复一遍的情况下,说什么都是白搭。所以这项成绩对她来讲,基本等于 0。

按照这种标准草草计算下来,如果期中和期末的成绩比重占的大一点还好,平均下来还能勉强拿个 B。若是老师更看重课堂互动和课堂小考,能拿到 C 都算烧高香了。幸好吴暇父母比较开明,他们更看重的是吴暇的身心健康,而不是单纯的学习成绩。不然吴暇真不知道在得知这样的计算成绩方式后还能不能再安心地睡个好觉了。

上完数学课,吴暇去了趟洗手间,之后又上了音乐和化学两堂课。音乐老师和化学老师都很年轻,也就三十岁左右的样子。课堂氛围很活跃,没有那么多规定,所以经常看到班上同学有吃有喝,更甚者还戴上了耳机听歌。

上完这两堂课就到午饭时间了。吴暇随着人群走出教室,来到一片排着大长队的区域。R 高中没有室内食堂,全部都是买完饭后自己找地方吃。午饭种类不多,有几种不同口味的沙拉、几种不同配菜的中餐和几种不同肉类的墨西哥卷饼。

吴暇排的是中餐那一队。等她交完钱后,发饭的工作人员递给她一个白色纸盒、一包酱油和一个叉子。打开纸盒后,吴暇看到里面有几块肉。几块肉下面是大半盒米饭,除此之外再无其他。吴暇没时间抱怨为什么美国学校的中餐做得这么简单,而是四处张望着不知该去哪里吃饭。她背着书包端着纸盒,一间教室一间教室地推门却怎么也推不开(为了防止学生将食物带进教室弄脏地毯,学校老师都会在午饭时间把教室门锁上。不过老师们自己会凑在教室内吃饭,学生们也早已对此见怪不怪)。

吴暇找不到可以吃饭的桌椅,放眼望去,一群人围着不同教学楼并排坐着。对，席地而坐！每个人都拿着午饭背靠教学楼席地而坐地吃着。起初吴暇还站着吃，毕竟她想保持一下应有的淑女风范。但由于书包太沉站着太累，再加上阳光刺眼、胳膊太酸和站着太不合群等诸多原因。吴暇终于一咬牙一跺脚，像其他同学那样，找了个背靠教学楼的地方坐了下去。吴暇端着纸盒回想起国内学校那些她当年并不爱吃的饭菜，顿时觉得国内食堂不仅伙食美味，就连就餐礼仪都要比美国这个"文明国家"先进不止一万倍。

午饭过后还有差不多半个小时的自由活动时间，由于吴暇没有交到任何新朋友，所以这半个小时对她来说极其难熬。吴暇在学校里溜达来溜达去，半小时后终于盼到了预备铃响起。

下午只有一堂课，是体育课。上体育课之前，所有学生都要换上学校统一的运动服。其实就是一件印有学校 Logo 的短袖上衣和一条宽松的短裤。和国内学校不同的是，学生们平常不用穿校服甚至压根就没有校服。大家平常想穿什么就穿什么，只有在上体育课时才会要求换上这套衣服。于是女生去女生的更衣室，男生去男生的。每位同学都有一个 locker room，一般上面是转动的密码锁。换好衣服后，大家再到操场上集合。

说实话，吴暇最不爱上的就是体育课，以前在国内一上体育课几个女生就集体装病，然后老师在睁一只眼闭一只眼的情况下让她们围着操场走两圈就得了。走着走着，也就等于是给她们提供了看帅哥打篮球的极好机会。然而此时吴暇身在美国，这些小聪明完全派不上用场了。

首先，吴暇不知道那些装病的话用英文怎么说，因为装病其实就是没病。既然开不出医院证明，老师自然不会给她什么特殊待遇。其次，当所有人都跃跃欲试地享受体育课时，她自己一个人站在旁边也不太合适。最后，她是真的不想连体育课这种不需要说英文的课都拿不到高一点的成绩，所以吴暇只能硬着头皮参与。

体育课内容很多，除了各种前后左右的跳，就是做各种仰卧起坐和俯卧撑。吴暇本想着做仰卧起坐前肯定会去搬几个厚一点的垫子，就像在北京上学时那样，学校为了不把学生的衣服弄脏、不把屁股硌疼而准备的军绿色的垫子。可是吴暇万万没想到，老师口令一下，全体同学立马躺在水泥地上开始 one，two，three 地数上数了。不带夸张地说，不管是俯卧撑还是仰卧起坐都直接 50 个起步。吴暇虽然动作极其不到位,但在没有一处阴影的暴晒环境下也快累虚脱了,毕竟她从小就缺乏体育锻炼。

这还不算完,这才刚刚开始。接下来的跑圈简直是要了吴暇的小命。老师要求全体同学不管男生、女生都要围着操场跑 4 圈,而且还有时间限制。在指定时间内,晚十秒钟扣 1 分,直到不及格为止。4 圈是什么概念呢? 4 圈就是八百米。此时的吴暇真希望男、女不要太平等,真希望女生能够减少 400 米。吴暇就这样跑啊跑啊,跑到快要吐血。她实在坚持不了了,却也实在拉不下脸去向老师说明自己的体格比不上外国同学。只见她一步三晃地在最后五十米处停下,艰难地走到了终点。看到她这种情况,老师什么也没说,没批评也没鼓励,直接带领全体学生往看台方向走去。吴暇此时真想一溜烟地跑掉,然而在周边连棵树都没有的暴露环境下也真是无处可逃。

看台是阶梯状的,就像体育场那种看台似的,很宽很长,很大一片。吴暇以为老师会带大家到看台上坐一坐、休息休息、聊会儿天唱会儿歌。没想到啊没想到,随着老师中气十足的"Go"和手中秒表的再次按起。吴暇脑海中所呈现的和谐美好画面瞬间崩塌瓦解。眼见一群人疯了似地一拥而上,在看台上跑出了 S 形。他们从看台一端开始跑,跑到最上面之后再往下跑。就这样一会儿上、一会儿下地直至跑完整个看台为止。

吴暇随着大部队好不容易从起点跑到终点再绕回起点,却发现前面的同学只是向老师报了一下自己的姓名,就又像之前那样重新来了一遍。

吴暇上气不接下气地跟着他们又朝看台跑去,令她感到诧异的是,即便很多女生也已经累得气喘吁吁,却完全没有偷懒和作弊的想法。只见所有学生都用尽全力地跑完看台上所有的 S 形,总共三遍,一遍不落地完成老师交代的事情。吴暇记不得自己是怎么坚持下来的,她只知道自己拼命地对自己说:"不能停! 没到三遍不能停!"

吴暇好不容易跑完三圈,腿都快跑断了。她哪里有这么坚实的腿部肌肉支撑她在阶梯台上跑来跑去? 她能坚持下来全凭的是不能给中国人丢脸的意志力。她只觉得喉头一甜,恨不得快要吐血。吴暇跌跌撞撞地朝看台旁边的自动饮水机走去,她感到视线模糊,眼前杂乱的小星星瞬间变成一片刺眼的白光。吴暇就在这种看不清前路的情况下,朝着饮水机的方向走走停停。终于,她触碰到沙漠里那一汪清泉。只见她用最后一点力气按下饮水机的按钮贪婪地大口喝着。此时的吴暇再也没有其他知觉,她能感受到的只是两条腿颤抖得格外剧烈。

好不容易缓过几口气,吴暇强撑着快要散架的身体向同学们所在的方向望去。只见他们一个个都生龙活虎、有说有笑,好像完全没有任何过多的体力消耗。吴暇不想承认自己的体格不如外国同学,但事实摆在面前,又何必强词夺理百般遮掩。

离下课还有十分钟,老师也充分利用了这解放前的最后十分钟。哨声再次响起,大伙儿都陆续往一栋红色教学楼走去。打开门,里面是一个不小的篮球场。篮球场周围依旧是阶梯式的看台。不过他们没有在这间屋子过多停留,而是直穿篮球场朝另一间房间走去。

老师推开门,开了灯。吴暇立即看到这间屋子里放满了健身用的各种器材。这里有很多吴暇叫不上名的器械,不过像哑铃之类的物件吴暇还是认识的。

老师招呼大家在屋里随便找空地坐下,之后挨个点名去做引体向上。刨去走过来的那一两分钟,此时离下课还有 8 分钟。吴暇在心里默默祈祷千万不要点到自己千万不要点到自己,更祈祷时间能够早点过去。

体育老师翻开男生名单开始点名。等男生都陆续做完后,才轮到女生上去。由于吴暇是最后一个入校的,所以她的名字写在了名单最后面。也正因如此,她才总算逃过一劫!

女生名单还没叫几个人,就下课了。在国内从来没有接受过如此高强度训练的吴暇,在听到下课铃声和老师亲口说出"下课"这两个字时,差点没幸福地晕过去。她觉得世界上最开心的事也不过如此,只要今后不再让她上体育课,让她干什么都行。想到这,她凭靠仅存的最后一点力气,艰难地走进更衣室换上了自己的上衣。

吴暇像躲瘟疫一般逃离了学校那片体育场地,双腿颤抖地朝家走去。租房时,房东说学校和房子的距离大约是步行五分钟的路程,但其实真走起来至少也要十几分钟。没办法,吴暇只得在面临将来肯定会长一脸斑的担忧下,顶着大太阳艰难地朝家走去。她觉得自己随时可能脱水死去,那种生理上的折磨犹如在沙漠中走了半个世纪。

吴妈妈早早地去超市买了菜。为了庆祝女儿在美国的开学第一天,她特意炒了几道油烟不算很大的菜。虽然知道还不到饭点儿,但作为母亲的她早就迫不及待地把饭菜摆上桌等着女儿回来。吴暇的课表吴妈妈昨天有看,所以她估算了一下下课时间,女儿三点钟左右应该能够吃上饭。

吴妈妈一直不停地看表,希望女儿能够早点回来。她有好多话想问女儿。她想知道女儿今天上课能不能跟得上?英文能听懂多少?有没有交到朋友?班上同学多不多?可是直到三点一刻了,吴暇还是没有回来。吴妈妈有些着急,她开始担忧是不是女儿出什么事了。

其实如果是在北京,早十分钟回家和晚十分钟回家都无关紧要。可现在不同,现在她们身在美国。吴妈妈自己一个人带着女儿身居海外,任何一点小事都会让吴妈妈担忧起来,因为她容不得一点闪失,因为她只有这么一个女儿。

吴妈妈将炒好的菜用保鲜膜包好,随后进屋拿上钥匙便迅速朝学校方向走去。没走几步,她就看到女儿背着书包的身影。女儿走得很慢,而且一直低着头,毫无生气。吴妈妈一看情况不妙,于是三步并两步地小跑到女儿身前。

"累不累呀?是不是下课下晚了?"吴妈妈边说边摘下女儿后背的书包,拎在自己手上。

"累死了!你先别跟我说话了,我没力气说话了。"

"我给你做了韭菜炒鸡蛋,你回去先吃点饭再好好休息。"

吴暇摆摆手,示意什么也吃不进去。

在吴妈妈的搀扶下,吴暇觉得后面这段路要比刚才自己走的时候好走很多。吴暇走进大门的一瞬间,突然觉得太阳被无情地关在了外面。那种久违的清凉,让她无比舒畅。

吴暇没有吃饭,而是径直走回房间。她将自己狠狠地扎进床垫里,再也动弹不得。那天是吴暇有生以来睡得最沉的一天,或许是运动量太大了,小姑娘竟然一动不动地没有起夜。

第二天一早,吴暇照旧去学校上学。唯一让她感到欣慰的是,学校里每间教室都开着空调。除了上体育课以外,其他时间都不至于会中暑。不过总开空调也有坏处,那就是长时间待在空调屋所以不得不多带一件长袖衣服。于是这样一冷一热、一进一出的室内外温差,也着实折磨了吴暇好久。

吴暇就这样玩儿命般地坚持了一个月。英文课还是幼儿园水平,数学课还是会算不会听,体育课还是腰酸背痛腿抽筋。终于,吴暇鼓足勇气,决定跟学校老师谈谈调课的事情。

吴暇找排课老师说明了真实情况,希望英文课能升几个等级。因为 ESL 分为 5 个等级,等上完这 5 个等级才能上正常的高中英文课。也就是说如果想要顺利毕业的话,吴暇总共需要上完 9 个等级的英文课。照一个学期一个等级来计算,吴暇要是按照现在这个排课进度继续上的话,国内同学没准大学都快毕业了她还得在高中跟这几门英语课较劲儿呢。

听完吴暇的担忧,老师不为所动,回了一句:"很抱歉,这就是学校的规定。"吴暇又问能不能给她加一些历史政治这种必修课来学习?老师回答:"没上完 ESL,上不了必修课。"紧接着吴暇问体育课能不能不上?老师回答:"体育课是必修课。"

听到这样的回答,吴暇简直哭笑不得。她想立即转学,因为她很清楚如果按照这所学校的规章制度学习,她这辈子也毕不了业。

吴妈妈很是通情达理,在得知情况后也觉得这样的排课方式对女儿很不利。于是她们又开始了找新学校和找新房的日子。

根据孙先生以及楼下夫妇的介绍,紧挨着 R 市的 H 市有所不错的高中,整体水平要比 R 高中强很多。于是吴妈妈又从报纸上找了辆黑车,到 H 市的 W 高中周围看了看。环境确实很不错,学校建地很整齐。紧挨着高中有一个小学。小学对面又有一个幼儿园。学校周边的社区也很干净,明显城区比 R 市要新很多。再加上 H 市和 R 市离得也很近。日后去 R 市找小单也很方便。

吴暇母女在对比了几乎洛杉矶所有公立高中后，放弃了海边的白人区，排除了 L 市的墨西哥人较多的学区。最终决定听从孙先生他们的建议，转学去了 W 高中并租了一个临近新学校的房子。不得不提的是，房子离学校的步行距离要比之前短很多，只要五分钟就可以走到学校，这也是吴妈妈最终替女儿选择这里的原因。

房子依旧是在报纸上找的，也依旧是和他人合住。和上一次不同，这次是和房东住在同一栋房子里。房东是一对广东老夫妻，他们将房子的车库改造成了一个有独立卫生间的房间，二老自己住在改造过的一楼车库里。二楼有两个房间和一个厕所。吴暇母女租了楼上一间房，没过多久一个年轻的单身华人男子租住了另外一间。

吴暇很喜欢这所新学校，虽然体育课还是要很剧烈地跑，但这边的老师给她安排了跟美国学生一样的课程。她的课表里有生物、物理、正常的高中英文、美国历史、美国政治、数学和一节选修课。为了能让 GPA 高一点，吴暇把选修课选成了中文课。

在中文课上，吴暇结识了很多和她一样的新移民。其中包括来自中国台湾、中国香港、湖南、东北、上海、深圳等地的学生。大家在学校里都相处得很融洽。

于是在这种心情愉悦又能明显赶得上课堂进度的情况下，吴暇的留学生活总算是开了个好头。这一年仍旧是 2008 年，确切地说是 2008 年10 月。

第五章　在美国买房

中、美两国的房价相差多少？
买房时需注意哪些事项？

1

搬来后的第二个月，吴妈妈在遛弯时发现有一些房屋前面挂着广告牌。广告牌上会有一个人的照片和一个大写的"Sale"或大写的"Open House"。除此之外，广告牌的最下方还会有一个人名和一串电话号码。

吴妈妈揣着好奇回到出租房，等旁边的华人租客下班回家后，吴妈妈向他询问了广告牌的含义。房客很详细地给吴妈妈解释说："那些都是出售房屋的广告标志。在美国只要有房子要卖，都会在房屋前立一个这样的广告牌。上面照片里的人就是这个房子的房屋经纪，也就是业主请他/她来操办卖这套房子的所有相关手续。'Open House'指的是如果你想看房，可以拨打下面的电话跟他/她预约时间，然后他们会来给你开门参观并介绍房屋信息。"了解完这一情况后，吴暇母女又在平淡的留美生活期间，找到了一个新的乐趣——看房子。

随着多次询问和多次参观不同的"Open House"，吴暇母女大概了解了她们这个区域的联排别墅的大致价位。一百平方米左右的两室一厅一卫一个车库的价格大约在 32 万美元。稍大一点的三室一厅两卫两个车库的价格大约在 36 万美元。不过在美国买房需要每年交房屋保险和土地税，另外这样的联排别墅还需要每月缴纳 220 美元的社区管理费。从没考虑过在美国买房的吴暇母女在得知这个资讯后，也觉得目前还是租房比较便宜。

金融危机爆发了，起初吴暇母女并没有感受到有什么异常。华人超市里的菜还是很便宜，比如新鲜的肉馅仍旧只要 1.99 美元一磅，比如新鲜的大虾只要 3.9 美元一磅。再加上房租也没有涨，学校依旧全部免费。所以她们并没发觉金融危机给美国带来了哪些影响。

随着"Open House"的增多和房价的暴跌，吴妈妈意识到买房的好时机到了！果不其然，没过几天吴暇母女所租住的房子对面就挂了一个卖房的广告牌。

吴妈妈随即拨通了广告牌上的电话，是个韩国人接的。韩国人的英文不太标准，有口音。吴妈妈的听力和口语水平也不行。但在双方本着"一个想把房子卖出去"和"一个想把房子买进来"的心态驱使下，二人终于把时间约定好，由韩国地产经纪来带吴妈妈看房子。

准备售卖的这套房虽然只有一层楼，但房子依旧需要收取社区管理费。房子整体结构属于一个横向的长方形。大门在正中央，一进去右手边是客厅，正前面是开放式厨房。大门左手边是三房两浴，其中包括一个含卫生间的主卧、两个客房和一个带淋浴的公用卫生间。而房屋最右侧则有一个不到 6 平方米的封闭式的小院。

由于只有一层，阳光被门前的大树稍微过滤掉一些热度，室内温度明显与室外温度形成了鲜明的对比。这对于吴暇母女来说，真是既凉爽又没有阴寒之气。随后吴妈妈询问了房屋的价格，韩国经纪在纸上写下了 26 万美元。

26 万美元?！在短短不到两个月的时间里，这套房的价格与之前同样大小的房屋相差了整整 10 万美元！吴妈妈立即将这一情况告知父母和老公，四位大人都觉得既然房价这么便宜而且吴暇至少也要在美国念完大学才能回去。况且这套房的地段非常好，周边紧挨着幼儿园、小学和中学，旁边又有大型华人超市和大型购物中心，即便以后二人回国肯定也能很快出手卖掉或者租出去。更何况这套房的价格与北京昂贵的房价形成了鲜明的对比，于是四人一拍即合，决定拿下这套房子！

由于吴暇每天都要上课，买房的事情自然没有过多参与，主要都由吴妈妈一人进行。吴妈妈英文不好，又不会说韩语。考虑到日后在买房事宜上跟韩国经纪沟通不清，便想请好友帮忙翻译。毕竟她在美国只认识这么一个熟人，吴妈妈相信小单肯定也会帮自己好好把关和参谋。毕竟买房是大事，吴妈妈不希望将来房子会出现什么问题住着不放心。想到这儿，她毫不犹豫地拨通了好友的电话。

"喂，我上班呢，下班再说。"吴妈妈还没开口，单阿姨就挂断了电话。

等到吴暇放完学、吃完晚饭、上完网、写完作业、直到准备上床睡觉时，吴妈妈才接到好友的来电。

"今天找我什么事？"相信单阿姨在电话那头也已经洗漱完毕了。

"是这样，我们现在租的这个房子对面，有一个挂牌儿的房子要卖。格局什么都不错，价钱也很合理。我跟家里商量考虑买下来，毕竟现在一直给别人交租金，日积月累地也不便宜。周末你要是没事就过来帮我们看看吧，顺便也帮我问问那个地产经纪我们都需要准备哪些手续。我英文不好，小暇对这些太专业的术语也不太明白。你在美国二十年了肯定有经验，所以想让你帮着拿拿主意。"吴妈妈诚恳地说出了自己的想法。

单阿姨没有恭喜、没有道贺、没有说出买房注意事项、没有询问价格。她直接在电话那头噼里啪啦外加歇斯底里："什么？！ 买房？！ 我不用过来看！ 你们租的那片我以前也租过！ 我知道周边什么样！ 你们刚来美国买什么房？ 你们了解美国的法律吗？！ 你们有信用可以买房吗？！ 我真不明白你是怎么想的！ 你就不能租房子住吗？！ 美国那么多人都是租房住！ 有多少人一辈子都没买过房！ 我来这 20 年了都没买房！ 你们才来多久啊，刚来半年多就准备买房！ 怎么这些年从大陆过来的人都那么娇气！ 租房很不好吗？ 我真是理解不了你！"单阿姨几乎不带喘气地说完这么多，吴妈妈明显能听到听筒那头的剧烈喘息。

"不是小单，你怎么又急了。买房这事我们也是经过深思熟虑的。现在正好赶上房价大跌，这真是一个购房的好时机。其实你是美国公民，你如果考虑买房肯定贷款利率会更低。说实话，你最近也可以看看房子。现在买完等过两年经济复苏了肯定还会再涨，到时候你就赚到了。主要现在北京房子太贵，根本买不起。所以趁着现在投资，肯定保值。再说小暇怎么也得再在这边上六七年学呢，有个自己的房子对孩子来说也更安心。"吴妈妈把她的考虑说给单阿姨听。

"留学留学！就是出来学知识的！非得住大房子才能好好学习吗！"单阿姨把话题转到学习上。

"不是说房子大小的问题，现在我跟小暇挤在一间屋里，也确实影响她学习。再说跟房东一起住，活动空间也太局限了。要是真把对面那房子买了，肯定对小暇日后的生活也能起到好的作用。再说她爸爸跟她外公外婆也能过来看看她。这房子要是真买了，正好三间卧室。他们要是来了也能有个地方住，所以我考虑……"

吴妈妈继续说着，却被单阿姨打断。"反正我说什么你也不听！你要是想买就去买吧！刚来半年就想买房你就等着被人骗吧！"说完便挂断了电话。

电话声并不隔音，听筒那头单阿姨的暴怒，被床上的吴暇听得真切。"妈，你说她是赤裸裸地羡慕嫉妒恨吗？"吴暇对单阿姨所说的话已经有了免疫力，她不会再像刚来美国时那样生气。

"哎，不知道她怎么变成这样了。本以为她能替咱们高兴。"

"我问了班上同学，问她们的叔叔阿姨，还有父母的亲戚朋友是不是来美国时间长了也变成这样了？她们都说没遇到过这样的事儿。她们的叔叔阿姨都很热心，周末还开车带她们去环球影城玩。就我上次跟你说的那个台湾同学 Annie。就是眼睛大大的、住在寄宿家庭的那个 Annie，她说她住的那家房东还每天开车接送她上学，另外还想邀请我们去她家玩呢。"吴暇一脸羡慕地说。

"是啊，别说你那些同学了，就说咱们搬的这两次家，包括那几个黑车司机。大家都是初次见面也都很热情地给咱们介绍这个介绍那个，知道咱们刚来不容易，所以能帮就帮免得咱们多走弯路。哎，小单也真是让人寒心。"吴妈妈一脸叹息。

"幸亏你跟我来美国了！要是当初把我一个人托付给她，指不定我现在是不是抑郁了呢！"吴暇边说边幻想着如果自己长期住在单阿姨家的情景。

　　"哎,算了。她一个人过也不容易。你快睡吧。明天我再找找报纸,看看有没有又会说中文又会说韩文的翻译。"就这样随着吴妈妈的多次叹息,二人没再继续讨论下去。

　　其实多年后当吴暇独自在社会中面对形形色色的不同人群时,也会时常感受到与那晚相同的心境。其实有些人活得不快乐并不是因为不满足,而是因为太喜欢和他人较劲。如果自己有别人没有,便可随意指指点点或者皆大欢喜。如果自己没有但别人比自己早一步拥有,则会心生怨恨百爪挠心。其实人与人的相处,本就无需这般妒忌。能帮一把帮一把,帮不上的也可以为对方鼓鼓气。这样的良性循环不仅使对方心情愉悦,说不定日后也会得到相同的福音。然而很多人并不明白这个道理,于是心胸越来越狭隘,积怨越来越深厚。原本并不起眼的小事,都可以变成任意一次火山爆发的隐情。时间久了渐渐自我封闭,曾经最亲近的人也都随之远去。就好比吴妈妈和单阿姨,本想着真心换真心,却换来了指责与怨气。

2

　　挂断电话后,单阿姨越想越生气。她想不通凭什么何姐一来到美国就可以有钱买房,而自己这么多年却一个人四处租房。想到这,她更加坚定了将来要找一个有房有车又没有负担的有钱人共度后半生的决心。因为只有这样,她这么多年才算没白等。因为只有这样,才能稍微平复一下她内心的不平衡。

　　原本已经洗完澡钻进被窝的她,慌乱地从床上下来。连拖鞋都没顾上穿,就光着脚来到一楼厨房给自己倒了杯白开水。她咕咚咕咚猛灌了三大口,翻开手机通讯录里短发女同事的电话毫不犹豫地拨了过去。

　　电话很快就接通了:"怎么了小单?这么晚打过来。"

"我睡不着,你来给我评评理!"

女同事小声对丈夫说了几句,就走出卧室来到楼下客厅。"好,你说吧。"女同事在沙发上找了一个舒服的姿势,准备填补她旺盛的好奇心。

"刚才我那朋友给我打电话了,就是从大陆来的那个。她之前不愿意在我这住,非要搬走我也没说什么。搬走之后又嫌学校不好,又要转学。现在转走了,也租到房子了,又准备想要自己买房子住!你说她是不是没事找事?怎么别人能上那所学校,她家孩子就上不了?怎么别人能租房,她就租不了!"

女同事没有马上发表意见,想了想,试探性地说:"那个,小单啊。我说句话你别不爱听啊。"

"你说。"

"之前我给你支招是怕她们来到美国后就赖上你了,所以才建议你不要对她们太热心。但听你这么一说,我觉得你这朋友好像很独立呀。她们刚到美国什么都不懂就这么有闯劲,其实我还真有点佩服她了。"

单阿姨明显没料到女同事不但没陪自己一起咒骂何姐,反而说很佩服她。只见单阿姨直接在电话里喊道:"什么?! 佩服她?! 就是因为她对美国一点都不了解,才更不能这样啊。再说了,她女儿英文不行,能怪学校吗? 而且我离婚以后,不也是到处找房子跟别人合租吗! 我现在是为了我儿子,才特意租了这个独立的两房一厅出来住。我一个人带着孩子容易吗? 当初她们来之前说要住在我这,跟我一起平摊房租,我才觉得好日子快要来了。谁知道她说话不算话,说走就走! 现在在外面没租几天房子又说要买房子! 凭什么她就这么好命? 难道我就天生应该过这样的日子吗? 我们从小一起长大,凭什么她什么都有,我什么都没有!"

短发女同事并没有见过单阿姨口中的这个发小,所以对于单阿姨问的那些凭什么她发小有这有那的时候,也不知道应当如何回答。不过女同事心里很清楚,小单自己单身了这么多年也确实不容易,所以现在小单心里不平衡也情有可原。但可怜之人必有可恨之处,小单的一些思维方式和为人之道在某些情况下也确实略显幼稚,可能这也是她一直没有找到合适的另一半的原因。不过这些真实的想法,女同事是不会对单阿姨说的。女同事想了想,开口道:"其实最近房子确实跌得挺厉害的,我老公前几天还和我商量要不要再买个小一点的公寓做投资。嗯……怎么说呢，其实你朋友想在近期买房的这个想法我倒是挺支持的，毕竟现在做什么都不容易，趁着房价低把钱投在房子上也挺明智的。如果你有闲钱，其实也可以买个小户型来投资。我跟我老公这几天正在研究 P 市的一个小区，不仅性价比高，而且社区周边都已经建设得很成熟了……"

　　女同事详细地向单阿姨介绍这几天的看房心得，而此时单阿姨的大脑却"嗡"的一声快要炸裂。她不明白为什么自己的同事会向着何姐说话，她更不明白为什么所有人都有闲钱可以拿来投资？她觉得自己这么多年一个人在美国，不靠父母、不靠男人，现在她所拥有的一切都是靠自己一步一步慢慢积攒下来的。可为什么像何姐这种天天不工作的人，却有父母支持、有老公支持？她不平衡，她极度不平衡。就连她那个女同事都准备花钱投资房地产，而她自己的银行卡里却只有那少得可怜的区区几万美元。

　　想到这，单阿姨又猛喝了几口水。她觉得这个世界太不公平了，她的付出完全得不到应有的回报。她开始怨恨，这种怨恨来自她一直拼命掩饰的骄傲。她一直把自己打扮得光鲜亮丽，但在真相面前她所伪装的一切却又被现实击打得粉碎。她不服气，她不明白为什么自己盼了二十年都没有盼到的生活，何姐在刚来美国没几个月的时间里就可以实现？她没有觉得这一切是因为何姐有超强的适应力和果断的判断力，她只觉得何姐所拥有的一切都是通过不劳而获得到的。她恨这种不劳而获的人，她更恨自己样样都比何姐优秀，却怎么也遇不上一个没有任何经济负担又肯为自己付出一切的人。她觉得自己要身材有身材，要脸蛋有脸蛋，而且还是美国公民。就凭这三点，她就已经完胜何姐。可凭什么最终胜利的却是何姐？凭什么何姐可以轻而易举地得到一切？

　　"小单？小单你在听吗？喂？小单？"短发女同事已经把房子信息都介绍完毕了，却一直没见单阿姨回话，于是在电话那头开始叫她。

　　"哦哦，我在听。嗯，不早了，你先睡吧。我给我爸妈打个电话。"

　　"哦，好。那明天公司见，晚安。"

　　短发女同事挂断电话后摇了摇头，她觉得小单肯定没有在听自己讲话。

　　单阿姨没有给国内的父母打电话，因为她几乎从不主动给他们打电话。她觉得既然当初他们只给她换了区区几百块美元当嫁妆,那这样的父母又有什么忙可以帮得上？单阿姨光着脚回到了卧室,躺在床上直直地盯着天花板怎么也睡不着。她又开始回忆二十年前的场景,她觉得父母一直都亏欠自己、对自己缺乏关心。然而她却选择性地遗忘了很重要的一点。如果非要用金钱来判定父母是不是爱自己,那么尽管二十年前她的父母只有能力给她换来几百美元,但在二十年后,也就是吴暇母女刚到美国的第一天,吴妈妈就已经将她父母用退休金换来的一万美元交到了她手里。

没有人知道单阿姨是怎么看待这一万美元的,或许她觉得这些钱是她应得的。她可能从没意识到,在她抱怨父母没有关心自己的同时,国内所发生的大大小小的事情也都是由她父母独自硬扛。他们在国内不给身在美国的女儿添麻烦,就已经是对女儿最大的关爱了。单阿姨一直看不透这一点,她始终觉得自己今天所有"悲惨人生"的源头,都是源自她父母给她介绍的那个没有经济头脑的前夫。然而婚姻是两个人的,又怎么能够埋怨父母？不知是她真的不理解,还是她不愿承认如今的一切都是被自己亲手搞砸的。总之,她依旧无法原谅自己的父母、无法原谅自己的前夫、无法原谅前夫的家人,也无法原谅何姐和刚才向着何姐说话的女同事。她觉得所有人都不理解她,她觉得所有人都过得比她幸福,她觉得自己的内心永远得不到平衡和满足。

3

吴妈妈并没有因为昨晚好友的指责就心灰意冷。第二天一早,她就开始想办法去找能同时说三国语言的翻译了。

吴妈妈像当初找房子时那样,在报纸上仔细搜索着每一个登上去的小广告。然而令她感到沮丧的是,报纸上并没有提供翻译方面的广告。正当吴妈妈发愁时,突然灵光一闪,她想到自己曾经的高中同学正巧也住在洛杉矶,或许他可以帮帮自己。

2005 年,她们班的同学在北京搞校庆,吴妈妈记得以前的班长曾说自己常住洛杉矶。于是吴妈妈登录当时流行过一段时间的搜狐校友录,在里面联系到她的高中同学后,两家一起碰了面吃了顿便饭。

吴妈妈的同学姓张,张叔叔开车接上吴暇母女到他自己所住的 A 市转了转。张叔叔住的地方离吴暇母女住的地区有将近 30 分钟的车程(由于洛杉矶除了早、晚高峰堵车,其余时间都顺畅无比,所以 30 分钟的路程相对来说算是比较远了),随后张叔叔又说:"据说李连杰在这个区域也有套房子。"果不其然,A 市确实看上去很美丽。

张叔叔说以后如果有困难可以随时打电话给他,他现在属于公务员,在做电路工程方面的工作。在张叔叔那边吃完饭后,张叔叔又将母女二人送了回来。他看了一下她们想买的房子,并告诉吴妈妈地段不错可以考虑买进。之后又提了一些买卖房屋的注意事项,才独自离去。

在张叔叔的介绍下,吴妈妈认识了一位朝鲜族的会说韩文的阿姨。翻译姓金,金太太年轻时在美国读的大学,所以英文也还不错。毕业后,金太太在一家美国私企担任翻译工作。

当双方谈好合适的酬劳后,吴妈妈本着对美国政府的信任和初生牛犊不怕虎的精神,最终在金太太的帮助下和韩国经纪签订了厚厚一摞看不懂的英文手续。

不得不提的是,当时这套房也有一些其他买家下 Offer。但由于吴暇一家属于新移民,在美国没有信用分数,银行不给提供贷款,所以只得支付全额现金。也正是由于这样"塞翁失马,焉知非福"的机遇,与其他通过贷款买房的竞争对手相比,原房主最终选择跟直接付现金的吴暇一家交易。不仅最终的成交额比原先低了一万美元,就连房屋交接手续都比普通贷款买房节省了两三个月的调查周期。

就这样,从刚到美国一个礼拜就从好友家搬出去的吴暇母女,在经历了两次租房和一次转学后。在 2009 年 2 月底,也就是来到美国只有半年左右的时候,通过吴妈妈强大的适应力、果断的判断力,以及外公外婆和吴爸爸在经济上和精神上的大力支持与肯定,吴暇母女在美国经济大萧条时期,误打误撞地赶上了来美购房的最好时机。于是在身、心都有所依的情况下,吴暇开始了真正影响她一生的几年留美光阴。在接下来的日子里她结识了不同的朋友、体验了不同的生活、选择了不同的人生、感悟了不同的道理。随着出国留学的人群越来越多,吴暇所接触到的视野也将越来越开阔。

◇ 4 ◇

得到好消息的远不止吴暇一家。当 Lily 决定去美国留学后,便用攒下来的零花钱买了两本书。一本是英文单词书,另一本是介绍美国的书。

其实 Lily 并不是一个爱学习的孩子,可能这也和她的家庭有关。Lily 从小跟爷爷奶奶住在一起,难免会有代沟。再加上 Lily 奶奶脾气不好,三句话不对付就直接上手打。Lily 是被奶奶打大的,起初觉得委屈后来也就渐渐习惯了。

她曾对未来没有任何规划,因为她从没看到过任何一个成功的案例发生在她的生活中。既然没有对比,也就不会有太多想法。然而可以去美国留学这件事却让小姑娘有了不一样的感觉。虽然她并不了解美国,但不论走在哪里她总能听到人们在夸奖美国。并不能说她周围的人不爱国,只能说或许他们在老家生活得并不如意,所以才会对外面的世界抱有幻想和憧憬。就好比 Lily 母亲年轻时那样,有一颗不甘心一辈子待在老家的想要出去看看的心。

Lily 从没如此认真地读过一本书,确切地说她以前几乎都不怎么看书。老师知道她的家庭状况不太好,也不跟父母住在一起,所以把大部分的精力都放在了其他孩子身上。Lily 也并不在意老师的冷眼,她就像个假小子一样横冲直撞四处游荡。仿佛是独来独往惯了,她本能地习惯自己一个人待着,即便有些时候她真的很想融入到某个群体当中,但她始终都找不到合适的突破口。

Lily 觉得美国很有可能会是她唯一的出路。即便现在的她还没有很清晰的未来规划,但她却幻想着或许只有到了美国,人们才会很友善地接纳她,幻想着在那里应该没有打骂、没有白眼。

其实她也不清楚为什么自己不想和妈妈一起待在日本,或许是从小受奶奶那些话的影响吧。不管 Lily 愿不愿意相信,妈妈终究是早早地离开了她。所以她很害怕和妈妈相处,或许不应该用"怕"这个字,更确切地说应该是一种本能的不知所措吧。所以年仅十七岁的 Lily,想要避开奶奶、避开妈妈,想要去到一个很远很远的地方生活。

Lily 把书摆在了房间最显眼的位置,她希望可以用这种方式时时刻刻提醒自己多背一些单词,从而早点融入美国这个既美好又陌生的国家里。

Lily 翻开单词书,从字母"A"那页开始背起,她并不觉得枯燥也不觉得乏味。她给自己制定了任务,每天至少背五十个单词,如果背不下来就把剩下的加到第二天的任务里去。那段时间她几乎不干别的,除了死命背单词就是拿起那本介绍美国的图书翻来翻去。

她觉得美国有太多好玩的地方了。从那本书里她见到了自由女神像,她憧憬着将来有钱了一定要去纽约看看这个举着火炬的女人。她从书里看到了很多她在老家想都不敢想的事物和建筑物。那些五颜六色的让人无限向往的城市街区,是如此令她着迷。她觉得美国简直就像是天堂,她觉得这本小小的图书就足以让她开心一整年了,更何况是真的去美国上学?想着想着,Lily 就笑了。那种发自内心的微笑,是幸福的、是久违的。

Lily 没有管妈妈要钱找中介,因为她明白今后出国留学的学费肯定是由妈妈出钱。她也没有开口管爸爸要钱,因为她明白自己的爸爸恨不得跟自己没有一点关联。她更清楚爷爷奶奶本身也没什么钱,所以她像往常那样不靠天不靠地,有了问题只靠自己。Lily 开始每天去网吧查询如何办理签证的详细信息。她并不觉得这样慢慢摸索是在浪费生命,她反而觉得很幸福很开心。毕竟这是决定她能否来到美国的唯一途径,她没时间喘息,她只有誓死一拼。

第六章 在美国考驾照和买二手车

中、美两国的交规存在哪些差异？
在美国买卖二手车是否存在安全问题？

"你这个贱货！真是给脸不要脸！"一个男人低吼着。

"求求你！不要离婚！不要离婚！May 快跪下，快！我们求爸爸不要走！"女人哭着哀求。

"一大一小，两个没用的东西！"男人任凭跪在地上的母女二人苦苦哀求，头也不回地走出房间上了一辆大货车。

"你回来……你回来……"那个身材娇小的上海女人从地上爬起来，朝大货车的方向跑去。

货车已经发动，她知道自己在这么短的时间内肯定爬不进副驾驶。于是就双手抓住车后面的货柜扶手，希望丈夫看在自己爬上大货车的份上不要再开走。

可是男人好像并不吃这套。当他从后视镜看到女人的举动后，反而使劲扭转方向盘。只见他猛地踩下油门，将方向盘朝反方向一转，愣是将女人从车上重重地摔了下来。女人顾不得双腿鲜血直流，只是一个劲地朝货车远处的方向哭喊。然而她哭着哭着，声音突然止住了。只见她眼神木讷地望向远方，孤独地坐在洛杉矶 C 市某宁静住宅区的街道上。然而半晌过后，她的哭声突然如洪水猛兽般再次蹦出胸口，内心的悲痛再也抑制不住地狂流。

"妈！你怎么了！"听到母亲撕心裂肺的哭喊声，女孩赶忙从房间冲了出来，身穿粉红色睡衣的她直奔妈妈跑去。女孩姓梅，英文名叫"May"。女孩十二岁时跟随妈妈一起从上海移民到洛杉矶，现已在此居住 5 年了。

"他走了。他不要我们了。"

女人姓肖，名叫肖倩，是 May 的妈妈。肖倩身高 162cm，五官端正、皮肤白皙，有着典型江南女子特有的柔美气质。

"走就走吧，你别管他。还有我呢。"女孩坚定地说。

"你不懂，你不明白的。"女人继续抽泣着。

"妈你怎么流血了？"女孩突然看到妈妈左腿膝盖处擦破了很大一块皮。随着女儿的惊呼，肖倩缓慢地将空洞的双眼移向自己的左膝。"是他弄的吗？"女孩愤怒地说。

"他要走，我不让他走，然后他就……怎么会这样？怎么一切都变成了这样？为什么？这都是为什么？"肖倩越说越伤心，瘫坐在无人的街巷，直至被寂静的夜色淹没。

"妈你别再犹豫了，离婚就离婚吧！放心，还有我！我肯定陪着你。"女孩边说边将母亲扶起，坚定地朝家走去。

"妈妈不想离婚，不想离。"女人喃喃自语。

两人回到家，May 拿消毒棉签帮妈妈擦拭了伤口，然后陪妈妈在卧室待到很晚才回到自己房间休息。

由于昨晚一直陪母亲到深夜，所以第二天 May 起晚了。她没吃早饭，刷完牙洗完脸之后随手套了件衣柜里的白色 T 恤便夺门而去。

"我在这呢！"一个白净的男生一边压低音量小声喊道，一边在汽车驾驶座朝 May 挥手。May 朝声音方向望去，只见一辆银灰色的宝马停在家对面的马路旁。May 朝汽车走去。"宝宝你真美。"男生宠溺地看着眼前这个自己苦苦追求三个多月才追到手的单纯可爱的少女。

"咱们快点走吧，别让我妈妈看到了。"女孩赶忙催促着，随即坐进副驾驶的位子。

"看到又怎么了,反正你早晚都是我老婆。"男生虽嘴上这么说,却还是一脚油门下去。只见新买的 Z4 头也不回地朝 W 高中驶去。

男生名叫 Tony,比 May 大四岁,今年二十一岁。Tony 是留学生,由于第一年托福没考过,所以直到十九岁才考进洛杉矶 W 市的 M 公立大学。令人感到悲哀的是,到了学校进行排课考试时由于 Tony 英文成绩较差,没能通过正常大学英文水平的考核,只得先从语言学校上起。不过好歹他也算是进了美国大学,所以尽管只是语言班的学生,也同样要在学校注册个人信息。因此 Tony 也就顺理成章地拿到了公立大学的学生证。于是在国内期盼儿子带来好消息的 Tony 父母在看到儿子学生证的那一刻,便欣慰地往儿子卡里又多打了一些 money。

Tony 老家在江苏省 K 市,由于在上海上过几年学,所以习惯对外宣称自己是上海人。Tony 的父亲在政府部门工作,在当地也算待遇不错。母亲则开了一家公司,在丈夫的羽翼下将生意做得风风火火。由于家里就这么一个独子,也就难免对 Tony 过分骄纵。

Tony 和 May 的初识是在一次朋友聚会上。那时候 Tony 才刚来美国不久,在房东女儿的介绍下参加了一个生日 party。聚会当天,Tony 叫上了自己刚认识不久的同班同学。他们在聚会上认识了不少新朋友,随即奠定了日后他们在洛杉矶的关系网的初步结构。

随着大家相互自我介绍,Tony 认识了同样对外宣称自己是上海人的 May。那天 May 是和朋友一起去的。她留着披肩中长发,稚嫩的脸上不施粉黛。只见她安静地坐在房间角落,看上去清纯干净,如出水芙蓉般令人沉溺。

其实最早是 Tony 的同班同学先注意到 May 的。同班同学名叫 Jay。Jay 是北京人,比 Tony 个儿高,有一米八,据说是某个导演的儿子。Jay 看上 May 之后,想让 Tony 帮着传传话、递递情。于是一来二去的,May 看出了 Jay 的心意。不过 May 觉得 Jay 总是摆出一副高高在上的富二代的架势指挥着 Tony,而 Tony 则一直老老实实、本本分分地低调做事。久而久之,May 与随和的、充当传话筒的 Tony 成为了朋友,逐渐越走越近。

三个多月后,Tony 名义上为兄弟寻求真爱,实则自己成功捕获了少女的芳心。于是刚来美国没多久的 Tony 便顺利脱单,拥有了一个还在上高中的女朋友 May。而 May 也交了人生中的第一个男朋友,一个比自己大四岁,刚念完语言学校的留学生 Tony。

从 May 家到学校,如果走 Local 需要半个多小时,因为红绿灯有点多。所以 Tony 果断选择了只需要开二十分钟就能到达学校的 60 号高速公路。

他们在车上听着电台里的英文歌曲外加闲聊几句,没一会儿就开到了 May 的学校。Tony 停好车,准备步行将女友送到学校门口。Tony 亲吻了 May 那吹弹可破的脸颊,替她解开安全带并下车绕到副驾驶的位置将车门打开。

May 很喜欢 Tony 的这个举动,因为她很喜欢这种被呵护的感觉。她觉得 Tony 很绅士,和他在一起完全不必担心会受到伤害。或许是从来没有感受过一个男人这般细心的关爱,再或许是从来没有这么近距离地接触过某个男孩,所以只要男方举止稍微优雅些且没做什么出格的事,也就自然而然地让刚刚尝到爱情滋味的懵懂少女对其产生本能的依赖。她觉得 Tony 更像是兄长,觉得他的出现及时弥补了自己年幼时本应被保护的缺憾。

"走吧宝宝,我陪你到门口。"Tony 边说边按了锁车按钮。

"不用了,你快回去吧。"May 急忙摆手摇头。

"没事的宝宝,我陪你走。"Tony 拉起了 May 的小手。

"别别,让人看到了不好。"May 本能地挣脱 Tony 的手,脸颊迅速泛起微红。

Tony 最喜欢 May 的这种因害羞而特有的红。他喜欢她的单纯,喜欢她没被雕琢过的纯粹。其实在国内上学的时候,Tony 也交过几个女朋友,虽然那时候他年纪也不大,但由于家庭条件还不错的缘故,只要是花点钱买份小礼物便能俘获女孩们的心。起初 Tony 还因此沾沾自喜,但时间一长便觉得毫无乐趣。他很清楚面前这个小丫头和那些女生不一样,她不攀比不追求名利。可能 May 这样的性格也跟美国的大环境有关系,毕竟在美国生活久了的人哪怕在大街上只穿个人字拖都能昂首挺胸地走来走去。所以在一个不攀比的国家里是很容易找到像 May 这种不物质的女生的。再加上两人都是上海的,也就自然而然地好上了。

　　碍于 May 的强烈反对，Tony 只好放弃将 May 送到学校门口的念头。看着女友的身影渐渐消失在校园里，Tony 发动汽车扬长而去。

　　现在是高二上半学期，May 能明显感受到这学期的课程要比十年级时丰富有趣。虽然她十二岁才来美国，但那个年龄段的孩子在语言接受能力方面仍旧很强，所以没过多久她便适应了全英文的授课环境。

　　她有一些美国朋友，也有一些在美国出生的华人朋友。但说实话，这两种人在她朋友圈所占的比重并不大。她的朋友普遍还是集中在那些后来才从国内去美国的新移民。这也正是为什么即便是小学就到美国的小孩也很难真正融入美国本土社会的真正原因。由于父母的关系，由于自己所住的区域以及种种文化背景的关系，导致了这些孩子虽然在很小的时候就来到了美国，但他们还是更倾向于结交国内来的那些可以一起说中文并且生活习惯相同的朋友。

　　另一方面 May 一直找不到自己的存在感，当然这种现象在很多青少年中也普遍存在。不过每当国内来的新移民请她帮忙翻译一些老师的授课内容时，她便觉得异常快乐。因为这是她体现个人价值的最好时刻，因为平凡到不能再平凡的她终于找到了某种她有但别人没有的技能。于是她也就顺理成章地结交了吴暇这个朋友。

　　吴暇之所以能和 May 成为朋友，还有一个很重要的因素就是吴暇的身高和 May 相同。吴暇身高 168cm，May 也是 168cm。两人并肩走路很舒服，脖子不用抬得太高，也不用放得太低。就这样四目平视，便可很快交心。

　　在 May 眼中吴暇是一个自信满满、性格爽朗、不拘小节、大气的北京姑娘。刚开始的时候她还有点听不太懂吴暇说话，因为很多字都带着儿化音，但吴暇告诉她其实自己说的不是老北京的话而是普通话。直到第二学期班里转来了一个真正的南城老北京后，May 才算是分清了北京话和标准普通话之间的区别，从而领悟到和老北京相比，吴暇说的话已经很容易分辨了。

　　看得出吴暇是一个很骄傲的女生，甚至说是一个爱家乡胜过爱一切的女生。因为每当 May 和吴暇聊天时，吴暇总会很自豪地说："这里真没什么好的啊，等我上完学肯定立马儿就回北京，现在国内建设得可比美国好多了！咱们中国人迟早还是得回自己家的！”

其实 May 挺羡慕吴暇的，因为她对上海的印象已经很模糊了。小时候除了上学就是回家，她没怎么出去玩过。虽然听同学说上海和北京一样繁华，但她却没有太多真实的影像感受。正是由于没有对比过，所以每当她听吴暇说“北京怎么怎么好，洛杉矶怎么怎么破”的时候，也有想要去北京或上海看看的冲动。不过她心里明白，即便回到上海又能改变什么？再说即使回到上海她又能做什么？

随着生命中多了一个吴暇这样自信的朋友，原本沉默内向的 May 也变得开朗起来。她开始试着开怀大笑，试着评论谁谁谁做的事情很好笑。她觉得和吴暇在一起很幸运，可以释放自己在家所承受的种种压力。

“你打算学车吗？我听他们说在美国十六岁就可以考驾照了。”下课后，吴暇一边往嘴里送着沙拉一边问 May。

“现在还不想学，主要也还用不上。”

“用不上？”吴暇一开始没太听懂，但随即领悟道，“噢！你是想说现在有专人接送，所以不用自己开车吧？”

“哎呀，不是这个意思啦。”May 立刻双颊绯红。

“不过说真的啊，你男朋友个儿有点矮啊，跟你走一起不太配。”吴暇一向口无遮拦，想说什么就说什么，根本不考虑对方是否能够接受。

“嗯，是。我妈妈也是这么说，还说不让我和他在一起呢。”

“那你趁早跟他拜拜吧，反正我觉得如果家人反对的话，以后肯定麻烦事特别多。”

“以后的事我倒还没想过，但就现在来看，我觉得他对我非常好。不怕你笑话，我觉得他对我比我爸对我都要好。”

吴暇并不了解 May 的父母，所以也想象不到 May 所指的好与不好是什么概念。在她心里，她觉得就算父母再不好也差不到哪去，不到十七岁的她天真地以为全世界的家庭都和自己的家庭差不多。

"那你就先好好享受吧，反正我是不打算这么早就找男朋友。我总觉得现在的男生都特幼稚，可是话又说回来了，年龄大一些的吧肯定又觉得我特幼稚。所以与其这样，还不如自己一个人自由自在的，谁也不拖累谁呢。再说如果将来万一分手了得多尴尬啊，你说俩人是绝交呢还是绝交呢？哎，想想都觉得麻烦。不过可能还是因为我这人比较怕麻烦吧，所以总觉得多一事不如少一事。"

May 并不是很认同吴暇的看法，但作为南方人的她却不像吴暇这般有话直说。遇到意见不统一时，May 更喜欢把自己的观点藏在心里，然后嘴上说出一些无伤大雅的话作为回应。就比如现在，她就说了句："嗯，你说的也有道理。"

吴暇依旧大大咧咧的，听不出对方是否真的认同自己，继续说道："是啊，所以说你现在还是有点太冲动了，谈恋爱这种事不能这么草率的。"

"为什么这么说？"

"虽然我没谈过恋爱啊，但我觉得人和人之间肯定会日久生情的，所以第一眼特别重要。我觉得如果第一眼没看上，但男方却对我死缠烂打，没准时间久了我就心软了。所以说，如果第一眼没看上的就要果断拒绝，不然跟一个你并不是很喜欢的人过一辈子得多憋屈呀。"

May 在听完吴暇的这套理论后，依旧不认同。她觉得既然吴暇没有谈过恋爱就没有发言权。再说了，虽说自己一开始没看上 Tony，但如果不试试又怎么知道这个人到底适不适合自己？由于现在自己尝试了，所以即便 Tony 的身高低于自己，但 Tony 却给了自己无微不至的关心。这种关心就是她从未享受过的，这种感觉在她看来更像是因祸得福。所以她不认同吴暇的说法，当然，她依旧没有反驳。

除了对恋爱看法不太一致外，两个女孩在其他方面还是很相似的。她们都不攀比，也都没有太多心机。像大部分单纯的小女生一样，每天按时来学校上课，然后乖乖地放学回家。May 唯一和吴暇不同的地方就在于她现在多了一个每天接送她上、下学的男友 Tony，不过两人相处的时间也并不算长,基本也就是在四十分钟左右的往返车程时间段里谈谈心。

谈话内容进行到这里时,午餐时间基本也快结束了。两个女孩一起从地上起来,背上书包朝垃圾桶的方向走去。

在美国人工费很贵,所以在很多场所都是消费者自己收拾"残局"。就好比在快餐店吃饭,那里的服务员只负责做饭和点菜。消费者在店内吃完饭后,没有人过来替你收拾餐桌。为了给下一位客人留下一个较好的就餐环境,每位顾客在吃完饭后都会很自觉地将垃圾扔进餐厅内提供的特大号垃圾桶里。这样的就餐习惯在每个美国人心里都根深蒂固地存在着,大到全球连锁的肯德基和麦当劳,小到每所学校提供的席地而坐的就餐环境。

就好比现在的吴暇和 May,她们正将吃完的沙拉盒扔进在校园内随处可见的大号垃圾桶里,不光她们,人人如此。

吴暇觉得这样的就餐模式很好。原因有二:一是可以减少劳动力,二是可以培养个人的环保意识和自觉性。吴暇渐渐意识到所谓的独立性可能不仅仅是依靠家庭培养,在孩子的成长过程中,整个大环境的教育模式也极其重要。这种吃完饭顺手把自己身边的环境整理好的好习惯,或许真的值得赞扬。当然了,能确保这一事情可以成功进行的前提是,美国的垃圾桶随处可见。吴暇觉得这是她来到美国后觉得最方便的一件事了,由于垃圾桶在城市中出现的频率极高,再加上政府对环保的号召,她在美国从未看到有人随地吐痰和乱扔垃圾。不过这和个人素质也脱不了干系,但公评地讲,像国内那种好几十米都见不到一个垃圾桶的街道,又如何能与美国较量谁的环境卫生保持得更好?

吴暇将透明的沙拉盒扔进垃圾桶内,便和 May 一前一后地朝教室方向走去。美国老师总是卡着点儿才来上课。此时老师还没过来开门,教室门口聚集了很多学生。

吴暇和 May 离教室越走越近,就在她们快要走到教室门口时,二人同时看到教室门口有一对情侣正在卿卿我我,确切地说是两个女生在抱着亲吻。吴暇是最受不了这种事的,她觉得这样简直恶心透了。在她看来,早恋就已经对不起家长了,更何况还有同性恋倾向?

吴暇扭过头来问 May:"你说她俩在这儿干嘛呢?怎么那么不要脸啊。"

May 赶忙制止吴暇："在美国可不能这么说的。虽然我也觉得这样不太好,但是这里人人平等,每个人都有追求自己幸福的权利的。"

"瞧给你吓得,我跟你说中文呢她俩又听不懂。"吴暇继续一脸嫌弃地说,"重点是她俩觉得幸福了,咱们看着难受啊。你说俩女的在这搂搂抱抱,还对着嘴儿亲。哎呦,想起来就恶心!"吴暇不受控制地打了个哆嗦,"而且这还是在学校里,你说她们怎么就不知道注意点社会影响啊!"

"你刚来,肯定觉得好多事都不习惯。你在美国再多待几年就好了。在这里老师是不会干涉学生早恋的,所以她们才这么无所顾忌。我上初中的时候好多同学就开始谈恋爱了,老师都不会管的。"

"啊?! 这也太不负责任了! 这要是在北京,必须得找家长谈话啊。而且家长要是知道老师在学校睁一只眼闭一只眼的,肯定直接闹到校长室了。"

"嗯,这边的老师除了讲课之外其他什么都不管的。其实我觉得这样也挺好的,在家就够压抑了,如果到了学校再被老师打压,那就真是一点意思都没有了。"

吴暇并不认同 May 的观点,她依旧义愤填膺地说:"我不这么认为。正是因为这帮老师严重失职,完全没尽到一个老师应尽的义务,所以美国人才一点民族意识都没有,典型的自由散漫惯了。"

说完吴暇环顾了一下四周,对 May 说:"你看,就这样随便穿个夹脚鞋和小背心就来上课了,典型地不注意个人形象,而且压根就没把学校放在眼里啊。穿成这样就来上课,家长不管老师不说的。这要是在北京,早在教室门口罚站了。"

谈到着装问题时,May 并没有像以往那样选择沉默。只见她很坚定地否定了吴暇的看法:"这点我并不认同你,我反而更喜欢美国这样的生活方式。我觉得来学校上课是为了学习知识,所以穿成什么样完全取决于每个人的家庭条件以及每个人不同的审美。所以我觉得老师没有权利去干涉学生对于美的定义,就好比很多美国女生初中的时候就开始化妆上学了。不但家长不会阻止,而且学校也从未干涉过。其实我也早就想化妆了,只不过我妈妈不同意,所以我才什么都没往脸上抹。"

"我支持你妈! 咱们才多大啊,化什么妆啊。这么小就化妆一是对皮肤不好,第二,"吴暇顿了顿,又看了看周围化了妆的女生,小声说,"你瞅瞅她们,一个个眼圈化得那么黑,还抹那么红的口红。还有你看,你看她们穿的那裙子短的,跟没穿似的。太难看了,真的,一点儿审美都没有。完全体现不出含蓄的清纯美。"

听完吴暇的评论,May 一下就笑了:"嗯,她们确实化得有些太浓了,不过美国人嘛,在乎的就是彰显个性的野性美,跟咱们不一样的。"

两个女孩聊到这儿,上课铃也响了。老师慢慢悠悠地过来掏钥匙开门,门口围着的学生也都陆续走进教室了。

"哇,还是屋里舒服啊。"很多学生一进教室就幸福地欢呼着,毕竟在外面晒了快一个小时了,任凭谁进了空调屋都会感觉像是进到天堂里。

就这样,在这个对吴暇而言充满着太多不同观点、不同理念的美国校园内,她结识了来美国后的第一个好朋友 May。吴暇很珍惜 May,May 也很珍惜吴暇。虽然有时两人的观念有些不同,但绝大多数时候,她们俩也总能让彼此的脸上挂满笑容。

入住新房后,吴暇母女火速置办了家具。随后也邀请原先的房东来家里吃了顿饺子,毕竟日后也还是相隔一条马路的邻居。

既然孩子学校的事情落实了,在洛杉矶也算有自己的家了,吴妈妈决定去考驾照和买车了。从 DMV(美国车辆管理局,负责更换驾照、付罚单和进行考驾照的笔试与路考等事务)拿了中文版的交规后,吴妈妈翻了翻,总共也就一百道题。这么少的考题量,也给吴妈妈增添了不少信心。她决定近期不干别的,除了给吴暇做饭外,就是在家专心背题。

吴妈妈在北京有驾照,本以为只要稍看几眼就能了如指掌,却发现两国的交规存在着明显差异。比如美国交规里写道:"凡是遇到'STOP'sign

的指示牌,都要停车几秒再前行。""在路口处,即便是右转弯,只要没有红绿灯的地段都需要先停车再转弯。""只要行人从行人道下来,在脚触碰到马路的那一刻起,所有车辆必须停下让行人先行通过。""如果警车、消防车、救护车在道路上鸣笛,马路两侧所有车辆都必须立即靠右线停车。等确认警车、消防车、救护车顺利通过后,才可继续前行。""并线不能光看后视镜,一定要回头。"等等条例。

就拿并线必须回头这条来说吧,吴妈妈起初觉得很别扭,也很不解。她不明白为什么并线的时候要多加这样一个多余的动作。为了能让自己学得更透彻些,也为了能有一个专业的老师给自己进行讲解,吴妈妈在大黄历(身在美国的华人出版的一本外观是黄色封皮、比《辞海》还要厚的洛杉矶商户指南,上面包含各行各业的联系电话和简单业务介绍。只要是在工商局注册过的华人企业,都会在这本大黄历上出现)上找了一位私人教练。

私人教练个儿不高,皮肤黝黑,会说普通话,但说的并不好。一打听才知道,原来这名教练是越南华侨。其实他也算很厉害了,虽然英文、普通话和广东话说得都不标准,但至少也是会说四种语言的能人了。

教练开来的车是经过改造过的,副驾驶也可以控制油门和刹车。通过吴妈妈的询问得知,要想在美国当私人教练也并不容易。一是要有这种专门的车,二是私人教练资格证也并不容易考过。

虽然有时吴妈妈听教练极不标准的普通话听得很费劲,但通过教练的亲自示范,吴妈妈也能理解得八九不离十。通过询问得知,并线必须回头是因为在美国开车,大家基本都愿意上高速。由于在高速路上车速太快,为了避免有盲区,所有驾驶人员必须回头查看两侧,确认无车后才可切线去另一条车道。如果在考试时,考官发现并线时考生没有回头,则会扣掉很多分数或当场不予通过本次考核。

吴妈妈总共跟教练学了三次,每次上完课都认真记下教练强调的注意事项。当吴妈妈和教练都觉得练得差不多的时候,教练替吴妈妈申请到了两周后的笔试。

吴妈妈那天起了个大早。估计是十几年没参加过考试了,所以也显得比较重视和些许紧张。她照常给女儿做了早饭,然后叫吴暇起床。等吴暇背着书包去上学后,吴妈妈才坐上教练的车去 DMV 考取驾照。

肯定有人好奇为什么吴妈妈不自己去考场，而是非要教练来接她去考场？答案其实很简单，因为在美国进行路考的时候，需要考生自己提供汽车。因为吴妈妈没有车而教练想多赚一份钱，于是吴妈妈也就顺理成章地用教练的汽车去参加考试了。

DMV 离她家不算很远，差不多二十多分钟的车程。吴妈妈一面在心里回忆着笔试习题内容，一面对照着马路上其他车辆的行驶方式判断着对与错。值得庆幸的是，几乎被她看到的司机都还算守规矩，所以吴妈妈并没有发现任何一个在交规上出现的错误案例。

很快，他们就到 DMV 了。那里人很多，如果不是教练帮忙提前预约了，肯定至少要等两个小时才能排到号。不过就算是提前预约了，吴妈妈依旧在里面等了将近一个小时。起初吴妈妈还在一遍一遍地默背考题，但当她坐在那里等了将近半个小时之后，反而不觉得紧张了。吴妈妈开始打量屋里的人群，她觉得所有等着考试的人都很着急，但窗口里办事的工作人员却一个个儿悠闲地哼着小曲。毫不夸张地说，即便那些工作人员看到窗口有人上前咨询，依旧先给自己倒上水，再吃块巧克力，最后才慵懒地看向前来咨询的人，漫不经心地解答着对方的问题。"难道美国的公务员也是铁饭碗？所以才会如此悠哉？"吴妈妈不禁在心里问自己。

当教练第三次到四号窗口替吴妈妈催促进度后，终于轮到吴妈妈上场了。

"English or other languages?"一名工作人员问吴妈妈。

"Chinese."

工作人员给吴妈妈拿了一份中文试卷、一张答题卡和一支铅笔，并告诉吴妈妈考试所需的时间限制，便去招呼下一位考生了。

说实在的，吴妈妈起初一直觉得美国人对待交规考试会很重视。毕竟这里几乎人手一台车，尤其是在洛杉矶。吴妈妈原先预想着就算考场没有几个摄像头，至少也得有一两个监考官才行。可是当她拿着试卷走进那个连门都没有的开放式"考场"时，也着实对美国人民的自觉性深感惊奇。

考场环境是什么样的呢？准确地说，就是两排很长的桌子，高度大约在人们胸口的位置。没有椅子，所以考生需要站着答题。人与人之间根本没有隔离措施。也就是说，如果两个认识的人一起进去考试，完全可以互相看题。至于这个区域周围还有什么？说出来肯定让人不敢置信。这个区域不但没有隔离带，而且离那两排桌子不到两米的距离就是一排又一排的座椅。那些等着换驾照和等着考试的人们，就会坐在那些椅子上等待各个窗口叫号。也就是说，如果椅子上坐着自己熟悉的人，考生完全可以在"考场内"朝对面咨询考题。所以总结下来就是，吴妈妈正处在一个非常嘈杂，且没有任何防止作弊措施的不到八平方米的区域中回答着从一百道考题中抽取出的三十道笔试题。

吴妈妈很快就交卷了，工作人员当场给她打了分。值得骄傲的是，吴妈妈一遍过，而且还得了满分。这样的好消息确实让吴妈妈放松不少，她信心满满地对教练说："我觉得路考肯定也没问题！你就直接帮我约下周吧！"

吴妈妈带着轻松的心情又回过头来看了看那片考笔试的区域。所有人都很自觉地将眼睛锁定在自己的试卷上，没有四处游离。这也是吴妈妈第一次切实地感受到美国人对"革命靠自觉"的领悟境地。

笔试通过后，教练又替吴妈妈在窗口办理了下周路考的相关手续。回去之后，吴妈妈又上路练了几次，她觉得自己下周考路试肯定没问题，毕竟在国内接送女儿上学好多年了。

一周时间过得飞快，转眼就要考路试了。考官是个菲律宾男人，五十多岁。吴妈妈听教练说，每个考场都会有一两个"考生杀手"，也就是所谓的如果考生碰上他们，绝对不会顺利通过的意思。令吴妈妈意想不到的是，监督自己考试的这位菲律宾考官正是教练口中的"杀手"之一。

虽然吴妈妈自己不信那个邪，但多多少少也有点担心了。人就是这样，一紧张就容易出错。在得知考核自己的考官很犀利后，吴妈妈早就找不到之前考笔试得满分时的自信了。

"名字？"当吴妈妈坐进驾驶位后，考官也坐进了副驾驶。

吴妈妈跟考官核对了自己的身份信息后，考官示意吴妈妈可以开始了。

吴妈妈迅速回忆着教练告诉自己的全套预备动作。一是系好安全带，二是不管后视镜和左右两侧的镜子是否位置合适，当着考官的面都要假装调整一遍，直到调整到最合适的位置为止。

吴妈妈做完这两个动作后，考官用语速极快的英文问："大灯在哪儿？"

吴妈妈随即打开大灯。

"雨刷器怎么用？"

吴妈妈又调动了雨刷器。

"按一下汽车喇叭。"

吴妈妈照做。

"倒车挡是哪个挡位？"

吴妈妈指了指"R"。

"好了，上路吧。"

由于吴妈妈在国内开车的技术就不好，再加上从小就对考试比较紧张。在考官带着菲律宾口音的全英文问话下，她慌里慌张地放下手刹，调到"D"挡，踩了油门。

吴妈妈用余光看到考官在纸上写着什么。她心里怦怦直跳，生怕是不是刚才那脚油门踩猛了让考官不舒服了。她死死地扒着方向盘，脖颈僵硬地等着考官发号施令。

吴妈妈开着开着，突然发现前面有两个人准备从停车场朝她们这边走来。虽然吴妈妈开得很慢，一直保持在交规里提到的在停车场不得超过每小时五英里的时速标准，但她还是果断地停好车让行人先过。看到吴妈妈的这个举动后，考官又在纸上记了些什么。不过这回吴妈妈并没有注意到考官的举动，因为现在的她正高度紧张，时刻准备迎接考官的各种测试了。

"Turn left."快出停车场时，考官对吴妈妈发出了指令。

吴妈妈在停车场出口处的"Stop"sign停了两秒钟，然后打开左转灯，朝左边拐去。

就这样，她一直提心吊胆地经历了将近二十分钟的路考测试。其中过了几个红绿灯、让了几次行人、并线回头了几次、在社区里的十字路口右转弯时先停车再转弯，等等事宜。

当全部考试结束后，考官让吴妈妈把车开回停车场。吴妈妈依旧小心翼翼地做着每一个标准动作，将车停进车位后，挂"P"挡、踩着刹车的脚松开、熄火、拉手刹、解开安全带，全套动作一个不落一气呵成。

与此同时，考官也褪下安全带并在纸上继续写着什么。一两分钟过后,考官对吴妈妈说:"抱歉,你没通过。"说完就下车走了。

吴妈妈明显是愣了几秒钟,几秒钟后她才拿着单子走下车。教练见她回来了,很急切地跑过来询问情况。吴妈妈把满是英文的单子递给教练。"我也不知道自己听没听错,他好像是说我没通过,但我觉得该注意的地方我都没开错。"

教练接过单子看了看,皱紧眉头说:"其中一点是说,左转线亮绿灯时,你没有正常驶过而是减速了。另外还有一些小错误,所以他就没给你通过。"

吴妈妈听完教练的解释,瞬间恍然大悟。是啊!在美国所有人都这么讲规矩,只要左拐灯亮了就不会有其他方向的车随便插进来,也就完全不需要减速了!

"哎,看来还是受国内开车习惯影响太深啊。在国内开车,只要到了路口就会习惯性地避让行人和车辆,而在美国则是人、车分离,完全按照规定各行其道。所以只要没有特殊情况,左转灯为绿灯时美国人是不会特意减速的。"吴妈妈暗自叹息。

吴妈妈显得有些沮丧,不管怎么说她还是希望自己可以顺利考过的。教练安慰了吴妈妈几句,并和她约了下次练车的时间。吴妈妈决定再找教练练几次,之后再过来重新考一次路试。

吴妈妈二次进攻后,终于在 2009 年 4 月底顺利通过路试。她满心欢喜地拿着 DMV 颁发的临时驾照,如释重负般地回家等待真正的驾照寄到家。

4

既然驾照的事情搞定了,吴妈妈就决定买车了。虽然她并不喜欢开车,而且东南西北也分不太清。但只要她一想到再也不用顶着大太阳走路去买菜了,就迫不及待地想要买辆车充当代步工具。

过了将近一个月的时间,真正的驾照寄到家了。吴妈妈在这一个月当中也并没有闲着,她想起之前小单说的可以在1300广播里听到买卖汽车的信息,于是她每个周末准时六点钟起床,打开收音机收听卖车信息。

其实吴妈妈是有想过请好友带着去车行转转的,但一想到去年中秋节的情景,不由心中一寒,觉得没必要再与她联系。

说起来,事情还得倒退回去年中秋节。那时候吴暇母女还住在第一个出租屋里,也就是吴暇疯狂掉头发的那段时期。"西瓜事件"没过多久,就到了中秋节。吴妈妈不知道洛杉矶有哪些好吃的餐厅,于是让单阿姨选一家她喜欢的,并叫上欢欢一起吃顿团圆饭。

单阿姨选了家中餐馆,理由是吃不了还能打包回去。吴妈妈觉得提议不错,毕竟她跟女儿也好久没下馆子了。

单阿姨开着那辆香槟色的本田汽车,来到吴暇母女租住的那栋出租房来接她们。母女二人开心地下了楼,到车跟前才发现欢欢已经坐在副驾驶了,于是很自觉地打开后座车门坐了进去。

吴妈妈很喜欢欢欢,一上车就跟欢欢聊个没完。她一会儿觉得欢欢最近瘦了叫欢欢多吃点,一会儿又问欢欢最近都上了哪些课。总之说来说去,就是些家长里短的关心欢欢的话。吴妈妈几乎就这样说了一路,连一旁的吴暇都觉得妈妈有些啰嗦了,不过欢欢还是很有耐心地一一回答着。

吴妈妈觉得欢欢越来越懂事了。虽然从小父母就离婚了,再加上一直又是在姑姑家长大,不过他却没有抱怨过任何一句父母的不是。一个大男孩什么都靠自己,上学的事情全靠自己打听,现在又为了不花小单的钱拼命找工作赚钱打工。吴妈妈记得曾经欢欢对自己说:"等将来我打工赚到钱,就把我现在开的这辆车的车钱还给我妈妈。"一想到欢欢这么懂事,吴妈妈也由衷地心疼这个孩子。她一直叫欢欢多注意身体,也一直让他有机会再去北京。

很快就到餐厅了。四人走进餐厅,吴妈妈发现这是一家川菜馆。和大部分中餐馆一样,这里没有华丽的装潢,只是简单地刷了刷墙。服务员将他们领到一个大圆桌的位置,将菜单放在四人面前便去招呼其他客人了。

吴妈妈不知道这家餐厅有哪些菜做得比较正宗,所以她提议让小单来点。单阿姨好像经常来这家餐厅，很快就说出了几道菜名。她点了欢欢爱吃的羊排，也点了她认为做得不错的毛血旺和凉面。之后四人商量了一下，又点了一盘素菜、一份凉菜、一个荤菜和四瓶饮料。

菜上得很快，凉菜还没吃完热菜就陆续上桌了。吴暇迫不及待地夹了一筷子梅菜扣肉，不禁连连称赞："真好吃啊，一点都不腻。"随后四人边吃边聊、有说有笑。

饭吃到一半时，聊天内容已经转换了无数次。正巧此时正聊到美国买东西都要上税的话题。

"我发现在美国不管买什么都要上税啊。"吴妈妈说。

"对呀，据说油价还要再涨呢，真是太贵了。"

虽然吴妈妈还没有车，但她平时也注意观察了一下美国的油价。最便宜的差不多 2.6 美元 1 加仑（1 加仑＝3.78 升），最贵的也就三块多美元。如果和国内相比，月收入同样为 5000 的话，抛开汇率不谈，在中国 5000 块钱可能很快就花光了，可在美国不但能生活得很舒坦，还可以攒下不少钱。毕竟单从挣美元来看，美国的物价确实并不算高。

"那其实也不贵，主要现在北京什么都贵。我反而觉得如果能在美国有份工作，生活起来应该轻松很多。"

单阿姨显然不爱听这话，于是又和吴妈妈理论了一番。吴妈妈看大事不妙，立刻转移话题，开始聊报税的事了。

"对了，小单。我跟小暇现在有绿卡，是不是也要开始报税了啊？我听楼下那对夫妻说，在美国最重要的就是报税了。他们说如果能连续报十年的税，将来会有很多好处的。不过那天他们临时有事，也就没继续聊下去了，报税的事你了解吗？"

"你们在美国又没工作，报什么税啊。不用报税。"

"那就好，我正发愁如果真要报税应该怎么弄呢。"听完小单的回答，吴妈妈明显松了一口气。

不过在日后的生活中，吴妈妈渐渐了解到凡是美国公民或是持有美国绿卡的成年人都要向政府报税。如果在美国有工作的，当然需要报税。如果像她这种没有工作但丈夫给寄生活费的，也需要报税。另外如果是自由职业者，没有稳定工作的仍旧需要报税。不过有一种情况比较特殊，如果是低收入家庭政府每年还会给该家庭退税。当然了，所有这些都是后来吴妈妈在大黄历上找会计师咨询出来的。也真是多亏了吴妈妈经常打电话咨询大黄历上各行各业的人，才得知了这一重要信息。如果她当时听从了小单的一面之词，那日后在美国的生活将会遇到很多麻烦，甚至有可能因"逃税"的罪名被告上法庭。

四人继续闲聊着，一直聊到将面前的饭菜全部吃光为止。吴妈妈看时间也不早了，就示意服务员可以结账了。由于吴妈妈坐的地方相对靠里面，服务员将账单拿来时很自然地放到了单阿姨面前。单阿姨打开账单看了一下里面的金额，二话不说就转手递给了吴妈妈。

吴妈妈接过账单，上面写着税后八十五美元的饭钱。由于在美国吃饭都要给小费，且晚餐的小费比例是 15%～20%。吴妈妈转念一想，那就干脆凑个整儿吧。于是她顺手从包里拿出了一百美元。

事情发展到这儿，依旧没有达到令吴妈妈对单阿姨彻底失望的点。不过接下来几分钟内发生的事情，却彻彻底底改变了吴妈妈对单阿姨的看法。她觉得自己这个发小简直无药可救了，她觉得小单突然变得很陌生、很不讲情谊，甚至很伤她的心。

"哦，对了。你上次说小暇掉头发，这是复合维生素片。"临出餐厅时，单阿姨从包里拿了一瓶复合维生素片递给吴妈妈。

"太好了，我正发愁这事呢。你看，还麻烦你特地跑一趟。"

"没事的，正好那天我也给欢欢买了一瓶。"单阿姨好像心情很好，估计是刚才吃美了。

"谢谢单阿姨。"吴暇礼貌地谢过单阿姨。

"没事，什么谢不谢的。"单阿姨对吴暇说完这话，便扭头对吴妈妈说："这瓶十一块多，你给我十二就行。"

就是这样的一句话，让吴妈妈彻底伤透了心。

她伤心，不是因为在意那十几块钱。她伤心，也不是想着自己才刚花了一百块钱。她伤心，是因为小单作为孩子的长辈，在得知自己女儿因为水土不服而掉头发后，不但没有表现出一点言语上的关心，反而直接上来就开口要钱。难道这十几块钱就真的这么重要吗？为什么每次找小单做点什么事她都张口闭口全是钱？她觉得小单和自己是同龄人，就算每次小单对自己各种指责各种埋怨她都能忍则忍了。但她怎么也想不到，小单对待自己的女儿竟也如此冷漠。想当年欢欢去北京时，她跟老公都把欢欢当作是自己的亲儿子看待。每天好吃好喝地招呼着，生怕亏待了孩子。那时候他们夫妻俩也没什么钱，每月工资就那么一点，但即便是这样也从来没有计较过花在欢欢身上的钱。可是当自己麻烦小单帮孩子买瓶复合维生素，小单竟这么在意这十几块钱。吴妈妈真是彻底失望了。亲兄弟明算账的道理吴妈妈不是不懂，只是她不明白这么多年的姐妹情为什么竟抵不过这区区十几块钱？其实吴妈妈的要求不高，哪怕小单只是口头上说一句："这是给孩子买的，不要钱了。"吴妈妈也不会白占小单这个便宜。可是到头来，小单不但一句话没有，反而二话不说张嘴就要钱。吴妈妈瞬间觉得眼前的小单已经不是曾经那个在电话那头对自己嘘寒问暖的小单了，吴妈妈只是觉得尽管她们两人的距离越来越近，但彼此的心却越来越远了。想到这儿，吴妈妈从包里拿出十二块钱递给小单，不再多言。

这次事件过后，吴妈妈基本上就很少与小单联络了。再加上小单得知她们要在美国买房后的反应让吴妈妈觉得很伤心，所以买车的事情吴妈妈不想再咨询小单了。因为她知道小单肯定嫌麻烦，她早就预感到即便询问了小单也不会得到什么实质性的帮助和建议的。

吴妈妈听了几次广播台，觉得那些车都不太好。于是她又从报纸上找来了几位黑车司机带她去车行转了转。由于那些司机英文都不好，车行的工作人员又都是老外，所以双方沟通得并不顺利。最终吴妈妈只好老老实实地重新打开1300华人广播台，继续从中获取为数不多的卖车信息。

在这种无人提供建议且车源很少的情况下，吴妈妈通过听广播联系上了一个卖主，并买了一台1999年生产的二手丰田汽车。

当吴暇放学回家后看到门前停了这么一辆她认为丑陋无比的白色汽车时，而且还是个日本车，也着实对吴妈妈生了一天气。其实也当真应该生气，由于广播里的华人男子很主动地将车开到吴妈妈家给她看车，吴妈妈觉得人家大老远地特意开过来一趟也不容易，就既没砍价也没拒绝，直接付了5000美元。然而事实证明那名华人男子其实就是个二道贩子，因为吴妈妈在三个月后又听到了这个人的卖车信息，而且还不止卖一辆。

总之吴妈妈最终以5000美元的价格购买了实际只值2000美元的车，

并在日后"水箱冒烟""轮胎掉圈"等一系列惊险事件后，又花了比 5000 美元多得多的钱进行维修。不过吴妈妈偶尔也自我安慰："1999 年那会儿的车用的都是日本原装的钢架，所以要比现在的日本车结实很多。"

就这样，在吴妈妈亲力亲为地大包大揽下，母女二人也算是新移民中的有房有车一族了。虽然他们在美国并没有什么朋友，生活节奏相对很慢且没有什么娱乐活动，但与刚来美国时相比也着实好过太多。

和吴暇相比，虽然 May 的父母并不像吴妈妈那样为了女儿能够在美国生活得好一些，几乎竭尽全力地替女儿摆平一切，但值得庆幸的是，May 却拥有一个事事替她操心的男友陪在身边。Tony 依旧风雨无阻地每天按时接送女友上、下学，也正因如此，在某天接女友回家的路上 Tony 告知了 May 一个可以不用参加美国高考就能直接上大学的捷径，也就是之前欢欢所说的那种社区大学。

"我听同学说，只要是年满十八岁而且有美国身份的人都可以直接上社区大学，就是我现在上的那个大学。"

"不用考 SAT（相当于美国的高考）吗？"

"不用，我都问过了，所以你也不用拼命复习了。过几天我带你去学校申请，咱俩就可以一起上学天天在一起了！"Tony 兴奋地计划着。

"我要回家问问我妈妈，因为我妈妈还是希望我能直接考上四年制的大学的。"May 解释着。

"其实上社区大学也很好啊，你是美国公民学费又便宜，而且如果你申请低收入补助，政府还能每年给你几千美元呢，貌似我们班好多美国公民都这么做的。哦对了，好像前提是必须修够多少学分或者是拿到一定分数才行。具体的我也没详细问，不过你要是真拿到这笔钱了，你妈也就不用那么辛苦地赚钱了。再说了，你先在社区大学上两年，等学分修满再转到四年制的大学读大三大四就好了，出来以后还是四年制大学的毕业证。"Tony 据理力争着。

"但我还是要去问我妈妈的。"

"哎，好吧。那你回家问问咱妈，希望咱妈能同意啊！"Tony 嬉皮笑脸地说道。

虽然 May 嘴上说了句："讨厌！"但心里却像是吃了蜜一样的甜。

很快，Tony 就将 May 送回了家。家里没人，自从肖倩三年前开了家美容院后，就经常七点多钟才能到家。May 爸昨天刚刚发车，应该三四天后才能回来。

May 打开冰箱，给自己倒了杯牛奶。其实刚刚 Tony 是想带她去吃晚饭的，但她怕妈妈突然回家就拒绝了男友的提议。May 将书包打开，拿出老师留的作业，准备开始写。

肖倩很晚才回来，对女儿说今天客人很多累到不行想先睡了。原本想和妈妈商量去上社区大学的 May 只得把话硬生生地咽回去，想着等明天妈妈精神好些的时候再问妈妈。May 就这样一连等了一个多星期都没有找到合适的时机和妈妈谈及此事，因为她发现最近妈妈每次回家都是一脸疲惫。

May 很心疼妈妈，她觉得妈妈一个人在美国开店很不容易。虽然爸爸也有工作，但开大货车这种工作经常一周只能在家待上一两天，家里的活自然变成是妈妈一个人在做。另外从收入方面来讲，妈妈的收入也要比爸爸多得多。虽然她们家不属于很有钱的家庭，但在美国而言也算是收入还算稳定的中产阶级了。她家里有两辆车，一辆奔驰一辆丰田。另外也买了一套房，虽然是贷款买的，但也很快就能还清了。

既然上大学的事情一直没时间跟妈妈说，少女心里又憋不住事，自然而然地，May 就把可以直升大学的事情告诉了好朋友吴暇。

吴暇最近正发愁明年怎么才能顺利通过 SAT 的考试呢，一听 May 说只要年满十八岁就可以直升美国大学，小姑娘早就兴奋得顾不得思考 May 说的这所大学是正规的四年制大学还是曾经被她瞧不起的社区大学了。吴暇只觉得美国政府简直太明智了！美国学生简直太幸运了！

"你先别高兴得这么早，你爸妈还不见得会同意你去呢。"May 见吴暇如此兴奋，不忘及时提醒好友别得意忘形，毕竟国内的家长肯定还是希望自己家的孩子能上世界名校的。

吴暇听完 May 的劝告，不但没有担忧反而觉得无关紧要。"放心吧，我爸妈很想得开的。世界名校对于他们来说早就不抱任何希望了，只要我能有个大学毕业证，甭管哪所学校他们肯定都会开心的。"

May 表示根本不相信，吴暇也就没再多做解释。

其实吴暇没有 May 那样的顾虑，原因很简单。第一，她了解自己现有的英文水平。就算自己现在上课勉强跟得上老师的进度，但单词量与写作水平以及一些日常口语类的东西依旧很不灵光，所以单靠通过 SAT 考上全球排名前 100 或前 50 的大学几乎是想都不用想的。第二，她知道自己爸妈也不是老古董，就连外公外婆都很开明。他们让她出国留学是为了让她多见见世面，而并非一定要拿到什么名校文凭才算学有所成。早在她出国前四位大人就告诉她，如果她喜欢读书那自然可以读到博士，如果她不是读书的料，差不多能有个大学毕业证就可以了。第三，吴暇深知时间就是金钱的真谛，如果一过十八岁生日就能顺利成为大学生，又何必再等个半年一年只为拿个高中毕业证？再加上美国大学进去容易出来难，指不定还需要几年才能读完呢。

一想到这儿，吴暇又不禁激动地大声道："亲爱的，我爱你！你可真是我的大救星！"

果不其然，当吴暇把这个消息告知家人后，爸妈不但没有埋怨吴暇投机取巧，反而夸赞她能少走弯路就少走弯路，毕竟在教育体系内的捷径还是可以走的。

相比较而言，May 就没有吴暇那么幸运了。当 May 把自己可以提前上大学的消息告诉肖倩时，肖倩却极力反对。

由于自打肖倩来到美国后，丈夫也没帮上自己什么忙，就连她在三年前开的那家美容院都是靠国内父母赞助的。她深知如果在美国基础打不牢，将来的日子肯定越过越难熬。就好比由于她没在美国上过学，所以在刚决定开美容院时就遇到了很多阻碍。很多美国的政策她不了解，很多需要考的专业证书她都拿不出来，就连一些最基本的美容方面的专业术语她都极其欠缺。肖倩深知在美国立足的难处,因为她是通过千辛万苦才在这条创业的道路上艰难地走到今天,所以她希望女儿一定要打好基础,而不是在某个领域或某个时间点做不属于她本该做的事情。就好比她觉得如果高中没毕业就去上大学,那女儿所欠缺的不仅仅是高三这一年的学习时间,女儿甚至欠缺了参加美国高考的这种经验。她觉得即便女儿能提前上大学,肯定也跟不上学校的进度,比不上班上其他同学。所以她强烈反对女儿的提议,也明确表明自己已将提供给女儿这一信息的 Tony 定义为偷奸耍滑的纨绔子弟。于是她再次强调严禁女儿再与这种人交往过密!

May 才刚刚萌发出想从女孩变为女人的念头,又怎会因为妈妈的几句指责就轻易退去?May 在心里暗下决心,只要两个人感情够好就算多读一年高中也不会影响继续在一起的决心。因为她爱 Tony,因为她相信 Tony 不会因为自己晚上一年大学就与自己分离。

其实有些想法往往只在某些特定的年龄段才会出现,无关幼稚,只因必然存在而已。就好比不到十八岁的 May 还并不了解成人世界里那些险恶的情感禁地,所以她对这段感情充满信心。她感谢男友带给自己的那些前所未有的恋爱中的自信,也庆幸自己能如此幸运地认识 Tony。正因如此,在刚刚品尝到恋爱滋味的少女心里,往往觉得男友比妈妈更加亲近。因为在某些问题上男友愿意妥协可以让步,而妈妈却不行。所以自打 May 决定只要一毕业就去上男友所在的 College 后,也就无所谓自己能不能拿到全 A 的成绩。在这个容易动摇的年纪,偷懒总比熬夜苦读来得舒心,更何况社区大学只要 C 以上的分数就能考进。

刚刚结识不到一年的吴暇和 May,虽然都属于 2000 年以后才来到美国的新移民,但由于各自家长考虑问题的角度不同,导致两个同龄女生在面对同一事件时,选择了不一样的分岔路。也正是这只差一年的光阴,影响了她们未来的十年乃至二十年的人生,也注定了二人会有不一样的心态和格局。

第七章　大麻与一夜情

中国的违禁品在美国是否依旧属于违禁品？
无意犯下的错是否不应被记过？

◆ 1 ◆

　　洛杉矶的生活相对单一，虽然有很多好吃的和好玩的，但这些娱乐场所几乎都是上午十一点左右才开门，晚上七八点钟便关门。对于当惯夜猫子的国内留学生来说，在生活如此单一的环境下组织开 Party 调剂调剂生活就成家常便饭了。

　　开 Party 也分很多种，最基础的当然是生日趴，另外还会有游戏趴、游泳趴、喝酒趴、唱歌趴，甚至吸大麻也算是一个只有在最亲密的朋友当中才会出现的保留项目。

　　大麻，一个国人禁止触碰的严禁违禁品，在加州却可以合法化。所谓合法化不是说可以光明正大地在大马路上讨价还价，合法化指的是一些医生可以给需要镇静的特殊病人开这种特殊药品。

　　之前有报道称，一名黑心医生在偷偷贩卖大麻牟取暴利。不过后来报道证实那名医生不是在洛杉矶而是在墨西哥的某座城市。细想起来也确实如此，毕竟美国的医生是万万不会为了这种事情铤而走险的。如果存在私下交易，一经发现则立刻吊销医生执照，而且是终身吊销执照。所以很多医生也不会傻到为了这点蝇头小利而冒这么大的风险去挑战法律，毕竟在美国学医至少也要将近十年的时间才能合格毕业。

虽然医生们不会冒险利用大麻赚钱，但大麻的合法化却给一些亚洲留学生带来了不一样的冲击体验。出于对违禁品的好奇，一些不缺钱又想得开的留学生们则会在留学期间主动或被动地"飞"一个，至于出发点是什么则因人而异了。

Tony 房东的女儿叫 Kiwi，Kiwi 比 Tony 大两岁，现在在一家服装店打工。Kiwi 属于性格豪迈型。她烫了一头大卷发，外加烟不离手的黑丝红唇风的打扮。其实平常 Tony 天天上学，跟房东女儿几乎很少碰面，再加上后来她交了个男朋友，也就很少回家住了。不过说来也巧，房东女儿今天正好失恋，再加上房东夫妇昨天正好开着车要去拉斯维加斯赌几天，于是揣着眼泪从男友家搬回来的 Kiwi 和提早放学的 Tony 正巧撞了个照面。

当 Tony 走进大门看到房东女儿的房灯亮着时，就猜到是 Kiwi 回来了。Tony 本想着跟 Kiwi 打声招呼就回自己房间的，却不料在经过 Kiwi 房间时，被虚掩着的门内场景所吸引住了。

Tony 清楚地看到 Kiwi 正在给什么东西打包，确切地说是在分装一些茶叶状的物体。装茶叶并不稀奇，但将茶叶装进很小一袋的透明小袋，并在装好之后小心翼翼地在电子秤上称重量则显得有些奇怪了。Tony 怀揣着好奇，推开了 Kiwi 的房门。

"Kiwi 姐你回来了？你哪弄的茶叶啊？"Tony 好奇地打量着桌上的茶叶，想看看到底是什么茶能让一直很粗线条的 Kiwi 也变得如此精细。

"Tony 回来了？"Kiwi 连眼皮都没抬，继续目不转睛地盯着桌上的电子秤。"这不是茶，是大麻。"Kiwi 若无其事地说着。

Tony 觉得 Kiwi 在和自己开玩笑，于是乐呵呵地走近一步。"姐你别逗我了，你怎么可能弄得到大麻？这分明就是茶叶嘛。"Tony 定睛一看，桌上透明袋里那一包包黄绿色的植物叶子分明就是茶叶。至于形态，有点像普洱茶茶饼的感觉，只不过不是很大一个茶饼，而是一个一个小圆球的形状而已。

"我逗你干嘛？要不要试试？不要你钱。"Kiwi 终于抬起头，略带笑意地打量着 Tony。

听 Kiwi 这么一说，Tony 突然有些分不清 Kiwi 是不是在开玩笑了。虽然他不太了解 Kiwi 她们那个圈子，但他知道平时 Kiwi 姐在外面玩得挺开的。所以当 Kiwi 用那种似笑非笑地像看小孩子一样的眼神看着自己时，Tony 又不敢确定这到底是不是玩笑了。虽然他也觉得桌上的物体和平时喝的茶叶不太一样，但也许是其他品种的茶叶也说不定。Tony 就像个懵懂的孩子一样，在疑惑与好奇的边缘等待着 Kiwi 替他揭晓谜底。

一看 Tony 那傻样儿，Kiwi 便意识到眼前这个男孩是真不知情。其实她挺喜欢 Tony 的，她觉得 Tony 在家里住着不仅每月按时交房钱，而且自己房间打扫得也很干净。Tony 没有什么不良嗜好，不抽烟不喝酒也不闹事。听父母说，貌似他最近还刚交了个十六七岁的女朋友，所以总的来说这小伙子也还算痴情。

可说起来这事就这么寸，谁叫 Kiwi 自己刚刚失恋呢?! 她一想到自己的男朋友跟一个不如自己美、不如自己性感、不如自己会打扮的女大学生跑了之后，这气就不打一处来。她想要找男友好好理论一番，可男友的电话却一直处于关机状态。她想在男友家门口堵男友回来，可人家却好似彻底消失在人海。就像已经锁定真凶却只能眼巴巴地看着对方逍遥法外一样，Kiwi 着实被气得不轻。然而碰巧的是面前这个小子竟然也是爱上了那种擅长装清纯的在校女学生。想到这儿，Kiwi 瞬间觉得找到替罪羊了。既然自己收拾不了男友，那拿 Tony 这小子解解气也行啊。

只见 Kiwi 拿起桌上的白色"纸片"，娴熟地把"茶叶"碾碎并放在里面卷成了一根烟，之后又套上了一个烟嘴。Kiwi 将烟点上，吸了一口，随手在 Tony 眼前晃了晃。

这是一股奇怪的味道，虽然 Tony 不抽烟，但他能确定这不是平常闻到的烟味。这种味道很难形容，第一感觉很臭，之后又有点香，直到最后说不出是臭还是香。他没有在家闲着没事点燃茶叶玩的经验，但他有种感觉，如果真用火烧茶叶肯定也不会是这种气味。想到这，他觉得眼前这些东西可能真的是大麻——国内严禁的毒品!

Tony 想迅速回到自己房间，然后在第二天早上见到 Kiwi 时再假装昨晚什么都没看见。他确实不想给自己惹事，至少他要在美国顺利上完大学。然而 Kiwi 可不会给 Tony 逃跑的机会,她既然都把烟点上了,又怎么可能这么轻而易举地让 Tony 离开自己的房间? 只见她二话不说,起身一把将 Tony 推坐到卧室的床边。

Kiwi 妩媚地凑近 Tony:"来,飞一个,让姐看看你爷们儿的那一面。"

"姐你别闹了,你知道我不抽烟的。时间也不早了,要不你也早点休息吧,我先回房间了。"Tony 含糊不清地说着,声音小到连他自己都快要听不见。

看到 Tony 那个惊慌样儿,Kiwi 不禁又好气又好笑。她突然觉得面前这个已经二十二岁的男生还跟个黄毛丫头似的没见过世面。她将涂满红色指甲油的左手搭上 Tony 的肩头,稍一用力又将准备起身的 Tony 按回床上。"怕什么呀,又不会上瘾,大老爷们儿怎么娘们叽叽的。"Kiwi 假装有些生气地埋怨 Tony。

"不是 Kiwi 姐,我真不抽烟,再说这如果真是大麻,要是让我爸妈知道了肯定会对我很失望的。所以你还是早点休息吧,我明天早上七点钟还要起床接我女朋友上学呢。我真的要回屋睡觉了,今晚的事我不会对别人说的,我就当什么也没看见。"Tony 把自己的想法全盘托出,希望 Kiwi 能看在自己明天要早起接女朋友的份上,让自己赶紧离开这个房间。

然而不说不要紧,或许 Kiwi 只是想逗逗他寻个开心。可当"送女朋友上学"这几个字一出口,Kiwi 心里那股无名火就又"噌"地一下蹿了上来。

此时的 Tony 自然不知道自己说错话了,因为他根本不知道为什么今天 Kiwi 会突然搬回家住,他更不知道 Kiwi 是因为失恋才回的家。至于 Kiwi 失恋是由于她男友看上了一个像 May 那样清纯的女学生,就更不是 Tony 可以预测出来的了。只见他满脸无辜地看着 Kiwi,幻想着 Kiwi 能放自己一马。但事情往往就是这么戏剧化,正所谓梦想很丰满,现实很骨感。Kiwi 突然话锋一转,一个人委屈地抹起眼泪来。

"你走吧,你要是不管你姐姐我,你就自己回房间吧。"Kiwi 故作伤心地哭着。

Tony 虽然原先在国内也接触过女生,但他那时候也才上高中。就算他名义上交过几个女朋友,但那时候随便给女孩子们买个"海盗船"的戒指就能把她们打发了,像这种见过世面的"大姐大"哪里是 Tony 一个小留学生能轻易读懂的？或许是见 Kiwi 的情绪变化太快，刚才还想着赶快逃走的 Tony 此时也乱了阵脚。他急忙安慰道："姐你怎么了？谁欺负你了？怎么突然就哭了？"

"你欺负我了！你们都欺负我！你走吧，你明早不是还要送女朋友上学吗，你快回屋睡觉吧。"Kiwi 越说眼泪流得越汹涌。

"姐你到底怎么了？你先别哭了，我不睡了我陪你说说话行吗？你快别哭了。"这下 Tony 彻底慌了，他最见不得女人哭，更何况是一向坚强的 Kiwi 姐居然哭得这么伤心。"肯定是发生什么特严重的大事了。"他在心里想着。想到这，Tony 瞬间涌起一股想要保护女性的使命感，在这种危难关头怎么能弃 Kiwi 姐于不顾？于是 Tony 起身就往门外走去，并对 Kiwi 说："我去拿纸巾，你别难过了。"

Tony 从自己房间翻出昨天刚从超市买回来的三个叠一起的大包纸巾，用力一拽把大包装撕开，随即拿了一包外抽纸巾走回 Kiwi 姐的卧室。

"拿来了？我还以为你趁机跑走就再也不回来了呢。"Kiwi 继续略带哭腔地说着，但脸上已经没有泪水了。

Tony 顺手把纸巾放在桌上。然而当他眼神掠过桌上的物体时，不由得一阵心慌，因为此时桌子上已不知不觉摆放好两瓶酒了。Tony 是知道 Kiwi 姐的酒量的，此时的他深感不妙！然而说出去的话就像泼出去的水，大丈夫一言九鼎驷马难追。既然刚才答应过要来安慰 Kiwi 姐，自然不能因为看到两瓶酒就撇下人家不管了。于是 Tony 装作没看到那两瓶酒，若无其事地询问 Kiwi 发生了什么。

"姐你怎么了？要不要跟我说说？"Tony 礼貌性地问着。其实他明白如果 Kiwi 真的张嘴说，那肯定跑不了要喝酒。但人家一个大姑娘坐在对面伤心难过，身为住在人家的租客，他总不能坐在屋里一句话都不说吧？所以没办法，只能见机行事，走一步看一步了。

"算你小子有良心，还知道问问我到底受什么委屈了。"Kiwi 边说边打开第一瓶威士忌。"来，陪姐喝点，放心就喝两杯。等我把话说完了，立马让你睡。"

Tony 接过酒杯，虽然明知道肯定不止两杯，但既然来都来了，也不能直接拒绝人家，更何况他也确实想知道到底发生了什么。

"Tony，你跟姐说实话，你来美国也有两年了，在这住得都还习惯吧？"Kiwi 没有马上直奔主题，而是不咸不淡地拉拉家常，放松对方的警惕。

"嗯，挺习惯的，主要你和叔叔阿姨对我都挺好的，再加上那房间也挺好的。"Tony 实话实说。

"是，姐也喜欢你。觉得你特别懂事，也特别会心疼人。不像我男朋友……哦不，应该说是前男友。"Kiwi 说着说着，眼圈又红了。

听到这，Tony 终于听明白今天的谈话主题是什么了，原来是 Kiwi 姐失恋了。面对一个失恋的女人，通过讲道理的方式让她平静下来基本是不可能的。处理这种事情，唯一能做的就是：倾听、陪伴、附和，外加递纸巾和收酒瓶。除此之外，还真没什么可做的。就这样，在 Kiwi 姐边说边喝边逼迫下，Tony 也被灌了不少酒。

Tony 觉得今天的酒格外烈，有种不一样的感觉。"你怎么了？ 怎么脸红了？"Kiwi 靠近 Tony 用一只手抚摸着 Tony 的脸。Tony 想要躲避，但头实在有些晕，只好坐在那里任凭 Kiwi 摸来摸去。

过了一会儿仿佛火光一闪，其实 Tony 并没太看清。但随着再次闻到那股形容不出来的烟味时，Tony 明白刚才那道火光是 Kiwi 手中的打火机。"来，吸一口。听话。"Kiwi 起身站到 Tony 面前，弯下腰将烟递到 Tony 嘴边。

"姐，真不行。姐，咳咳咳。"Tony 在晕晕乎乎的状态下误吸了一口烟，顿时觉得特别辣（二声）嗓子，于是猛咳几下半天没缓过劲儿。

伴随着 Tony 剧烈的咳嗽，Kiwi 在一旁发出了咯咯的笑声。

当后来对大麻有了更进一步的认知后，Tony 才知道如果是猛咳就表明是劲儿大了，但此时的他完全不了解状况，他以为咳嗽只是以前没抽过烟所以不习惯而已。

"哎哟，瞧你这样儿，跟个大姑娘似的。"Kiwi 满意地笑着。

此时的 Tony 哪还分辨得出对方有没有在笑自己，他只觉得眼皮发沉，好像所有事物都变得比原先慢了。就好比你之前在看电视，当抽完大麻后就觉得电视机里播放的内容都比刚才慢了。而且你的思维也会变慢，你会将自己设定到故事的情景里，开始回忆、开始幻想、开始沉溺。Tony 借着仅存的那 1% 的理智，赶紧将手里的酒一饮而尽，他想通过某种液体让嗓子好受些,所以他顾不得手上拿着的到底是什么液体。

兴许是真醉了,又或许是真 high 了。迷迷糊糊的 Tony 感到有人在他耳边唤着他的名字,他很想答话却张不开嘴。紧接着他感觉到有人在他耳边呼气,然后是掠过脸颊的头发香气,最后感到有人亲吻自己的耳垂、脖颈、胸膛,一直往下再往下……直至将他淹没在海里。

第二天睁开眼,已经是中午十一点多了。Tony 是自然醒,准确地说是被尿憋醒的。房间很黑,没有平常起床那般明亮。他起身揉眼定睛一看,不禁浑身打了个寒战。这不是他的房间!这是 Kiwi 姐的房间!昨晚都发生了什么?Tony 的大脑急忙迅速回顾着。

"你醒了?"床上一个略带倦意的声音从 Tony 身后传来。

Tony 吓了一跳,立刻转身朝身后看去。"Kiwi 姐?对不起,对不起,我昨天可能喝多了。我不知道发生了什么。我要是……哎,总之都是我的错。我现在脑袋有点乱,真是什么都想不起来了。"Tony 语无伦次地说着。

"没事,大家都是成年人,姐不用你负责。"Kiwi 继续懒洋洋地说着。

"对不起,对不起。我真的不是有意的。"Tony 一面拼命道歉,一面想着自己这样算不算是酒后乱性,算不算是背叛了 May？一想到单纯的 May,Tony 飞快地从床上弹起。他今天居然没送女朋友上学!

"我给她发过短信了,用你手机发的。当然了,是以你的名义。我说你昨晚复习到很晚,凌晨才睡,所以就不去接她了,她自己也回复了,说祝你考试顺利,爱你。"Kiwi 边说边将手机递还给 Tony。

Tony 木讷地接过手机,内心依旧无法平静。毕竟他之前从来没有对 May 撒过谎,也从来没有发生过这种连自己都不敢相信的一夜情。

"好了,这件事你不说我不说没人会知道的,所以你也不用太担心了。至于你那个高中的小女朋友,以她的阅历就更不会发现什么了。"Kiwi 边说边躺下,准备继续睡觉。

Tony 机械地穿好衣服,含糊不清地说了句:"我先出去了。"便慌乱地朝自己房间走去。

"喂,等一下。"

Tony 本能地回过头望向 Kiwi 问:"怎么了?"

"我就是想告诉你。"Kiwi神秘地笑了笑,半晌才说出后半句,"你俩还没做过吧? 她要是感受过,肯定会爱死你!"说完,Kiwi便倒头睡去,无所谓站在门口的 Tony 是何种神情。

Tony 像躲瘟疫般地逃离出了 Kiwi 的卧室,将自己锁在房间里。他此时需要冷静,他急需将昨晚的事情好好捋一捋。他胡乱地把能记住的拼凑起来后,确信自己确实是和 Kiwi 发生了关系,不禁再次后悔不已。

他是真的很爱 May,他不希望因为自己不经意的过失而断送了自己和女友的未来。他想要把事情的真相告诉 May,他希望他们之间没有秘密绝对透明。但他转念一想,考虑到 May 还太小,如果知道真相肯定接受不了。

沉思片刻后,Tony 决定还是照 Kiwi 说的那么办。只要他俩谁都不提,等时间久了这件事情肯定就会慢慢过去。不仅如此,Tony 还暗下决心,日后一定要加倍对 May 好。他不知道这算不算是赎罪,但此时的他也确实想不出比这更好的法子了。带着对女友的歉意和加倍疼爱女友的决心,Tony 如释重负般地栽进床里,再也没有任何力气。

原本还在纳闷怎么都七点十分了男友还没来接自己上学的 May,在接到 Tony 发来的短信后立即叫醒了熟睡的母亲。"妈,我同学今天生病不能来接我上学了,你快起来送我一下吧。"听到女儿的话,肖倩赶忙从床上爬起,脸都没顾上洗就直接载着女儿朝学校开去。

May 知道 Tony 是留学生,本来上课就有些吃力,再加上大学的课程肯定也不简单,既然 Tony 在短信里说要参加考试所以不能来接她,她自然也是深信不疑。

不论肖倩如何紧赶慢赶,May 还是迟到了。当她灰溜溜地走进教室坐到自己位子上时,发现吴暇正迷迷瞪瞪地打着瞌睡,根本没发现身旁多了个自己。

当课程进行到一半时,吴暇才一脸诧异地小声询问:"咦?你什么时候进来的?我怎么都没发现啊?"

"你又走神了吧?我早就进来了!"May 小声地回应着。

很快,五十五分钟的课程就结束了。吴暇和 May 一前一后走出教室。

"这一天天的,困死我了。"吴暇随即打了个哈欠。

"你昨晚又上网聊天了吧?你真应该早点睡的。"

"嗯,又聊了。不聊能干嘛?总不能跟我妈天天大眼瞪小眼吧。"

"也对,在美国生活确实好无聊。不过你比我幸运多了,我都没有中国的朋友可以聊。以前国内的小学同学,早就和我没有联系了。"

"没事儿,你不还有你男朋友呢吗,你可以跟他聊。"提起 May 的男朋友,吴暇不禁眼珠子一转,"不对呀,你今儿怎么迟到了?路上堵车还是他接晚了?"

"他临时跟我说昨天复习到很晚,今天要考试,所以就没来接我。因为我一直跟我妈妈说有同学接我上课,所以我妈妈今天也是起得挺匆忙的,然后走错了一个路口就迟到了。"

"噢,怪不得。不过你男朋友对你真挺好的,除了今天以外,我看他平时没一次落下的。"

"嗯,我也这么觉得。"

"哈哈,小样儿吧。"

两个女生就这样有说有笑地迎来了当天的第二堂、第三堂,一直到最后一堂课。

三点多钟,放学了。吴暇跟 May 挥手道别,自己背着书包朝家走去。见吴暇渐渐走远后,May 回到老地方等着 Tony 来接自己。

May 等了很久,始终没有等到 Tony。她担心男友正在考试,所以不敢给他打电话或发短信。又等了将近十分钟,依旧没看到 Tony 的身影。小姑娘只好打给妈妈求助了。

肖倩手头上正好有两个客人想要做美容,于是她对 May 说:"妈妈现在有客人,你先找个教室写作业,我忙完了就过来接你。"

这是自从 May 和 Tony 在一起之后,她第一次感受到没有 Tony 的日子竟是这般无助。小时候她缺少父亲的关心,但时间久了也就渐渐习惯了。长大后她明白妈妈要养家赚钱,自然花在自己身上的精力也不能跟小时候比。直到她遇到 Tony,再次感受到那种无微不至的关爱后,她才明白这种感觉是多么奢侈,是多么令她无法舍弃。此时的 May 正背着书包朝开着门的教室走去,然而她内心却十分坚定,她明白自己已经无法自拔,再也离不开 Tony。

然而此时的 Tony 还在因为昨晚的酒醉鼾声四起。其实他是定了闹铃的,可谁叫今早 Kiwi 在他不知情的状态下把手机闹铃全部关闭?所以 Tony 就这样几乎对外失踪了整整一天,直到晚上六七点钟才睁开双眼。

Tony 迷迷糊糊地睁开眼,胡乱地用手在床上寻找着手机的方位。好不容易摸到手机,打开一看竟然已经将近七点!Tony 顾不得头还有些沉,立刻从床上坐起身给 May 拨了通电话过去。

“喂?”May 在电话那头小声地应着。

听到女友如此小心翼翼,Tony 有些担心。“宝宝你在哪儿?回家了吗?是不是在生我气?”

“我在车上呢,和我妈妈在一起。”

“那我就放心了。”May 能明显感到,Tony 在电话那头长长地舒了口气。

“我先不跟你说了,拜。”

“喂?喂?宝宝!喂?”

Tony 攥着电话,懊悔不已。他猜想 May 肯定是生自己气了,不然不会还没等自己说完话就先把电话挂掉的。Tony 刚想再打过去给 May 解释一下,只见手机屏幕一闪,来了一条短信。

是 May 发来的,上面写着:“我妈妈在旁边,不方便打电话。明天见!”

看到短信后,Tony 顿时松了口气。他摇头苦笑自己太敏感,May 又不是那种小肚鸡肠的女生,怎么可能因为自己没去接她就对自己发脾气?不过话虽如此,Tony 还是有些揪心。“如果 May 发现了我没去接她的原因,是否还会想要继续和我在一起?”

Tony 又将自己狠狠地摔回床里,别说是 May 了,现在连他自己都开始看不起自己。

　　Tony 盯着天花板愣愣地发着呆，他希望给自己找出一个可以原谅自己的理由，他更希望能替自己找到一个让 May 原谅自己的理由。即便他知道 May 不会知道这件事，但为了能让自己良心上好过点，他也必须为此做点什么。

　　带 May 吃顿好吃的吧？不行！太过随意。

　　带 May 去看场电影或者去趟博物馆？不行！太没有新意。

　　带 May 去趟迪士尼？不行！太幼稚。

　　Tony 思来想去，最终决定给女友买份礼物来减轻自己负罪的心。不过究竟买什么礼物好，这又让 Tony 大伤脑筋。

　　买衣服？他根本不知道小女孩都喜欢穿什么款式的衣服。买化妆品？其实 Tony 还就是喜欢 May 不化妆的那种干干净净的样子。买鞋？不行，是"送邪"的谐音。于是思来想去，Tony 决定给女友买个钱包。他想着虽然小姑娘现在还用不上钱包，但这种既实用又耐用的东西也确实比之前那些都要好。于是他开上车去了 South Coast Plaza（洛杉矶一家有不少奢侈品牌的大型购物中心）。

　　在收到钱包的那一刻 May 并没有觉得很兴奋，因为她真的想不出为什么男友会突然送自己一个礼物。不过小姑娘还是很开心地笑了。在她的一再追问下，Tony 给出的理由是由于前几天自己因为考试没有接送她上学，心里一直很内疚。再加上他们在一起也快一年了，自己一直也没送过什么像样的礼物给她，觉得特别过意不去，所以就买了个钱包以表心意。

　　虽然 May 并没有觉得男友没接自己上、下学就是犯错，但看在男友满脸真诚的份上还是欣然接受了。于是 May 得到了人生中的第一件她并不知道是奢侈品的奢侈品。一个她当时都叫不出名字的、从没见过的牌子。

　　May 很开心地回到家，虽然她不知道自己应该拿什么来还礼，但小姑娘还是很高兴男友能够如此在乎自己。

　　肖倩依旧是七八点钟才到的家。见妈妈回来了，May 就迫不及待地把钱包拿出来给妈妈看，她希望妈妈能够看在男友给自己买礼物的份上，对 Tony 的看法有所改观。小姑娘开心地说："妈，这是 Tony 送给我的礼物。他真的对我很好的。"话语间不免带了几分得意和满足。

肖倩看了一眼依旧躺在包装盒里的钱包，眉头不禁蹙了起来："他送你这个？"

May不明白妈妈为什么会这么说，担心是不是这个钱包妈妈觉得不好看，或者自己还没有工作一时还用不上钱包。于是小姑娘略带困惑地解释道："对，是他送的。妈你是不是觉得不太好看？其实我刚开始也觉得挺怪的，像好多编织网一样。但是这个摸起来很舒服的，应该是纯皮的呢。"

"明天还给他吧，这个不适合你。"

"为什么?!"

"不为什么。你要是喜欢妈妈可以给你买，但你不能因为一个钱包而去交什么男朋友。他那么矮，跟你一样高。以后你们要是真结婚了，下一代身高都会受影响的。女孩子长大是要穿高跟鞋的，你看他现在这个样子，将来你只能穿一辈子平底鞋了。再说了，要是将来我带你回上海，那些街坊邻居看到他肯定会笑话死我们的。"

May很想说什么，却无话可说。她傻傻地站在原地，不明白为什么妈妈说自己是为了一个钱包而去交男朋友。这是Tony第一次送自己礼物，自己以前也从没想过去管Tony要什么礼物。至于身高问题，这点May的确无力反驳。Tony并不高，甚至比自己还要矮一厘米，虽然在很多人眼中一米六七这个身高也不算矮，但毕竟和自己站在一起确实就像两个同龄的小孩。其实这也是为什么每次May都不让男友下车送自己到学校门口的原因之一，因为她害怕同学笑话自己找了一个跟自己一样高的"小孩"。

虽然她确实很依赖他，但十七八岁的少女也很容易因为同学的几句风言风语就变得极其敏感。她只恨自己长得太高，只恨为什么同学们的男朋友都要比Tony高。

May心里很乱，她觉得妈妈把自己推到了一个无法抉择的边缘。她不想总是夹在妈妈和男友中间。她希望他们能够和平共处，希望妈妈能够接受Tony。她甚至希望妈妈可以安慰自己说"不要太在意外表，有个真心对你好的男生你就要好好珍惜"之类的话。然而事实却是妈妈并不认可Tony，还一再提醒自己Tony的外在条件多么不行。

May 真的不知道应该如何面对自己的母亲。她希望妈妈可以支持她的任何一个决定。她希望和谁在一起可以由她自己决定，她觉得收不收这个钱包自己有判断的能力。她不想再听妈妈继续唠唠叨叨地指责 Tony，于是拿着钱包转身回到自己房间。

她就那样呆坐在书桌前，不知该做些什么。她应该像小时候那样事事都听妈妈的吗？还是应该学会顺从自己的想法？妈妈的话始终萦绕耳边，难道 Tony 就真的如同妈妈所说那般一无是处？May 也不知道自己究竟是怎么了，她开始动摇，她想要寻找。她想要寻找一个可以说服妈妈同意自己和 Tony 在一起的理由，她更需要找到一个不仅仅在精神上可以让自己依赖 Tony 的理由。她就这样呆呆地坐在房间里，直勾勾地盯着那个不算太好看但又不难看的钱包。她试图从钱包里找出答案，即便她知道一个钱包又怎会给她提供任何有价值的答案？

愣了会儿神，小姑娘觉得没准这个钱包确实可以帮自己找到答案。为什么妈妈在看到这个钱包时会说出那些话？为什么妈妈叫我把钱包还给他？想到这，小姑娘立刻打开电脑，Google 了一下包装盒上的英文单词。她想查查这个钱包的出处，毕竟这是男友为自己精心挑选的礼物。

当她在键盘上敲击出最后一个字母并按下回车键后，屏幕上出现的价格瞬间让小姑娘傻眼了。她没想到一个小小的钱包居然可以卖到天价！为了证明自己没有看错，小姑娘又重新输了一遍包装盒上的品牌名称，并且一连打开了好几个网页进行对比考证。是的，她没有看错，她面前的这个钱包和电脑上显示的那些是同一款钱包。她从未想到这个钱包竟会这么贵，她更想不到 Tony 竟会舍得花这么多钱去弥补前两天没有接送自己上下学的"过错"。她觉得 Tony 对自己太用心了，她不知道自己应该如何报答 Tony。她就这样怔了半晌，终于还是幸福地笑了。

她小心翼翼地把钱包捧在手心，生怕自己一个不小心将它弄脏弄坏了。就连她自己也说不清，为什么在得知钱包的价钱后会突然觉得它沉甸甸的，有点快要拿不动的感觉。她不知道应该如何放置它，因为她根本不想放下它。她是兴奋的，同时又是害怕的。甚至有一刻她觉得自己不配拥有这个钱包，她觉得这个钱包太贵重了，贵重到自己不舍得用，贵重到自己没有资格拥有。

她就那样痴痴地看着它，不肯将视线移开，更不舍得把手放开。她就那样拿着那个钱包，大气都不敢喘，坐了很久。她不知道这个钱包可以给她带来什么，她只知道这是她平生得到的最珍贵的一份礼物。她分外珍惜，不知是珍惜钱包还是珍惜 Tony。或许这是她第一次毫无顾忌地接受 Tony。是的，在金钱面前，身高又算得了什么？ 有了这个钱包，其他人的眼光又会影响到什么？ 小姑娘好像突然看开了所有的一切，她觉得此时此刻的自己比那些同龄的女生都要优越。

是的，她承认那种优越感源自 Tony，甚至说来自这个钱包的价值。这种优越感是她从未感受过的。一直以来她都小心翼翼地在家看爸爸眼色，在学校一味迎合老师和同学。她渴望得到归属感和认同感，却始终谨小慎微地躲在人群中。因为她明白自己没有资本站在人群最前头，因为她没有吴暇的勇气，没有外国同学的自信，她就是个平凡无奇的女生，她对这点深信不疑。

然而现在不一样了，自打她看到了这个钱包的价值后，就意识到一切都有转机了。"为什么我能收到这么贵重的钱包？ 为什么别人收不到？"小姑娘开始自问自答并自我肯定。是的，此时此刻在 May 心里，Tony 的身高不是问题、外表不是问题、妈妈的阻挠也不是问题。这是她第一次如此坚定如此自信，也是第一次毫无悬念地自我肯定。她享受这种感觉，她渴望这种感觉。她觉得这一切都是 Tony 带给她的，她觉得这一切都是通过自身的个人魅力换来的。

对于 May 来说，或许这是她第一次通过一些外在事物来判定自己的价值，也是第一次形成将自己和这些价格绑在一起对比的思维方式。她觉得这样很好，至少她终于活出了自我价值。

其实多年后，当她苦苦赚钱只为买到一个心爱的包包时，连她自己都不清楚正是从这一天起，在她心里开起了一朵花，一朵需要她付出艰辛、付出青春、付出金钱才能浇灌的与自己身份并不匹配的花。

是的，这朵花名为奢侈品，她从此将为奢侈品折腰直至一发不可收拾。也正是从这一天起，她记住了一个又一个昂贵的名字。很显然，第一个被她深深记住的品牌便是 Bottega Veneta。

◇ 3 ◇

　　又到了午饭时间，May 迫不及待地将午餐买好等着吴暇过来。看到吴暇拿着沙拉走过来，May 立即小跑过去把吴暇拉到一处墙角坐下。

　　"干嘛呢？着急忙慌的。"吴暇险些被 May 拽倒在地，有些不悦地埋怨道。

　　"我跟你说，我跟你说。昨天我男朋友送给我一个礼物，你猜送的是什么？"

　　"不知道，要说你就赶紧说。"

　　"你猜猜嘛。"

　　"不猜不猜，你快点儿，别老磨磨叽叽的。"

　　"好吧好吧，告诉你吧。一点情趣都没有。"May 嘟起小嘴，显然是吴暇的态度泼了自己一身凉水。"昨天 Tony 送给我一个钱包，我特意上网查了，是个名牌呢。"May 一脸骄傲。

　　"什么名牌？"

　　"叫 Bottega Veneta。好贵好贵的。"

　　"没听说过，多少钱？"

　　"要七百块！我当时都吓到了呢。"May 故作惊讶地说。

　　"人民币？"

　　"是美元！你说是不是好贵！"

　　吴暇一听一个钱包要七百多美元，不禁也有点好奇："啊？这么贵啊？他怎么舍得花这么多钱给你买钱包啊？"

　　"怎么了？你觉得我不配有贵的钱包呀。"

　　"不是配不配的事儿，主要是他为什么给你买啊？你生日也没到啊。"

　　"这个我也不知道，他说他前两天没来接我上学，所以觉得心里愧疚什么的就买了。"

"看来他对你还真是挺上心。"

"哈哈,我也这么觉得。"

"说真的,你男朋友对你真挺好的,好好珍惜吧。"

"嗯嗯,那肯定。以后我要买好多好多 Bottega Veneta 的包包,一个颜色买一个!"

"哈哈,好啊。一个颜色买一个!"

两个女生就这样一齐开怀大笑,May 在为自己能拥有 Tony 笑,也为自己将来可以得到无数个不同颜色的包包笑。而吴暇则是真心地为看到好朋友很幸福所以才笑,她对包包依旧没什么感觉,但她也很高兴好朋友可以如此自信地表达出自己对某样东西的热爱,毕竟 May 在这之前从未有过如此表现。

下午的课依旧只有两节,两个好朋友挥手告别后吴暇便朝家走去。吴妈妈正在吹头发,估计是从外面买完菜回来太热了,所以回来冲了个澡。

"妈,我回来了。"

"冰箱里有酸奶,我刚买的,你自己去拿。"

"好!"

吴暇回到房间打开电脑,美滋滋地喝着酸奶。其实美国高中的课程相对简单,数学课她都会,历史作业说白了就是抄一些书本上的段落而已。唯一让吴暇有些头疼的就是写英文作文,不过貌似老师从没要求过他们回家写作文,所以吴暇回到家,基本上也没什么作业可以写。

"别哼哼唧唧的了,我有事跟你说。"吴妈妈吹完头发,走进吴暇房间。看到女儿又在那放着中文歌曲大声唱着,不禁有些头大。

"你说吧,我听得见。"

"你先把音乐关了,闹死了。"

"这歌多悲伤啊,哪儿闹了?"吴暇虽嘴上这么说,但还是关掉了音乐。

"你以后要听就听英文歌,都到美国了还老听中文歌,对你的英语听力能有什么帮助?"

"你不懂,中文歌才有意境。"

吴妈妈知道自己说不过女儿,于是干脆直奔主题:"你早上上学的时候,我给外公外婆打了个电话。咱们现在这边都弄利索了,可以让他俩过来住一段时间了。"

"好啊好啊!他们怎么说的?什么时候来?"吴暇兴奋地欢呼着。

"我让他们明天打听一下办签证的事儿,反正回头办个旅游签证呗。他们过来待俩月,正好等你放暑假了还能一起回北京。"

"嗯,对。那你就让他们直接找个中介给他们办,花点儿钱就花点儿钱,回头我跟他们视频说。"

"对,回头你去说。他俩听你的。"

"那我爸什么时候来?"

"他估计够呛,我早上给他打,他说最近挺忙的。"

"嗯,行吧。不过没事儿,反正我暑假也就回去了。"吴暇靠在椅背上,打开了刚才听的歌曲,沉浸在很快就能见到外公外婆的喜悦中。

与此同时,身在东北的 Lily 也得到了好消息,她的签证很顺利地办下来了!远在日本的 Lily 妈在得知这一情况后,也欣喜地给身在美国的弟弟打了个电话。

电话响了很多声,才有人接听。"Hello?"

"喂,老弟呀。是我。"

"噢,老姐啊。我正开车呢,马上到家了,一会儿到了家我再打给你,你从日本打电话太贵。"

"行,那你到家就打啊。先挂了。"

男人把车开到家,进门后便找出茶几下面的电话卡,给身在日本的姐姐拨了回去。

刚响一声,女人就接起了电话:"喂,老弟啊。Lily 签证过了!可以到美国上学了!"

"真的?!那太好了!什么时候过来?我去机场接她!"

"具体没定呢,先看看机票什么时候便宜吧。"

"行,姐你放心,小丽来了绝对总统级待遇。"

"跟你说多少遍了,别老小丽小丽地叫。以后叫 Lily,外国名字多洋气。"

"以前不都一直叫小丽吗。"

"以前那是还没确定要来美国，你叫什么也就随你去了。现在都是要出国的人了，哪儿能还叫那么土的名字。"Lily 妈顿了顿，"不过要是真去你那儿，你们可咋住啊。总共就两间房，你媳妇能愿意吗？"

"姐你这话说得不等于骂我嘛，我还能做不了主？到时候小丽……"

"Lily！Lily！"

"噢，对对对。Lily。到时候 Lily 睡大屋，仨孩子睡小屋。完了之后我跟小娟睡客厅。"

"嗯，那行，你们商量好就行。"

"放心吧，妥妥的。"

"她要是秋天开学，我估摸着怎么也得让她暑假先上个英文班，至少这口语得先跟老外练练。你到时候去学校打听打听，有没有啥英文班可以给她先上着。"

"知道了姐，你就把心放肚子里吧。"

"还有啊，到时候 Lily 的学费、生活费什么的，我就直接打到你卡上，你来替她掌握。我怕那孩子突然拿着那么多钱不会分配，全给浪费了。"

"姐你放心，我绝对一笔一笔都给她把关。"

"行，那我就先睡了，这边大半夜呢。到时候学校的事整明白了你就告诉我，我寻思着就该给她订机票了。"

"知道了，你睡吧。"

"挂了，拜。"

男人挂了电话，靠在沙发上点起一根烟。"报答老姐的时候终于到了。"男人在心里暗想着。

一听丈夫挂断了电话，矮个女人从房间走了出来。"你刚才给谁打电话呢？"

"我姐。她说小丽签证过了，可以来上学了。"

"来美国？"

"对呀，上次不都跟你说明白了嘛。"

"她来了住哪儿啊？自己住外面啊？"

"住什么外面啊，这不有现成的房子住嘛。"

"咱家哪还有地方啊？总共就两间房，两间房能住下六个人啊？"

"有啥住不下的？我还是那句话，只要有心想让她住，怎么都能住得下。"

"那你说怎么住？总不能让她搭帐篷睡后院吧？"

"说你傻你还不服气。住后院干啥？小丽睡咱俩那屋，仨孩子还是睡小屋。至于咱俩，稍微凑合一下睡客厅就行了。"

"什么？凭什么我睡客厅？这是我家！要睡也是她睡客厅！"

"你瞎吵吵什么！我再重申一遍，这房子是我姐付的首付。她闺女来了，想怎么住就怎么住！"

"我也再重申一遍，要不是因为我给你办了绿卡，你现在早就被遣送回国了！这房子现在属于我们，我不可能搬出那间屋！"

"绿卡，绿卡，绿卡！你一天到晚还有完没完？！你是美国公民很了不起吗？要不是因为有我养着这个家，你以为你靠你那个美国公民身份能活到今天？我再最后跟你说一遍，以后你别拿绿卡的事来压我！要不是因为那个破绿卡，我至于被拴在美国吗？我要是早几年回国，肯定发展得要比现在好得多！所以我警告你，别老哪壶不开提哪壶！"

"你还好意思说是绿卡拴着你。你以为我不知道你心里想的是什么？当初你和我在一起不就是为了气你那个初恋吗，你不就是为了不让人家看扁你，所以才一心想拿到美国身份吗？你利用了我这么多年，我埋怨过你一句吗？现在可好，你姐姐家的小孩又要住到咱家，你这就是仗着自己家人多想要把我往外撵！"

"我懒得跟你掰扯这些，总之到时候小丽来了，就照我刚才说的那么住。你要是有意见，可以自己搬走。"

女人见丈夫说得如此决绝，狠狠地跺了一下脚，转身便朝房间走去。

其实美国真的那么好吗？男人也无数次地问过自己。大学毕业后，他和女朋友一起出的国。后来女朋友为了身份甩了他，跟一个老外好上了。男人气不过，不想就这么灰溜溜地跑回国，于是在教会认识了现在的妻子，并生了三个孩子。这算年少轻狂吗？还是命中注定？男人想不出如果当时自己回国会是什么样的情形，但他心里清楚好死不如赖活着，至少国内的那些老同学会认为他在美国生活得很好。人这辈子说白了，不就是想方设法演给外人看的嘛。只要外人觉得自己过得还不赖，那就继续这么过下去吧。总归现在手里有个美国绿卡了,这东西在他那些老同学眼里简直比黄金还要珍贵百倍。想到这,男人也就释怀了。

· 4 ·

　　虽然吴暇的外公外婆在退休后经常出国旅游,但在办理美国签证时却并不顺利。按照目前的情况来看,二老想要赶在吴暇放暑假前来到美国基本上是不太可能了。经过双方探讨,最终决定吴暇放暑假后先回北京,等八月底开学时再带二老一起来美国住上一段时间。吴妈妈考虑这次就不跟吴暇一起回国了,原因是她想在当地报个英文班学学英语,或者是找个工作打打工挣点生活费。

　　还有不到一个月就放暑假了,吴妈妈催促吴暇早点去社区大学问清楚入学所需的材料。吴暇很听话地答应了。于是吴妈妈开着车载着女儿来到离家二十多分钟路程的洛杉矶最大的一所社区大学。

　　这是吴暇第一次走进美国大学。吴暇觉得大学校园里楼与楼之间的间隔非常远,草坪和树木的完美结合也令吴暇觉得神清气爽。

　　在大学校园里,吴暇看到每个人脸上都洋溢着满足的笑容,那种氛围似乎要比美国高中还要和谐很多。大家悠闲地在道路上走着,有人躺在草地上看书,有人坐在树下弹吉他唱歌。吴暇很喜欢这种画面,她恨不得自己可以立刻成为这所大学的一员。

　　吴暇距离十八岁还差几个月的时间,按理说现在还不够年龄申请社区大学。不过当她向前台老师说明情况后,老师居然很和善地递给吴暇一张大学申请表。

　　"我可以上这所大学了?"吴暇激动不已。

　　"现在还不确定,但如果明年六月份之前你可以年满十八岁,我们在名额有富余的情况下有可能会考虑提前招你入学。不过每年规则都在变,具体要等你填完申请表才知道了。"

"那如果我能成功进入大学,可以直接上美国大学的所有课程吗? 我是说,我是不是可以和当地的美国人一起上同样水平的课?"

"这要看你的英文水平如何了。如果你能直接达到我校大学英语所需的水平,就可以直接上所有课程。如果你的英文水平达不到,就要先从语言课学起。"

"那语言课也是需要年满十八岁才可以上吗?"

"对,只要是我们学校开设的课程,所有规定都是一样的。"

"好的,知道了。谢谢!"

"不用谢。"

吴暇填好申请表后,开开心心地回到车里。

"怎么样? 能上吗?"吴妈妈一脸焦急。

"还不知道呢。刚才有个老师跟我说,让我回家等邮件。她说如果能通过,会发邮件通知我。"

"你跟她说明情况了吗? 你就跟她说你再过几个月就十八了,不想耽误学习想早点进大学。然后拜托她让你早点进去,反正就是跟她表表决心。"

"表什么决心哪,这跟国内不一样,一切都得按规矩来。"

"哎,我这不是也想让你早点进大学嘛。你还别说,老外做事就是死板。"

"没事儿,反正甭管怎么说,等到了十八岁准能进。对了,妈。等我暑假回来就开始学车吧,我想到时候自己开车上学。"

"那哪儿行啊,绝对不行!"一听女儿想要自己开车上学,吴妈妈立刻坚决反对,"别说你了,我现在都还没弄明白美国这些路的规矩呢。考驾照跟真正上路开是两码事,你没开过车你不知道。就路边的这些指示牌,门道儿多着呢。"

"凭什么人家都能开,就我不能开。欢欢十六岁就有驾照了,他不一直都是自己开车上学嘛。"

"你跟他能一样吗,人家是在美国出生的,要是路上遇到个什么情况也知道怎么处理。你现在英文又不好,再加上美国这边车开得都快。万一出点什么事，我怎么跟你爸交代。"

"就跟着前面开呗，人家快我也快，人家慢我也慢。"

"反正你就是不能自己开车。等到时候你要真上这学校了，我天天开车接送你。你是女孩子，凡事都要安全第一。开车的事你就别想了，等你将来工作以后再说吧。"

吴暇转头看向窗外，没再吭声。其实吴妈妈的担心是有道理的，从她的角度来看，自己带着女儿出国上学，女儿的一切都肩负在她一个人身上。她觉得只有凡事都亲力亲为，才能避免女儿出现半点闪失。对于吴暇而言，自己从小就被妈妈照顾惯了，所以妈妈提出以后天天接送自己上下学，吴暇自然是不会反对的。毕竟女孩子对开车并不热衷，而且她习惯了被妈妈呵护和永远不用独立的幸福。

第八章　美国的福利

"有便宜不占，非好汉"的观念在美国是否吃得开？

1

暑假来临得永远那么及时。吴暇兴奋地跑回家,不再理会那些令她头疼了一个月的考试题。

"回来了?"吴妈妈正从烘干机里拿出刚烘好的衣服。

"嗯,回来了。终于放假啦,你打算请我吃什么?"

"你说吧,你想吃什么我就带你去吃什么。不过你也快回去了,北京好吃的肯定比这儿多。"

"其实你真应该跟我一起回去的,你自己待在这边多无聊啊。"

"我还是想找找工作,你在这儿上完大学至少也得四年呢。总让你爸从国内寄钱也不划算,现在换美元也挺贵的。"

"好吧好吧,那我到时候给你带点好吃的回来。"

"考试考得怎么样啊? 都会不会做?"吴妈妈将衣服叠好放进衣柜里。

"妈你别老说这些让人心烦的行吗? 好不容易轻松一会儿你还老跟这儿没完没了地嘚嘚嘚。行了,我饿了,赶紧出去吃饭吧。"

"这怎么就让人心烦了,你要考不过能毕业吗?"

"毕什么业啊,我不是一到十八岁就能直接上大学了嘛。再说了,我肯定都是 C 以上 B 左右的成绩。你就放一百个心吧!"

"哦哦,对。我把这事儿给忘了。你说美国也真挺逗的啊,这样的上课标准能培养出好学生吗?"

"这你就不懂了吧,正是因为美国对学生敞开了不同的大门,所以像我这种不爱学习的也不至于自甘堕落,反正到了年龄也能进大学。再说了,没准过两年我就爱学习了呢,这种事谁说得准哪。"

"真是把你惯坏了。早知道这样,当初我就应该天天盯着你写作业。其实我发现你也不笨,瞧你平时也不怎么看书却能拿到 B 和 C,你要真能稍微用点心,估计拿 A 也不成问题。要是你小时候我跟你爸逼你一把,没准你也能上清华北大了。"

"哎哟喂,你可别吓唬我了。人都是靠感觉的,我对书本上那点事儿没感觉,就算逼了也没用。不过说真的,通过我最近的细心研究,我觉得自从我来到美国以后,除了许嵩写的几首歌词可以让我有点感同身受的感觉外,好像其他的歌都没有能让我产生共鸣的。"

"没共鸣你还天天在家哼哼唧唧的。像张学友啊、周杰伦啊、林俊杰啊,还有刘若英的《后来》,还有其他那几个女歌手的歌你不也天天在家唱嘛。"

"那不一样。尽管他们都很优秀,歌曲也好听,但却很难再让我感动了。就说现在,此时此刻、近期、这一年的歌,我就没发现能跟我产生共鸣的。你说是我听的歌太局限了,还是说现在好的创作越来越少了?就是那种身在异国他乡的孤独感,或者是触及人们心灵深处的那一丝丝认同感,我好像都没感受到。"小姑娘顿了顿,一脸坚定地说,"所以说,我准备好好拯救一下华语乐坛了,我也得开始写写歌了! 嗯……就写一些思乡的、远距离的亲情或者友情的,要不就是游手好闲的,总之就是写一些目前我的处境和感同身受的东西就行了。"

吴妈妈一听女儿又准备开始天天哼哼唧唧没完没了了,于是立刻制止道:"你可别不务正业了,写歌能有什么出息。再说你作文都写不利落呢,还想着写歌。你赶紧收拾收拾自己的行李,把明天要带回北京的东西都收拾好喽。要是回头落下什么,我可不给你寄。"

"没什么可带的,你给我收拾就行了。就带点换洗衣服,还有给他们买的那些吃的就够了。"吴暇靠在沙发上,继续设想着如何才能实现拯救华语乐坛的丰功伟绩。

吴妈妈一看吴暇那一脸沉醉的样子,就知道女儿又开始沉浸在那些不切实际的"宏图伟业"里了,于是提醒道:"行了行了,别又跟这儿做梦了。快起来咱们吃饭去,你想吃什么? 炒菜还是火锅?"

"火锅。"小姑娘想都没想,脱口而出。

虽然吴暇母女身在洛杉矶,但洛杉矶的中餐馆还是很丰富的。洛杉矶是个很包容的城市,这里的居民来自世界各地。所以在洛杉矶的街道上,可以很容易见到各式各样的世界美食,就连中餐都是五花八门,南北方美食均有。

吴暇爱吃火锅,吴妈妈就开车带她去了她们常去的一家成都火锅店。吃完火锅后,吴暇在家冲了个澡,准备好好睡一大觉。吴妈妈给女儿关上灯,自己来到客厅帮女儿把需要带给国内亲朋好友的礼物装到行李箱里。

明天吴暇就要回北京了,这是她和女儿第一次分离。从小到大无论吴暇做什么,吴妈妈都会陪在女儿身边。但这次她为了能在美国打打工、学点英文、充实一下自己,选择了独自度过一个没有女儿陪伴的夏天。多年后,当吴妈妈再次回忆起当初这个独自留下的决定时,也不禁感慨是不是天意本该如此? 那个夏天所发生的事情对吴妈妈来说是不一样的开始,对吴暇和吴爸爸来说亦是如此。

"回北京记得多喝水啊。"

"知道了。"

"下了飞机就给我来个电话,你爸手机应该可以打国际长途的。"

"好了,知道了。"

"外面太热就不要出门了,但是空调也不能一直吹啊。"

"烦死了。"

"记得帮外公外婆订机票,要是国内太贵我在美国订也行。"

"你赶紧走吧!"

在机场安检口前,吴妈妈一直不放心地叮嘱女儿。此时的她突然有些后悔了,她真想立刻补张票跟女儿一起回国。是啊,十七年了,她没有一天不在女儿身边。现在女儿就要走了,这叫她如何是好呢?

吴妈妈还想再说点什么,却被吴暇制止了:"行了,你别说了,我都知道了。你快走吧,司机还等着呢。到了会给你来电话的。"

一想到司机还等在外面,吴妈妈也觉得让人家一直等着不太合适,于是说道:"行,那我走了。嗯……要不你先走,我看你过完安检我再走。记得在飞机上多喝水啊,要是不舒服了就跟空姐说,腿疼了就起来走一走。还有你记得一会儿去免税店买点吃的,要是飞机上的饭不爱吃,你就买点自己爱吃的……"

"行了行了,弄得跟生离死别似的。赶紧走吧你,别烦了。"

吴暇虽嘴上这么说,但心里还是有些伤感的。毕竟对她来讲,这也是她第一次和妈妈分开。她早已习惯妈妈在身边陪伴,妈妈不仅仅是她的母亲,更是她的朋友。吴暇曾天真地想过要和妈妈永远在一起,也曾想过要和妈妈做一辈子的好朋友。其实对于吴暇这种从小被宠大的孩子来说,他们根本不需要什么知心朋友,因为他们的父母就是他们的知心朋友。

拿吴暇来说,从小到大父母有什么事都会和自己商量,即便有时她根本理解不了父母在跟自己探讨什么。但就是在这种父母凡事都对吴暇公开、透明的家庭氛围里,使吴暇久而久之感受到和父母坦诚交流的必要性。吴暇从小在这种平等的家庭环境中长大,所以即便是在所有孩子都想叛逆的青春期,她也从不叛逆。吴暇算得上是个懂事的孩子,但同样也正因为吴妈妈的无微不至,吴暇始终也是个懒惰的孩子。她习惯了衣来伸手饭来张口的日子,因为妈妈乐意,因为她自己更愿意。所以其实吴暇在很小的时候就明白了一个道理,只要有妈妈在的地方就是家。家与哪座城市无关,家就是妈妈。

吴暇拼命地摆手让妈妈赶紧走，不是为了要撵她走，而是担心如果妈妈再不走，自己也不想再走。吴妈妈就这样依依不舍地和女儿道了别，一步三回头地离开了机场。黑车司机已经把车开进停车场了，吴妈妈给他打了个电话，于是黑车司机又将吴妈妈送回了家。

可能有人好奇，为什么吴妈妈不自己开车送吴暇去机场？原因是吴妈妈很害怕开车。在北京的时候吴妈妈学车就单纯是为了接送女儿两点一线的上、下学，要不人们怎么总说母爱是伟大的呢，即便吴妈妈再不擅长、再害怕，但只要一想到女儿明年就要上大学了，也就只好硬着头皮准备开始开车接送了。不过像这种送女儿去机场的"高强度"训练，吴妈妈能避免就尽量避免了。

吴妈妈坐在车里，突然觉得心里空落落的。她就这样自己一个人，独自留在洛杉矶了。

相比吴妈妈而言，吴暇则显得有些没心没肺了。一想到再过十几个小时就能回到大北京，她便充满期待。

在飞机上闲得无聊，吴暇就开始给自己找事干。她把几乎能想到的北京餐馆都列了出来，想着一下飞机就让爸爸带自己挨个吃个遍。想着想着，小姑娘就幸福地睡着了。在梦里，她回到了初中，见到了关系最要好的同学。当然了，梦里还出现了那一桌又一桌的吃不完的顶级盛宴。

就在吴暇所乘坐的飞机起飞不到半小时后，一架从韩国飞往洛杉矶的飞机随即降落在了洛杉矶国际机场。伴随着将近一年的期待，Lily 终于如愿来到美国了。

接机口早就人满为患了，Lily 舅舅一家算来得早的，所以他们勉强找到了一个视野好一些的位置耐心地等待着。

"爸爸,姐姐什么时候到?"年龄最大的女孩问男人。

"飞机有些晚点,不过应该也快到了。"

"姐姐是从哪里来的? 要和我们在一起住多久?"二女儿插嘴道。

"住不了多久的。"矮个子女人赶忙回答。

男人瞪了女人一眼,对二女儿说:"别听你妈瞎说,姐姐在咱家想住多久就住多久。"之后又补充道:"姐姐是从东北来的,东北是你们的老家,爸爸从小就是在那儿长大的。"

"东北是哪里? 东北好吗?"小女儿好奇地问道。

其实有时男人在面对二女儿和三女儿提出的各种问题时,真是有点无从答起。先说说他们家这三个女儿的情况吧。大女儿出生在老家,那时候正好是他带妻子第一次回家见父母。当时他在美国没有稳定的工作,妻子也没有工作。在这种自己都快要吃不饱的情况下,父母便主动提出替他们看孩子了。一想到两位老人可以替自己照顾女儿,男人二话不说果断同意了,毕竟只有这样他才能回到美国专心找工作。孩子在东北跟二老一住就是六年,这期间男人跟妻子都没再回去过。所以客观来讲,大女儿和他们夫妻俩的感情并不深,毕竟双方都多多少少地存在些许距离感和陌生感。

在大女儿六岁那年,男人回国把她接回美国一起生活。男人记得大女儿和爷爷奶奶分别时哭得很惨,那种撕心裂肺的哭喊声至今都令男人难以释怀。值得欣慰的是,大女儿在来到美国后还算懂事,没有哭哭啼啼让人操心。

其实小孩的性格和父母的教育也有着千丝万缕的联系,就比如大女儿的内向性格多半也是因为孩子她妈的一些言语造成的。男人记得刚把大女儿领回美国的家时,她在看到那个小她四岁的妹妹后并没有产生太大的排斥。女孩慢慢走到妹妹面前,小心翼翼地握了一下妹妹的小手。然而正是这个本能的出于姐姐对妹妹喜爱的一握,却换来了妻子严厉地呵斥。男人记得很清楚,妻子对大女儿说的第一句话不是"宝贝回来了"而是"你还没洗手呢,怎么可以摸妹妹! 快去洗手去!"

可能就是这种一进家门就被拒之千里的距离感,让大女儿和夫妻俩的感情变得更加生分了。其实男人很想弥补老大,但毕竟人的精力有限,更何况他尝试亲近大女儿,但效果好像并不明显。男人知道大女儿心中始终想着爷爷奶奶,况且随着老三的降生,夫妻俩更需要腾出一大半的精力用在小女儿身上。于是久而久之,年纪最长的大女儿性格变得极其内向。她在家不爱说话,更不会跟父母交心。然而分别小她四岁和六岁的两个妹妹,则和父母相处得非常融洽。这种强烈的对比对大女儿本身是一种伤害,对父母其实也是。

每当老大听到父母在聊国内的种种事情时,都很想参与却又不敢插嘴。而她的两个妹妹却毫不畏惧地向父母提出各种关于她们无法理解的问题。每次夫妻俩都会很耐心地解释给两个妹妹听,即便有时解答得并不详细,但两个妹妹依旧听得很认真、很开心。

就说这次吧,三妹又问了一个很幼稚的问题:"东北是哪里?东北好吗?"在大女儿心里,不管怎么说三妹现在也已经七岁了。如果一个在中国长大的孩子,是万万不会问出如此可笑的问题的。然而对于生长在美国的两个妹妹来说,这种看似再正常不过的事情在她们眼里却成了一个又一个的未解之谜。为此,大女儿始终对两个妹妹的无知心存惋惜。同样地,身为她们父母的男人和女人也在两个女儿提出类似问题时感受到了极大的回答阻力。在他们眼里,这些问题同样太过不值一提。可是他们身处美国,他们的孩子从小生长在美国,所以这种不了解国情的事情肯定会接二连三地发生。每当这时,男人都会反思:"是不是不应该把她们生在美国?是不是应该让她们在国内上几年学再接回美国?"

不过想这些也是徒劳,毕竟孩子都这么大了,现在再说这些又能改变什么?男人看着小女儿,一字一顿地说:"东北就在中国的东北边,那里很冷,冬天会下很大的雪。那是爸爸出生的地方,也是姐姐出生的地方。"

"哇!好棒啊!那里居然会下雪!我好想去看雪!我想去东北看雪!"

对于出生在洛杉矶的老二和老三来说,没见过下雪纯属正常。洛杉矶一年四季大部分时间都像是大夏天,除了远处的山顶会有常年的积雪外,他们在洛杉矶住了这么多年都没看见过一次雪。对于从小生长在冰天雪地里的男人来讲,自己的后代居然没见过雪,也真是一种莫大的讽刺了。

"等你们再长大一点,每科成绩都拿 A,我就带你们回东北看雪。"

"爸爸最好啦!长大就可以看到下雪啦!"老二老三欢呼着。

自从大女儿被接到美国后,他们一家就再没回过国。不是他们不想回去，而是回去也无事可做，再加上一次要买五个人的机票，对男人来讲也着实是一笔巨大的开销。

一家五口就这样聊着聊着，终于把 Lily 给盼出来了。是男人先认出的 Lily，虽然他也只在 Lily 小时候见过几面，但凭着昨天老姐给自己发来的照片，男人确信眼前这个从安检口出来的孩子就是自己的外甥女小丽。

"小丽！小丽！我们在这呢！"男人喜笑颜开地挥舞着手臂。

看到男人在叫自己，Lily 也凭记忆认出了舅舅，于是也赶紧朝舅舅挥手致意。

"累不累啊？转机等很久吧？"男人边说边替 Lily 推起了手推车。

"我来吧舅舅，我不累。"

"跟舅舅客气什么，舅舅来推。"

"那，谢谢舅舅。"

男人看 Lily 有些拘谨，赶忙招呼道："来，小丽。舅舅给你介绍一下啊。这是你舅妈，你小时候见过的。这是老大，Zoe。这是老二，Windy。最小的这个是 Jenny。"

"舅妈好，你们好。"

"姐姐好！"三个女孩异口同声地说道。

"走，上车回家。"男人边说边把行李车朝停车楼推去。

当他们走出机场准备过马路到对面停车楼时，Lily 认真地环顾了一下机场四周，暗叹道："这里真是太大了！简直和日本的机场一样漂亮啊！"

很快，一行六人就来到了马路对面的停车场。六人一起进了电梯，男人按下二楼的按钮。

"怎么样小丽，一路上有没有睡觉？"

"睡了一会儿，也看了一些电影。"

"睡了就好，你要是现在不困咱们就直接去吃饭？"

"我都可以。"

说话间，六人已经走出电梯，找到了汽车停靠的位置。

车很大，是那种加长版的大面包车。不过车的外观却很旧，一看就是开了至少小十年的汽车了。男人把行李箱放进车里，安排了各自的座位之后就发动汽车准备离开机场了。

"Ten dollars."一个黑人女性在收费窗口里对男人说着停车费的价格。

"怎么这么贵啊?"坐在副驾驶的矮个子女人抱怨起来。

男人从裤兜里掏出一把零钱,抽出十张一块的递给那个工作人员。女人接过钱,给男人一张小票,随即挡在车前面的栏杆缓慢升起。

一想到刚才舅妈的语气,Lily 在后座小声说道:"对不起啊,我一来就让你们花这么多钱。"

女人对这句话好像很受用,明显缓和了神情,笑着说:"哎呀,哪里的话,都是一家人嘛。"

"小丽啊,机场离吃饭的地方比较远。你先在车上睡一觉,等到地了我再叫你。"男人说道。

"好。"Lily 虽嘴上这么说,但双眼却一眨不眨地盯着车窗外面。

这是她梦寐以求的国家,这是她在书中才能见到的国家。这里的天是那么蓝,阳光是那么温暖,就连高速路旁荒芜的景象在 Lily 眼中都变成了体现洛杉矶地域广阔的最好标志。"这里真是太大了,比老家大太多了,就连日本也比不上这里啊! 要是这些荒地都建起楼房,那将是多么繁荣的景象! 不过不建楼房也好,将来可发挥的空间更加不可限量!"Lily 心里对眼前的荒凉充满了无限的期待。

"怎么? 不睡吗?"通过后视镜,男人清楚地看到外甥女始终睁大双眼盯着窗外。

"哦,我现在又不困了。"

"嗨,其实外面也没啥好看的。这一片啥也没有,除了高速路就是车。"男人打趣道。

"我觉得这里挺好的,视野开阔,所有人都很规矩地开车。"

"哈哈,那行,那你就再看一会儿,不过一个多小时以内估计你看到的也就差不多只有这些了。"

Lily 在心里估算了一下,舅舅的车速并不慢,如果一个多小时的路程依旧是这样的景色,那洛杉矶的地域之广阔就不言而喻了。

其实有时候人们就是这样,在一个拥挤的熟悉到不能再熟悉的地方住久了便会渴望看看外面相对没太多人烟的世界。那种想法一旦萌发出来,便会坚定得一发不可收拾。就好比此时的 Lily,她不会像吴暇那般觉得洛杉矶是个荒凉的大农村。相反,她觉得这里充满创造力。在如此开阔的空间里生活,无拘无束不被控制,这将是多么幸福的一件事情。她早就是个独立的个体,一个没爹疼没娘养的个体。然而这十多年来她却独立得并不彻底,她始终无法摆脱奶奶的责骂和老师同学的漠视。她明白,这么多年自己始终过得很压抑,既看不到方向也对不起自己。可从她踏入美国境内的那一刻起,一切都发生改变了。Lily 坚信,只要自己在这个国家肯努力,一切的一切都将不再是问题。她要在这里生活下去,不是为了去实现多么伟大的理想,只是为了能够不再回到那个让她感觉不到一丝欢乐的地方。

一个小时之后,男人将汽车驶出高速公路。Lily 发现下了高速后,这里的一切看起来更美好了。街道很宽,比老家的路和日本的路都要宽。街道两旁有很多店铺,虽然看起来并不繁华但也干干净净的,没有一丝破败的迹象。

Lily 发现路上几乎没有行人,唯一的一两个行人也是刚从车里走出来的。虽然 Lily 不明白为什么这里行人很少,但她突然觉得或许这就是她喜爱这里的原因。因为她从小就不太合群,父母没有陪过她,爷爷奶奶和她又没有什么可聊的话题。在这种家庭长大的孩子,很少有能真正融入社会里去的。Lily 喜欢独处,即便她很克制地没有将这种想法表现出来。但在内心深处,她渴望的依旧是自己与外界分离后所带来的享受。所以当她看到洛杉矶的人气并不兴旺时,心里不由得再次对这座城市产生了强烈的好感。是啊,与其在一个人口密集的城市不被人重视,倒不如在一个没有多少人气的地方活出自己的价值。

"小丽啊,你想吃什么?"

Lily 不知道美国都有什么吃的,所以当舅舅问自己时也无法回答。"我都可以,你们决定。"

"Windy,你想吃什么?"男人首先询问了二女儿的意见。

"我想吃 hamburger。"

"Jenny 呢?"

"Me too."

见两个小女儿都想吃汉堡,男人最后又询问了一下大女儿:"吃汉堡行么,Zoe?"

"我都可以。"

"每次都给不出意见。"坐在副驾驶的矮个子女人在听到大女儿的回答时,冷不丁地来了一句。

Lily 是个敏感的孩子,从小到大受尽了别人的脸色。所以当她听到舅妈这句话时,本能地以为舅妈是在说自己,于是赶忙附和道:"我觉得吃汉堡挺好的,我们就去吃汉堡吧。"

"那行,既然小丽都发话了,那咱们就去吃汉堡了。"男人掉转车头,朝汉堡店驶去。

很快,男人就将汽车开进了某个广场的室外停车场。停车场依旧很空旷,有很多空车位,也有不少漂亮的汽车。Lily 看着眼前干干净净的停车场,不禁想起自己老家的停车场。其实老家那些停车的地方根本就算不上是停车场,很多车随意地停在街道两旁,毫无章法还影响交通。

六人一起下车,朝汉堡店走去。Lily 在国内从没见过这个招牌的汉堡店,问身旁的 Zoe:"这家店叫什么?"

Zoe 小时候和 Lily 接触过一段时间,所以对这个姐姐也不算太陌生。"这家店叫 In & Out,听妈妈说其他州都没有。所以这家店在洛杉矶也算挺有名的呢。"

Lily 有种刘姥姥逛大观园的感觉,心想自己还真是没见过什么世面,一直以为肯德基和麦当劳就算汉堡界的全部了,没想到来到美国才发现竟有这么多家汉堡店可供挑选。

男人知道 Lily 肯定没吃过这家店的汉堡,所以也就不征求外甥女的意见了。他直接做主替大伙把餐点好,站在一旁听舅舅和服务生对话的 Lily,突然意识到自己所能听懂的内容简直少之又少。她本以为自己的单词量已经足够在美国生活了,却不承想自己的听力水平依旧如此不堪。这是 Lily 第一次审视自我价值。她突然觉得自己竟是这么渺小,渺小到她以为自己终于可以翻身时,却发现自己仍旧是那么不值一提。这种强烈的自卑感充斥在 Lily 心里,她以为通过努力背单词就可以改变自己的命运,却在听完舅舅点餐的对话后彻底明白,即便是在美国自己依旧很难有立足的能力。

很快舅舅点的吃的就陆续从后厨拿上来了。Lily 看着眼前满满两大托盘的食物,开心得难掩笑意。Lily 帮舅舅端了一个托盘,跟在舅舅身后坐到早已跃跃欲试的三个孩子身边。男人递给大家一人一个汉堡,最后两个托盘上只剩下两份薯条、两杯可乐和五个一次性透明塑料杯。

男人将其中一杯可乐递给 Lily,随后打开另外一杯可乐的盖子,将可乐分别倒进那五个塑料小杯子里。男人将小杯子分别递给自己的老婆和三个孩子。Lily 突然觉得有些不好意思。她自己一个人喝这么一大杯可乐,而舅舅一家却五个人分一杯可乐喝。于是她对舅舅说:"要不你喝我这杯吧,我也喝不了那么多。"

男人一听 Lily 这么说,立马笑了:"没事小丽,你就敞开了喝。美国这边就这点好,买一杯饮料可以免费续杯,咱想喝多少就喝多少。"说完男人便起身,到刚才点餐的地方让服务员续杯。

这是 Lily 第一次真正感受到美国的好。这种好与外在无关,这种好直接渗进 Lily 心底。到底是多么富足的国家才可以给大家提供无限量的免费续杯服务?如果把这种制度放在中国,是不是全民都抢疯了呢?Lily 觉得这种制度的存在,不仅仅证明美国很有钱,更加让她觉得在这里生活会很省钱。就像刚才舅舅做的那样,找服务员要几个免费的一次性杯子,然后只需要花一份饮料的钱就可以满足全家人都能喝上饮料的喜悦。Lily 觉得这样的生活方式简直太美好了,她不用再小心翼翼地对比矿泉水和饮料的价格,因为在美国她可以无限量地随便喝。

很快男人就拿着满满一杯饮料回来了。他并没有为刚才所做的事情感到羞耻,因为他没有觉得自己这样做是在占餐厅便宜。他觉得既然美国的快餐店有这样的服务,那这种便宜不占白不占。再说了,自己给自己省点钱有什么不好?难道非得打肿脸充胖子,一人一杯饮料才能突显自己的高尚?到了他这个年纪,又有谁会计较谁比谁更高尚?能填饱肚子就行了,更何况妻子和孩子们正吃得不亦乐乎呢。

"来,小丽。尝尝这个薯条,这是他们家的特色。"男人指了指桌上的薯条。

这不是普通的薯条,确切地说薯条还是那个薯条,只不过这个薯条不是沾番茄酱吃,而是上面已经洒满了一层肉酱和 cheese。Lily 学着舅舅的样子,用叉子将沾满肉酱和芝士的薯条一并放进嘴里。那种感觉简直妙不可言，这是 Lily 平生吃过的最好吃的薯条，没有之一。

　　很快，六个人就将手中的汉堡和桌上的薯条一扫而光了。男人揉着肚子，说："走，回家去。"

　　一行人先后走出汉堡店，临走前男人又找服务生续了两杯可乐。当然，其中一杯是属于 Lily 的。

　　"小丽啊，现在这片就属于 A 市了。"男人边开车，边给 Lily 介绍着。

　　Lily 看着窗外，觉得这里实在是太美了。只见道路两旁建起了各式各样的独栋别墅，每栋都是不一样的建筑风格。Lily 发现个别几家还和小城堡一样，有很大的铁门护栏，护栏里有很大一片空地或者说是前院，再往里便是至少有十多间屋子的大别墅。Lily 痴痴地看着眼前这一切，看着绿葱葱的植被、看着平缓的马路、看着高档的独栋别墅。她觉得这里就是天堂，这里所见的一切仿佛都像做梦一样。

　　"好漂亮啊。"Lily 忍不住赞叹道。

　　"当然漂亮了，这可是富人区，一栋房子要好几百万呢。"舅妈回道。

　　"啊？这么贵？那折合成美元也要好几十万了吧？"

　　"合什么美元啊，我说的就是美元。"女人不屑地回道。

　　好几百万美元？！这对 Lily 来说简直是个天文数字了，Lily 觉得自己再一次被美国折服了！她觉得这里就是全世界最富足的国度，她觉得生活在这里的人就是最具有权威的种族。她甚至觉得自己能够亲眼看到这些房子，都是至今为止做过的最有意义的举动。她并未想要拥有，她只需要远远欣赏就已然足够。Lily 觉得能来到这个国家是她此生最大的幸运，她突然觉得生活变得无比美好。是的，如此美好！

　　在这片富人区穿行了大约有两三分钟，车子便驶出这一区域了。开到大马路上之后，Lily 看到了更多美好的事物。

　　"那个是 Shopping Mall，那个是 Gym，那个是冰淇淋店。"Windy 指着四周的建筑物，热情地替 Lily 介绍着。

　　Shopping Mall？Lily 迅速在脑海中过了一遍之前背的单词，意识到 Windy 手指的那么一大片地方居然是商场。Lily 不是没有见过大商场，但像这么大的商场还真是头一次见。如果非要形容这个商场的占地面积，Lily 觉得肉眼看到的地方至少有五六个足球场那么大。至于停车场就更大了！Lily 觉得室外停车场应该比商场还要大，至于远处那栋三层楼的停车楼应该也能停满至少几百辆汽车了。

这么庞大的占地面积和这么完善的停车区域，在 Lily 眼中简直高端得无法被超越了。Lily 觉得就连妈妈所在的日本都比不上这里。Lily 记得前年去日本申请绿卡时，妈妈带着自己逛了几次商场。那时候 Lily 就已经觉得那些商场的繁华程度无人能敌，然而此时当她看到美国商场的占地面积后，突然觉得日本的商场是那么不值一提。

穿过这片区域后，很快进入了一片破旧的老城区。虽然道路两旁的房屋依旧是独立的小别墅，但和刚才的富人区相比这里简直破败至极。从车窗向外望去，Lily 看到每栋房屋前面的草坪几乎都杂乱不堪，根本不像富人区那边绿油油的，既茂盛又整齐。这边的房子很多也没有围栏，就那么四敞八开的，几乎任何人都可以随便潜进去。Lily 觉得这里的房屋有点像美国电影里那些黑人住的破败街区，就是那种不三不四的小混混住的好几十年前的老城区。

Lily 正在思考用什么形容词形容这里的景象才更为贴切时，舅舅突然减速，随后一打方向盘把车开上了右侧那栋房屋的车库里。

Lily 还没反应过来这是什么情况，男人突然说："到家了，小丽。Welcome to our home！"

到家了？Lily 看着眼前这栋历经沧桑的房屋，随三个孩子一起从后面下了车。

"Windy，带姐姐看看房子。"男人边从车里卸下行李，边招呼二女儿带外甥女参观一下他们的房子。

"Okay，姐姐跟我来。"小姑娘热情地牵起 Lily 的手，把她往屋里领。

Lily 从未和人如此近距离地接触过，她本能地把手抽开了。当她反应过来自己的行为有些不妥时，已经迎上了小姑娘诧异的目光。

"哦，对不起啊 Windy，我不是有意的。走，我们进去吧。"Lily 尴尬地解释着，随即轻扶着小姑娘的手臂。

"It's okay."听到 Lily 的解释，小姑娘好似并没有生气。

她们是从车库门进去的，确切地说是从房屋和车库相连的那个门进去的。一进门是一个开放式的厨房和一个很小的客厅。里面陈列着简易的家具,其实也就一张沙发、一个茶几还有餐桌和座椅。

"这是我和姐姐还有妹妹的房间。"小姑娘指着不远处的一间房。"对面这间是给姐姐的。"小姑娘又指了指刚才那间对面的一间。"这个是厕所。"Windy 示意 Lily 那两间房中间有个厕所。

"谢谢 Windy。"Lily 谢过小姑娘,径直朝自己房间走去。

门是纯白色的,但很明显已经不是那么白了。门把手也不算新,当 Lily 开门时可以明显感觉到门把手已经不是很牢固了。门被轻轻推开,映入 Lily 眼帘的是一片温馨。

Lily 看得出这间房肯定是舅舅一家精心布置过的。先说床吧,床单和被套都用了最粉嫩的粉红色。虽然 Lily 自身并不喜欢粉色,但她知道舅舅他们是想把房间装扮得更为女性化。衣柜早已清理干净,除了一排衣架外,里面有很大的空间留给 Lily 挂自己的衣服。衣柜对面是一个书桌和一把椅子,虽然并没有过多的装饰,但对 Lily 来说已经足够用了。不过最让 Lily 感动的是床头的一束鲜花和一张写满"Welcome"的纸张。Lily 知道这张纸肯定是三个孩子写的,虽然字体看起来有些凌乱,但五颜六色的,分外绚烂。

Lily 此时有点想哭,从小到大她从没被人如此重视过。就连前两次去日本办绿卡,自己的妈妈也没有像这样替自己精心布置过什么。然而眼前的一切,让她有些受宠若惊,更有些不知所措。她不知道接下来应该以什么样的方式面对舅舅一家的好客,她从未遇到过这种事,所以她不知该如何回馈施恩者。

"喜欢吗?"Windy 在门口一直没等到 Lily 幸福的尖叫声,于是小心翼翼地问着。

Lily 这才转过身,很肯定地说:"喜欢!"

很显然,Lily 的冷静和小女孩预想的不太一样。小女孩本以为 Lily 会上前一步抱住自己,然后狠狠地在自己脸上亲一口或者干脆激动地欢呼起来,毕竟对于小姑娘来说,这也是她第一次替别人布置房间。Windy 毕竟还是太小,当有事情发展得和自己预期的不一样时也就没有了应对的办法。于是小姑娘灵机一动,说了句"我去帮爸爸拿东西",然后就跑掉了。

Lily 一想到舅舅正在帮自己搬那么重的几大件行李,便想着出去帮把手，于是就也跟着 Windy 一起出去了。

没走两步，Lily 就看见舅舅和舅妈正把行李箱往屋里搬。见 Lily 出来了，男人满头大汗地问："怎么样小丽，喜欢吗？"

"喜欢，谢谢舅舅。"

"就知道你肯定喜欢。以后就踏踏实实在这儿住下，需要什么就跟舅舅说，千万别不好意思，这就跟自己家一样，想干啥干啥。"

"嗯！"Lily 重重地点了一下头。

"现在你妈应该还睡着呢，等再晚点吧，再过几个小时我给她打个电话报个平安。"

"好，那我现在需要帮忙做点什么吗？"Lily 总归有点不太习惯，她想给自己找点事做，也想在舅舅、舅妈面前表现得并不那么好吃懒做。

矮个子女人刚想说："好啊，那你去冰箱拿桶水出来给我们倒点吧。"却在"好"字刚出口时，就被男人打断了。

男人对 Lily 说："做啥啊？啥也不用你做。你来到美国就负责好好学习，其他的事都交给我和你舅妈做。"男人说完后，意味深长地看了妻子一眼。

"嗯，对。你啥也不用干，好好学习就行了。"女人也违心地附和了一句。

"要不你先去洗个澡睡一会吧，我觉得你肯定有时差。"男人继续说。

Lily 也确实有些乏了，于是连忙说："那好，那我就先去洗个澡。"

矮个子女人带 Lily 去了卫生间，手把手地告诉她哪些是洗头水、哪些是浴液。Lily 谢过舅妈后，脱光衣服走进了淋浴间。

说实话，以前 Lily 在老家最最渴望的就是能舒舒服服地在浴室洗个完整的热水澡。然而每当 Lily 去洗澡时，总会有各种各样的原因阻碍她去实现这一梦想。好比说，水压出问题了？奶奶担心水费太贵了？热水器里的热水不够用了？喷头流出的水太稀疏了？总之，Lily 在老家就没洗过一次像样的澡。

然而当 Lily 拧开舅舅家的淋浴开关时，源源不断的热水直击 Lily 皮肤表面。那种幸福感，让 Lily 无法忘怀。这是 Lily 这辈子洗过的最爽的一次澡，她毫无顾忌地、很奢侈地洗了一次热水澡。她在里面足足洗了半个多小时,直到最后舅妈敲门询问她怎么还不出来时,Lily 才万分不舍地离开了浴室。

她穿着那件已经洗掉色的睡衣躺在那张 Queen Size 的大床上,觉得此时的自己是世界上最幸福的孩子。在这里没有责骂,有的只是舅舅一家贴心的关怀。在这里也没有压力,只要将来好好学习就什么也不用考虑。Lily 觉得幸福降临得太突然了,她有点恍惚更有点按捺不住。她用右手紧紧地捂住嘴巴,以防自己因兴奋而难以抑制地大笑。她觉得自己这辈子做的最正确的一件事,就是在妈妈询问自己是否想来美国时,坚定地回答了:"是!"Lily 觉得自己的选择简直太正确了,这是她有生以来第一次试着为自己做选择,也是她做过的最成功的一次选择。她爱这里,她爱美国,她爱这里的一切,她发誓这辈子一定要留在美国!很快,Lily 就在幸福中昏昏欲睡了。连她自己也想象不到,此时自己的嘴角依旧挂着笑。

再次醒来时,已经是晚上八点了。男人想让外甥女多睡一会儿,就没让老婆、孩子提前叫醒 Lily。Lily 走出卧室时,一家人正在吃晚饭。

"小丽起来了? 来,快过来吃饭。"

"好,我刷个牙就来。"

晚饭没有很丰盛,但却很可口。在舅舅一家热情的款待下,Lily 一口气吃了两碗饭。她突然觉得自己就是这个家里的一员,那种温馨感逐渐蔓延。

"小丽啊,你这次来美国上学有什么打算吗?"矮个女人问道。

"其实我也没想太多,就是想早点毕业、早点把英文练好。"

"学校我已经给你问清楚了,正好下礼拜 Summer School 就开始了,过两天我就带你去学校报到。"男人补充道。

"Summer School 是什么?"

"Summer School 就是暑期班。给你选的这个大学一年可以上四个学期的课,春、夏、秋、冬都能上。我已经问过了,春秋季的课时比较长,差不多每学期是十六个礼拜的课。冬天和夏天的短一点,一个半月就结束了。你要是想早点毕业可以这四个季度都上课,这样能节省下不少时间。"

"那真是太好了,过几天我就去学校报到去!"

"对,过几天我就带你去。你这两天先在家倒倒时差,平时我要出去跑业务,有啥事就跟你舅妈说。"

"知道了。"

一家人在客厅看了一会儿电视,差不多等到快十点男人才拿出电话卡给身在日本的姐姐打电话。电话响了几声就接通了,Lily 妈明显是刚睡醒。

"喂?"

"喂,姐。是我。小丽到了,我让她跟你说啊。"男人随即把电话递给了Lily。

"喂,妈。我到了。"

"到了是吧? 到了就好。觉得美国怎么样啊,喜不喜欢?"

"挺好的,很喜欢。"

"喜欢就好,你在你舅家踏踏实实住着就行,别不好意思。这两天就让你舅带你去学校把入学手续办了。你去美国是去上学的,一定要好好学将来早点毕业。妈妈除了能给你出学费,也基本给不了你多余的钱了。在美国能省就省,最好是让你舅帮你找份工作。你今年也十八岁了,也到出去打工赚钱的年纪了。记住,在外面不能怕吃苦。只要是能找到工作,再苦再累都要干。哎,本来是想着你可以到日本上学的,既然你选择去美国那妈妈能做的也就只有这么多了。"

"妈,我知道了。等我办完入学手续,就争取去找工作。"

"哎,宝宝。你不会怪妈妈吧? 其实妈妈也不想让你一个女孩子那么辛苦,但妈妈也没有办法。咱们家就这样的情况,你爸啥也不管,我能做的也就只有这些了。"

"我知道。"

"那你这几天先好好休息,记得抓紧去办入学手续。妈妈马上就要起来上班了,就先不跟你说了。你把电话给你老舅,我跟他说几句话。"

Lily 把电话递给舅舅,男人接起了电话。

"喂,姐。"

"老弟啊,以后 Lily 就辛苦你俩了。你这两天就带她去学校把手续办了,然后要是有合适的工作也给她留意着。我这边要是有钱了就给你打过去,但给她交完今年的学费也就剩不下什么了。还有我之前跟你说的那件事你也上点心,不过你先别跟 Lily 讲。你就多观察,回头有消息了随时跟我说就行。"

"姐你放心吧,我心里有数。"

"那行,那就不说了。记得一定要保密啊,多找多观察!"

"知道了。你自己在那边也注意身体。"

"我身体好着呢,等到时候我攒点钱去美国看你们去。"

"没问题,姐。你随时来,我随时欢迎。"

"行了,不跟你说了。一会儿就要上班去了,拜。"

"拜。"

挂断电话后,几个人又在客厅看了会儿电视。再之后三个孩子熬不住去睡了。Lily 一看时间也不早了,就开口道:"舅舅、舅妈,那我也去睡了。"

"行,你快去吧。这几天好好休息,注意身体。"

Lily 进屋后,男人和女人将客厅的两个长沙发拼凑在一起。女人走到三个孩子的房间,从衣柜里拿了床单和被褥铺在了沙发上。男人第二天还要早起,招呼女人赶紧关灯睡觉。于是女人匆匆去厕所刷了牙,就回到客厅躺在其中一张沙发上。

或许这就是亲情吧。男人没觉得这样做会对不起老婆,因为在他心里他更想对得起老姐和自己的亲外甥女。女人也不再强调自己有多委屈,因为她爱这个男人,她更想让这个家能够太平。三个孩子也没觉得委屈,因为她们还处在如此单纯的年纪。Lily 妈肯定不会觉得委屈,因为睡在客厅的并不是自己的闺女。Lily 更不可能觉得委屈,因为这种座上宾的待遇对她来讲是何等来之不易。

有那么一瞬间,Lily 想要推门出去对舅舅、舅妈说:"要不你们睡房间,我睡客厅吧。"但小姑娘始终没勇气迈开这一步。是啊,人都是自私的。好不容易可以在美国有一间属于自己的房间,又何必为了让舅舅、舅妈觉得自己是个懂事的女孩而放弃现有的一切? 对于 Lily 而言,这不仅仅是一个房间。在她心里,这个并不大的房间是她在美国的开始。她要在这个房间里学习、成长、壮大自己。是的,这间房是她在美国的第一个根据地,她只有死守绝没理由放弃!

第九章　选课

相信每个在美国念过大学的人，都曾经历过噩梦般的选课。我们最宝贵的那几年，没有生活在生活里而是消耗在了学分里。

◇ 1 ◇

十多个小时的飞行，并没有消耗吴暇对北京的热情。走出机舱的那一刻，她用尽全力吸了一口北京的空气："啊！终于回来了！"

由于飞机晚点，吴爸爸已经在机场大厅等了将近两个小时了。当他看到女儿推着行李走出来时，赶紧三步并两步地迎上前去。

"回来了丫头，累不累？在飞机上睡没睡？"

"睡了一会儿，但睡不踏实。"吴暇接过爸爸带来的矿泉水，咕咚咕咚地喝着。

"一会儿想吃什么？"

"火锅！"

"好嘞。"

当在停车场看见那辆熟悉的车时，吴暇兴奋地跑了上去。"快开门，我都快累死了。"

吴爸爸将车门打开,吴暇立刻钻进了副驾驶。

"给你妈打个电话,她估计一宿没睡,刚才都来好几个电话了。"

"早猜到了。"

吴暇接过爸爸递来的电话,给妈妈拨了过去。电话刚响了一声就接通了。"喂?"

"喂,妈。我到了,我爸已经接上我了。"

"飞机是不是晚点了? 担心死我了,我还说怎么半天没到呢。你一定要多喝水啊,别中暑了。"

"知道了,在美国都没中暑跑北京来中什么暑。你赶紧睡吧,拜拜。"

"那行,那我睡了。哎,我这一晚上都睡不踏实,就怕飞机出点什么事。"

"能出什么事啊,小题大做。"

"这不是担心你吗,你自己从来都没单独出去过。行了,不跟你说了,我睡了。"

"那你还跟我爸说吗?"

"不说了,你让他好好开车吧。"

"行,拜拜。"

"记得多喝水啊,拜拜。"

挂断电话后,吴暇把手机还给了爸爸。"你说我妈怎么天天那么啰唆,生怕我出点事立马会死似的。"

"别瞎说,你妈那是关心你。"

"行吧,我准备眯一会儿。到地儿叫我啊。"

"嗯,你把你那边的空调口往上调一点别直着吹。"

"一个比一个啰唆。"吴暇虽嘴上这么说,却还是把右侧的出风口推到了最上面。

北京真是堵啊,吴暇在车上睡了一觉,醒来之后发现还在路上堵着呢。最可悲的是,就连最右侧的应急车道都被无数私家车霸占得挪不动步了。

"这帮人可真不讲规矩。这要是在美国,早给拦下了。"吴暇愤愤不平地说。

"是啊,所以说人的素质就体现在这儿了。"

"有的时候还真不是我想夸美国,但就这种情况来说,美国做得确实比国内好。"

"没辙呀,谁让北京车多人多呢。"

"哎,也是。"

"你这一年在美国都适应了吧?给爸讲讲你都有什么不一样的感受。"

"没什么感受,就是天天大太阳特别晒。然后学校里天南地北的哪儿的人都有。"

"你现在口语和听力怎么样了?有提高吗?"

"没提高,还那样。"

"那是什么原因?怎么待一年了还没提高?"

"这不能赖我啊。平常上课的时候光听老师在上面讲了,一下课就赶紧去找下一间教室,根本没时间跟老外聊。之后回到家又跟妈妈说中文,我的英语水平当然提高不了了。再说了,没事非苦练他们的语言干嘛啊?我现在总在学校培养他们说普通话。"

"培养谁啊?老外啊?"

"当然不可能是老外了,培养一些南方地区的同学。他们有的挺小就来了,所以普通话说得不太标准。"

"你可真行。让你出去学英文,你倒给人家当上老师了。"

"别说我了,你怎么样啊?我看你都瘦了。"

"我还那样呗,下了班就回家自己熬点粥。主要也到年龄了,不能再胖了。"

"也是,你去医院体检了吗?都正常吧?"

"我身体好着呢。"

车开到这,明显比刚才要畅通得多。吴爸爸继续问:"你这次回来都有什么打算?"

"没什么打算,就吃点好吃的外加见见同学,然后把外公外婆的机票给订了就行了。"

"他们签证都办下来了吧?"

"嗯,刚办下来。你打算什么时候去啊?现在有三间房呢,足够住了。"

"我最近挺忙的,等明年再说吧。"

"行吧。"

又开了将近半个小时,终于抵达吴暇出国前最爱吃的那家火锅店。吴暇依旧点了最原始的老三样:羊肉、豆皮和平菇。之后把菜单递给爸爸,让爸爸继续点。吴爸爸点完后,很快服务员就将火锅端了上来。吴暇看着眼前那满满一锅红色,瞬间就口水"飞流直下三千尺"了。

饭吃到一半,吴暇突然说:"嗯……其实我这次回来还有一个目的。"吴暇假装不经意地说。

"嗯,你说。有什么想法就说出来,咱俩可以探讨探讨。"

"虽然我这一年在美国英文没怎么提高,但是由于空闲时间特别多,所以我也有很多时间用来思考。就是以前在北京天天学习压力太大,根本没时间想别的事,然后现在我就属于天天有时间想别的事了。"吴暇一直在兜圈子,半天也没把重点说出来。

吴爸爸是个心思缜密的人,他知道闺女肯定有什么比较在意的事情想要向自己说,但又不好意思开口。于是吴爸爸鼓励道:"嗯,你说吧。有想法总比没想法好。"

"嗯……其实也没什么。"吴暇喝了口水,眼皮都不敢抬地小声嘀咕着:"你也知道,我从小就喜欢唱歌。但其实我也知道唱歌是没出路的,再加上竞争那么激烈。但是我现在除了对音乐感点兴趣外,对书本上那些东西根本一点兴趣都没有。而且我也不想背单词,就是……反正我就是觉得每天课上学的那些都特没劲。"

在吴爸爸心里,女儿一向是个阳光、开朗的姑娘。她从来不会吞吞吐吐,更不会在说话的时候不敢直视对方的眼睛。所以吴爸爸很清楚,女儿今天的表现无非只有两种解释。一是因为她太在意,所以才显得格外顾虑。二是虽然她对此事很感兴趣,但却或多或少地缺乏一些自信。想明白这两点后,吴爸爸开口道:"好事儿啊!这就说明你去美国没白去!爸早跟你说了,让你出国不是为了让你读个博士回来的,让你出去就是为了见见世面。就比如你刚才说的以前在北京没时间独立思考,现在在美国有大块时间思考接下来的人生方向,这点就很好啊,这就证明你成长了。"

吴暇明显没料到爸爸会这么说,于是一脸吃惊地望向父亲:"你真这么觉得?"

"我当然这么觉得了。你是我闺女我还不了解你吗，你能早点开始设想自己的未来，这是好事。而且从小我就一再跟你说一定要找到自己喜欢的事情，你一直跟我说不知道自己喜欢什么，我还挺发愁，现在你知道自己喜欢唱歌了，这就是进步呀。喜欢唱歌就去唱，也不要局限于只唱中文歌。英文、德文、法文、西班牙文，只要是好听的歌甭管发音对不对你就跟着瞎唱就行了。没准唱着唱着好几种语言你都会了呢。你现在觉得背单词背不下来，那是因为你没发现它对你有什么帮助。等你以后想唱英文歌了，你就知道它有用了。所以兴趣这种事都是慢慢培养的，你不尝试就永远不知道自己喜欢什么。所以多接触没坏处，有喜欢的事是好事，没什么可纠结的。"

当吴爸爸说完这番话后，吴暇真想立即冲过去给爸爸一个大大的拥抱。但他们父女却都属于在感情方面不太会表露的人，他们不喜欢强调"我爱你"或"我想你"，所以即便吴暇此时非常感动，却只是回了一个："嗯！"

"你最近都听谁的歌呀？回头我也听听去。"

"我最近特喜欢许嵩的歌。虽然好多人不喜欢他，觉得他唱得不好听，但我觉得他的歌词写得特好特有意境。我这一年多就没找到几首能代表我心情的歌，但是我发现他的歌可以让我静下来思考歌词的意思，或者说去想象他在写这些歌的时候都经历过什么，要不就是我会开始想象接下来自己应该做些什么。"

"嗯，可以参考别人的优点，但千万别盲目崇拜啊。"

"我知道，我不追星。"

"那你回头告我几个歌名，我让公司的人给我刻个盘放车上听。"

"哦了。"吴暇学着春晚里小沈阳的标志性话语愉快地应了一声。

吃完饭，吴暇和爸爸一起回到家里。家，还是走之前的样子。没多一件家具，也没少一样物品。吴爸爸把房间保持得很好，所有东西都原封不动地立在原处。恍惚间，吴暇觉得自己根本没有离开过这里。所有的一切都和自己以前放学回家时所看到的一样，那种感觉无比温暖。

"小暇，你那房间里的东西我都没动过，你要找什么肯定还都在原处。床单被套都是新换的，你赶紧洗个澡睡觉吧。早点把时差倒过来，别回头生病了。"

"明天你干嘛呀?"

"明天我得去公司。你干嘛? 有事?"

"你要是去公司我自己在家多没劲儿哪,孟琦她们肯定还没放假呢,明天也肯定不可能出来见我。那就明天你上班前叫醒我,然后把我送外公外婆那儿去吧。"

"行。"吴爸爸抬头看了眼墙上的钟表,"这点儿他俩应该还没睡,你给他俩打个电话,别明天去了家里没人。"

吴暇拿起家里的座机,给外公外婆拨了过去。

"喂?"是外婆接的。

"喂,外婆。我回来了!"

"哎哟,是小暇啊! 你回来了? 吃饭了没有啊? 爸爸去接的你吧?"

"吃过了,现在已经到家了。你跟外公明天不出去吧? 我明天早上到你们那儿去。"

"不出去,不出去。你几点钟来? 想吃什么我给你做。"

"吃什么都行。别做太多,吃不了。"

"吃得了,吃得了。那我明天早上就让你外公去早市买菜。你大概几点钟过来?"

"你明天几点走啊?"吴暇扭头询问坐在沙发上的爸爸。

"不着急,你什么时候睡醒什么时候走。"

"喂,外婆。我明天差不多十一点左右到你那儿吧。"

"行。你爸来不来啊,让他一起吃吧?"

"他不吃,他有事。行了,我要睡了,挂了啊。"

"好,那你早点睡。明天没事就早点过来!"

"知道了,拜。"

外婆挂断电话后,笑得合不拢嘴,一个劲地跟老伴说:"小暇回来了! 明天你骑车去买点排骨还有蔬菜。哦对了,再买点水果。挑新鲜的多买点。"

一想着外孙女回来了,外公也开心地应道:"你放心,肯定都挑最好的!"

◇ 2 ◇

第二天一大早，外公就骑着那辆保存完好的二八加重自行车去菜市场给外孙女买菜。其实家对面就有一个很大的超市，但老两口节省惯了总是喜欢去远一点的农贸市场买菜。

吴暇的外公在老一辈人里也算比较能够接受新鲜事物的了。虽然他很节省，但家里的家用电器都是买的最先进的。就比如客厅那个双开门的大冰箱在其刚刚进入电器城的时候他就买了，再比如十几年前刚有中央空调时，老爷子就找装修公司的人在各个房间都装上了。其实吴暇的外公是很喜欢苏联的，可能那代人对苏联都有着很深的情感吧。外公上高中时学过俄语，后来上了军校又接触了英语。工作后为了考主任职称，人到中年的他又苦背单词，每次考试都是名列前茅。吴暇是半点都没遗传到老爷子的好学，但老爷子开朗的性格吴暇倒是遗传不少。所以虽然外公也知道外孙女不像他一样属于那种对学术刻苦钻研的人才，但看到外孙女活泼、开朗又懂礼貌，老爷子也就不再过分计较她能否像自己年轻时一样用功读书了。

吴暇到外公外婆家的时候，已经将近十二点了。外婆早就按捺不住想见外孙女的心，一连给吴爸爸打了好几通电话。外公在旁边一个劲儿地说："别打了，别打了。你让孩子再多睡会儿吧。"但是很明显，外公的通情达理在外婆面前一点作用都不起。她就是想要早点见到小暇，她就是太想念她。

"叮咚。"门铃终于被按响。

外婆迫不及待地跑去开门。"哎呀，终于来了！"外婆满眼爱意地看着吴暇，"好像又长高了。皮肤有点晒黑了，不过还行也不是很黑。头发长长了，哎呀真是大姑娘了。"

"行了，你快让小暇进来坐吧。"外公虽嘴上这么说，却也一直站在门口笑眯眯地看着吴暇。

"你俩别跟门口站着了,赶紧让我进去吧。"

"哦,对。来来来,换鞋换鞋。这是特意给你新买的拖鞋。"

"都做什么好吃的了? 我都快饿死了。"

"就知道你肯定没吃早饭,早就给你准备好了。"

说话间,两位老人就一前一后地进厨房端菜去了。

"都做什么好吃的了?"吴暇闻到香味也凑进厨房。

"都是你爱吃的!"外婆得意地说。

"小暇你先去洗手,洗完手就直接开饭了。"在医院工作了一辈子的外公,很在意孩子们的个人卫生习惯,所以特意叮嘱吴暇从外面回到家的第一件事就是先洗手。

"知道啦。"吴暇赶紧在厨房洗了手。

"你还坐以前的位子,我去盛饭。"

"我来吧。"吴暇提议。

"不用,不用。大小姐回来了,我们绝对服务得很周到。"外公开玩笑地说。

"哈哈,那我就只管吃了。"吴暇离开厨房,坐到餐桌旁。

饭菜很快就端出来了,鸡鸭鱼肉满满一大桌。吴暇夹起一块鱼肉就往嘴里送,还不绝赞叹道:"好吃! 真好吃!"别看二老为了这顿饭准备了一上午,但他俩却几乎没怎么动筷子。两位老人一直笑眯眯地看着外孙女吃饭,仿佛吴暇吃饱了他俩也就吃饱了。

"慢点吃,别噎着了。"外婆虽嘴上这么说,却还是一个劲地往吴暇碗里夹菜。

"小暇啊,在美国过得怎么样? 跟外公外婆说说。"外公很好奇吴暇在美国都经历了什么,迫不及待地询问着。

吴暇从头到尾把在美国经历的一切给二老讲了一遍。外公频频感叹:"哎,出去受苦了! 不过出去吃点苦对你来讲有好处,有助于你的成长。"而外婆听完却被气得差点没背过气去。"老单家那二丫头怎么这么办事啊? 学校学校问不明白,还抠了吧唧的,一点儿都不大方。我明天早上就去找他们评理去,这孩子小时候不这样啊。"

"对,你就去他们家告状去!"吴暇给外婆一个劲儿地助威打气。

"哎,你这又是何必呢。小暇现在不是好好的嘛,再说学校不也上了嘛。"外公在家一直都是充当和事佬的角色,每天主要负责给外婆灭火。

"这事可不能就这么算了。你说咱们孩子去了,哪能就这样什么也不帮啊。他们家二丫头也太不懂事了。你又不是没听到小暇和她妈妈受了多少委屈,这要是在北京哪会受这些罪呀。"外婆越说越心疼,都差点忍不住流泪了。

吴暇一看情况不妙,立马改变策略,劝道:"哎哟外婆,我也就那么一说,你瞧你还当真了。我现在不好好的嘛,再说了如果不转学我还不知道能提前上大学呢,所以你就当是因祸得福吧。"

"就是就是,你看小暇都没事了,你也别耿耿于怀了。"

"外公,不过你说句公道话,单阿姨怎么那样啊?真是没见过她那样的人。"吴暇虽嘴上安慰外婆,但心里还是希望能有个人替她打抱不平的。

"哎,有些事你理解不了的。那个年代由于一些特殊原因,她爸妈要跟着医疗队到最艰苦的地区工作一两年。部队规定出去工作不能拖家带口的,所以小单那孩子在老家出生后一直待到三岁才被接回北京。可能也是她妈妈脾气不太好,接回来之后动不动就说她。所以这孩子一直也不太会跟人交流,可能也就有点自私和封闭吧。"

"这叫什么理由啊。"吴暇不以为然地说,"她小时候受点伤害,长大了自己没思想觉悟啊?她自己不会调整心态,不会和广大人民群众搞好关系呀?说白了就是她自己的问题,赖不着别人。不管怎么说,我妈又不欠她的,她一有点不高兴了就把我妈说一顿。也就我妈脾气好,不跟她吵。要换了我,早急了。"

"好了,大人的事你就不要参与了。出门在外,还是要以和为贵的。现在外面那么乱,千万不要跟别人发生正面冲突。有些事情忍忍就过去了,也没什么的。"外公苦口婆心地劝说着。

"忍什么呀,小暇说得对。老单家的二丫头真是太不懂事了!"外婆依旧愤愤不平。

其实有的时候人就是这样,渴望得到外界的认同,也渴望找到更多盟友。就好比吴暇,其实她和单阿姨之间的冲突早就是半年前的事了,而且说实在的也不存在什么深仇大恨。但是当她回到外公外婆家、当她见到亲人时,却还是忍不住想要原原本本地把事情讲述一遍。一方面她是想证明自己和妈妈在美国既能干又独立,另一方面就是想要单纯地抱怨一下在美国生活得不如在北京生活得如意。

3

与此同时刚到洛杉矶的 Lily 也正在跟舅舅讨论着上学的问题。

"小丽啊,学校我帮你约了,咱们明天就可以去报名了。"男人乐呵呵地说。

"我需要准备什么吗?"

"你就带上自己的证件,其他的我来准备就行。"

"学校离得远吗? 我在想要不要办个公交卡,这样上学比较方便些。"

"你不说我倒忘了,这里坐公交不方便。等过两天没事了,我就教你开车。"

一听到要学车,Lily 兴奋得差点没跳起来。她做梦也没想过自己可以这么早就学开车,更没想过自己有一天会在美国的大马路上开着一辆属于她自己的车。她强忍住笑意说:"好的,舅舅。我会用心学的!"

于是在接下来的两周里,Lily 的日程被安排得很满。头三天去学校参加入学考试,后四天在家背驾照考题。等这些都完成后,Lily 便开始跟舅舅学车并准备迎接暑期课的来临。

其实选课是个很有趣的事情。在美国上大学的学生们都会自行选课,有的是必修的基础课,有的是不同领域的专业课。一般刚入校的大一新生都会从基础课开始上起。所谓基础课,就是包含数学、历史、政治、音乐、舞蹈(或体育)、生物、写作、演讲、营养学(或自然学)等学科。等这些课都上完后,才面临选修专业课或者是转进名牌大学之前的一些必修课。

　　拿英文课举例,最最基础的就是语言学校的课,也就是所谓的 ESL。再之后会有叫做 AMLA42、AMLA43 的两门课,不过这两门一般是针对非美国本地学生开设的。之后是正常的大学英文课,也就是美国当地小孩一上大学就会选的必修课。在 M 大学里,学校把这些课的编号叫做 ENGLISH 67 和 ENGLISH 68。(在这里要特别说明一下:在美国,不同学校对于课程的编号都有所不同。也就是说同样的内容在不同学校的叫法是不一样的。)再之后就到了转学时对方学校所看重的英文水平了。如果想要转去正规的四年制大学,一定要上 ENGLISH 1A 或 ENGLISH 1C。这两个级别的英文课就要求学生有非常强的阅读能力以及写作能力。这不单单是考察一名学生的语法和单词量,这两门课还会涉及上网查找几十甚至上百页的资料来对你的文章进行支持或论证。所以对于中国留学生来说,为了两年后转去好一点的名牌大学他们必须死磕这两门英文课。当然,他们要死磕的也不仅仅是这两门英文课,因为数学、化学、各个专业课也都是按照这样的编号顺序排列的。所以理论上讲可能大一大二两年只需要学数学、英文、历史、政治、生物、第二外语、专业课等十几大类学科,但实际上每类学科又分成了一级一级不同的级别。也就是说当一名学生终于修完最后一个级别的课程时,很有可能他/她已经上完了将近二十几门课。这也就不难解释为什么大家常说在美国上大学都是宽进严出了。

　　说得实在点,如果按照修够二十多门课或达到至少 60 个学分才能转去名牌大学的标准来看,Lily 所在的这所大学要求每名学生在选秋季课和春季课时不能超过 18 个学分。冬季课和夏季课,每名学生不能超过 7 个学分。(在这里特别说明下:在美国上课是按学分算的。好比说一节数学课是 4 个学分,一节英文课是 5 个学分,一节舞蹈课是 1 个学分。那么正常来讲,春季和秋季每位学生最多不会选择超过 5 节课,而冬天和夏天的课程最多不会超过 2 节课。)也就是说,如果按照修够二十几门课才能顺利转学的进度来看,就算 Lily 每个寒暑假都一直拼命上课不回国也要上满整整两年。如果 Lily 选择寒暑假回国,或者是有哪门课程没有考过需要下学期重修的,那她就会在学校多上一个学期甚至多上一年才有可能顺利转去正规四年制的大学。

　　但这些还不是最可怕的,最可怕的是由于社区大学的学费很便宜且入校门槛较低,所以百分之八十以上美国当地出生的小孩为了省钱都会选择先上社区大学再想办法转去正规的四年制大学,从而导致选课人数过多。也就是说,即便 Lily 每门课都能顺利考过,却也面临着根本就选不到这些课的可能。

选课对于所有在美国上过学的人来说,都是一场噩梦。就拿 Lily 来说吧,当她拿到选课时间表时差点没被吓到。她选课的时间是本周三的凌晨三点。也就是说,她需要在周二之前想清楚自己下学期想上什么课,然后把那些课的编号记下来。等到周三凌晨的时候就要火速打开电脑,和成千上万名同样在这个时间段选课的学生一起去抢那些为数不多的几门课。

选课当天 Lily 一直没睡,她时刻准备着在电脑前成功抢到课。可当她想登录学校网站时,网页上显示的却是:对不起,由于登录人数较多请稍后再进行尝试。Lily 就这样一直等到凌晨三点零五分才登录进去。可是当她把昨晚选好的课程编号输进电脑后,却发现所有课程都已经被人选光了。如果她想早点毕业的话,她就必须临时考虑一下要不要上一些她并不太需要的或者是她并没把握拿到高分的同类别的其他课。

Lily 焦虑地拿出那本写满课程的杂志大小的选课名册开始翻看,很多课程她都看不太懂,但为了不浪费一个暑假的时间她胡乱地选了两节课。其实这样的选课方式不但浪费了学生的时间,反而有可能埋没学生的才华。但是这又有什么办法呢?至少在社区大学上课会相对更便宜,至少入学门槛要比名校低。

选完课后,Lily 就像是打了败仗一样瘫坐在电脑前,她从没想过来到美国后所有的课程都需要自己选而不是学校替学生选,她更不会知道其实选课时间在三周前就已经向学生开放。但是没办法,她是新生,所以她的选课时间被自动安排在了三周后的今天。而那些比较抢手的课程早就被那些在学校不知上了多少年还没毕业的老同学给选走了。不过也正是由于这样的选课模式,导致很多中年人或者老年人也会在美国大学上学。因为他们不担心转学的问题,他们只是想重返校园提升自己,所以哪些课程开放了他们就去选哪些课。当然了,这也可以理解为有一部分本属于年轻学生的抢手课程却被他们提前选走了。虽然 Lily 并不太确定自己胡乱选的那两门课是不是转学必备的课程,但很明显那两节课都是英文课。

　　很快就开学了,Lily 在舅舅上班时被捎去学校,等舅舅下班后再去学校接她回家。由于还没考下驾照,Lily 每天上完课就去学校图书馆待着。有时看看书,有时上上网。等下午舅舅下班后,她才走出学校图书馆去老地方等舅舅接她回家。

　　她很享受这样的生活方式,压力并不是很大却可以享受最优质的教育。虽然 Lily 所选的英文课的程度实在是有点低,但她却好似并不在意。

4

　　这段时间 May 也没闲着。她不像吴暇那样对暑假回国很感兴趣,她感兴趣的是 Tony 这个暑假不打算回国了。Tony 已经在 M 大学待了两年了。由于之前他一直选不到比较好的课,所以时间一晃就晃到现在了。起初他还并不着急,因为周围的同学也都经历着选不到课的命运。但随着他和国内朋友的联系,了解到国内的小伙伴都可以在规定时间内顺利大学毕业时,Tony 才开始着急。他在跟国内爸妈视频时特意强调今年暑假不回国了,准备在美国上个 Summer School,尽量能多上两节课,争取明年一定转出去。父母听到儿子如此奋发向上的想法当然是一个劲儿地支持与鼓励,作为奖励,Tony 银行卡里的数字又增加了一些。

　　不过虽说是在学校上暑期课,但一般一节课也就一两个小时左右,长一点的会有三个小时。(时间长短由每节课的学分多少来定,比如一节课如果是 5 个学分,那上课时间自然会比 2 个学分的课程长很多。再或者是因课时安排来定,比如一节课每周分三次上,那就是每节课只上一个小时。如果一周只需要来学校一次,那就是一次上满三个小时。)Tony 选的两节课,一节在中午十二点多,一节是在晚上八点。十二点多的那节课只需要上一个小时,不过周一到周五每天都要去。而晚上八点的那节课每周只需要去两次,分别在周二和周六,每次两个小时。之所以周六学校还会开课,主要是为了满足那些平时需要上班而没时间来学校的学生的需求。所以晚上八点钟才开课,多半也是考虑到这方面原因,要不就是由于老师在其他学校也有授课,所以只能在晚上这段时间才可以到 M 大学教课。

由此看来,Tony 虽然表面上从周一到周六都需要上课,但实际上在学校待的时间却并不长。于是也就给他和 May 创造了很好的见面机会。

"宝宝,放假了有什么打算?"Tony 给 May 发了条短信。

"没什么打算。本来想和我妈妈去旅游的,但是她最近生意很好应该就先不去玩了。"

"哎,主要我要上的那两门课没有比较好的上课时间。要是全能集中在一两天里,我也就不用每周去六次学校了。那样的话,我就能陪你去旅游了。"

"没事的,你好好上课不用陪我。"

"那哪行啊?你们高中又没有暑期课,你自己在家多无聊啊。再说我也想你啊。"Tony 想了一下,又发了一条。"其实最近我们几个朋友也在计划着暑假怎么玩呢,要不到时候你和我们天天一起玩?其实他们也没你想的那么闹,他们只是性格比较开朗而已。"

"可是我和他们又不熟,再说他们年龄都比我大好多。"

"你早晚要出去跟人接触啊,再说他们跟我年纪一样大,也大不了多少。你就听我的,以后有聚会我就带上你,他们人都很好的,肯定会很喜欢你。"

"那……好吧。"

Tony 如释重负般地放下手机,开心地幻想着自己正在一点一点地培养 May。把她从一个什么都不懂的小女孩,培养成了一个他理想中的好女友。他觉得让她和自己的朋友多接触接触也挺好的,毕竟以后大家可以一起出去玩自己也就不会再像以前那样顾得上这边就顾不上那边了。

很快,Tony 就梦想成真了。

May 果然很乖,几乎每次 Tony 和朋友有聚会 May 都去参与。起初小姑娘还有些羞涩,毕竟和 Tony 那帮朋友也不太熟悉。但渐渐地,May 也发现那些人都挺好相处的,而且好像他们经历过的东西要比自己多很多,所以小姑娘也很愿意和他们在一起听他们讲讲属于他们那个年纪的事情。

Tony 很快就要参加周考了,所以他叫上班里的几个留学生到他家里一起复习。由于长时间的朝夕相处,Tony 和 May 早就分不开了。Tony 把 May 接到了自己家里和大伙一起待着。May 靠在 Tony 的床上看电影,而 Tony 则和他的那几个同学围着书桌探讨学术问题。

原本看似很和谐的画面,却被一个人的意外出现彻底打乱了。这个人是谁呢? 就是唯恐天下不乱的房东女儿 Kiwi。Kiwi 和 Tony 的那些同学见过几次面,但和 May 却是第一次相见。出于对清纯小女生的怨恨和挑拨离间的天分,Kiwi 开始找机会让小姑娘不痛快了。

几个人复习得差不多了,也正好到饭点了。出于礼貌,Tony 敲开 Kiwi 的房门询问她要不要和他们一起出去吃点东西。Kiwi 毫不犹豫地答应了,而且看得出她早就化好妆做好了随时出发的准备。

Tony 见身后没人,小声嘱咐 Kiwi:"Kiwi 姐,我女朋友也在。到时候你表现得自然一点,千万别把那事说出去。"

"放心吧,都陈芝麻烂谷子的事了你怎么还记着啊。"

"我就是有点担心,不过你记得我们的约定就好。谢谢你了,Kiwi 姐。"

"行了,赶紧走吧。"Kiwi 不耐烦地说,"哦,对了。我就不开车了啊,一会儿直接坐你车。"

"不行啊 Kiwi 姐,我那车只有两个座位。"

"哦,对,我居然把这事忘了。"Kiwi 沉思一会儿说,"那这样吧,你一会儿开我的车。"不等 Tony 答话,Kiwi 拍了拍 Tony 的肩膀道:"行了,就这么定了,赶紧叫上你同学出发吧。"

此时 May 正戴着耳机看到电影的精彩之处,她全然不知 Tony 他们已经复习好了,更不知道等会儿要和房东女儿一起吃饭的事情。很快,May 的耳机就被 Tony 摘了下来。Tony 温柔地对 May 说:"宝宝,我们复习好了准备去吃饭。电影你回来再继续看,咱们一起走吧。"

"好。"May 听话地从床上爬下来。

"那个,嗯……就是房东女儿刚才又回家了,然后我就想,嗯……因为毕竟我住在人家家嘛,所以我就叫上她一起跟咱们吃饭了。不过她人挺好的,嗯……反正我就是跟你说一声。"

May 看着 Tony 语无伦次的样子,扑哧一下笑出声来:"哈哈,你那么紧张干嘛？我现在觉得和年龄大的人在一起玩也挺好玩的。你放心吧，我不会不开心的。"

"好，那就好。反正以后应该也不会和她怎么见面的，所以今天吃完就完了，毕竟她在家，我不叫她一起吃也不好。"Tony 又重复了一遍叫上 Kiwi 的原因。

"好啦，我知道了。我们走吧。"

大家一起走出大门，分别朝自己的车子走去。Tony 总共叫了三个同学，两男一女。其中有一对是情侣，剩下那个男生的女朋友住在西雅图。由于三人不住在一起，所以那对情侣开了一辆车，那个男生自己开了一辆车。考虑到一会儿吃完饭还会在 Tony 家待一会儿，所以几个人一合计，Tony 那三个同学开一辆车，然后 Tony、May 和 Kiwi 三人再开一辆车。由于和女朋友异地恋的那个男生开的也是一辆两人坐的跑车，所以他就坐到了那对情侣的车上。至于 Kiwi 呢，则大大方方地把车钥匙递到了 Tony 手中。

按理说 Kiwi 知道 Tony 和 May 是情侣，理应让 May 坐在副驾驶。不过 Kiwi 今天就是奔着捣乱去的，所以 Tony 刚把车门打开，她就一屁股坐进副驾驶了。Tony 不敢多说什么，生怕哪句话说错了，Kiwi 把那晚的事情给抖出来。于是他只能略带歉意地对 May 笑了笑，外加一句："宝宝，Kiwi 姐这车后座坐着更舒服。"

本来 May 是有点不高兴的，但一想到毕竟这也是 Kiwi 姐的车，人家想坐哪自己也没权利干涉，所以回了句："坐这里挺好的，你好好开吧。"

一路上 Tony 一直在提心吊胆，生怕 Kiwi 哪句话说错。他越想越后悔，后悔刚才就不应该去敲 Kiwi 的门更不应该为了面子让她俩见面。不过很快，Tony 就发现事情好像并没有他想象得那么不堪。Kiwi 和 May 好像聊得还挺愉快。

"May 你皮肤可真好，怪不得我家 Tony 那么喜欢你呢。"

虽然 Kiwi 说的是"我家 Tony"，但由于前半句是在夸 May 的皮肤好，所以 May 便很自然地屏蔽掉了后半句。

"你的皮肤也挺好的，而且我觉得你好漂亮！"

"我皮肤一点都不好，这个 Tony 肯定知道。有的时候我也回来睡，每次卸了妆就成黄脸婆喽。"

小姑娘明显是没领会到 Kiwi 这句话的含义，于是她继续笑嘻嘻地说："我都没化过妆呢，我妈妈不让我化妆，Tony 也说我不用化妆。但其实我挺想化妆的，我觉得 Kiwi 姐你的妆化得就很厉害的。"

Kiwi 一听这话，立马轻轻捶了一下 Tony。"哎哟，这就是你的不对了。人家小妹妹想要化妆你应该支持才对呀。"说完又不忘回头对 May 说，"这事姐姐给你做主了。明天你来姐姐家，姐姐带你去买化妆品。"

Tony 一听这话，立马阻止道："她明天家里有事，应该来不了。"然后看着后视镜里的 May 继续说："宝宝，你想买什么到时候我带你去买，咱们就别麻烦 Kiwi 姐了。"

May 跟 Kiwi 毕竟是第一次见面，两人也不太熟悉。如果真要跟 Kiwi 一起逛街，May 也确实有点放不开。所以 Tony 此话一出，May 立即说道："好的，没问题！"

很快，就到餐厅了。几个人火速点完菜便开始新一轮的谈天说地。起初谈话内容还很局限，主要围绕着"最近有什么新电影啊"或者是"哪道题明天可能会考啊"，不过随着 Kiwi 的煽动，谈话内容很快就变成了"你们干过的最疯狂的事是什么"和"你们有没有一直特想干却不敢干的事"。最开始几个人都还支支吾吾地放不太开，不过经过 Kiwi 那套"好汉必提当年勇"的劝说后几个人也逐渐放开了。

最先开始吹牛的必定是 Kiwi。"想当年我上学那会儿……之后……不过由于我及时的……所以最终一切都……"等众人听 Kiwi 绘声绘色地把那段武侠片讲完后，在座的各位也有些按捺不住地想发言了。

男生 A 开口了："其实我做过的最疯狂的事是以前在国内的时候打群架。那时候年轻气盛什么都不怕，别人随便碰我一下我就恨不得直接给他推墙上去了。我记得有一年，应该是初二那年吧。外校的几个人欺负我们班一同学，然后我们年级的男生就开始跟他们约地方打架了。你们是不知道啊，那帮小子的手可真黑呀，居然有带刀的！不过我们也不是吃素的，看到地上有什么就顺手捡起来跟他们打。"

男生看了看其他人一脸兴奋却略带紧张的眼神，话锋一转："具体细节就不描述了啊，总之那是我这辈子打的最大的一场大架。哎，说真的现在想起来还有点后怕。要不怎么说光脚的不怕穿鞋的呢，那时候什么都不怕也想不到会承担什么后果,脾气一上来就真敢跟人家玩命了。所以说啊,我现在回国都不敢招惹那帮初中生和高中生,那帮孩子肯定跟我们小时候一样打起架来都不要命的。嗯,还是年轻啊,年轻的时候脑袋一热就不计后果了。现在回过头来看,也真是够悬的。"

听完男生 A 的自述,众人陷入沉思。一个个都开始回忆起自己在国内上学时干过的那些现在回想起来仍觉得有些瘆人和不稳妥的事情。

"好了好了,下一个谁来说?"Kiwi 做起了主持人的工作。

"我最想做却最不敢做的就是蹦极了。其实我看电视里那些人蹦极,我就觉得好帅。但是如果真让我从那么高的地方跳下来,我肯定是不敢的。"女生 B 自告奋勇地接了话。

"蹦极没事的,我就去玩过。不过说实话,女孩子还是不要玩这么刺激的项目比较好。万一出点什么意外,我可就失去老婆了。"男生 C 搂着女生 B 柔情似水地说着。

"那你呢 Tony,你都干过哪些疯狂的事啊?"Kiwi 终于放出大招,让 Tony 讲讲他的经历。

其实 Kiwi 这句话一出,Tony 就已经心知肚明了。为了不让大家扫兴,Tony 胡乱把一个曾经发生在朋友身上的事安在了自己身上。大家听完后,也都挨个感慨一番。

"嘿嘿,既然大家都是成年人了,那我就问大家一个属于咱们成年人的问题吧。"Kiwi 说完这句话,还不忘好心叮嘱 May 把耳朵堵上。

May 自然是不可能把耳朵堵上的,因为她也很好奇成人世界里到底有什么有趣的事情。再加上 Tony 也是回答问题的成员之一,她肯定是要听 Tony 的答案的。

Kiwi 继续说:"你们中间,有谁曾经发生过一夜情啊?不要不好意思啊,如果发生了就必须说实话哈。"众人一听这话,立刻表情各异。

"哈哈,别不好意思啊。我就发生过,是吧 Tony?"Kiwi 故意用意味深长的眼神望向 Tony。

Tony 这时早就紧张得一手汗了。他正不知如何回答时,Kiwi 又补充道:"因为我有什么事都会跟我家 Tony 说,所以我以前那点事他都一清二楚了。"

May 还是太不老练,依旧没意识到 Kiwi 三番五次地将谈话内容跟 Tony 扯上关系到底是何用意。她只是一直拼命低头喝饮料,毕竟一夜情这种话题她还是有些不好意思抬头听。

"既然 Kiwi 姐都这么坦诚了,那我也就不瞒着大家了。"一向血气方刚的男生 A 骄傲地说,"其实我有过。哈哈,不过这话你们不能告诉我女朋友啊。嗨,怎么说呢。其实也没什么,不过还真是挺刺激。"众人听后哄堂大笑。

May 没有笑,因为她根本不明白笑点在哪里。Tony 更不会笑,因为他知道 Kiwi 其实是在提醒自己那晚发生的事情。

这顿饭终于吃完了,正所谓有人欢喜有人愁。在回去的路上,依旧是 Kiwi 坐在前面,May 独自坐在后面。只不过这次 Kiwi 几乎没怎么和 May 讲话,而是一直在问 Tony 问题。May 在后座清楚地看到,Kiwi 不单是嘴上问着问题,手上也没闲着。她一会儿拍 Tony 一下,一会儿又故意凑近 Tony 小声说着所有人都能听见的话。总之,她就是疏远 May 而关心 Tony。

May 不知道这是一种什么样的感觉。当她看到 Kiwi 用这种方式和 Tony 交流时,觉得有些生气。她很想上前制止,却始终没有勇气。这就是所谓的吃醋吗?May 在心里不断地问自己。"是不是我小题大做了?他们只是在聊天吧?""不对呀,正常聊天的话她没必要总和 Tony 有肢体接触啊!""哎,应该还是我想多了。Tony 不会对不起我的。""不行,等一会儿回到家,我一定要好好问问他!"May 就这样在后座规划着等会儿要审问 Tony 的问题,即便她自己也说不清到底问题出在哪里。

到家后,Kiwi 很自觉地回到了自己的房间。Tony 和几位同学闲聊了一会儿后,他们也就各自回家了。Tony 一看时间不早了,也就开上车送 May 回家了。

May 在车上一言不发,Tony 几次找话题 May 都始终不接话。May 的无视让 Tony 坐立难安。虽然表面上 Tony 并没有露出什么破绽,但毕竟 Tony 明白自己始终还是做了对不起 May 的事,所以当他看到 May 的这种冷漠表情时也就很自然地开始警惕起来。

"你和她的关系很好吗?"May 终于还是忍不住开口了。

"嗯?你说谁呀?"Tony 开启装傻模式。

"Kiwi。"

"哦，她呀。其实也不是很好，因为她以前很少回来住的。"

"那为什么你们看起来那么亲密？"

"有吗？我没觉得呀。宝宝你是不是想多了，我觉得我跟她挺正常的呀。"

"我觉得我没有想多。她和你说话的时候和你离得那么近，我们说话的时候都没有离得那么近过。"

"她坐在前面嘛，前面两个位子也比较挤，所以可能你从后面看的时候就觉得我俩离得近了，其实一点都不近的。再说了，我一直在专心开车，也没怎么注意她在讲什么。"

"好吧，就算是座位比较挤。但是她为什么总是拍你胳膊，或者是凑到你耳边说话。她为什么就不能好好说话？"

"这个可能是她的个人习惯吧。她这个人就是对谁都很热情，所以可能动作上就会无意识地拍打别人一下。这个是她的问题，宝宝你千万别多想啊。"

"那你为什么不阻止她？"

"我当时在开车嘛，我把注意力都放在看路况了，所以也就没顾上提醒她。"

"你骗人！你就是很享受她拍你！"

"宝宝你别瞎想啊，我怎么可能会喜欢让她拍我呢。"

"因为你根本就没有拒绝她的意思，所以你就是很享受她拍你！"

"好了宝宝，不要瞎想了。今天有没有吃饱啊？电影好不好看呀？给我讲讲电影里都演什么了吧？"

"你不要转移话题。你跟我说实话，你是不是喜欢她？！"

"我怎么可能会喜欢她啊！她比我大那么多，而且我都跟你说了我不喜欢化妆的女生。"如果说刚才 Tony 说的所有话都是敷衍 May 的，那这句话可以算得上是 Tony 的真心话了。

"那如果我化妆了，你是不是也不喜欢了？"一听 Tony 这么说，May 也开始较真儿了。

"宝宝你皮肤那么好又长得这么漂亮，根本就用不着化妆的。"

"我就是说如果，如果我化妆了你是不是也就不喜欢我了？"

"喜欢！你怎么样我都喜欢！"

"那从明天起，我就要开始化妆！"

"别呀，化妆对皮肤不好。你这样最自然了，我最喜欢你不化妆。"

"所以我化妆了你就不喜欢了是不是?!"

"我也喜欢，但是我还是觉得你不化妆最好看。"

在接下来的十分钟里，Tony 和 May 就一直在讨论化不化妆的问题。最后 Tony 实在没辙了，说了句："好吧，宝宝。只要你高兴，我什么都依着你。"

May 突然有种大获全胜的感觉，这是她第一次通过争吵的方式感受到 Tony 对自己的爱。她觉得这种感觉和 Tony 单纯对自己好是完全不一样的体验。她觉得这次她之所以能得到 Tony 的爱护和忍让完全出自于她的主动出击。换句话说，她现在仿佛有点享受通过这种争吵带来的胜利。她第一次觉得自己有能力管理一个男人，并让这个男人什么事都只能听从自己。这种感觉让她很兴奋，更让她很有成就感。她不明白这种感觉可以用什么词语来形容，她同样不明白正是从这天起她的征服欲渐渐升起。

第十章　回国见亲朋

"回国觉得不适应了吧？"

"现在英文电影全能听懂了吧？"

"你还会说中文吗？"

"学校排名世界第几呀？"

"有没有交外国男朋友啊？"

"帮我修改一下作文吧。"

◇ 1 ◇

　　出于对女儿的想念，吴妈妈依旧每天给女儿打好几通电话。大致内容就是"你在干嘛呢""昨天都干嘛了""没生病吧""见同学了吗""明天打算干吗呀""今天吃什么了""吃午饭了吗""外公干嘛呢""外婆干嘛呢""你爸最近忙吗"等一系列问题。

　　吴暇自己在家也没什么事干，毕竟爸爸要上班，而且国内同学都还没放假，所以她也很愿意和妈妈在电话里聊聊这些倒背如流的"天"。

　　通过聊天吴暇得知，吴妈妈找工作的事情貌似进展得并不顺利。像她这种英文不好的中年人，只能在华人超市应聘收银员的职位或者在华人快餐店切菜洗碗。

别看在华人超市当收银员需要一站就是五六个小时,但这样的职位对于那些英文不是很好的中年人来说也是相当抢手的。吴妈妈抱着试试看的心态去面试了一次,不过很遗憾人家并不缺人。之后吴妈妈又到附近餐厅转了转,基本上也都是一个萝卜一个坑,没有空缺的位置。

因为吴妈妈不想为了找工作而找工作,更不想为了上班而开那么远的车,所以当她看到附近没有合适的工作后也就决定暂时先不找了。不过天无绝人之路,吴妈妈虽然没有找到合适的工作但却成功地报了一个语言班,确切地说是在成人学校上英文课。

成人学校在美国很常见,基本上每个区域都会有一所成人学校供人们前来上课。之所以叫"Adult School",主要原因就是这些学校是面向成人开设的。大部分来这里上课的人,都是需要补考文凭或是跟不上正规大学进度的。

成人学校的课程种类很多,有计算机课、英文课、政治课、美国历史课、高考复习课、公民考试课、美术课、舞蹈课等学科。在成人学校上课全部都是免费的,只要你想学,政府就出钱供你学。不得不提的是,不论你是否有美国身份,只要出示个人证件都可以在成人学校注册学习。也就是说,美国政府为了帮助更多的人提高文化水平和英文水平,不论你来自哪个国家,不论你是美国居民还是前来旅游,只要你想学习就可以享受到和当地人同样的待遇。当然了,在成人学校上的课程都是最基础的英文水平,而且普遍学生的英文程度相对较低,所以如果想要进一步深造还是需要到正规大学学习的。

很显然,吴妈妈就属于英文程度相对较低的那个群体。虽然她从小也在学校学习英文,但这么多年没碰过书本了,基本上忘得差不多了。成人学校的英文课也分很多等级,吴妈妈考到了第二个等级,不过是以一分之差破格录取的。

在第二个等级上课的学生基本上都是老学员了,他们普遍都很熟悉老师的授课风格。吴妈妈听了几次课有点跟不上,于是申请从第一级上起。

由于上课时间很短,基本也就一两个小时,所以吴妈妈将大块时间用来减肥和对比各家超市。对比超市是因为她在美国的本职工作就是照顾吴暇的生活起居,所以能买到物美价廉的商品是她最关心的事情。不过正是由于她给吴暇准备的饭菜太丰盛但吴暇的饭量却很有限,所以最终吴妈妈把自己给吃胖了。

其实说是减肥,也算不上是真的减肥。吴妈妈只是在太阳下山后围着自家小区多走几圈。以前吴暇在的时候她基本上都在家陪着女儿,现在吴暇回国了她也就有时间自由活动了。通过遛弯她结识了两个新邻居。其实那两个人离她住的地方非常近,也就只隔了几栋房的距离,但由于在洛杉矶很少有人在马路上溜达,所以她才没有注意到他们的存在。

这两个人分别是一个遛狗的美国白人老头和一个带儿子来美国念书的中国女人。

先从白人老头开始介绍吧。老人名叫 Terry,已经六十多岁了。他养了一只小狗,每天都会出来遛。吴妈妈很喜欢狗,所以一来二去地就和 Terry 成为了朋友。吴妈妈很热情,她觉得 Terry 一个人也挺不容易的,所以每当她包完饺子或是做了一些她认为比较有中国特色的食物后都会给 Terry 拿点过去。在领略过中国人的好客之道并品尝到口感极好的中华美食后,Terry 也义务担当起替吴妈妈翻译信件的工作。

在美国生活,类似保险公司、银行、学校等一系列重要事件都不是通过电话传达,而是通过信件传递。所以在美国生活过的人都知道,每天去信箱拿信是必不可少的一项任务。吴妈妈英文不好,每当她收到她认为不是广告的信件时就会找吴暇来看信。每到这个时候,吴暇都只能拿着电子词典硬着头皮接受这份沉重的差事。现在吴暇回国了,吴妈妈便请 Terry 帮忙看信。Terry 总会把信中那些很官方的单词用很通俗易懂的词语表达给吴妈妈听。如果吴妈妈依旧听不太懂,Terry 则会在吴妈妈自带翻译功能的手机里打出最最简单的英文单词。这样的交流方式不但增强了吴妈妈和老外交流的信心,也相应提升了吴妈妈的口语能力。在和 Terry 的短暂接触里,吴妈妈感受到老美的朴实与乐于助人的诚心。总的来说,这段时间吴妈妈收获不浅,她不仅了解到 Bank of America(美国银行)的返点率没有 Chase 银行高,还了解到很多大型老美超市什么时候会搞促销。这种来自美国本地人提供的有利信息,对于吴妈妈这种新移民来说正可谓是天降及时雨。

至于吴妈妈结识的第二个朋友,则是那位和她年龄相仿的陪读母亲。

女人名叫邢惠敏，比吴妈妈小两岁，是个单亲母亲。通过了解后得知，邢惠敏当年是以工作签证的名义来美国的，不过她一来就觉得美国哪儿哪儿都好，不想再回去。其实一方面是她真觉得美国很好，另一方面她也很希望自己的儿子能够来美国接受教育。考虑到签证很快就要到期，她觉得再不想想办法就必须得回国了。于是她下定决心天天守在咖啡厅或银行门口，守株待兔般地希望钓上个美国老头帮她办理假结婚的手续。当然了，她自然不能对老外说自己是想假结婚，她只是一再强调自己对对方是一见钟情，打算照顾他们直至归西。

在很多外国人眼中，中国女人都是很贤惠的。再加上外国人天性单纯，所以邢惠敏很快就遇到现在的丈夫了。结婚后，邢惠敏立即申请把儿子也接来美国，所以她现在和美国老头还有儿子一同住在吴妈妈家旁边的小区里。

说实在的，当吴妈妈听完邢惠敏的这段经历后内心是很看不起她的。她觉得为了所谓的身份欺骗别人假结婚是很不道德的。但是同样身为母亲，她也能理解邢惠敏为了让儿子出国上学的良苦用心。虽然她很不喜欢心机太重的人，但毕竟在小区周围遇到一个华人也实属不易。

"不错呀，我一走你还交上新朋友了。不过那女的可真不怎么样，但那个叫 Terry 的老外倒还挺热心。"吴暇捧着电话，总结性地评论了两句。

"是啊，她现在不给老头做饭也不给老头洗衣服，还跟我说等明年考完公民就彻底跟老头办离婚去。哎，以前我还没觉得人心险恶，现在一看还真是什么样的人都有。"

"那老头也怪可怜的。不过你跟她又没什么利益冲突，她也害不了你。"

"对，那肯定。我跟她接触得也不算多，也就偶尔一起去趟超市。"

"那个 Terry 呢？你俩平时交流的能听懂吗？"

"反正听不懂就互相大笑呗，其实老外人挺好的没那么复杂。"

"行，那你好好跟他交流吧。等我回去后也见见他。"

"好，那我再睡会儿，我这还半夜呢。"

"哦了，拜拜。"

◇ 2 ◇

　　吴暇挂断电话后也差不多下午五点钟了。吴爸爸昨天说今晚和吴暇一起吃饭，于是吴暇赶快换好衣服等着爸爸来接自己去餐馆。

　　电话来得很及时，吴暇刚换好衣服吴爸爸就叫她下楼了。其实这顿饭不单单只有吴暇父女，吴爸爸还叫了几个看着吴暇长大的叔叔阿姨。所以这顿饭也可以理解成是给吴暇接风洗尘的。

　　五点半左右，大家陆陆续续地来到餐厅。吴暇把妈妈从美国给大家伙买的小礼物分发给众人后，所有人都表示很开心。餐桌上的话题自然是围绕吴暇展开的，一来他们很想从吴暇口中了解国外的生活，二来他们也很关心吴暇在国外上了一年学能有多少收获。

　　"小暇呀，回国都不习惯了吧?"一位阿姨先开口了。

　　"挺习惯的，张阿姨。"

　　"哈哈，中文说得还是很好嘛，我还想着你是不是都不会说中文了呢。"

　　"呵呵。"吴暇在心中暗想，我怎么可能不会说中文啊。

　　另一位叔叔开始问话："现在上课全都能听懂了吧? 小孩适应能力就是快，现在跟老外用纯英文交流都没问题了吧?"

　　"嗯……其实我也没什么机会跟老外交流，毕竟没有住在那种寄宿家庭，所以一下课就直接回家了。"

　　"不管怎么说，肯定也比我们强啊。"张阿姨继续接话说，"对了，小暇啊。你现在看英文电影和英文的文章应该都没问题了吧? 我表姐家的小孩正愁作文不会写呢，到时候我介绍你俩认识认识你帮帮她?"

　　吴暇心想："真不是我不想帮她，就我现在这水平自己都自身难保呢。"她刚想拒绝张阿姨，就听爸爸说："认识什么呀? 不会写就报个班找老师学。小暇这次回来是陪我的，其他的事她不管啊。"

"对对对,自己的事情自己解决。吃菜吃菜啊。"一位叔叔打着哈哈附和道。

吴暇终于如释重负般地松了口气。不过她依旧逃不开很多她不想回答的问题,比如,"打算上哪个名牌大学啊""在班上排名第几啊""学费贵不贵啊""有没有喜欢的男生啊""听说外国小孩都特早熟,你有没有谈男朋友啊""你是不是觉得美国比中国好啊""你是不是以后就打算留在美国不回来了""如果我去洛杉矶旅游,能不能住在你家啊""下次回来能不能帮我带个什么什么啊",等等。

不管怎么说,吴暇能见到这些叔叔阿姨还是很开心的。当然了,这顿饭大家吃得也都很尽兴。几个小时过后,各自道别回家。吴爸爸对女儿说:"今天就住我那吧,明天正好周末我带你出去转转去。"

"行啊,那我告外公外婆一声。"

吴暇往外婆家打完电话后,就跟爸爸回家了。

到家后,吴爸爸假装有一搭没一搭地跟吴暇找话聊,说的都是些没重点的。每到这时,吴暇就意识到爸爸肯定是有什么很重要的话想对自己说却又找不到合适的切入口。

看爸爸半天没动静,吴暇直接开口了:"你跟这儿瞎磨叽什么呢,有话赶紧说啊。"

"这丫头,我能想说什么呀,不就随便聊聊天嘛。"被揭穿的吴爸爸,有点下不来台了。

"行了你甭装了,赶紧的。"

"嗯……你还记得你小时候我跟你说过的话吧?"

"哪句呀?"

"就你小时候,我说你长大以后绝对不能吸毒那事儿。"

"记得呀,能不记得嘛。"顺着这个话题,吴暇又回想起小时候的那一幕。

那时候吴暇才五岁,她之所以能记得这么清楚是因为爸爸的一句话把自己给吓哭了。那天一家人和往常一样在家吃饭,电视里正好放着毒品危害性的宣传片。吴妈妈没怎么看,只是一个劲儿地照顾吴暇吃饭。然而吴爸爸却看得很认真,压根就没管吴暇有没有在吃饭。宣传片结束后,吴爸爸突然放下筷子厉声对女儿说:"小暇你给我记住了,你长大以后要是敢碰毒品我就打断你的腿!"

这句话刚结束，吴暇便"哇"的一声被吓哭了。她不明白自己好好吃着饭，为什么爸爸会突然对自己这么凶，更何况故事的结局还是准备打断自己的腿。至于爸爸口中的毒品是什么，小丫头就更没有概念了。

一看到女儿被吓哭了，吴妈妈护女心切，立马对吴爸爸发火了："你是不是有病啊？她这么小，你跟她说这些她能听得懂吗？再说这正吃着饭呢，你没事老吓唬她干嘛呀！"

吴爸爸不以为然："我就是要让她知道害怕，就是要让她从小就有这个意识。"说完后，又不忘冲着吴暇补了一句，"我刚才说的你都记住了吧？你要是敢吸毒，我就打断你的腿！"

吴暇在短短一分钟内受到父亲的两次恐吓，立马又撇嘴大哭起来。吴妈妈差点没被气死，抱着吴暇就出门了。

不过也正是由于吴爸爸严厉的口吻，吴暇一直将这句话牢记于心。即使她长这么大，爸妈从未动过她一根手指头，但爸爸那句"打断你的腿"却始终像一个无形的戒律伴随着吴暇长大。长大后的吴暇终于明白爸爸当初的良苦用心，毕竟对小朋友解释什么是毒品或毒品的危害是什么，完全等同于对牛弹琴。所以他才会用这种方式，让吴暇牢牢记住这件事的重要性。吴暇记住了，或者说也照做了。她从不喝酒抽烟，甚至从未想过要去尝试这些东西。因为她不好奇，因为她从五岁起就明白这些东西不好，这些东西会让爸爸生气。

事实证明，吴爸爸是正确的也是成功的。他让女儿在不了解毒品是什么的时候，就根深蒂固地记住了不能接触毒品这件事。所以女儿在学校里从不与抽烟喝酒的女生交朋友，也从不会想要变成那样的女生。吴爸爸觉得女儿很懂事，吴暇也觉得当年爸爸的那句话很管事。

吴暇正在回忆呢，却被吴爸爸的话语打断了："嗯，记得就好。其实老爸对你还是很放心的，也知道你比较成熟也不会乱来。所以呢，嗯……你要不要吃冰棍啊？我昨天买冰棍了，你去冰箱挑一个？"

"大哥你会聊天吗？有你这样转移话题的吗？"吴暇边说边去厨房拿冰棍了，"你吃什么味儿的？"看着冰箱里各种口味的冰棍，吴暇对客厅喊了一句。

"随便，给我拿个绿豆的吧。"

吴暇拿着冰棍回到客厅，给了爸爸一个，自己也打开一个。

"嗯,所以说老爸对你还是很放心的。也了解你的审美,而且你的价值观也很端正,这点老爸很欣慰。"

吴暇心想,就知道这事还没完,老爸肯定还有重点没说出来呢。于是吴暇又开口道:"哎哟喂,你到底想说什么呀? 我在美国没抽烟没喝酒,你不用担心。"

"嗯,这我知道。我是想说,你现在也青春期了,有些话我也不好跟你说。但是你要是有什么想法,一定要及时跟你妈沟通。当然了,你要是想跟我聊我也肯定随时欢迎。"

吴暇小脑瓜子一转,突然好似听懂了什么,于是说:"你刚才说了半天,是想问我有没有早恋是吗?"

吴爸爸没想到女儿这么直接,立刻咬了口冰棍,说:"我的意思就是,有什么想法要及时跟家里沟通。"

"你就放一百个心吧,洛杉矶没一个能让人看顺眼的。再说了,那儿离墨西哥特别近,走在大街上的人恨不得一多半都是老墨。所以你就甭操这个心了,而且我也不喜欢老外,我要找肯定找个北京的。"

吴暇说完这番话,明显能够感觉到爸爸松了一口气。只听吴爸爸继续说:"嗯,我对我闺女还是很放心的。但我提醒你啊,别回头人家给你根棒棒糖你就跟人跑了,那样的话我鼻子都得被你气歪了。"

这句话吴暇显然是没太听懂,只见她回了一句:"我又不爱吃甜的,给我糖我肯定不要啊。"

吴爸爸无奈地一笑:"哎,你再长大一点就懂了。"

3

两周后,国内学校终于放暑假了。吴暇迫不及待地约孟琦见了面,因为孟琦是她中学时最要好的朋友。

孟琦和吴暇一样,都属于瘦高个儿。虽然两人一个性格内向一个性格外向,但总的来说二人的价值观和品位还都基本一样。

由于两人住得很近,所以吴暇提议在家附近的餐厅见面。或许是迫不及待地想见到好友,两个女生都早早地来到了指定的餐厅。

"想死你了!"吴暇一见到孟琦就飞奔上去了。

"我也想你。"孟琦满眼笑意,不过还是左右看了两眼小声说道,"好啦,周围人都看着呢。"

吴暇从小到大最不怕的就是周围人的目光,于是依旧毫无顾忌地说:"看就看呗,多大点儿事啊。"

服务生把她们领到了一处靠窗的座位,留下一份菜单便想要撤退。吴暇见状立即叫住服务生:"Hello,哥们儿。麻烦再给我们拿一份菜单吧,谢了。"

听到吴暇管服务生叫"哥们儿",孟琦还是觉得有些怪怪的。

"你最近怎么样啊?早就想见你了,怕影响你复习愣是忍到现在才约你。"吴暇像往常一样,每次都是她主动找话题。

"我还那样。你呢?你怎么样?"

"我过得简直是水深火热啊。哎,我都不好意思跟你说。总之,正常人肯定不会主动去美国。"

"什么意思?"

"意思就是说,谁去美国谁有病,一个个肯定是闲得没事给自己找罪受呢。反正我这一年是没少受罪,所以说还是你幸福啊。"吴暇颇为感慨。

"其实我过得也不幸福,每天作业量特别大而且班里同学还都比来比去的,其实也挺累的。"

吴暇刚要接话,服务生就把菜单拿来了。吴暇谢过服务生后,快速地看了菜单。三下五除二地就把菜品选好了。吴暇合上菜单问孟琦选好了没有,只见孟琦的目光依旧停留在最前面的凉菜那几页。

"哎哟,姐姐你干嘛呢?怎么看得这么慢啊?"吴暇自从回到大北京后,那股北京姑娘有话直说的劲头儿就又提升了几分。

"你看完了?"孟琦明显有些吃惊。

"是啊,随便点俩菜得了。你想吃什么?辣的还是不辣的?想吃什么肉和什么菜？吃米饭还是面条？喝汤吗？”

“嗯……我也不知道。一般都是我爸妈点。”

“真够可以的。行了你也甭费劲儿了，我直接做主了。”

“嗯，那也行。”孟琦依旧不慌不忙，将菜单慢慢合上。

吴暇叫来服务生，边报菜名边征求孟琦的意见。不过很明显，孟琦对吴暇选中的菜品都提不出任何意见。于是服务生开始下单，两个女生开始吃饭。

“你在美国都上什么课了？难不难？”孟琦有一肚子的问题想问吴暇，最终却总结成了上课难不难。

“嗨，就那么回事吧。其实我都不知道天天上的是什么课。反正就是每天八点多开学，然后下午三点钟放学，中间会有一个小时的吃饭时间。大概就这样吧，反正挺没劲的。”

“三点就能放学？真好！我们现在每天都加晚自习，到家都快八点了。”

“过得紧凑点多好啊，我还巴不得呢。洛杉矶完全没有娱乐场所，每天放学后除了在家看电视就是在家上网。说白了，我这一年光在家跟我妈探讨人生了。”

“你怎么不出去玩？”

“没的玩儿啊。再说我妈以前在北京的时候就不怎么敢开车，到了美国后她更不敢开了。所以远的地方我们也没去过，周边一些商场什么的一到七八点钟就准时关门了。天天都特无聊，觉得每天过的日子都和昨天的一样。说白了，就在那耗时间呢。”

“那还真是挺无聊的。我听说美国人很早就学车了，你学了吗？”

“我没学呢，我妈不想让我那么早开车。再加上我对开车也没那么大的兴趣。”吴暇喝了口水，继续说，“不过其实洛杉矶还是有一点娱乐活动的。我发现我家附近有一个‘钱柜’KTV，跟北京那个一样。不过那里几乎什么也没有，就是特小的几个隔出来的小间。虽说中文歌不是很全，但是他们的价格特别便宜。周一到周五下午两点到晚上八点之间，每个人只要交十几块钱，而且还会送一杯免费的饮料。所以一有时间，我们几个同学就会去那唱唱歌。”

"才十几美元？那真是够便宜的。"

"是啊，美国的东西都不贵。反倒是这次回来，我觉得北京的东西都好贵啊。前两天我爸带我去买衣服，我一看商场里随随便便就好几百、好几千。这要是在美国，商场里的衣服有的也就几块钱。"

"啊？这么便宜啊。那你下次再回来的时候帮我带几件衣服吧。"

"行啊，妥妥的。对了，问你啊。你认不认识什么做音乐的人啊？我最近开始尝试着写了一些歌，虽然我妈觉得不好听但我自我感觉挺好的。所以我这次回来也想认识一些这方面的人，想让他们帮着指点指点。"

"我怎么可能认识做音乐的，我接触的都是准备备战高考的。你怎么想起来写歌了？写的什么歌啊？"

"就是一些我的感悟吧，反正我自己觉得还挺好听的。"

"嗯，那你问问其他人吧。不过我觉得应该也不会有人认识这方面的人，毕竟跟咱们差不多大的都是学生。现在学习压力这么大，家长是不可能让他们搞音乐的。"

"是啊，所以说我跟这儿发愁呢。"

"其实我觉得你把这个当作是兴趣爱好就行了，而且据说这一行也挺乱的，你爸妈肯定也不希望你将来做音乐吧？"

"乱吗？哪儿乱了？"

"就是潜规则啊。"孟琦压低声音说，"我看网上都是那么写的，反正看着挺恐怖的。"

"哪儿有那么多规则可以潜啊？那些肯定都是编故事呢。不过说实在的，这个问题我也想过，如果真像网上写的那样，那我宁可这辈子都不唱歌了也不会妥协的！"

"嗯！"孟琦重重地点了一下头。

两个女生一聊就是一下午。要不是吴暇外婆打电话催促吴暇早点回家，估计两人能一直待到第二天早上都不愿回家。吴暇依依不舍地和孟琦道了别，自己打车回了家。

和孟琦见完面之后，吴暇的心情瞬间无比晴朗。她觉得这才应该是属于她的生活，她觉得有人气的地方才算得上是好生活。吴暇很享受那种车水马龙的街道，更享受那些拥挤又嘈杂的喧闹。她觉得这才是一座大城市应有的面貌。

吴暖刚进家门，电话就响了。果不其然，吴妈妈到点儿又打来了。母女二人在电话里各自汇报了自己的近况，吴暖讲述了她和孟琦见面的全部内容，吴妈妈告知女儿她通过邢惠敏又认识了一位新朋友。

聊到这时，吴暖爱看的歌唱节目正好开始了，于是她打断正在向自己描述刚认识的那位新朋友的妈妈，急忙说了句："我先看电视了啊，等明天你再继续汇报吧。挂了啊，拜拜。"便挂断了电话。

被女儿挂断电话的吴妈妈无奈地摇摇头，继续关灯睡觉。

日子就这样一天天地过着。转眼间，吴暖在北京已经参加了多次初中同学聚会了。每次她都无比欢喜，只不过所有人都不认识做音乐的人。Lily 也按部就班地上着 M 大学的暑期课。至于 May 则体验了一把不差钱的生活。

事情发生在周日上午，那天 Tony 正好没课。为了实现对女友的诺言，Tony 接上女友后便直奔 South Coast 了。

"咱们今天去哪里呀？"May 扭头问 Tony。

"你不是想买化妆品吗，正好今天没课咱们可以去逛逛。"

"其实我也不是很懂那些牌子，我也不知道应该买哪些化妆品。"

"没事，到那看看就知道了。其实你皮肤那么好，根本不需要用化妆品。不过女孩子买个口红之类的倒还可以，就当是涂唇膏了。"

May 没接话，不过在心里已经美得冒泡了。

一个多小时后，Tony 终于开到了那个满是奢侈品的购物中心。他依旧很绅士地替 May 褪去安全带，之后绕到副驾驶帮 May 把门打开。锁好车后，二人手牵手地朝商场走去了。

　　Tony 替 May 将商场大门拉开,随后搂着 May 走进去。这是 May 第一次来 South Coast,她觉得这里简直太大了!她有些兴奋地拉着 Tony 左看右看,有点小姑娘第一次逛游乐场时的感觉。

　　Tony 看着 May 那天真可爱的样子甚觉怜爱,于是领着她来到化妆品柜台,叫柜台的销售人员帮忙推荐一款适合 May 的唇彩。

　　"哇,你的皮肤好棒哦。"柜台销售员满脸羡慕地说。

　　一听有外人夸自己皮肤好,May 立即满脸绯红地低下了头。其实她很想大大方方地回一声:"谢谢。"但却下意识地不敢直视对方的双眼。

　　面对 May 的无视,销售员并没有太在意。她娴熟地给 May 挑了一支淡粉色的口红,热情地说:"你的皮肤这么好,配粉红色是最完美的选择。再加上这是我们今年推出的新颜色,买这支肯定不会错。"

　　May 接过口红,很想往自己唇上试一试。但她拿着那支口红左看右看,愣是没有勇气对销售员开口。Tony 看出了 May 的心思,于是开口道:"我女朋友可以试一下吗?"

　　"当然可以,请让我帮你清洁一下这支口红。"说完销售人员就把口红从 May 手中拿了回来,将消毒酒精喷在口红上,随后又用干净的纸巾把酒精擦去。"来,给你。"销售员把口红递还给了 May。

　　May 接过口红,小心翼翼地对着镜子将淡粉色的口红涂在嘴唇上。这是她第一次接触化妆品,她甚至感觉这是有生以来最神圣的一刻。当女孩的爱美之心和粉红色的口红完美结合时,也就是 May 从女孩变成女人前最重要的契机。May 满意地看着镜子中的自己,很显然 Tony 也被镜中的女友所吸引。

　　看着 May 不时上扬的嘴角,Tony 当机立断地对销售员说:"就要这个了,请帮我拿一支。"

　　销售人员见顾客对自己挑选的口红颇为满意,也甚是欢喜。她从柜台拿出一支全新的口红,在扫码器上扫过之后用漂亮的礼品袋装好递给 Tony。Tony 掏出银行卡付了钱,牵着 May 的小手继续朝前走去。

　　"口红多少钱?是不是很贵?"May 有些不好意思地问着 Tony。

　　"不贵,你喜欢就行。"

　　虽然前段时间 May 在得知那个 BV 钱包的价格时格外激动,但她却更喜欢今天这种亲眼目睹男友为自己刷卡付钱的行动。这种感觉很难形容，因为这更像是一种保护与被保护的互动。就好比小时候妈妈花钱为自己买一件心爱的玩具一样，May 觉得 Tony 掏出银行卡为自己买单的那一刻竟是那么耀眼、那么令人依恋。她觉得 Tony 的出现不但填补了自己心灵上的空缺，更满足了自己在现实生活中渴望被照顾的需求。

May 紧紧挽住 Tony 的手臂，生怕一个不小心就将他失去了。她撒娇般地看着 Tony，又问出了那个之前问过的问题："如果以后我天天涂口红，你还爱我吗？"

"爱。"Tony 想都没想，脱口而出。

"那你爱 Kiwi 姐吗？"

"当然不爱。"Tony 下意识地抽出手臂。

May 不明白 Tony 为何反应如此强烈，以为只是 Tony 在跟自己表决心。于是又重新挽住 Tony 的手臂，借着刚才得到新口红的喜悦昂首挺胸地朝前走去。

"宝宝，你有没有什么别的想买的？ 这里东西挺多的。"

"嗯……应该没什么需要买的了。"

"我给你买个包吧，或者买双新鞋？"Tony 正巧路过 Valentino 的门面店，于是也顾不得送鞋就是送"邪"，直接脱口而出等待 May 的答复。

May 自然是不认识 Valentino 的，不过一想到前两天妈妈给自己买的新裙子一直找不到合适的鞋子搭配，便点头说道："好呀，可以看看去。"

May 所谓的看看，并不是去看那些奢侈品。对于她来说，买个几十块钱的样子好看点的鞋就足够了。然而她没想到的是，Tony 却停住脚步直接拉开右手边的店门走了进去。

"进来呀宝宝，来这家店看看鞋。"

"哦，好的。"May 这才跟进去。

"你好，请问有什么可以为您效劳？"店员很热情地对 Tony 和 May 打着招呼。

"我女朋友想买一双鞋。"Tony 如实回复。

"这边请。"外国店员随即带着他们朝里间走去。

May 早就被一进门的场景所吸引。她痴痴地看着专柜里的包包，挪不动步。Tony 见女友没有跟上来，立即返回 May 所在的位置，关切地问："喜欢吗？喜欢我们就挑一个回去。"

"那个挺好看的。"May 指着眼前那款黑色的包包意犹未尽地欣赏着。

"要不要背上试试？"

"嗯……不用了。虽然这个包包很好看，但我上学也用不到。我们还是先去看鞋吧。"

"嗯，好吧。那就等你上了大学，我再买给你。"

两人朝里面走去，刚才那个热情的店员早在里面等候多时。

眼前五颜六色的鞋子，早就令 May 看花了眼。"喜欢哪双？"Tony 搂过 May 的肩。

May 挑了半天，最终锁定了一双平底的黑色带铆钉的尖头鞋。"这个挺好看的，平时去学校也能穿。"

"行，那就试这双。"Tony 询问了女友的鞋号后，转头告知店员。

很快店员就把鞋子拿了出来，不过 May 将鞋子穿上后觉得有点紧。店员仿佛早就料到会有这样的事情发生，于是从身后又把大半号的鞋子给 May 递了过去，并补充道："我们的鞋子普遍会偏小，所以如果你平常穿八号的鞋，可能在我们店里就需要穿八号半的。不过有的客人脚比较窄，也是可以穿原号的。"

May 将信将疑地接过那双比平时自己穿的码数多了半号的鞋，果然很合脚。她在镜子面前左看右看地照了半天，简直喜欢得不想脱下来了。

"怎么样宝宝，喜欢吗？我觉得挺好看的，很配你。"

"嗯，我也觉得挺好看的。"

"舒服吗？你多走几步，看看舒不舒服。"

May 很听话地在地毯上又来回走了几步。"挺舒服的，我觉得挺合适的。"

"行，那就买这个了。"说罢，Tony 就准备让店员带他去结账。

"等一下。"May 突然叫住了 Tony。

"怎么了宝宝？"

"这个多少钱呀？我想先看看价格。"

"不要紧的，只要你穿着好看多少钱我都买。"

"要是太贵我就不要了。"

"没事，你喜欢就好。"

May 觉得跟 Tony 继续讨论下去也不会得出答案，于是自己拿起柜台上的样鞋翻到鞋底的位置去看价签。不看不要紧，一看鞋底的数字 May 直接倒吸了一口冷气。七百多块钱！一双鞋要七百多块钱！May 快速在脑袋里算了一下加减乘除，如果这双鞋再加上税的话则需要八百块钱！

八百块钱是什么概念？八百美元对很多人来说足够支付两个月的房租了。虽然 May 对金钱还没有这么深的概念，但她也很清楚这双鞋的价格早就超出了自己的想象。此时的她如触电一般，赶紧将鞋放回原处。她不敢面对店员的目光，更觉得自己不适合呆在这个地方。她有些害怕，她觉得这里的一切都不属于她自己。即便当初她还信誓旦旦地对吴暇说日后要买好多好多名贵的包包，但当她真的踏入这家她从未见过的奢侈品店时还是产生了想要逃离的想法。

她觉得此时正有无数双眼睛盯着她，她觉得自己任何一个举动都可能会出洋相。原本在她心里觉得笑容可掬的店员，此刻却被 May 想象成某个大老板或是金牌销售员。她觉得自己根本就不配在这家店买东西，就算是买了她也不好意思将鞋穿出去。"如果妈妈发现这双鞋了会怎么办？她是不是又会不高兴？""如果我把这双鞋弄脏了怎么办？Tony 会不会很生气？""这么贵重的鞋子我根本就没有合适的衣服去搭配。"May 在心里给自己列出了无数个不能买这双鞋的理由，于是转过头对 Tony 说："还是不要买了，我们还是早点回去吧。"

"买了吧，你穿着挺好看的。"

"不要了，我先出去了。"May 换回自己原先的鞋子，落荒而逃了。

再次来到商场大厅，May 环顾四周突然觉得自己根本就不属于这里。原本她只是感觉这个商场要比平常自己逛过的商场大一些，然而此时她却觉得除她以外的所有人都瞬间变得无比高贵。她觉得自己很卑微，卑微到她甚至感到自己根本就配不上 Tony。Tony 什么都懂，又那么有品位。可是自己有什么？自己什么也没有。自己和成千上万的高中生一样，每天只知道背着书包去上学。没有娱乐、没有爱好，甚至没有一处闪光点。她不明白 Tony 为什么会喜欢上自己，她觉得自己简直微不足道。

正当她自暴自弃时，Tony 拎着印有 Valentino 字样的大袋子走了出来。那几个字母竟是那么耀眼，那个袋子竟是那么沉甸甸。

"我不是都说不要了吗，你怎么还是买了？"May 显得很焦虑。

"我觉得你穿着挺好看的，而且你也说挺舒服的，所以就买了。"

"可是这个太贵了，我根本没有机会穿出去的。"

"你平常上学就可以穿啊，反正是平底的，走起路来又不累。再说了，我老婆就配拥有最好的。"这些话从 Tony 口中说得那么自然，然而 May 却听得格外刺耳。

"自己配得上这些吗？""自己值得拥有最好的？"May 又开始在心里自我否定起来。

"别想了宝宝，买都买了，你就收着吧。"Tony 一把搂过 May，准备带她好好在充满奢侈品的海洋里畅游一番。

第十一章　容易实现的美国梦

在美国十六岁就可以开车，在美国也可以去任何一家手机公司领取免费手机。当这些在国内无法轻易实现的事情在美国实现后，人们会对美国产生哪些感情？这是大家想要来到美国的原因，还是这些全部都是意外的惊喜？

· 1 ·

很快，暑期的课程就要结束了。Lily 在舅舅的指导下，顺利拿到驾照。作为奖励，舅舅决定把家里那辆有点旧的小轿车让 Lily 独立驾驶。

虽然 Lily 很开心，但还是礼貌性地推辞了一下："如果这辆车我来开，舅妈就没有车开了。"

一看外甥女这么懂事，不但没有欣喜若狂反而还替自己媳妇着想，男人立即爽快地说："没事，小丽。你舅妈也就平时出去买个菜，等到时候你放学回来了她照样可以开车出去买。以后这车主要就由你来开，你不开的时候你舅妈再开。"

一看舅舅都拍板了，Lily 便欣然接受了。

有了车就是方便，Lily 再也不用在图书馆傻等舅舅接自己了。她可以随意支配自己的时间,想去哪就去哪,只要不被舅舅舅妈发现。

光有车还不行,很快 Lily 就觉得自己需要有部手机了。她向舅舅解释很多同学都是通过短信联络感情,所以自己也应该有一部手机。舅舅觉得很有道理,多跟同学们接触对 Lily 的学习也有很大的益处。于是他二话不说,载着 Lily 就朝电信公司驶去。

美国有三大电信公司,分别是 T-Mobile、At&t 和 Verizon。由于这三家公司竞争比较激烈,所以它们都会分别推出几款诱人的套餐计划。拿 T-Mobile 举例吧,如果你家有五口人且每人都需要一个号码和一部手机,那么电信公司就会向你介绍最划算的一款套餐,也就是每月需要支付不到二百美元。这个价格不仅可以送你五部免费的手机和五个电话号码,还可以享受无线上网、无限打电话、外加无限发短信。当然了,送的手机肯定不是当下最新款,但最基本的功能也全部都有。如果顾客想要当下最新款的手机,电信公司也会给出分期付款或者只需支付一部分钱等优惠政策来吸引消费者。好比说一部最新款的手机在手机店要卖 600 美元,那么如果你加入电信公司的计划则只需支付 200 美元外加签订两年的套餐计划即可。

如果家里没有那么多人,好比只有一家三口,那就不必选择这种套餐了。一家三口可以选择几十美元至一百美元不等的套餐,其中包含 200 分钟至 1000 分钟不等的通话时长,以及短信和网络的不同限制。三大电信公司为了挖掘潜在客户和保留老客户,特意表示只要是同一家公司的用户,互打电话时都不会占用分钟数。也就是说,如果毫无关联的 A 和 B 两个家庭分别选购了 T-Mobile 的家庭计划,那么如果某天这两家人有电话往来时,则话费全免并不会扣除套餐计划里的通话分钟数。

虽然 Lily 家现在有六口人,但毕竟三个孩子还小用不上手机。所以 Lily 的舅舅只是在他和老婆的计划下面给 Lily 多加了一条线(也就是多办了一个电话号码,外加领取了一部免费手机)。在原有的家庭计划里多加一条线只需每月多交 20 美元,所以 Lily 如愿以偿地得到了来美后的第一部手机。

对于现在的 Lily 来说,既有车又有手机,堪称如虎添翼。她觉得现实中的美国和在国内听人提起的美国是同一个美国,那些容易实现的美国梦在她身上全部一一验证了。她现在不仅有地方住,还有学上。不仅有车开,还有手机用。在这短短的一个月之中,她几乎享受到了她在国内十几年都没享受过的待遇。这种突如其来的变化,让她喜出望外。她下定决心,必须早点融入美国社会! 于是她开始广泛地结交朋友,开着那辆舅舅给的汽车在各个城区遨游。

功夫不负有心人,Lily 果然认识了很多新朋友,不过随之而来的却是油钱的大量消耗。为了巩固住这些来之不易的新朋友,Lily 决定找份工作来维持她在美国生活的基本开销。

Lily 将这个想法说出后,一家人都拍手叫好。一来远在日本的 Lily 妈再也不用多负担一笔女儿的生活费,二来 Lily 舅舅一家也不用再贴钱。尽管一家人都很赞同 Lily 的想法,但对于 Lily 这种留学生来说,根本就不可能在美国通过合法途径找到工作,所以找工作的事情也只能一拖再拖。

和孩子们一样,吴妈妈所上的成人学校的课程基本上也接近尾声了。一想到自己马上又没事情做了,吴妈妈便加大火力每天电话轰炸女儿赶快回美国。兴许是吴暖在北京也待够了,于是她把八月底的机票改到了八月中旬。

吴妈妈每天依旧绕着小区遛几圈,但很奇怪最近并没有见到 Terry。几天后,Terry 终于现身了。吴妈妈拿着新买的电子词典询问 Terry 这两天都干嘛去了,Terry 回答说他长了一个小肿瘤去医院检查去了。

吴妈妈一家子都是学医的,她详细问了病因后建议 Terry 尽快去做手术。趁着现在发现得及时且没有恶化,早点切掉早点安心。然而 Terry 却一脸无奈地说:"我需要先申报保险公司,等他们把钱批下来我才能去做手术,不然几十万美元的手术费我根本负担不起。而且这边只有一家医院是专门治疗癌症的,不过目前那家医院的床位很紧,所以现在还不能给我做手术。"吴妈妈问 Terry 保险公司的钱和医院的床位大概什么时候能够确定下来,Terry 则回答说最快也要等三四个月。

吴妈妈一听这样的回答,立马傻眼了。三四个月的等待期也太长了,万一在这期间病情加重或出现癌细胞转移和扩散,很有可能会危及生命。吴妈妈实在不理解美国的医疗机构为什么会进行得如此缓慢。以前她在国内时,经常听到有人抱怨国内的医疗条件不好,医生瞎开药。但此时吴妈妈却想替国内的医院及医生说句公道话:"别看世人把美国的医疗条件吹嘘得多么多么好,但真是碰上个棘手的病情,没准你连医生给你开药的机会都没有(急诊除外)。就像 Terry 一样,只能眼巴巴在家干等,等保险公司一层一层地审批、等病情一天一天地加重。"

吴妈妈很庆幸自己是中国人,她在心里暗想:"以后要是有大手术要做,宁可买张机票回北京做。"

吴妈妈正在替 Terry 感叹人生呢,吴暇已经收拾好行李,跟孟琦和爸爸做了最后的道别。外公外婆看上去很兴奋,他们也想去美国住一住、了解一下外孙女这一年在美国过的日子。

临走那天,是吴爸爸开车送他们去的机场。虽然双方都强忍着内心的不舍,但那种离别的伤感还是回荡在吴暇和爸爸之间。他们都不敢看对方的眼睛,吴暇装作毫不在意地催促爸爸赶紧回去,吴爸爸也故作轻松地叫女儿不必惦记。只有吴暇自己知道,在转身的那个瞬间不争气的泪水还是忍不住落下了。吴暇没敢回头看爸爸,因为她知道爸爸肯定还在原地看着她。

3

经过十多个小时的颠簸,吴暇和外公外婆终于抵达洛杉矶。走出机场时,吴暇不仅看到了妈妈,还看到了一个她从没见过的叔叔。

"怎么样?累不累?"吴妈妈一看到女儿和爸妈从出口出来,立刻开心地迎了上去。

"还好，不累。"外公外婆见到自己女儿也很开心，有种久别重逢的欢喜。

"来，我给你们介绍一下。"吴妈妈搂着爸妈对男人说："这是我爸妈。"又指着吴暇说："这是我女儿小暇。"之后又转头将男人介绍给女儿和爸妈："这是老秦，也是部队出来的。我们也是上个月才认识的，算是美国遇战友吧。"

一听说这个人也当过兵，外公外婆就热情地过去跟男人打招呼了。因为对于他们这种一辈子都在部队大院生活的人来说，只要见到当过兵的人都会发自内心的产生一种战友情。吴暇突然想起来，这个叔叔可能就是妈妈在电话中提过的通过邢惠敏介绍认识的朋友。

"我害怕开那么远的车，正好老秦今天没事就过来帮忙接你们了。"吴妈妈解释道。

"我来吧，两位老领导。"秦叔叔边说边替外婆推起装满行李的手推车。

一听到有人叫他们"老领导"，外公外婆自然笑得合不拢嘴了。不过外公依旧谦虚道："哎，不是什么领导。早退休了。"

不过秦叔叔却依旧坚持道："不管怎么说，你们的军龄都比我多。叫领导是对的。"

吴妈妈也打趣道："是啊，我爸要是领导那我妈就是政委。天天大事小事就听她唠叨。"于是乎，四人一齐哄堂大笑。

秦叔叔的车很大，是那种七人座的商务车。看得出他办事很麻利，吴暇还没缓过神呢，秦叔叔就已经把行李箱搬到了后备箱里。他很热心地替外公外婆打开车门调好座椅，并贴心地把车门替二老关上了。

吴妈妈不仅害怕开车，连坐别人的车也很紧张。所以她从来不坐副驾驶的座位，基本上每次都会坐在后座。于是吴妈妈和外公外婆坐在后面，吴暇大大方方地坐到了秦叔叔旁边。

秦叔叔办事果然细心。一看所有人都坐好了，立刻把准备好的矿泉水递给大家。尽管这些都是微不足道的小事，但结合在一起总会让人觉得他做事十分周到。

"老领导，要不要听革命歌曲呀？我车上正好有以前的老歌呢。"秦叔叔怕两位老人无聊,于是询问要不要听听音乐。

"好啊!真没想到在美国还能碰上咱们部队出来的同志,看来在美国的日子也很不错嘛。"外公也很配合地调侃道。

于是车内便响起了那些象征着他们年轻时代的革命歌曲。虽然那些歌对吴暇来说有些遥远,但从小吴爸爸就教育吴暇每个年代的歌曲都应该听一听。所以尽管车上放着的是几十年前的歌,但车内依旧回荡起了吴暇清脆的歌声。

"哎呀,小暇真不简单哪!居然这么老的歌都会唱。"秦叔叔由衷地赞叹道。

吴暇没别的奢求,从小到大唯一的愿望就是听到别人夸她唱歌好听。于是小姑娘得意地说:"那是,没准歌词我比我妈记得都熟呢。"

一见有人夸奖外孙女,外公外婆也异口同声地称赞道:"小暇是有一些文艺细胞的,她好多歌都会唱的。"

就这样通过几首革命歌曲,第一次见面的几个人瞬间建立了最纯洁的革命友谊。吴暇很享受这种感觉,她觉得秦叔叔的出现让单调的美国生活变得温暖了一些。吴妈妈也很喜欢这种感觉,因为看到爸妈和女儿都如此高兴,她也倍感欣慰。外公外婆更是异常欢喜,一想到能在异国他乡和女儿团聚,心中就分外舒心。

秦叔叔把大伙儿送回家后,自己就回去了。老秦走后,吴妈妈给父母简单介绍了一下老秦的情况。

"老秦他爸跟小暇她爷爷一样,都是抗战时当的兵。不过老秦他爸解放之后转业到地方,被安排在市教育局当局长兼一所大学的党委书记。"文革"期间被造反派打倒,关牛棚下干校进行劳动改造。老秦在家里排行老二,他上面还有个大哥。他大哥就是那时候参加红卫兵和父母划清界限去各地搞串联。老秦说他那时候只有十五岁,大哥走了之后家里就没大人了,没办法必须由他挑大梁照顾好两个弟弟。反正我听他说的时候是挺惨的。不过后来他17岁去当兵了。其实也算是走后门吧,当时是他爸以前的一个老部下给他带出去的。他说那时候他在东北当的兵,第二年就参加珍宝岛自卫反击战了。后来按程序给他提干保送上的军校,等他毕业后就分配到内蒙野战部队摸爬滚打了十多年。"吴妈妈喝了口水,继续道,"考虑到他有实地作战经验,领导就把他调到学院战术教研室当教官了。之后他跟领导一起来美国参观西点军校,那时候他对美国的印象还挺好。他回去之后没多久就赶上部队成立开发办搞生产,所以上面就把他从学院抽出来替学院做创收了。反正他们后来越做越大,收益不错奖金也能拿挺多。但没几年军委就下令说部队不能搞三产,他们那个开发办也就跟着解散了,然后他也就脱军装找机会出来了。"

"那他们全家都来美国了?"外婆问道。

"对,他们那时候来得算早的。不过后来他跟他前妻性格不合,没几年就离婚了。现在她前妻在国内,他自己在这边照顾小女儿上学。哎,这男人要是照顾小孩没耐心可真是不行啊。"

"那他还真是挺能干的,又当爹又当妈了。要不怎么大家常说军人就是一块砖,哪里需要哪里搬。"外公感慨道。

"可不嘛,这点我可是深有体会啊。"吴妈妈看了眼半躺在沙发上的吴暇。

随后吴妈妈带父母参观了美国的新家,外公外婆边看边称赞:"真不错! 买值了!"不过最让二老开心的还是厨房里安了一个可以直接过滤自来水的过滤器,他们觉得这样喝水很方便,顺道也夸奖了一下美国的水比较干净。

吴暇和外公外婆都不是很饿,所以吴妈妈建议他们先去洗个澡休息一下,等一会儿饿了再带他们出去吃。三人纷纷表决,一致通过了此项提议。

睡醒后,吴妈妈带他们去了一家云南餐馆吃过桥米线。那家店是老秦推荐他们去的,味道很正宗而且也有炒菜可以点。看到美国还有中餐馆,外公外婆更是连连称赞。他们觉得美国比想象中的要好,最起码生活很方便。

眨眼间,外公外婆在美国已经住了一个星期了,离吴暇开学的日子也越来越近了。在这期间,秦叔叔很热情地又当司机又当导游,给两位老领导介绍洛杉矶的各个景区。外公外婆一致称赞,说秦叔叔是个好同志。

外公觉得美国的治安很好,而且博物馆和室外景点都建得很漂亮。外婆则觉得超市的蔬菜水果都很新鲜,而且品种也更丰富。趁着二老身体还不错,吴妈妈也建议他们报个华人旅行团去纽约、华盛顿转一转。外公外婆觉得这个提议不错,于是他们不仅去了美东十日游,还去了夏威夷七日游。对于这些地方,二老都给予了很高的评价。

由于吴暇还未满十八周岁,所以 M 大学还不能招收她去学校上学。没办法,吴暇还得在 W 高中再多耗一个学期。考虑到高中的课程并不是很紧张,再加上两位老人也一直希望吴暇不要将之前学过的钢琴彻底忘掉。所以外公外婆一合计,花了小一千美元给吴暇买了架电子钢琴。

吴暇以前会弹的那些曲子,基本上也忘得差不多了。不过她小时候很喜欢钢琴王子理查德·克莱德曼弹过的钢琴曲,所以像《水边的阿迪丽娜》《献给爱丽丝》和《梦中的婚礼》等这些大家耳熟能详的曲子依旧还能凭着记忆慢慢记起。

每当吴暇弹钢琴时,外公外婆都会站在她身后,聚精会神地聆听。吴暇很清楚,他们年轻的时候肯定也喜爱音乐、肯定也渴望学一门乐器。不过由于当时的条件不允许,所以当他们看到吴暇学会弹琴后便格外开心。

4

暑假正式宣告结束,W 高中开学了。May 不顾妈妈的百般阻拦,硬是穿上了 Valentino 的鞋、背上了 LV 的包、涂上了 Chanel 的口红和 Dior 的睫毛膏。当然了,她的这一举动不仅气坏了肖倩,也惊呆了吴暇。

"哇塞!你开始化妆了!"一到学校吴暇就看到了 May 的变化。

"其实也没怎么化,就只是涂了个口红而已。"

"真漂亮!化了妆就是不一样。回头你也教教我呗,我看你眼睛画得就特别好!"

"眼睛没怎么化,只是涂了个睫毛膏。再说了,我是天生丽质嘛。"May 很自然地将这番话说出,全然不像过去那般小心翼翼。

"哈哈,瞧把你嘚瑟的。"

　　见吴暇停止了称赞，May 有些着急。她试探性地问道："除了口红，你还觉得我有哪些地方不一样？"

　　吴暇仔细地看了看 May，摇了摇头。"没什么变化呀。没胖也没瘦，还跟以前一样。"

　　"你再好好看看，比如着装什么的？"

　　吴暇又从头到脚地看了一遍，突然笑着说："不是吧姐姐，你也太土了。我这次一回北京，恨不得满大街都背 LV 了。这年头还有谁背 LV 啊，就算买的是真的也会被当成是地摊货的。"

　　一听吴暇这么说，May 气得小脸通红。"算了，不跟你说了。说了你也不懂。"

　　"虽然我不懂这些牌子，但是我觉得你宁可选一款适合自己的也别买这种满大街都是的款式。而且这个真的不怎么配你，显得太老气。"

　　"这叫经典款，经久不衰！"

　　"行行，我不跟你争。反正我觉得这包不适合你。"

　　如果换做是从前，可能 May 也就被动地接受了吴暇这种直来直去、口无遮拦的说话方式了。但此时的她，早已不再是从前的她。现在她全部的自信都源自这些名牌鞋和名牌包，所以她怎会容忍一个根本就不懂奢侈品的外行来评价自己高雅的品位？只见 May 第一次朝吴暇开启反攻模式，小声地嘀咕了一句："我觉得这么搭配挺好看的，我反而觉得你今天背的书包一点都不好看。"

　　吴暇看了眼自己今天随手拎出来的背包，笑着说："是啊，我也觉得特难看。不过无所谓，反正是用来装书的。再说了，不就上个课嘛也不会有人看的。"

　　原本想让吴暇难看的 May，万万没想到吴暇根本就不在意这些可以衬托出一个人身份价值的事物。想到这，May 突然闭上了嘴。她觉得吴暇简直是无药可救了，和她这种人聊时尚、聊品牌，简直比对牛弹琴还要难。然而此时的吴暇同样觉得和 May 有点聊不下去了，因为她不理解为什么 May 突然开始追求这些华而不实的东西了。于是乎，两个女生谁也没有再开口。

　　高中的课程依旧没什么能令吴暇感兴趣的，不过为了让外公外婆开心,吴暇还是每天认真完成老师布置的作业,并挑选出较好的成绩拿给二老看。每当看到吴暇作业纸上那些大写的"A"后,外公外婆便夸赞外孙女有出息能成大器! 每到这时,吴暇也不知道害臊,总是一副理所应当的样子欣然接受二老的赞许。

外公外婆总共在美国待了三个月,这三个月对吴暇来说是来到美国后最快乐的三个月了。为了不让二老觉得生活单调,从第二个月开始吴妈妈便特意叫上老秦来家里陪爸妈打麻将。老秦总是故意给外婆放炮,外婆却浑然不知,美滋美滋地接受了老秦的点炮。于是每天都能在家听到二老爽朗笑声的吴暇母女,对老秦也是充满感激。

三个月的时光,转眼即逝。吴暇母女和外婆上演了一出泪洒机场。临走时外公外婆特意嘱咐吴暇一定要听妈妈的话,一定要努力学习。另外二老还特意感谢秦叔叔的热情款待,并向他发出了去北京游玩的邀请。二老对吴妈妈很放心,只是一个劲儿地嘱咐她保重身体。

临进安检口时,外公对吴暇说:"小暇啊,外公这辈子最大的遗憾就是没有学开车。等下次我们再来美国,外公希望你能开车来机场接我们。"老人顿了顿,继续说,"有些事情你能自己做的尽量自己做。你妈也快五十了,她都照顾你大半辈子了,你也该学着替她分担一些了。另外一定要多背单词,聪明加勤奋才能走向成功。"

"知道了外公,你们回去也注意身体。等到家了,咱们再在 MSN 上视频。"

说完,吴暇的眼圈又开始红了。秦叔叔见状,立即打着哈哈说:"好了好了,司令和政委抓紧时间进去吧。马上就到寒假了,小暇很快就能回去了。"

为了不让老伴、女儿以及外孙女再次流泪,外公也连忙说:"对对,那我们就先走了。你们在国外想吃什么就多买点,千万别太省了。"然后就带着抹眼泪的老伴走进了安检口。

离别总是伤感的,看着外公外婆远去的背影吴暇突然觉得他们老了。小时候吴暇和外公外婆每周都会见面,所以看不出他们有什么太大的变化。但是此时当吴暇看着他们有些单薄的背影时,还是感觉到他们和以前不同了。尽管外公外婆依旧保持着军人特有的气质、尽管他们走起路来依旧背脊挺拔，但毕竟脸上的皱纹和满头的银发已然是不争的事实。想到这，吴暇又陷入感伤。她是一个很感性的人，她觉得随着外公外婆的离开，毫无意义的留学生活又要到来了。

不过吴暇消沉了没多久，好消息就找上门了。

当大学招收新生的邮件终于发到吴暇的邮箱时，小姑娘着实激动万分。虽然她还没到十八岁，但信上说只要她明年可以年满十八岁，就可以在近期去学校办理学生证和参加分班考试。吴暇看完邮件，便屁颠屁颠地跑去告诉妈妈这个好消息了。

"妈，我马上就成大学生了。你们几个打算给我什么奖励？"

"你收到邮件了？能上了？"吴妈妈明显也很开心。

"对！收到了！过两天就可以去办学生证了！"

"那真不错！是得好好奖励！你想要什么你说，我们几个能满足你的都尽量满足你。"

"嗯……其实也没什么。主要我什么都不是特想要。不过如果我能顺利地大学毕业，你跟我爸能不能出钱让我学唱歌？我以后想当歌手，我想站在舞台上唱歌。"

看到女儿还是对这些不靠谱的事情这么上心，吴妈妈也连忙劝道："哎，唱歌有什么好学的。要学就学点有用的，将来能养活自己的。"话虽如此，考虑到今天不应该让女儿扫兴，吴妈妈又补充道："不过只要你能大学毕业，其他的都好说。"

"真的？"一听妈妈终于松口了，吴暇激动地又确认了一遍。

"嗯，真的。但是说实话，唱歌这种行业也就是混口青春饭。要真是等你大学毕业了，你也都二十多岁了。我还是觉得你应该踏踏实实地学个有用的专业，等将来找份稳定的工作，也算是没白出来上学。唱歌这种事当做是兴趣爱好就行了，没必要花费太多精力。"

"好了好了，你这些大道理我都知道了。反正咱俩就这么说定了，等我毕业之后立马学唱歌！"

"行。但是你先大学毕业了再说吧，近期就先别想这事儿了。"吴妈妈知道现在对女儿说什么她都不会听进去的，于是也只能先满口答应下来。至于以后是不是会出钱供女儿学音乐，则走一步看一步了。吴妈妈觉得时间可以改变一切,她希望时间可以帮助女儿远离音乐。

临近年底,Lily 的舅妈通过在教会认识的朋友帮 Lily 找到了一份工作。

随着新移民的增多,确切地说是随着不怎么有钱的新移民的增多,洛杉矶的食品行业越来越丰富了。和 2008 年相比,2009 年开设在洛杉矶的华人餐厅明显要比上一年多很多。一些拿不出钱开门面店却掌握了某项独门手艺的华人,便在华人超市门口摆起摊来。他们主要卖一些小吃和杂货用品,好比说糖炒栗子、煎饼果子,或是一些国内批发过去的拖鞋和帽子。

Lily 接手的第一份工作就是在超市门口卖栗子,确切地说是独自一人顶着大太阳在 360 度无死角的暴晒状态下卖栗子。起初 Lily 还有点不好意思,毕竟超市门口人来人往的,她多少也会有些在意他人的目光。不过后来 Lily 一想到自己也就只有周六日两天卖栗子,外加路过的行人对她也并没有恶意,于是时间久了她也就不再磨不开面儿了。

由于 Lily 没有美国身份不能合法打工,所以实际上她的这份工作就算是在美国打黑工了。打黑工在美国可是犯法的,一经举报不但老板会关门大吉,店员更有可能被遣送回国。不过为了能够养家糊口,很多人还是会在私底下偷偷摸摸地接这种活。

抛开法律层面不谈,打黑工和正规打工在收入上也有明显的差别。正常打工的最低工资是每小时 8.5 美元,然而打黑工的最低工资则是老板开多少就是多少。

介于卖栗子是小本买卖,再加上利润也不大,老板索性给 Lily 开出了每天 45 美元的工资价格。于是 Lily 每周末都会在超市门口和老板碰头,从上午十一点开始一直守在那辆和国内卖煎饼的车子一样大小的移动窗口里，一站就是大半天。如果生意好能早点卖完，Lily 则可以早点收工。如果生意不好，Lily 则会一直耗到晚上七八点钟。洛杉矶早晚温差很大。白天热得要死，晚上冷得要死。为了尽早收工，Lily 也渐渐放下架子开始吆喝起来。随着栗子销量的增加和销售时间的减少，作为奖励老板每天给她多加了 10 美元的奖金。

Lily 满心欢喜地拿着每天 55 美元的工资，自己偷偷算了一下，如果每月照这样发展下去自己很快就能有 440 美元的月收入了。这笔钱对于不用考虑房租和伙食费的 Lily 来说，绝对是很可观的数字。

有过打工经验的人都知道，当自己辛辛苦苦拿到工资时，即便以前出手再大方的人都会格外珍惜这笔钱。Lily 看着手中那些来之不易的美元，原本就很节俭的她瞬间变身成为了节俭版的 N 次幂。随着工作的到来，Lily 反而很少出去跟同学聚会了。因为她觉得这些钱应该攒下来，而不是花在外面。不过正是由于她渐渐减少了和同学们一起出行的次数，所以她在学校里才更懂得如何与人在短时间内搞好关系。她的这招果然很管用，同学们都很喜欢她也都觉得她很健谈、很热心。

很快感恩节就到了。对于美国人来说，感恩节不仅可以吃到火鸡，更重要的是可以用很低的价格买到心仪的商品。感恩节期间，很多商家会选中一些商品按原价 3 至 5 折的价格卖给消费者。另外在 Black Friday 那天，更会有像 Best Buy 那样的电器城以最最优惠的价格卖出很好的电子产品。不过好东西肯定数量有限，所以如果想要抢到心仪的商品，大家还需连夜排队才能有机会把好商品抢到手。

由于吴妈妈开车不灵，白天开车都不怎么利索，更别说大晚上出去抢购商品了。所以对于吴暇母女来说，感恩节给她们带来的实惠并不明显，只是吴妈妈在家替女儿做了一桌子吴暇爱吃的菜而已。不过对于 May 和 Lily 来说，感恩节的到来简直美好得不言而喻。

Lily 开着那辆不新不旧的小轿车，直奔电器城而去。她太想拥有一部苹果手机了，就算不是全新的她也想要，因为她实在不喜欢舅舅帮她申请的那部电信公司免费赠送的手机。

等她到电器商场时，停车场基本上已经没有车位了。她在停车场里绕了四五圈才找到一个位置。Lily 和大部分美国人一样，为了心仪的商品和周围人开启了不是你死就是我活的震撼血拼。

每年一到这个时候，便是店员们最忙的时候。当 Lily 好不容易跟一个店员说上话时，大部分的好商品已经全部脱销了。Lily 将全新的最小容量的苹果手机和二手苹果手机的价格进行了对比，最终一狠心买了一部全新的苹果手机。

这部手机几乎花掉了她一个多月卖栗子挣来的钱。不过她不心疼，因为有了这部手机将预示着她已经拥有了国内同学都梦寐以求的高科技产品。这是地位的象征，更是对自己这段时期努力的见证。她觉得美国真是一个可以让人轻而易举就实现美国梦的国家。是的，这是她第一次觉得自己如此幸运。

满载而归的不只是 Lily，May 也在 Tony 的怜爱中得到了一只 Prada 的杀手包和一条 Gucci 围巾。

于是这个感恩节对于三个女生来说，都充满着不一样的意义。吴暇感恩妈妈、May 感恩 Tony，而 Lily 则感恩她自己。

第十二章　第一次打工

出国前，我们都曾幻想着自己的第一份工作会是多么值钱。出国后，我们绝大多数人都把"第一次"奉献给了餐饮行业。真正的尊重不是来源于书本，而是源自于最真实的生活体验。

◇ 1 ◇

几个月后，吴暇成功地躲避了美国高考，顺利进入了离家只有二十多分钟车程的 M 大学。

由于吴暇一直天真地以为在美国上大学仍旧是学校老师帮忙排课，所以直到临开学的头几天她才搞明白状况，以至于她只好着急忙慌地在网上给自己胡乱选了一些课。

由于她根本不了解美国大学的规则，导致她第一学期在 M 大学所上的课几乎都是没人会选的课，也就是说这些课全都不属于正规四年制大学所认可的课。而同为新生的 Lily 也没有资格去选择太多必修课，所以她和吴暇就在一节美文鉴赏的课堂中幸运地相遇了。

由于吴暇很清楚自己到了新学校既不了解学校制度，又没有靠谱的同学和她一起共进退，所以自己唯一的出路就是尽快认识新同学，确切地说是尽快认识一些从国内来的在 M 大学熟门熟路的中国同学。于是吴暇就在这种急需同学帮助的情况下,把 Lily 当成了自己的大救星。

两人都来自中国北方,且性格也还算投机,一来二去吴暇和 Lily 便越走越近。

通过和吴暇聊天,Lily 发现吴暇属于那种从小就生活在父母羽翼下的幸福女生。她不愁吃、不愁穿,甚至还有美国绿卡。她觉得所有自己梦寐以求的东西吴暇全都轻易地拥有了。不过她也能感受到吴暇好像一点都不知足,因为她动不动就说自己不喜欢这里想要早点毕业回到北京。有段时间,Lily 强烈地认为吴暇是故意在自己面前搔首弄姿。她觉得吴暇这种做法更像是表面上说自己讨厌这里,实际上是向自己炫耀她有美国绿卡和她在美国有家。不过经过一段时间的相处后,Lily 发现吴暇其实挺单纯的。她没有那么多虚头巴脑的想法,更不会刻意地去说什么或做什么。吴暇一直都是直来直去的,当 Lily 进一步了解吴暇后,才终于原谅了吴暇对美国的辱骂。

然而通过和 Lily 的接触,吴暇第一次意识到并不是所有家庭都和自己家一样。当她听 Lily 说自己曾经卖了将近三个月的栗子时,吴暇惊讶得目瞪口呆。她觉得 Lily 的家人也太狠心了,居然让自己的孩子站在超市门口卖栗子。她更加不能理解的是 Lily 不但卖得很开心,而且毫无怨言地接受了这所有的不公平。吴暇突然觉得自己太幸福了!家里的一切,妈妈全都一手包办了。学费和生活费,则由爸爸和外公外婆全部包圆了。至于她自己,除了每天对外宣扬一下北京多么美好、中国多么美好之外,就只剩下写会儿作业唱会儿歌了。她从来不用担心任何事情,因为家人替她解决好了所有事情。

想到这,吴暇觉得自己能出生在这样的家庭很幸运,她觉得能做他们的孩子很幸运。不过除此之外,吴暇还有另一种感觉。她突然觉得自己是一个没用的人,是一个不能给大家带来任何帮助的人。她觉得就算某天自己突然死了,好像除了家里人会伤心欲绝、撕心裂肺外,这个世界上的其他任何人都不会有任何感觉。吴暇是一个很需要存在感的人,因为从小到大她都一直享受着家人带给她的存在感,所以一想到除了家里人以外没人认可她的存在时,她便开始坐立不安。想到这,吴暇决定是时候找妈妈好好聊聊了。

"妈，今天我跟班上一同学聊天。是个女的，也是国内来的留学生。她跟我说她为了赚点零花钱每周末顶着大太阳去超市门口卖栗子，我听完都替她觉得可怜。"

吴妈妈正在给女儿洗水果，头也没回地说："你那同学多大了？"

"比我大一岁。"

"别说她了，我们十八岁的时候都去当兵了。其实你这学期的课如果不是很紧张，出去打打工也挺好的。"

"嗯，我也是这么想的，所以准备跟你好好聊聊。"

一听女儿有想去打工的想法，吴妈妈立刻兴冲冲地端着水果来到吴暇面前。"来来来，吃点水果。"吴妈妈喜笑颜开地说，"你想找什么样的工作？做没做好吃苦的准备？虽说你这学期的课不是转学的必备课，但你也不能把功课落下了。家里不指望你赚钱，但是你出去体验体验生活，我们还是很支持的。"

"我也没打算赚钱呀，就是突然想要为人民服务了。我今天都想过了，只要老板肯要我，只要所有人都认可我，即便他们不给钱我都愿意干。"

"哈哈，这傻丫头。"吴妈妈一想到女儿终于肯放下明星梦，准备踏踏实实在美国上学、打工了，赶忙趁热打铁地说："你还小，什么工作都可以尝试。我明天就到周边转转，看看有没有贴招聘广告的。我觉得你现在英文还不是特别好，可能办公室的工作人家也不会要你，毕竟你现在连个高中毕业证都没有。要不我去看看有没有什么奶茶店之类的餐馆？女孩子学学做奶茶也挺好的，既不累而且以后也可以自己开个奶茶店赚点小钱。"

"我无所谓，反正我就是不想再像以前一样天天在家待着了。我就觉得天天在家待着，人生特没意义。"

"那行，那行。那我明天就去周围转转。太远的地方咱就别去了，我开那么远的车也害怕。再说万一下班晚了，太晚回家路上那么黑我也看不太清。"

"行，反正你开车，上班地点随你定。"

"不过说真的，我还真挺担心会不会有人肯要你呢。你说你天天在家什么都不干，这要真是出去工作了能胜任吗？"

"这你就不懂了吧。我不干不代表我不会干,我只是不想干而已。再说了,等到了外面我肯定得好好表现啊。你就放心吧,绝对不会给你丢人的。"

"给我丢什么人哪,我不是怕你吃不消嘛。要真在外面工作了,那些顾客啊老板啊什么的肯定不会迁就你。到时候脏活累活都得干,我就是担心你受不了。"

"嗨,你净瞎操心。我这还没去呢,你就开始各种假设了。反正大不了就不干了呗,我又不用非求着他们。总之我尽量好好表现吧,他们要实在觉得我不行那我就拍屁股走人呗。"

"嗯,要是干着不痛快了咱就不干了。反正不管怎么着,我跟你爸都养你一辈子。"吴妈妈一想到女儿端着盘子被顾客呼来唤去的场景,瞬间又不想让女儿出去工作了。或许这就是当妈的通病吧,一方面想让孩子出去锻炼锻炼,一方面又生怕孩子在外面受了委屈。总之在接下来的日子里,吴妈妈开始为吴暇找工作。至于找工作的标准自然是她认为太累的就免了,她认为太脏的也免了,她认为员工素质不高的依旧免了,她认为顾客比较杂的还是给免了。于是乎,挑来挑去,最终锁定了一家还没开业的正在装修的奶茶店。吴妈妈考虑到既然是新开业,肯定老板对员工的要求也不会太高,毕竟双方都属于适应期和磨合期的阶段。这样一来,女儿不仅不会受到老员工的排挤,而且老板肯定也会亲力亲为地示范和参与。再加上这家店离她家开车也就十分钟的路程,想到这,吴妈妈立刻记下贴在店外玻璃上的招聘电话,乐呵乐呵地回了家。

由于从吴暇提出想去打工,到吴妈妈替她找到相对合适的工作地点,前后已经过去半个多月了。所以吴暇对于找工作的新鲜劲儿,也已经消去一大半。当她得知妈妈帮她选到这样一家相对各方面条件都还算不错的工作时,也只是若无其事地回了句:"Okay,知道了。"

眼看着接连几天女儿都没有想要打电话应聘的意向,吴妈妈反倒有些着急了。"小暇啊,你看是不是该给老板打个电话了?别回头人家找到合适的人选就不需要你了。"

"周末再打吧,又不是什么着急的事儿。"

"别周末再打呀,今天才周二。你是不知道,夜长梦多啊。"

"那我就晚点再打，反正我现在不想打。"

"太晚了人家该睡觉了。你要打就趁现在赶紧打。人家要不要你还另说呢，你也别自我感觉太良好了。"

一听这话，吴暇才突然被点醒。是啊，自己既没有工作经验，又不是什么专业人才，人家完全没必要找自己干活啊。于是吴暇示意让妈妈出去，自己准备给老板打个电话。

"嗨，没事儿。我就在这屋待着，你打吧我不说话。"吴妈妈很希望参与女儿所有的活动，所以当吴暇示意让她出去时她却并没有走。

"你跟这儿捣什么乱啊，赶紧出去吧你。你在这我怪不好意思的，回头说错了算谁的？你赶紧出去啊，最好是出门遛弯去。"

看到女儿下定决心要撵人了，吴妈妈只得叮嘱了一句："你打完告我啊，你打完我就回来了。"

吴暇挥了挥手，吴妈妈便知趣地出去了。

吴暇在心里想了好几百种台词，最终决定用"喂，您好。请问您这儿需要招员工吗？我想到你们店里来应聘。"

毕竟这是她第一次找工作，甭管她喜不喜欢这个工作，最起码这也是她第一次给别人干活。只见小姑娘深吸了一口气，拿起桌上的手机就给那个号码拨了过去。

没一会儿，电话就接通了。"Hello?"是个女人的声音。

"Oh, hi. 请问你们这里需要招人吗？我想应聘工作。"吴暇有点紧张，但还是用英文说出了此次的目的。

"哦，你好啊。请问你叫什么名字？我们确实需要招聘员工。"

吴暇说出了自己的姓名后，对方问她有没有工作经验？吴暇回答没有。对方又问她现在在做什么？吴暇回答在 M 大学上学。之后老板没再多问什么，只是叫吴暇周末去店里面谈。双方确定好见面时间后，吴暇便挂断了电话。

挂断电话后的她不知道自己是通过了，还是没通过？不过她依旧很兴奋地给妈妈打了个电话，并让妈妈赶紧回家。

吴妈妈根本就没走远，挂了电话还不到一分钟就火速进门了。"怎么样，怎么样？成了吗？"吴妈妈一脸焦急。

"我也不知道,她说让我周末去店里先跟她聊聊。不过你当初不是说这是个中国奶茶店吗,怎么接电话这人一直在说英文啊?"

"我也不知道是不是中国人开的,反正菜单和招聘广告还有店名都是中英文都有的。没事儿,就算是老外餐馆也挺好啊,到时候就当是练英文了。"吴妈妈鼓励道。

"好什么呀,要是中文的我还有点信心。要是英文的回头菜单我都念不顺溜。不过就先这么着吧,反正周末去看看就知道了。"

"对,周末过去看看,我陪你一起去。"

"你就甭去了。哪有我去找工作,你还跟着去的。不过你说我穿什么呀?一般找工作是不是都得穿得西装革履的?重点是我没那种衣服啊。再说了,是不是以后上班还要化妆啊?如果真要化的话,我也不会呀。"

"就一个奶茶店,穿什么西装啊。不用那么正式,人家用你是看你勤不勤快、做事麻利不麻利。你又不是去选美,没必要弄那么花哨。"

一听妈妈这么说,吴暇也放下心来。"嗯,那我就平时怎么穿,周末就怎么穿吧。"

"对。大大方方的,就穿你那条牛仔裤就行,年轻人嘛越自然越好。"

"行!"

很快就到周末了。吴妈妈看了眼墙上的挂钟,虽然老板跟女儿约的是晚上七点钟见面,但六点半的时候吴妈妈还是带着女儿提前出发了。用吴妈妈的话说:"咱们赶早不赶晚,早点去别迟到,给人家留个好印象。"

吴暇一路上都很紧张,她不知道对方会提出什么问题,她也不知道对方会不会觉得自己根本不行。总之,吴暇在这将近十分钟的车程里一直忐忑不安。此时的她早已忘记自己刚来美国时曾说过的"哪能放下姿态给别人端盘子啊,又不缺那俩钱"和"端盘子可都是外地人干的事儿"。因为现在吴暇满脑子想的都是如何顺利拿下这份工作。因为在短短一年多的时间里,吴暇彻底懂得了"工作不分贵贱"和"人人平等"的真正含义。

"你去吧,到了别紧张。行不行都无所谓,反正就当是积累经验了。"吴妈妈把车停好,不忘给女儿加油打气。

"嗯,那我去了。"

"去吧!"

吴暇打开车门下了车，朝那个正在装修的店面走去。

门是关着的，而且整扇门都被纸张遮盖了。站在门外的吴暇，根本看不见里面的样子。于是吴暇试探性地敲了敲门，听到一个女人说："The door is open."她推门走了进去。

"Hi，你是来应聘的吗？"女人用纯正的英文问道，不过很明显女人应该是个华人。

"对，我是来应聘的，之前有给你打过电话。"

女人和吴暇开始简单地交谈起来，她意识到吴暇的英语说得并不是很标准，于是改用普通话问吴暇："你是中国人吧？"

一听对方终于说中文了，吴暇暗自舒了口气。"对，我是北京的。"

"Wow，nice place. 我是香港的，十几年前也在 M 大学念过书的。"

"真的吗？那真是太巧了！"

闲聊片刻后，女人看吴暇长相白净、举止得体而且也很有礼貌，于是决定录用吴暇。不过她也说得很清楚："我们刚开张，会先招至少十个员工，但是最终可能只需要六个人。我们的试用期是一个月，会正常支付你们薪水。薪水就是现在最低工资的标准，每小时 8.5 美元。我们会帮你们上一部分税，这样对你将来报税也有好处。"

"好的，没问题。"

"到时候我需要一个你的银行账户。大部分工资会以现金的形式付给你，但是为了帮你们报税所以可能会有一小部分钱需要打进你的银行账户。另外你之前说自己没有过类似的工作经验，所以你还需要去考一个 Test。"

一听说还要考试，吴暇瞬间感到脑袋发懵。不就端个盘子、做杯饮料么，怎么还要考试呢？吴暇暗叫不好，感到一阵心虚。

或许是看出吴暇的顾虑，老板解释道："那个考试很容易的，你只需要在网上背一背题，之后在网上考试就行。不过他们是有时间限制的，所以你最好把题目背熟之后再考试。这主要也是政府对我们餐饮部门的规定。凡是想从事餐饮业的人，不论是老板还是员工都要通过这项考试。大概内容就是一些食品安全的问题，包括食品分类、交叉感染、储物间的物品摆放顺序和每种肉类发生变质的温度等等。不用担心，都很简单的，我相信你可以顺利通过考试!"

　　虽然老板说得漫不经心,吴暇心里却依旧没底。出于对老板的尊重,吴暇还是硬着头皮回了句:"好的,我知道了。我会好好准备的。"

　　从店里出来后,吴暇上了车。

　　"怎么样?用你了吗?"

　　"应该是用了吧,不过有一个月的实习期。但她说工资照付,只不过我需要考个试才能到她这儿工作。一个什么食品安全的测试。"

　　"啊?美国怎么管得这么严啊?应聘个服务生还需要参加考试啊?嗯,不过这样也好。最起码这样比较正规一点,而且对你将来肯定也有帮助。你回去好好复习复习。哈哈,我闺女真棒!第一次找工作就这么顺利!你觉得老板怎么样?人好不好?是那种比较通情达理的,还是比较不好相处的?"

　　"人挺好的,笑嘻嘻的。香港的,普通话说得不怎么行。"

　　"都是中国人就好,都是中国人还能互相有个照应。"

　　"另外她说我得给她一个银行的账户,她给我打钱用。我还没有银行卡呢,明天去办一个吧。"

　　"行,明天咱们去咨询咨询。"

　　吴妈妈开车回了家。一进家门,大小姐的待遇立刻又显现了。只见吴妈妈忙前忙后,给吴暇一会儿拿吃的一会儿拿喝的,还念念有词地自我安慰道:"哎,你说你就快要到外面伺候别人去了,我还得在家天天伺候你。不过也行了,谁叫我乐意呢。"

　　每周一吴暇和 Lily 都会在同一间教室上课。吴暇把找到工作的消息告诉 Lily 后,却得知 Lily 已经失业了。

"什么情况啊？怎么不干了？"吴暖很是困惑。

"老板说季节过了，就没新鲜栗子了。"

"没事儿，再找呗。争取这次找个更好的。"

"哪那么容易找啊。我跟你不一样，我没绿卡不能合法打工。有时候真是羡慕你呀，要什么有什么。不仅学费比我们便宜好几倍，而且什么工作都能找到。哎，我要是也有个绿卡就好了。"

"绿卡有什么好的呀，要不是因为有这个绿卡我早就回北京了。说白了现在就是因为这个绿卡才给我拴这儿了！"

"我觉得你就是身在福中不知福。"

"才不是呢。我跟你说实话吧，我真没觉得美国的教育比国内好。就我上次回国，我跟我朋友见面的时候她问我什么我都回答不上来。她们现在学的东西都特难，什么这个公式那个公式的，然后还需要考英语四六级。我大概看了一下，就他们那个四六级我压根儿就看不明白。你看看这差距，这要是再过两年她们肯定就把咱们给超越了。哦，不对不对。用不着过两年了，现在就已经超越了。"

"可是美国福利好呀。而且大家都不攀比，活得也没那么累。"

"你可别气我了，就这破地方还好呢？你说就这学校盖的，全是清一色的平房。说实在的，一点都不大气。另外你说这边的人不攀比。是，这边的人确实不攀比，但就是因为他们不攀比所以导致美国如此落后啊。你看看国内发展得多快呀，大家每天都有新的目标，每个人都希望自己能比别人过得好。虽然说不应该有强烈的攀比心理，但是这种正常的竞争意识还是要有的。可是你看看美国，一个个都无所事事的，真的是一点儿追求都没有，完全一堆没梦想没追求的傻大姐。说真的，我真不是跟你吹，洛杉矶这地儿还就只适合养老。你看大街上那些人，一个个走起路来一步三晃的，一点儿都没有时间紧迫的感觉。这要是在北京，每个人都风风火火特有朝气。我真觉得我现在的日子还没我外公外婆过得有意思呢，天天就是上课下课然后就是在家睡觉。生活太单调了，特别无聊。"

"可能因为你是从北京来的吧。我不像你来自大城市，反正我觉得美国已经很好了。我现在最大的梦想就是毕业之后能够留下来，真的，不论让我做什么只要能让我留下来，我什么都答应。"

"哈哈,真的假的,不至于吧。"

"至于! 我真的太喜欢这里了,说什么我也不想再回老家了。"

"有机会跟我去趟北京吧,我带你转转去。等去了北京估计你就不喜欢这儿了。"

"也许吧。"

不到两个礼拜的时间,吴暇就通过了食品安全的考试。她把这张薄薄的证书和银行卡账号一起给老板带了过去。老板跟她说下个月一号正式开业,叫她不必担心,调配饮料掌握起来很容易。

时间一眨眼的工夫就过去了,很快吴暇便迎来了她人生中的第一个实习期。其实虽说新员工的实习期为一个月,但由于大部分在奶茶店打工的人都是在校大学生,所以他们基本上都不是全职而是兼职的。

全职工作用英文来说是"Full time job",兼职工作就是"Part time job"。一般老板都会安排员工做兼职,这样他们就不用给员工上保险了。一般兼职指的就是每周不超过 40 个小时的工作时间,而且上班时间很灵活可由员工自己选择。

由于美国大学的上课时间很不固定,所以一般兼职工作的时间表也很不固定。好比这学期你打算每周一、三、五的下午来上班,然后下学期你想变成二、三、六的下午来上班,只要时间能排得开,老板都会允许这样的调整安排。

由于吴暇没什么工作经验,再加上吴妈妈觉得还是要以学业为主,所以吴暇选择在每周末来上班,也就是每周五到周日的下午五点钟至晚上九点钟的这段时间。如果按这种方式来计算的话,吴暇每周会工作 12 个小时,每月平均只需来店里 12 次。

一想到下午就要正式去店里工作了,吴暇既兴奋又紧张。她一直在问妈妈自己能不能胜任这份工作,吴妈妈也一直肯定她,帮她打气。

实习定在下午五点,店里没有客人,只是老板对员工手把手地传授知识。吴暇依旧比预计时间早到,她四点半就推开了奶茶店的大门,和预料之中的一样,除了老板以外她是第一个到店里的人。

老板让她先等一下,等其他员工来了之后再一起开始。于是吴暇利用这段时间好好打量了一下这家店面的装潢。上一次来的时候,店里还基本上什么都没有呢。然而这次吴暇却看到了淡蓝色的桌子、透明的椅子、雪白的墙壁和摆放整齐的玩偶专区。看得出,这一切都是老板精心布置过的。整体格调新颖干净,比较接近年轻人的审美风格。吴暇数了一下,总共八张四人桌和两张两人桌,也就是说这家店最多可容纳36名顾客。

除了店内装修得很别致外,厕所也明显经过了精心布置。浅灰色的地砖和黑色的洗手台形成了鲜明的对比,厕所墙壁上的装饰画也都风格各异。另外洗手液、护手霜、梳子、纸巾、香薰等用品全都一应俱全。吴暇瞬间觉得在这里工作应该会很开心,因为老板肯定是一个很会照顾人或者说很会替别人着想的好人。

临近五点钟的时候有几个男生陆陆续续地推门而进。吴暇发现这几个男生个子都不高,虽然他们都长着一副中国人的面孔却都讲着一口流利的英文。吴暇瞬间觉得情况不妙,因为尽管她在美国已经呆了一年半了,但她的口语始终很差劲。

看人都来齐了,老板准备开始。其实那个招吴暇当员工的女人不是老板,而是老板娘。这家奶茶店是一家夫妻店,老板和老板娘都来自香港。

首先老板和老板娘带着吴暇以及四个男生一起进到厨房。厨房很大,差不多占了整个店面的三分之二。厨房不仅宽敞、明亮,更重要的是所有设备都一应俱全。虽然这家店主要卖奶茶,但锅碗瓢盆、抽油烟机、炸锅、烧烤炉、铁板炉、烤箱、大冰柜、储物间,以及各种刀具和洗碗池都样样俱全。

不得不说的是洗碗池。洗碗池分为三个区域。第一个池子里是热水,第二个池子是消毒水,第三个池子是清水。老板说每个刀叉碗筷都要分别在这三个池子里按顺序清洗,之后才能晾干。另外老板娘还特意补充说:"因为池子很深,再加上洗涤液会起泡沫。所以如果是洗刀叉的话,一定不能直接放在水池里,不然很容易在摸索的过程中割破手指。"

厨房大致参观完毕了,之后老板和老板娘带领大家来到柜台前。其实对于吴暇来说,她主要负责的区域就是餐厅的最前面,所以后厨的事她基本上用不着操心。

前面的空间依旧不小,有柜子、制作冰块的机器、各种量杯和有刻度的勺子,另外还有放有波霸的冰柜以及一台触摸的点菜用的机器、收现金的机器和刷卡机。

老板说这次主要教大家调配饮料,刷卡机和点菜的机器等下次再培训。配制饮料很简单,基本上都大同小异。比如做奶绿所需要的原料就是煮好的绿茶、牛奶以及糖水。如果客人想要玫瑰奶绿,那就把糖水的分量减少,加进一些有甜度的玫瑰味的调味品就可以了。所以总的来说,只要记住了几个基本的配比方式,剩下不同口味的饮品也就很容易掌握了。当然了,一般情况下都是要加三分之一或者是半杯冰块的。一来可以节省成本,二来对于天天都是大太阳的洛杉矶来说也确实能起到解暑的功效。

于是吴暇和其他四名应聘人员一起开始练习调配奶茶。虽然吴暇刚开始也会出现一些错误,但一个小时过后便大致掌握了各类冷饮和热饮的调制方法。不得不提的是,吴暇不但饮料做得还不错,就连她用过的量杯和台面都被她清理得很干净。看到这一幕,老板和老板娘相视一笑。他们都对吴暇很满意,觉得她上手很快还很虚心。

见大家都学得差不多了,老板又带着他们回到厨房,开始教他们怎么煮茶叶、怎么制作波霸和糖水。不过这些对于吴暇来说其实也就是看看而已,因为那些煮茶叶的锅实在是太大太深了。吴暇根本没有力气抬动装满水的锅,更别提是装满滚烫热水的锅了,所以像烧水、制作波霸这种事情主要是针对那四个男生进行培训的。

就这样一晃四个小时很快就过去了。吴暇跟老板、老板娘以及那几个男生道了别便朝停车场走去。

吴妈妈一直在车里等了女儿四个多小时。她很担心女儿坚持不下来,所以她就一直在停车场等着,生怕女儿会随时从店里冲出来。

"怎么样?累坏了吧?快喝点水。"一见吴暇上车,吴妈妈立刻把准备好的水递了上去,"快跟我说说,今天都做什么了?我看你进去之后有几个小男孩也进去了,他们也都是过来打工的?"

吴暇咕咚咕咚地喝了大半瓶水。"对呀,他们也是来应聘的,那里面除了老板娘就我一女的。"

"你觉得工作量大不大?能适应吗?"

"还行吧。目前也没什么事儿,就是教教怎么做饮料。反正我觉得挺简单的,而且我就照着你平时切完菜或者炒完菜就把锅和切菜板那些都洗干净的样子，把他们那收拾得干干净净，然后老板和老板娘都点名表扬我了。"

"真的假的？"吴妈妈笑得眼睛都眯成了一条缝，"我还真想象不到你给别人收拾东西是什么样的场景呢。你什么时候在家也能给我收拾收拾我就心满意足了。"

"在家我才不收拾呢，怪累的。我主要是想把那四个男的给'灭'了，所以刚刚才特意表现了一把。"

"厉害厉害！大小姐辛苦了！你饿不饿啊？我带你吃好吃的去？"

吴暇看了一眼车上的时间。"都这点儿了还吃什么呀，肯定全都关门了。不过你倒是可以带我去做个足疗。虽然工作量不大吧，但我也在那儿站了四个小时了。我现在这脚和腿都快疼死了。"

"好好好，那咱们做足疗去。是不是你这鞋不行啊？到时候买个软底的，特别软那种。明天我就带你买去。"吴妈妈关切地说。

在接下来的十五分钟里，吴暇把副驾驶的座椅靠背调到很低直接平躺了下去，然后悠闲地听着老美电台里播放的歌曲。而吴妈妈则死死地抓着方向盘，又开始扮演起女儿的专车司机。

很快，她俩就到了足疗店。一般这些足疗店都是中国人开的，价格还算合理。足底按摩基本上是每小时 15～20 美元、身体按摩则是每小时 35～60 美元，一般华人社区的价格稍微便宜些，海边的老美社区价格相对贵一些。另外在美国只要别人付出劳动了，客人就需要支付小费。所以光按脚的话，小费给 5～10 美元就可以了，但如果是做身体按摩则需要另外支付 10～15 美元的小费。当然了，如果你觉得这个按摩师按摩得极其到位，你想给 100 美元的小费也没人拦着你。

一般在美国开足疗店都需要有正规执照。老板和员工的收入分配也相对合理。正常情况下如果有一位客人来做足疗，那么这 15 美元的足疗费就由老板和员工对半平分，至于小费则归按摩师本人所有。所以如果生意好的话，不仅按摩师能多赚点，老板也能跟着赚不少钱。对于英文不好的华人来说，在美国开足疗店、美甲店和餐馆则成了最热门的三大选择。

吴暇不喜欢做足底按摩，她只喜欢平趴下来让人帮着揉揉肩颈和后背。不过由于她的脚实在是太疼了，所以吴暇这次不仅做了个足疗还加了个推背。这样的话,按最低工资每小时 8.5 美元计算,吴暇刚才在店里工作了四个小时,也就是赚了 34 美元。可是她现在正在做的足疗加全身推背就已经至少花费 65 美元。再加上吴妈妈也不可能干等着,所以算上吴妈妈那份,再加上小费,两人总共至少得花费小 100 美元。

尽管吴暇的收入和支出极其不成正比,但吴妈妈仍旧无比开心。她觉得自己的女儿简直太能干了,不但没有临阵脱逃反而被老板夸赞。她觉得自己这么多年付出的艰辛都是值得的,她相信女儿是很有潜能的。她觉得只要女儿肯努力、愿意好好做,即便需要花费更多的钱来给她做按摩、做夜宵、买衣服、买鞋、买一切所需的东西,也都是值得的。

回到家后,吴妈妈迫不及待地把吴暇打工的消息告诉了爸妈和老公。吴爸爸和外公外婆一听说吴暇去奶茶店打工了,起初也担心会不会太辛苦。但听吴妈妈详细一说之后,几个人也都乐开了花儿。他们觉得吴暇太棒了,更觉得吴暇长大了! 可能这就是做家长的心态吧。其实站在吴暇的角度来说她觉得自己根本没干什么,但作为家长的吴爸爸、吴妈妈以及外公外婆却觉得吴暇完成了一件天大的事情。他们觉得在家什么都不干的吴暇居然能够胜任如此艰巨的任务,简直可以封为功臣、举家庆祝。

吴暇就这样从最基础的调配饮料开始做起,一直做到点菜、收钱、传菜(因为店里也卖一些简餐,比如炸薯条之类的食品)、收拾碗筷、擦拭桌椅和迎接新的顾客。所有的一切,吴暇都从不会到会,从会到娴熟。

她发现经过这段时期的锻炼,自己的口语能力提高了不少。毕竟所有菜单上的名称她都需要记住它们的英文叫法,毕竟很多来店里点餐的客人都是讲英文的。

她在这个小团队中工作得很快活,不单单感受到了自己的进步和变化,同时也感受到那几位员工的进步和变化。其实经过头几次的培训后,老板就开除了一名员工。所以现在和吴暇一起工作的就只有三个男生了。

这三个男生有一个是 ABC,有两个是和吴暇一样的新移民。她发现那个 ABC 很能吃苦,脏活累活都抢着干而且也从不埋怨什么。一天下来,基本上那个 ABC 就没有一刻是闲着的。他一会儿招呼客人,一会儿又去后厨烧水,之后又出来上菜,然后又进后厨拖地、洗碗。总之吴暇觉得这家店好像是他自己的一样,他总是那么认真负责、那么尽心工作。

　　然而那两个从大陆来的男生则和他大不相同。如果老板在店里，他们则很卖力地干活。如果老板不在，他们就躲进后厨开始聊天和玩游戏了。这种差异在吴暇看来竟是那么刺眼。她不知道这样的差异从何而来，是从小在学校里当着老师一套背着老师一套的后遗症？还是其他什么？总之那个 ABC 从来不会偷奸耍滑，在他看来工作的时间就应该只用于工作。尽管他没有什么远大的抱负，但他真的可以称得上是一名很优秀的员工。然而那两个只把这份工作当做是挣点零花钱和练习口语的最佳地点的男生，则天天口若悬河地讲述着他们对美好未来的各种规划与憧憬。吴暇不知道他们能否实现那些从他们嘴里说出的宏图壮志。但就目前的情况来看，他们并不是一名合格的员工。

　　时间就这样一分一秒地走着，吴暇每周一至周四上课，每周五至周日工作。这是她第一次觉得生活可以过得如此充实，也是她第一次意识到曾经的自己多么颓废。可以肯定的是，那段时期吴暇几乎没有写歌。因为她每天都很忙，因为她不需要用写歌的方式让自己找到归属感了。这对于吴妈妈来说简直是天大的喜讯，她觉得女儿终于步入正轨可以踏实下来了。

第十三章　美国的漏洞与制度

在美国逃票会被抓吗？

"烟民"在美国舒坦吗？

◇ 1 ◇

或许是因为和 Tony 在一起的日子越来越快活，所以 May 回家的时间越来越晚了。

像往常一样，Tony 先陪 May 逛了一会儿街，随后带她去了一家新开的意式餐厅吃了饭，又和 May 去看了电影，最后才把她送回家。

既然说起看电影，就不得不聊聊洛杉矶的电影院和国内影院的区别。

抛开影院设备和票价不谈，在国内看过电影的朋友肯定都清楚常规的观影规则。一般情况下，人们要买票、选座位、付钱、出票和检票。检票通常需要两个步骤。第一，是在刚进影院大门的时候进行一次检票。第二，则是在每个放映厅门口进行一次检票。等好不容易进场后，大家则需要按照票上的座位号对号入座。当电影演完后，人们不能再从来时的入口离场，而是需从一个特定的、直接通向影院大厅外的出口离场。也就是说，如果你还想再多看一部电影的话就必须按照刚才上面所有的程序重新再来一遍。

　　然而在洛杉矶看场电影，可没这么多规矩。正常情况下，人们需要在售票口买票（那时一张成人电影票的价格是 8 美元），买完票之后连座位都不用选就直接出票了。人们拿着自己的电影票在影院门口进行检票通过，再之后就可以一天都不出来了。

　　一天都不出来了？没错儿，意思就是说，没有人会在各个放映厅门口再检一次票。而且每个影厅里面的座位也都可以随便坐，也就是所谓的"先到先得"。只要来得早的，就可以任意挑选一个你觉得视野最好的位置看电影了。如果看到一半你觉得没意思了，甚至可以"大摇大摆"地走出这个放映厅直奔对面的放映厅。是的，也就是所谓的逃票了。

　　之所以能在洛杉矶的影院逃票，主要有两个原因。第一，美国人少、出来看电影的人就更少了（首映当晚除外）。所以基本上每个放映厅都有很多空座。第二，每个放映厅只设一个门，也就是进口、出口是同一个门。所以不论你在里面看了多少场电影，每次出来的时候都还是在影院里面的，而且所有的放映厅也都在你周围。

　　这样一来，各位土豪想不逃票都难了。因为在这种漏洞如此之大的充满诱惑的敞开大门的各个放映厅前，又有谁会傻到再去补一张票呢？没错儿，美国人太迷恋"革命靠自觉"这五个字了，然而他们却忽略了很多青少年根本就不知道这几个字究竟怎么写。于是大批青少年迷失在了电影院，或许这个场所便是他们人生中第一次"触犯条例"的根据地吧。只不过很多员工都会睁一只眼、闭一只眼，尽管他们知道这样做是不对的，但谁又能保证他们小时候没干过同样的事情呢？可能这就是所谓的人性使然吧。喜欢占便宜的人哪都有，喜欢钻空子的人更是大有人在。这种现象的出现与人种无关、与国籍无关，只与每个人对待"规矩"二字的遵守程度有关。

　　Tony 和 May 就属于这种情况，正所谓"有便宜不占，非好汉"。是的，在国内影院"压抑"太久的 Tony，很渴望在美国尝试一次逃票的快感，于是他俩就一连看了两部电影才依依不舍地离开。

　　从电影院出来时已经晚上十一点半了。May 和 Tony 手牵着手、肩并着肩朝停车场的宝马车走去。

　　"真希望你快点长大。"Tony 温柔地说。

"为什么?"

"这样我们就可以住在一起了。每天你也不用担心几点回家,咱们在一起想干嘛就干嘛。"

"才不要和你住在一起呢。"May 虽嘴上这么说,但心里却是甜透了。

晚上没什么车,不到二十分钟 Tony 就把车开到 May 家门口了。

"哎,又一个美好的夜晚需要独自面对喽。"Tony 假装感慨夜的凄凉。

"好啦,又不是明天见不到。"

Tony 看了眼时间,恋恋不舍地说:"快进去吧,马上就十二点了。再不回去,咱妈就更不喜欢我了。"

"你别这么想,其实我妈妈也没有不喜欢你。"May 越说声音越小,因为这种话连她自己都很难相信。

"行了,没事的。我相信你妈早晚会看到我对你的好,到时候她肯定就不反对了。"

"嗯!我也相信!"

"快进去吧,我看你进去了再走。"

"没事,你走吧。"

"听话,我看着你进去才放心。"

"那我走了,拜拜。"

Tony 没有下车,因为他不想和肖倩起任何正面冲突。他还记得上次送 May 进家门时,在门被关上的那一刻肖倩嫌弃地说了句:"真够矮的,像个侏儒一样。你赶紧和他分手吧!"虽然他当时假装没听见,虽然他听到 May 在屋里和肖倩顶撞了几句,但不论怎样那天的情景也算不上是什么美好的回忆了。所以从那以后,他就再也没有靠近过那扇大门。

May 掏出钥匙将大门打开,之后回头对车里的 Tony 招了招手示意他可以回去了。Tony 也冲 May 挥了挥手,但却没有马上离去。其实这已经成为 Tony 的习惯,他习惯在车里多坐一会儿再走,习惯看着那间属于她的房间从漆黑到明亮再到漆黑。他把这种守护的感觉称之为"幸福感"。因为他享受那种每天女友一睁开眼就能看到自己,一闭上眼楼下依旧有自己的感觉。

门被打开了,屋内一片漆黑。May 习惯性地掏出手机,给 Tony 发了一条"放心吧,晚安"的短信。然而就在 May 刚要按下"发送键"的时候,客厅的灯突然亮了! May 明显是被吓了一跳,她下意识地朝屋内看去,只见爸爸正铁青着一张脸坐在沙发上怒视着自己。

"爸你干嘛呀? 吓死我了!"May 很是不悦。

"我干嘛? 我还要问问你干嘛了呢! 你自己看看都几点了?! 大半夜的现在才回家,你是跟哪个男人鬼混去了?! 我就知道你和你妈一样,都是贱骨头!"

May 早就习惯了爸爸这种既没素质,又没修养的谈话方式,于是她直接屏蔽掉这些并不中听的话语径直朝楼上走去。

"你给我站住!"见女儿无视自己,May 爸更急了,"老子跟你说话呢! 你往楼上跑什么! 我让你上去了吗? 你给我滚下来!"

"如果你在外面受了气就去找他们理论去。每次在外面什么话都不敢说,一回来就拿我们撒气。你这样真的很让人瞧不起!"

"还反了你了!"May 爸明显没料到女儿会给自己来这么一句,他从沙发上一跃而起,顺手拿起茶几上的水晶玻璃球就朝着女儿砸了过去。

May 本能地一侧身,水晶球擦着 May 的左脸像个炸弹一样狠狠地摔在远处的地板上并朝墙边滚去。

兴许是水晶球撞击地面的响声太大了,睡梦中的肖倩被猛然惊醒。她先是定了定神,当她听到老公在楼下对女儿破口大骂时连想都没想,直接朝楼下奔去。

"窝囊废! 就知道打女人的窝囊废!"May 发疯似地冲着爸爸喊道,因为刚才那一下如果真的击中自己后果将不堪设想。

"你说什么! 信不信我打死你!"May 爸愤怒地朝楼梯走去,伸手就要将女儿拽下楼梯。

"别说了别说了!"肖倩赶忙制止女儿继续说下去。"求你了,别打女儿。她知道错了,我替她道歉行吗?"肖倩哀求地看向丈夫,顺势挡在了女儿身前。

"我没错为什么要向他道歉,妈你为什么总是没有原则地向他道歉!"

"你别说了! 别说了!"肖倩生怕女儿再说错什么引得老公又会对她拳脚相加。

"我为什么不能说！他有什么资格打我?!"

"老子有什么资格打你？就因为我是你老子，就算我打死你也是天经地义！"May爸抡起拳头就要向妻子身后的女儿砸过去，然而肖倩死死护着女儿，所以这一拳重重地打在了肖倩的太阳穴。就在肖倩倒地的一瞬间，May爸也明显愣住了。

"妈你没事吧！"May见妈妈倒地不起，立即扑到妈妈怀里。"你就是个疯子！你根本不配做家长！"May发疯般地冲父亲嘶吼着。

一听到女儿这么说，原本愣怔的May爸瞬间又被愤怒的火焰点燃了。他抬腿就给了女儿两脚。当他想再踢第三脚时，肖倩死死地抱住了老公的小腿，并用最后一点力气对女儿说："你快跑，快跑！不要管我，你快跑！"

May确实是吓坏了。虽然以前爸爸也经常打骂自己，但像今天这样的打骂方式还是头一次。她再也顾不了那么多，脑海中只是不停地回荡着妈妈那句："不要管我，你快跑！"只见她连滚带爬像逃命一样地爬出了家门，再也没有回头的勇气。

Tony一直在门口没走，因为他一直没有等到女友房间亮起的灯。正在他纳闷时，一道光突然出现在Tony的视野里，那是May将大门打开时从客厅内照射出的。只见May跌跌撞撞地往街道跑去，Tony虽一头雾水却还是赶紧下了车紧追上去。

"怎么了宝宝？你怎么出来了？"

"带我走，带我离开这里!"

"怎么了？出什么事了？"

"你别问了！你快带我走！再不走我就死在这里了！"May边说边回头看向屋里，眼神充满恐惧。

"好，我带你走！你别怕，我带你走!"Tony连扶带抱地把May搀进车里。

"离开这，你快点开走！离开我家，开到别的地方去!"May紧张地盯着家门口，催促着Tony快点发动车子。

虽然Tony依旧摸不清头绪，但他却照着May说的那样，将车子朝来时的方向开了回去。

转了几个路口后，Tony 将车停在了街边一处空地旁。他关切地问女友："宝宝发生什么了？你别怕，有我在，你别怕。"

May 还是一个劲儿地哭，此时的她已经哭到快要窒息了。

过了很久，May 才缓缓开口："我爸打我，还打我妈。我不知道我妈妈现在怎么样了，但是我不敢回去，我真的好害怕。"

"他为什么打你？他怎么可以打你?! 我们报警吧！美国不是很重视这些吗，我们现在就报警吧！"

"没用的，我妈妈是不会同意我报警的。再说他是我爸，我怎么能够眼看着警察过来抓他？"May 双眼无神地盯着漆黑的街道，感觉自己的心脏已经被戳穿了。

"他为什么打你？他经常打你们吗？你怎么从来都不对我说？"Tony 焦躁地看着女友，此时他的心情也是无比复杂。一是他不明白为什么和女友在一起这么久了，却从未听她提起过这些事。是不相信自己吗？还是因为别的什么？二来他对自己很失望，他觉得自己竟然没有保护好女友，竟让女友受了不该受的伤！

"对不起，我不是要故意瞒着你。因为我好害怕，我害怕我说出来以后你就不喜欢我了。我害怕你会因为我有这样的爸爸而讨厌我。我不知道应该怎么跟你说，我真的不知道应该怎么说。"

"我是你老公。不管发生什么事我对你的感情都不会变的。我们之间不应该有秘密，宝宝你告诉我到底发生了什么？"

于是就在那个夜晚，May 把一切都说了出来，把那些被她埋藏在心底的、不知是耻辱还是委屈的往事，一股脑地毫无保留地说了出来。她从父母如何相识开始说起，一直说到她的出生，说到她为什么会来美国，直至再次泪流不止。

May 说她们母女之所以能来到美国，其实是 May 爸帮忙申请的。May 的爸爸是山东人，年轻时去上海打拼。他没上过什么学但身强力壮，随后又去学了散打和拳击。May 爸在无意间结识了刚考进大学的肖倩。肖倩很漂亮，是学校校花级的美女。当年很多男生都追求过她，当然 May 爸也是其中之一。不知是正处于青春叛逆期的肖倩不肯听从父母的反对，还是 May 爸用拳头击退了其他竞争对手，总之，在当年全体上海家庭成员反对的情况下,肖倩毅然决然地选择嫁给了只有初中学历的非上海本地户口且没有稳定工作的 May 爸。她天真地以为婚后这个男人还会像原先那样对自己百依百顺,她以为婚后的她会是全世界最幸福的女人。

肖倩大学一毕业他们就领证了,第二年 May 就出生了。然而正是由于这个女儿的降临,严重重男轻女的 May 爸突然对肖倩产生了厌恶感,随即对她逐渐冷淡。

不知用了什么方法,在 90 年代中期 May 爸通过某些渠道抵达美国,又在随后的几年中拿到了美国绿卡。或许是在美国孤苦伶仃,又或许是良心发现念起旧情,总之他替肖倩和女儿申请了美国绿卡。于是在 May 十二岁那年,一家三口才得以在美国团聚。

能和丈夫团聚的肖倩自然是满心欢喜,尽管丈夫经常因为一点不顺心就对自己拳打脚踢。难过片刻后,肖倩总是不忘对女儿说:"你要在爸爸面前好好表现,要让他离不开我们母女。其实你爸当年对妈妈还是很好的,我相信他以后还会变回来的。"

随着年龄的增长,May 渐渐发现妈妈只愿活在曾经短暂的幸福生活里,不厌其烦地自欺欺人罢了。她曾多次劝妈妈离婚,然而妈妈却总是说:"你不要把爸爸想得那么坏,他打我们是不对,但我向你保证他以后肯定不会再这样了。"又或许是,"妈妈都三十多岁了,也没有以前漂亮了。要是现在跟你爸爸离婚,以后的日子不见得比现在好过的。"总之肖倩说什么都不肯离婚,于是一晃七八年又过去了。

当 May 说到这里时,两只眼睛早就肿得比桃核还大了。Tony 赶忙一边安慰一边替她擦去眼泪。"宝宝你别怕,就算全世界都不要你了还有我!我会永远陪在你身边!爱你保护你,直至我闭上眼!"

或许是童年的生活太不尽如人意,又或许是此时的内心太过脆弱。May 只觉得 Tony 这几句话是她唯一能够支撑自己活下去的希望。她觉得有他在真好!她觉得和他在一起真好!

"你会和我爸爸一样只喜欢男孩不喜欢女孩吗?"

"不会!只要是我们的孩子我都喜欢!"

"你会像他当年那样,在结婚前对女朋友很好,但是结婚以后就变了吗？"

"不会！我会永远对你这么好！"

"你说的话都会兑现吗？"

"会兑现！因为我爱你，所以会兑现！"

"你不能骗我。"

"我永远都不会骗你的！"

其实即便 May 问 Tony 再多的问题都毫无意义，因为未来到底会怎样又有谁能说得清？只不过她宁愿相信这些话都是真的，因为她觉得 Tony 一直以来也正是这样全心全意百依百顺地对待自己的。只见她紧紧地抱住 Tony，试着从 Tony 身上找寻一点缺失的父爱。就好比她永远也不会知道，自己之所以在高中时不顾母亲的强烈反对选择跟一个比自己大四岁的男生谈恋爱，为的只是弥补埋藏在心底的从未从父亲那儿得到过关爱的缺憾。也正是这种从小缺失的情感，才会让她对 Tony 如此依赖。甚至有些时候她更喜欢通过自己的无理取闹来换取 Tony 的包容，从而满足从未在父亲面前体会过的那种对女儿骄纵无理的纵容。

Tony 和 May 就这样紧紧地抱在一起，或许此时的他们真的以为一生一世也就不过如此。那晚 May 没有回家，Tony 也没有回家。在夜幕的笼罩下，整片街区早已悄然无声了，如果非要找出一丝声音的来源，那么那些声音肯定来自于那辆银灰色的宝马车。

"如果我对你发脾气，你会说我吗？"

"不会。"

"如果我打你，你会还手吗？"

"不会。"

"如果有一天我要和你分开，你会让我走吗？"

"不会。"

"如果有一天你不爱我了，你会告诉我吗？"

"我这辈子都不会不爱你的。"

"真的吗？"

"真的。"

· 2 ·

吴暇在奶茶店已经工作了将近六个月。在这期间她体会到了员工之间的相互帮助，也感受到了顾客和员工之间的相互理解。比如有一次店里客人太多，吴暇误将顾客要求的少冰做成了少糖。然而当吴暇提出要为顾客重新做一杯的时候，那位客人只是和善地笑了笑："不用了，你做得很好喝，谢谢。"并依旧支付了相应的小费。

其实那杯做错的饮料真的很好喝吗？应该也未必吧。吴暇始终觉得，那位顾客是看在店里人太多的份上才没要求自己重做。或许这就是为什么在美国很少会看到有人在公共场所打架、斗嘴的原因了。因为几乎所有人在十几岁至二十几岁的年龄段，都在外面给老板打过工，所以他们很清楚像这类小错误是可以被原谅的。其实真正的理解与包容在书本上是很难学到的。真正的理解与包容，只会出现在生活中。

下班前，吴暇将所有食材都放进冰箱里，并将桌椅摆放整齐、擦拭干净。她跟店里的几位员工挥手道别后，才朝妈妈的车子走去。毕竟女儿已经在这儿工作六个月了，吴妈妈也就不再像最初那般担心了。

"今天客人多不多？"吴妈妈随口问着。

"不多，越来越少了。"

"比上礼拜还少？"

"嗯，从我上班到现在总共只进来了两个人。"

"这是什么原因呀？"

"不知道。不过我觉得应该是店里小吃和主食的品种太少了，所以在店里吃东西的人就几乎没有了。现在基本上都是点一杯饮料带走的。"

"嗯，那这生意看来是挺惨淡的。不过没事儿，这样更好，还落个清闲呢。"

"清闲可不好，清闲就等于无聊。你说我在那儿傻站着那么长时间连个客人都没有，我还不如回家躺着呢。"

吴妈妈太了解自己女儿了，一听吴暇这话就知道她又不想干了。"怎么？觉得没意思了？"

"嗯，不想干了。反正我也算是体验一把了，我总不能在这儿干好几年吧。"

吴妈妈没马上说话，想了想才说："嗯，行吧，不干就不干了吧。正好我刚才给你爸打了个电话，他说应该过段时间能有空来这边待一个多月。工作辞了也好，辞了以后你就可以在家多陪陪他了。"顿了顿，吴妈妈又补充道："不过你们老板对你也挺好的，要是店里现在缺人你就先别走，等他们什么时候把新手培养好了你再走。"

"缺什么人哪，现在员工比客人都多了。"

"嗯，那你自己决定吧。反正不管老板让不让你现在走，关系都要维持好，别闹僵了。"

"我又不傻，放心吧。"

于是在接下来的日子里，吴暇除了上课和打工之外，就是绞尽脑汁地想着如何向老板开口辞职。

想来想去，吴暇决定还是实话实说。她跟老板说爸爸要从国内过来，再加上学习越来越紧张就想先辞职不干了，如果将来有需要她帮忙的地方，她定当竭尽所能。老板也很通情达理，考虑到现在店里的生意也不景气，多付一份工资也有点得不偿失。于是双方很愉快地达成了协议，吴暇也就又恢复到了那种什么都不用她管的自由自在的大小姐生活了。

3

吴爸爸是赶在吴暇上暑期课的时候来的美国，除了必备的衣物外，行李箱里还塞了两条烟。和大部分中国男人一样，香烟对于吴爸爸来说早就是生活必需品了。

从一出机场开始，吴爸爸就觉得美国的基础建设已经没办法跟国内相比了。就拿高速公路来说吧，可能由于美国的高速公路建造的时间较早，再加上没怎么翻修过，所以看上去很破旧。一路上连个照明灯都没有，所有司机只是靠着自己的车灯和地上的反光板看路。相比北京那种灯火辉煌的大都市，洛杉矶明显显得黯淡许多。

再说超市，吴爸爸觉得除了几家老美的超市还不错以外，其他的超市都要比北京的超市小。不过美国超市里的商品价格确实很便宜，而且食材也非常新鲜，这两点倒是略胜北京一筹。

至于美国商场呢，吴爸爸觉得没有北京大，而且衣服的款式也相对单一。不过还是那句话，所有服装都很便宜。

所以总的来说，吴爸爸觉得洛杉矶的物价要比国内低，而且质量又相对高。就比如他们买的这套房子吧，如果在北京买一套面积相同且周边设施都差不多的房子，绝对要比美国这套贵上六七倍都不止。所以吴爸爸也总结出在不考虑汇率的情况下，如果同样在洛杉矶和北京的收入都是3000块钱（美元或人民币），那么在洛杉矶会生活得很好，而在北京则过得相对寒酸得多。所以如果单纯是为了追求稳定，在洛杉矶工作应该是个很好的选择。不过也正是由于美国福利太好且人均生活质量很高，所以美国人大多都愿意给别人打工，而不是像中国人那样喜欢创业。于是也就不难看出，为什么中国经济发展得如此迅速，而美国依旧在原地踏步。

一个星期很快就过去了，吴爸爸基本已经把时差调整过来了。为了不让老公觉得美国的生活太过单调，吴妈妈决定周末带一家人去环球影城转一圈。别看吴暖母女来美国快两年了，但迪士尼和环球影城却从来都没去过。可能这也是吴暖的问题吧，因为她根本就不喜欢美国，所以对这些地方也就没有太大的向往。

周末很快就到了，吴暖一家直奔环球影城而去。到了那边之后，就开始漫长的排队买票。这是吴暖第一次发现美国居然有这么多人！

来自世界各地的游客，都在影城门口老老实实地排队买票，太阳依旧很敬业地照，人们依旧有说有笑。

终于进去了，一家三口对照着看不太懂的地图开始了各种玩乐。由于这天是周末,园内的游客特别多,几乎每个项目都要至少排半个小时以上的队,如果是比较抢手的则需要排一个多小时。虽然排队的时候很无聊,但玩过之后却觉得所有的等待都是值得的!

吴暇他们一连玩了两个项目,于是吴爸爸再也受不了了。是的,他必须点根烟冷静一下。只见他在大树底下找了一块阴凉地,娴熟地掏兜准备点烟。然而就在这千钧一发的时刻,一名工作人员急忙朝吴爸爸跑去。叽里咕噜地说了半天,吴爸爸愣是一句也没听懂。吴暇见状后,立刻从队伍里走出来,问工作人员怎么了?工作人员礼貌地说:"这里不能吸烟。我们有专门的吸烟区,你们可以到那里去吸烟。"

这是吴暇第一次意识到美国和中国在吸烟问题上的差别。如果是在国内,别说找什么专门的吸烟区了,整个北京城就是一个大型吸烟区啊。不管是在餐馆还是在马路边,只要有人的地方就有烟。经过询问后得知,如果想在美国的街道上抽烟必须定点吸烟。也就是说,吸烟的这个人不能随意走动。你在哪里点的烟,就要站在那个位置把烟吸完。说白了就是为了避免有的人不喜欢闻烟味,所以如果你在街上边走边抽就会影响到其他人。当工作人员详细地向吴暇介绍完有关吸烟的各种规定后,吴暇一家在接下来的二十多分钟的时间里就开始四处寻找吸烟区了。

他们走啊走啊,终于来到了吸烟区!吴爸爸赶紧掏出一根烟,贪婪地抽着。吸烟区本来没人,但路过的行人一看到吴爸爸在那儿抽烟,立马上前向吴爸爸要烟抽。上来要烟的都是老外,他们没觉得不好意思,吴爸爸也没觉得这是什么了不起的事。所以一来二去,满满一包烟很快就被路人分光了。

吴暇和妈妈都不抽烟,所以她们不明白为什么那些老外不抽自己的烟,反而在大街上向陌生人要烟抽。不过当吴爸爸把从国内带的那两条烟都抽完后,她们就知道了答案。答案很简单,因为在美国买烟并不便宜。正常情况下,一包最普通的烟也要 6 美元左右,而且还要加税。这对于每小时只赚 8.5 美元且只花 1 美元就能吃到两个小号麦当劳汉堡的人来说,也着实是一笔不小的开销了。当然了,买烟的前提是你必须要年满十八岁。收银员会很仔细地检查顾客的 ID,如果没到十八岁就不能买烟,如果没到二十一岁就不能买酒。这是硬性规定,不能破戒。

在接下来的日子里,吴暇一家把环球影城、迪士尼、圣地亚哥的海洋公园等周边的游玩项目都玩了个遍。不过玩归玩,学习也得跟得上才行。转眼间吴暇就要考试了。她从小就不害怕考试,因为本来也没学会什么,又何必担心自己会不会答错呢?

这天是周三,吴妈妈在厨房炒菜,吴爸爸在客厅看电视,吴暇在屋里复习。吴爸爸换了好几个台,始终没一个好看的,于是他走向女儿房间,想看看女儿复习得怎么样了。

吴爸爸推开门,看到女儿正在书桌前埋头狂写。吴爸爸走进一看,只见吴暇在一张 A4 纸大小的纸张上抄写着旁边课本里的内容。

吴爸爸好奇地问:"你干嘛呢?练字儿呢?"

"明天考试,抄答案呢。"

"你这小抄也太明显了吧?"

"什么小抄啊,我做事一向光明磊落。我们是开卷考试,老师说可以在这张纸上把自己认为跟考试有关的内容全记下来。不过只能带一张纸,所以说正反面都得好好利用上。"

吴爸爸看了一眼纸上那些比蚂蚁还要小的英文单词,不解地问:"你们考什么呀?考谁眼神儿好啊?"

吴暇扑哧一声笑出了声:"又开始招我了是吧?我这不是想着把字写小一点,尽量把能抄的都抄上,等明天考试的时候胜算也能大一点儿。"

"你可拉倒吧,还胜算大一点儿呢。就你这水平,我估计就算老师让你带书进去你都不知道答案在哪页呢。"

"所以说呀,只要明天试卷里出现了某个关键词,然后这个关键词又正巧出现在我现在抄的这张纸上,那我就把纸上的整个自然段都抄上去。按照这个思路考的话,应该也能八九不离十。反正甭管怎么说,每段话里总有一句是沾边儿的吧。"

"你说你到美国也快两年了吧,英文一句没学会,这些偷奸耍滑的倒还总结了一大堆。"

"这叫战术战略!我要不这样,能顺利通过考试吗。你就甭说这么多没用的了,你就说你服吗?是不是瞬间觉得我特别冰雪聪明?"

"嗯,服了。能不服吗?"吴爸爸坐在了吴暇的床上,继续说,"哎,丫头,你先别抄了,咱俩聊聊呗。"

"你说吧,我听着呢。"吴暇继续头也不抬地奋笔疾书。

"你说就我跟你妈还有你外公外婆啊,从你小时候上那些课外班算起,再到后来给你转学呀、住校啊、各种数理化的补习班啊、家教啊。这些全下来没有一百万也有几十万了吧?"

"这我哪儿知道啊,谁没事儿算这个呀。"

"你说我当初要是把这些钱都捐给贫困山区的小孩,现在这帮孩子也都快考大学了吧。你说这笔钱,多的咱不说啊,没有一百个,也能资助几十个孩子了吧。"

吴暇明显没料到,老爸竟然在这儿等着自己呢。于是她立刻把笔放下,不耐烦地说:"嘿,我这暴脾气。又开始气我了是吧!行了,你出去吧,一会儿饭好了再叫我。"

吴爸爸笑着说:"丫头啊,老爸我就点到为止了啊。接下来的事,你自己好好琢磨琢磨。你也不小了,自己的事也该上点心了。"

"行了行了,赶紧出去吧。把门关上啊。"

吴爸爸拍了拍吴暇的肩膀,朝厨房走去了。

吴妈妈还在炒菜,吴爸爸站在旁边说:"她这两年学得怎么样啊?我看长进不大呀。"

"她跟我说在学校也没那个环境,一下课就赶快去找其他教室了。再加上一放学我就接她回家,所以天天光说中文了。不过她前阵子打工的时候进步不少,因为好多客人都是老外。"

"那你就让她多出去跟别人接触呀。我这段时间也观察了,她们每天上课撑死了也就不到仨小时。你让她那么早回家干嘛,叫她没事儿多跟老外同学聊啊。"

"聊什么呀,在外面多不安全啊。你不在这边你不知道,她要是万一在外面出点什么事我找谁去呀。所以现在她英文好不好我都无所谓了,只要她能平平安安的我就放心了。"

"她要是英文不好,咱们花这么多钱让她来这边干嘛来了?虽说主要也是为了让她出来见见世面吧,但我看美国也就这么回事,没什么世面好见,所以主要还得跟人家多交流才行。再说她都这么大了,怎么还老让你接送啊？没事儿的时候也去学个车呀，人家不都说在美国特早就能学车了吗。"

"学什么车呀！这要是在马路上出点什么事可怎么办呀！她要是开车我可不放心啊！一是她没经验，二是她本来做事就不细心，万一要在路上出点事可怎么办？再说了，就算她在马路上好好开，要是别人走神了把她给撞了，那不还是不行吗。所以说呀，这两年还是别让她开车了，我每天接送她挺好，这不就是我陪她来美国的主要目的吗。"

"孩子大了，你还能跟她一辈子呀？再说了，这些都是最基本的生存技能。你非等到她七老八十了再去学呀？"

"行了行了，你甭管了。你又不了解美国的实际情况，就别在这瞎操心了。"

吴爸爸还想再多说两句，可吴妈妈已经示意他可以叫吴暇出来吃饭了。一听饭好了，吴暇一溜烟儿地跑了出来。吴暇破天荒地吃了两大碗饭，一边赞叹妈妈今天手艺不错，一边感叹人多吃饭就是香。

4

日子一天比一天过得平淡了。于是乎，吴爸爸便开始彻底熬不住了。他觉得美国实在是太无聊了，每天除了跟媳妇出门买个菜，就是在家看电视，除此之外没有任何其他的活动。

不过吴暇爸妈出门逛街买菜的时候，也有一个习惯。可能这个习惯和他们都是从部队出来的有关。他们都习惯在最短的时间内，完成最高效的事情。就比如两人出门买菜吧，如果今天决定炒一个青菜、做一条鱼、做一个荤菜和喝一大瓶饮料的话，在一进超市的那一刹那，吴妈妈就直奔卖鱼和卖菜的摊位去了，而吴爸爸则直奔卖肉和卖饮料的地方去了。如果是逛街买鞋呢，他俩就直奔鞋店各买各的，等买完之后也不再逛其他店面，直接就回家了。

所以说，这也可以解释为什么吴暇对买衣服不感兴趣了。因为她的父母对这些事就根本不感兴趣，所以吴暇也就耳濡目染地觉得这些不应该被当做是生活的重心。另一方面也可以体现出爸妈之间互动确实太少了，不过到目前为止双方也早已习惯这种相处模式了。

临回国前，吴爸爸终于找到了一项相对有意思一点的娱乐项目。他每天早上九点钟准时来到家附近的超市门口等着班车来接他，然后下午两点钟的时候再坐着大巴车回到超市门口下车。这项娱乐活动是什么呢？嗯，就是去赌场娱乐娱乐。

其实美国的赌场并不像人们想象中的那般乌烟瘴气。放眼望去，大部分去赌场的都是退休的老头老太。一是他们有退休金，二是美国的生活也确实太过单一。之所以很多人会选择乘坐班车去赌场，一方面是不想自己开那么久的车，另一方面由于班车到点就要离开，所以也算是变相地提醒人们不要在赌场停留太久。

正常情况下，凡是坐班车去赌场的人，都会收到赌场发给大家每人每天 35 美元的赌本。不过只要是上车了，就要交 10 美元的车费。所以里外里就算自己一分钱不玩，每天光靠去赌场也能净赚 25 美元回来。不过一般情况下也没人会这么干，毕竟到了那个环境不玩两把肯定是说不过去的。

吴爸爸玩任何游戏都不会上瘾，他去赌场纯粹是为了打发时间。所以不了解的项目他一般不会轻易碰，而且每次去赌场他也都给自己制定了一个限制数额。不论输赢，只要超过了他的预期也就收手不玩了。虽然吴爸爸在玩的时候还是输的比重占了大多数，但好在也有花 20 美元赢 800 美元的时候。

吴爸爸总共在美国待了一个多月的时间，从最初的开心到最后的空虚。他觉得美国实在是不适合自己，不仅仅在这边没有事业，而且哪儿哪儿都不认识，完全没有那种在北京的安定感和存在感。他觉得来美国转一圈就行了，如果要让他在这边长期定居的话肯定早晚得疯了。

送吴爸爸离开的时候，三个人都没有显得很难过。因为很快就要到寒假了，寒假的时候吴妈妈和吴暇就可以一起回北京了。吴爸爸在过安检前,特意叮嘱女儿:"以后在家多帮你妈干点活,别什么都让你妈替你做。你今年也十八了,我跟你妈十八岁那会儿早就自己独立了。别的我就不多说了,没事儿多锻炼锻炼身体,就你这小体格以后也真够呛。另外你也好好收拾收拾自己的房间,别一个女孩子把房间弄得跟狗窝似的。"

"行了行了,你赶紧走吧。什么时候变得这么唠叨了。"吴暇不耐烦地摆了摆手,示意吴爸爸赶快打住吧。

"行了,那我走了。在这边注意安全啊,别一天到晚傻乎乎的。"

"拜拜吧你,烦死了。"

吴爸爸跟吴妈妈之间没有过多言语上的交流,因为他们平时的相处模式也跟现在这样差不多。吴妈妈自己独立惯了,基本上大事小事她都能应付。所以她并不属于那种小鸟依人的需要丈夫各种提醒点拨的类型,于是夫妻俩只是简单说了几句便挥手道别了。那种感觉不像是一对夫妻,更像是一对老朋友。没有依依不舍,有的只是最诚挚的祝福。

送走吴爸爸之后,吴妈妈反而有一种说不出的轻松。在回家的路上她静静地想着前段时间和丈夫的谈话内容,那些话到底要不要告诉吴暇?她还没想好,丈夫应该也还在思考。

第十四章　去教会"相亲"

很多初来美国的华人都会选择去教会"相亲"。有的人因此名花有主，有的人直接爱上了"主"。

◇ 1 ◇

很多美国的老城区都没有翻新过，除了房子便宜之外几乎没有任何优势，街道很旧，临近马路很吵，周围较乱，会有小偷出没。然而尽管如此，Lily 依旧在这片老城区住得很快活。现在的她要车有车，要学校有学校，真的再无奢求。可是对于 Lily 的母亲来讲，女儿现有的一切还远远没有达到她的期望。

最近几天，Lily 妈一直给身在美国的弟弟打着越洋电话。她一再询问之前让弟弟办的事办得如何了，可弟弟却解释说有些话身为舅舅的他很难开口，建议还是让老姐亲口对女儿说。Lily 妈对弟弟的说辞很是失望，不过她也明白有些事必须赶早不赶晚，于是她打算亲自出马好好和女儿聊聊。

算好时差后，Lily 妈拨通了弟弟的电话。为了省话费，弟弟又用回拨号给她打了回去。Lily 妈在电话里跟弟弟嘱咐了几句，就让弟弟把电话交给 Lily 了。

Lily此时正在房间写作业,听到舅舅的呼唤便立刻放下手中的笔朝客厅走来。

"你妈的电话。"男人把电话递给Lily。

Lily开心地接过电话:"喂?"

Lily妈先是询问了一下女儿的近况,了解到女儿在美国一切顺利后,就开门见山直奔主题。

"宝贝啊,妈妈有点事想和你说,但不知道你能不能接受得了。"

"什么事呀?"

"你看啊,如果当初你来日本上学的话,肯定就不用花这么多钱了。但是妈妈知道你喜欢美国,所以最终还是决定供你去美国上学。只是有些事你应该也清楚,你爸又不管你,光靠我这点钱肯定也支撑不了多久的。所以妈妈就想跟你说呀,你在美国还是抓紧再去找个工作。"

"妈,我知道。其实我一直都在找工作,但是我没有绿卡很多地方都不要我。"

"对,这就是妈妈今天想跟你说的。你看啊,虽然妈妈当初和日本人在一起时家里也都是比较反对的,但正是因为我和他结婚了所以现在有日本公民身份了。你看我现在不是过得还不错嘛,基本上该有的都有了。你舅舅的房子是妈妈付的首付,你出国留学的钱也是妈妈出。如果当初我没有走出这一步,如果当初我没跟你爸离婚,那我现在可能还困在咱们老家那个小地方,在家洗衣服做饭看孩子呢。如果真是那样,你舅舅他们也不会在美国过得这么踏实,你也不会有机会出来上学。所以妈妈说的这些,你都能理解吧?"

"嗯,我都懂。"

"妈妈现在也四十了,虽然保养得还可以但总归是不比从前了。但你还是很年轻啊,你以后的路还很长啊。其实我是真想替你在美国找个老公结婚的,那样一来你就能直接变成美国绿卡了。但是我现在在日本有工作,而且一时半会跟日本人还离不了,所以说很多事情还是要靠你自己去争取,你能明白妈妈的意思吧?"

听妈妈说完这些后,Lily拿着电话的手突然有些颤抖:"我……我不太明白。"

"哎,这孩子。"Lily 妈在电话那头叹了口气,表示孺子不可教也,"妈妈的意思是,你今年也十九岁了。想当年我二十一岁的时候都生你了,所以你现在也不小了。很多事情就要靠着年轻有资本的时候好好琢磨设计。就比如你吧,你们学校肯定男孩子特别多吧,而且肯定也都是老外。有的时候你要主动一点,如果有喜欢你的男孩子你就接受。如果没有,你也要主动出击。这都是关乎你一辈子幸福的事,再说了如果你真把绿卡办下来了,学费也能省不少钱呢。最重要的是你就能留在美国了!美国多好啊,多少人梦寐以求的地方啊!"

"可是……可是我现在没有喜欢的人,再说我觉得自己一个人也挺好的。"

"哎,宝宝啊。你让妈妈说你什么好啊!有些事你怎么就是理解不了呢?妈妈不想把话说得这么直白,但是……哎,真是愁死我了。"

"你说吧,我能理解的。"

"你……唉,好吧。那我也就不藏着掖着了,妈妈今天就把话都挑明说了,好吗?"

"妈你说吧,我听着呢。"

"妈妈刚才跟你说了那么多主要就是想让你知道,单以一个留学生的身份待在美国是很被动的。你看你工作找不到,学费又那么高,再加上毕业之后万一留不下来你就又得卷着铺盖回国了。所以说,你现在的首要任务一个是好好学习,另一个就是把身份办下来。身份的事情一旦解决了你就不用发愁找不到工作了,而且学费也就跟着降下来了。再说了,没准以后我跟这个日本老头离婚之后也能去美国投靠你们呢。"

"你说的这些我都知道,可是绿卡很难办的。我们班上好多同学都是家里办的投资移民。那个要花好多钱的,而且据说现在就算是办投资移民也越来越难了。"

"Lily 呀,你让妈妈说你什么好啊!"Lily 妈在电话那头简直想死的心都有了,她觉得女儿怎么就这么不开窍啊,"妈妈的意思是,你趁着现在周围接触的男孩子还算多,抓紧找个人结婚啊。"

"啊?结婚?"Lily 没想到妈妈会说出这个字眼,一时间被惊到了。

"你听妈妈跟你说啊。你说你是不是早晚都要结婚?是不是早晚都会面临这些问题？与其等到你毕业以后再结婚，还不如现在就抓紧把这事给办了。我都找你舅问清楚了，美国学校没人会管你是不是结婚了，就算你挺着个大肚子照样可以去上课。所以你就放心吧，不会被开除也不会有什么不良影响。所有的影响都是正面的，一来你美国身份有了，二来学费跟着就下来了。这种一举多得的事，你说是不是得抓紧办！”

“可是……可是没有人会跟我结婚啊。再说了，我才十九岁，而且我也不想结婚啊。还有我……”Lily 是真的被吓到了，她有点语无伦次和不知所措了。

“我二十一岁都生你了，你现在已经不小了！就算你班上的同学不想结婚，总有别的班的想结婚吧？你可以让你朋友帮你去问一问。妈妈跟你说啊，这种事情千万不要觉得不好意思，你现在不好意思开口将来这些好事就都拱手让给别人了。”

“可是真的不会有人这么小就结婚的。”

“那你就去多认识一些年龄大的呀。交友网站什么的，你都可以去上面看一看。”

“可是……”

“没有什么可是了，妈妈这么做都是为了你好。你是我女儿，我还能害你吗？说句不好听的，就算你跟那个人没有感情，假结婚也可以呀！我跟这个日本老头不就是这样嘛，你看我现在过得不是比老家那些人都要好嘛。”

“可我还是觉得这样不太好。真的，妈。我真觉得这样不太好。”

见女儿迟迟不开窍，Lily 妈只好以退为进了：“唉，算了。你就当我什么都没说吧。大不了我不吃不喝供你上完学还不行吗。你在美国找不到工作就找不到工作吧，妈妈也不怪你，要怪就怪我命不好吧。摊上这么一个什么都指望不上的前夫，唉……没事，你就当我什么都没说吧。”

“我不是这个意思。我只是，我只是真的从来没往这方面想过。”

“Lily 呀，正是因为妈妈知道你还年轻，想问题想不到这么远，所以妈妈才想着早点跟你说清楚这些事，省得以后你多走弯路。不过既然你不愿意，妈妈也不好勉强你。本来还指望你舅舅舅妈能帮你介绍个对象呢，既然你不愿意就算了。就当妈妈刚才什么都没说吧。”

"介绍对象？介绍什么对象？他们从来都没跟我提起过介绍对象的事呀。"

"你舅妈不是每周都会去教会嘛，她在教会发现好多不错的小伙子呢，本来想说介绍你们认识认识的。其实就算你不想这么早结婚，妈妈觉得你去教会交交朋友也好。万一有合适的呢，你说是不是？再说你舅舅和舅妈就是在教会认识的，他们现在不也生活得很融洽嘛。所以我觉得有机会，你可以和你舅妈去教会看一看。"

一听妈妈松口不让自己找人结婚了，Lily 也立刻表示赞同："好的，妈，我知道了。有时间我会跟舅妈去的。"

"嗯，这就对了。不过像那种和你一样是从国内来的留学生你就不要浪费时间了，一是他们没有身份，另外对你的英文也没什么帮助。记住妈妈的话，一定要把时间用在对自己有利的事情上。你是女孩子，可利用的年纪就这么几年，一旦过了就再也回不去了。"

"嗯，我知道了。"

"好了，你把电话给你舅吧。我跟他说几句，你早点睡吧。"

"哦，好。妈妈晚安。"

"嗯，晚安宝宝。"

Lily 把电话交到舅舅手中，怀揣着心事朝房间走去。

一看外甥女回屋了，姐弟俩又在电话里探讨了很久。至于 Lily 呢，则是自己一个人在房间里蒙头大哭。她想不通为什么自己即便是到了美国，依旧逃脱不了任人摆布的命运。她以为来到美国后，她就会过得很自由。她以为她可以有自主权，她以为一切都可以重新来过。然而妈妈刚才的一番话，让她彻底迷惑了。她开始分不清妈妈的立场到底正不正确了。如果妈妈是错的，那怎么可能呢？哪会有害自己女儿的母亲呢？但如果妈妈的立场是对的，为什么自己却感到如此难过？

她明白妈妈一个人赚钱供她来美国上学很不容易，她更明白妈妈为这个家付出的艰辛。可是假结婚真的会发生在自己身上吗？自己真的要通过假结婚才能留在美国吗？Lily 想起之前在超市门口卖栗子的情景，又想起了吴暇舒舒服服在奶茶店工作的场景。Lily 想起自己没日没夜地复习，只为不被学校退学能考个好成绩，又想起了吴暇成天无忧无虑的漫不经心的表情。Lily 突然觉得这一切太不公平。凭什么她付出了这么多的努力,可到头来还要面临着毕业后被送回国的结局?她不明白为什么吴暖可以整天优哉游哉地做任何事情都毫不费力?为什么一张绿卡就给两个同龄的女生带来了如此大的差异?为什么自己每学期都要缴纳昂贵的学费,而吴暖却因为手中的绿卡可以直接减免三分之二的学费?

Lily 突然觉得这一切简直太不公平了!她突然觉得如果不是刚才妈妈点醒了自己,可能自己依旧沉浸在这种以为来到美国就是得到一切的盲目幸福感里。是啊,其实她过得并不幸福。她住在最破的城区、开着比很多人都要旧的车、交着昂贵的学费,却依旧找不到工作。她突然觉得自己很可悲,觉得老天爷竟是这样的待人不公。于是她决定听从妈妈的建议。她觉得不管结果如何,至少她还年轻,至少她还有赌一把的资本。如果真的可以顺利找个有美国国籍的人结婚,即便双方没有爱,即便注定会离婚,那又如何?至少她在美国可以合法找工作,至少她的学费可以便宜很多,至少她可以光明正大地留在美国,至少她尝试了,至少她没有辜负妈妈对她的嘱托。

第二天 Lily 一到学校,就开始让朋友们帮她介绍对象。条件很简单,只要有美国国籍就 OK 了。当吴暖亲耳听到 Lily 想要找人结婚时,不由得惊呆了:"什么?结婚?你可别逗了,你才多大啊结什么婚啊?!"

"我是认真的。我跟你不一样,你有绿卡想干嘛就干嘛。我现在什么都没有,如果将来不能留在美国我肯定会后悔死的。"

"真不是我说你,这儿有什么好的呀。不过你如果想结婚也得有个标准吧。你是喜欢高的?强壮的?帅的?皮肤黑的?白的?还是什么的?嗯……我不是说黑人白人啊,我是说中国人偏黑一点还是偏白一点的。"吴暖以为 Lily 也和自己一样非中国人不嫁,所以才特意补充了这么一句。

"我如果结婚肯定是找外国人结呀。"Lily 不但对吴暖最后补的这句话无动于衷,反而强调非老外不嫁。

"啊?你要跟外国人结婚啊?不是……你怎么想的呀。你跟他们生活习惯又不一样,思想境界也不一样,价值观什么的更不一样。你怎么想嫁给外国人啊?"

"其实我昨天想了一夜,嫁给谁并不重要。重要的是谁能让我留下来。只要是能让我留下来的,嫁给谁我都认了。"

"不是,我有点蒙。你的意思是说,假结婚啊?"吴暇吃惊地瞪大了眼睛,不可置信地看着 Lily。

"嗯,是。"

"我去,大姐你别吓我行吗? 不是……哎,我都不知道说你什么好了。你才多大呀? 你说你要是为了找真爱也就算了,你才十九岁怎么就想起来假结婚了? 而且万一对方不是什么好人呢,不知根不知底的。再说了,你跟一个不爱的人在一起耗好几年值得吗? 而且说句不好听的,回头你俩要是离婚了算谁的? 你这合着还没怎么着呢,先落了个离异的头衔了。反正说来说去风险都太大,你千万别冲动啊!"

听吴暇这么一说,Lily 也有点动摇了。她犹犹豫豫地说:"其实……其实是我妈想让我这样做的。唉,我也不知道该怎么办了。"

"什么?! 你妈让你随便找个男的就嫁了?! 你别怪我说话难听啊,这是你亲妈吗? 她想干嘛呀? 不行不行,气死我了,受不了了。你让我冷静一下啊,我有点喘不过气了。"吴暇使劲拍着胸口,大口大口地喘着气。

"哎,你这么激动干嘛呀。"看见吴暇反应那么大,Lily 也有点不知所措了。

"我能不急吗?! 你先别说话啊,你听我说! 我就问你一句,这是你亲妈吗? 你到大马路上随便抓个人过来问问,哪有自己亲妈动员自己亲闺女假结婚的啊? 真不是我不尊老爱幼,你也别怪我说你妈,主要是她这种人也真该说呀!"

"我和你的情况不一样。其实我一直都特羡慕你,觉得你要什么就有什么。像我这种家庭出来的小孩,我们也只能靠自己想办法才能得到想要的一切了。"

"那也不能不择手段啊,说白了这是违法的呀。"

"我知道,但是确实现在学费太贵了,而且我又找不到工作。所有那些正规的店面都需要我有美国身份才能让我合法打工,而且我担心以后毕业了也留不下来。再说我是真的很喜欢这里,我希望将来我的小孩也能在美国受教育。"

"我采访你一下！我认认真真地采访你一下！你现在就回答我一个问题就行了，美国到底哪里好？我真不明白国内是怎么你了，你怎么就哭着喊着想要留在这儿？这就真有那么好吗？你不觉得这儿特没劲特无聊，而且周围那帮人都傻了吧唧的吗？"

"我是真的觉得美国好。可能由于咱俩生长的环境不同吧，你从小在北京那种大城市长大，肯定觉得这里没什么。可是我不一样，我一来到这里就觉得所有地方都比我老家好。而且我挺喜欢这边的人的，我觉得他们都挺单纯的，也不会故意害你什么的。"

"哎哟，姐姐哟。真不是我说你，你在国内也没人害你呀。"

"嗯，也不是说害我吧。反正我就是觉得如果我上了几年学再回去的话，肯定不会开心的。就比如洗澡吧，在这边至少一天洗一次。可是国内的那些男生肯定好几天才洗一次澡，所以说这些生活习惯什么的我肯定都接受不了。"

"不就洗个澡嘛，多大点事儿啊。就算你以后留在美国了，一个人孤苦伶仃的，多没劲呀。反正我还是觉得国内好，至少国内热闹。"

"嗯，你说的这些我都知道。但是没办法，我是真的爱美国。而且如果我就这么回去了，也觉得挺没面子的。以前国内那些人肯定会觉得我是因为在美国混不下去了，所以才回去的。"

"行行行，我也不跟你争了，你就直接把我气死得了。反正说来说去这也是你的家事，我说多了也不好。不过我还是觉得两个人应该先有感情基础再结婚，再说如果你这样一上来就要跟人家结婚，人家肯定也不会答应的。"

"唉，我知道。所以说我一直都觉得你比我幸福，你什么都不用发愁爸妈都给你办好了。我跟你不一样，我根本靠不住他们。"Lily 抹了一把脸，突然露出标志性的微笑，对吴暇说："好啦，不说这个了。总之有合适的记得告诉我啊。"

吴暇欲言又止，最后还是说了句："哎，知道了。"

2

自从 Lily 决心已定并开始广泛找人替自己介绍对象后,她的舅妈便开启了带她去教会"相亲"的模式。首先舅妈告诉 Lily,她们要去的教会是面向华人的教会。去教会做礼拜的基本上都是华人,因为很多时候纯讲英文的教会华人们也听不太懂。其次,舅妈给 Lily 简单介绍了一下去教会的三大人群。第一类,是很早就来到美国的那批海外华侨。虽然他们年龄偏大,但基本上都是美国公民了,所以 Lily 可以试着接触一下这一类人。第二类,则是他们的子女,也就是大家所说的在美国出生的 ABC。由于他们在美国出生,所以肯定是有美国国籍的。至于第三类人,则是从国内刚去的新移民或是留学生。这类人主要是去教会交朋友和练英文的,和他们接触的好处无非就是能多认识点人,但对 Lily 能否留在美国则没有一点帮助。

在了解完这些情况后,Lily 就在一个周末和舅妈一起去教会了。

从外面看,教会不算很大。不过停车场倒不小,放眼望去差不多已经停几十辆车了。她俩来得算早的,不过教会后面的停车场也基本都停满了。

"这么多人啊?"Lily 问道。

"是啊,每周日来教会的人都特别多,一会儿你进去就知道了。"

在舅妈的带领下,Lily 走进了她一直认为很神秘的地方。舅妈好像认识不少人,一路上有不少叔叔阿姨都跟她打招呼。

"你去二楼吧,二楼是学生区域。我们大人在一楼,一会儿结束之后你再下来找我。"舅妈对 Lily 简单叮嘱几句,就去找熟人聊天了。

Lily 应了一声就上楼了。楼上虽然占地面积很小但视野却很开阔,教堂内的整体全貌都可尽收眼底。Lily 大致观察了一下,这所教堂并不像电视里演的那么金碧辉煌,几乎没有太多有代表性的装潢,看起来非常朴素。

人们陆陆续续地进场了,当一个男人手拿圣经站上讲台的那一刻,所有人便都安静地坐好了。

那个男人是谁?神父?牧师?传教士?还是主持人?很显然,Lily分不清这四者之间的区别。

这是Lily第一次参与做礼拜的全过程,她是满怀好奇心来的。同样的,她也期待可以早点结束,抓紧时间去认识"新朋友"。

讲台上的男人是中国人,说话带口音,但具体来自哪座城市的却听不出来,不过可以肯定是个南方人。他的身旁站着一名年轻女性,当他开口朗读圣经后Lily才明白那名女性是个翻译。所以基本上一上午的时间就是男人用中文念一句圣经,女人在旁边用英文翻译一句。之后男人再照着刚才这句话给大家解释一下其中的含义,然后女人再就着这部分意思再翻译一次。

起初Lily听得还挺带劲,可是听着听着就开始犯困了。她很想在空位上靠着好好睡一觉,但一看四周所有人都聚精会神地认真听着男人一句一句地讲解,她也就不太好意思如此放肆了。

这个环节差不多持续了近两个小时,之后便到了唱歌环节。Lily看到有几个乐队成员和合唱团的人走上台,没一会儿音乐声就响起了。唱歌的时候需要全体起立,Lily一看周围的人全站起来了,她也就跟着站起来了。刚才坐着的时候还看不太清一楼的全貌,现在一站起来Lily立刻感受到了一楼信徒的热情。

Lily根本就不会唱这些歌,所以她也只能在那装模作样地对口型。可是她清楚地看到一楼前排的几个中年人,正感情饱满地随着节奏用力地挥动着手臂。那种感觉就好像是此时此刻他们正在唱的这首歌能拯救他们灵魂一样,那种感觉就好像他们每个人都是这支乐队的指挥家。他们就那样沉醉在了自己的世界里,沉浸在了耶稣的世界里。

Lily看到这个画面时,差一点儿就笑出声了。她觉得那帮人简直太滑稽了。都这么大岁数了,居然还能这么深情地投入在一首歌里。她觉得不可思议,更觉得这样有些小题大做了。

不过看着看着,Lily却不敢笑了。一来周围的人都用厌恶的眼光望向自己,二来她自己渐渐觉得这样的举动有点诡异。其实应不应该用"诡异"

这个词，Lily 也不是很确定。但她可以强烈地感受到，一种信仰给人们所带来的冲击是多么强大。Lily 不相信任何宗教，她只相信她自己。她认为自己今天所得到的一切，靠的全是自己的努力和坚持，所以她理解不了那些有信仰的人是在一种怎样的心态下生存。当她看到这群虔诚的人正崇拜与追随一个她认为并不存在的人物时，突然觉得这样是盲目的、是可怕的。因为她始终坚信自己的命运是需要靠自己把握的，父母帮不了自己，周围的同学朋友更帮不了自己，更何况是天上的神呢。不过她也很清楚地明白，在这些有信仰的人们心中他们现在所表现出的全部意识形态都是可以被理解、被认同的。或许在他们心中，Lily 才是那个无知的、渺小的、不会被救赎的可悲的人类呢。可是不论双方如何看待彼此，Lily 能确定的只有一点，那就是她想象不出如果将来自己要和这所教堂里的任何一个人结婚，会是什么样的情形。她无法想象如果在接下来的日子里每周都来教会做礼拜会是何种境地。是的，她和他们不一样。这种不一样无关对错，这种不一样只是信仰上的不一样。其实人和人之所以会产生差异，一方面来自于基因，另一方面来自于后天成长的环境。她相信他们在这样的环境中会过得很幸福，她更加坚信自己只有远离这样的环境才会过得很幸福。

几首歌唱完后，也差不多快到中午了。有些人在看完这样的场面后表示很激动，于是毅然决然地加入教会了。然而有些人却和 Lily 一样，在看完这样的景象后便火速撤退了。

当 Lily 的舅妈见 Lily 从楼上下来了，就赶忙招呼她与几个朋友认识。不过 Lily 的态度却很坚决，她只是对舅妈说了一句："我们回家吧。"之后便头也不回地离开了。

虽然 Lily 这次的"相亲"任务宣告失败，但她并没有气馁。经过无数个日夜的挣扎，Lily 最终决定就算对方是信教的也可以。只要他是美国国籍、只要他不像上次那帮人那样"投入"就勉强接受吧！

第十五章　实践比课堂更重要

实践胜于雄辩。

　　秋季的课程要比头两个学期紧凑一些，吴暇在这学期终于选到几门像样的课，其中包含正常大学的英文课和一些可以转去正规四年制大学的基础课。总之，不论是对于吴暇、Lily 或是刚进入大学的 May 来说，新学期都算是有新气象了。

　　首先是吴暇，辞去工作后的她有更多的时间用于音乐创作。再加上英文水平也比刚来美国那会儿强了不少，所以在课堂上也明显不再吃力了。

　　其次是 Lily，虽然找对象的事情依旧没有头绪，演讲课也弄得她焦头烂额，但好在有一个台湾老板肯聘请她去店里打工了。

　　店面不大，主要是卖一些少女喜欢的小玩具或者工艺品。当然了，一些遮阳伞啊、防紫外线的车膜啊、超大号的汽车后视镜啊等小玩意儿也卖得很不错。由于 Lily 和其他几个店员都属于打黑工，所以老板也就直接把话挑明了说了："你们呢，没有合法身份，所以在其他地方肯定是找不到工作的。我呢也是从留学生过来的，所以我很能理解你们想要勤工俭学的心情，所以我现在给你提供了这样一份销售的工作机会。不过你们也看到了,我这家店也属于小本生意。我每月都要从台湾和日本通过走海运来进货,所以成本就很高了。再加上这里的房租也不便宜,而且我还要给政府上税,所以我是不可能按照加州的最低工资支付给你们的。对于这一点,你们几个有问题吗?"

对于 Lily 这种家境不是很富裕,又在找工作时处处碰壁的中国留学生来说,能有一份工作就已经是求之不得了。所以她们几个女生连忙摇头道:"没问题,没问题。"

老板满意地看着她们:"嗯,这很好。那我就每小时给你们五块五吧,你们意下如何呢?"

五块五?这比加州的最低工资每小时八块五少了整整三块钱!如果长此以往下去,尽管她们每月要花同样的时间和精力来工作,却要比有美国身份的同龄人少挣几百美元的工资。如此黑心、趁火打劫、不近人情、克扣员工工资的老板简直禽兽不如!

不过尽管如此,Lily 还是在人群中第一个带头表态:"老板!我愿意!"于是刚才还在心里暗叫不平的其他几个女生,也都默认同意这个霸王条约了。

至于 May 呢,她终于可以大大方方地和 Tony 见面了。她每天都和 Tony 在校园里手牵着手肩并着肩,而且最重要的是,Tony 把之前他上过的那些课的答案全都一字不差地留给了女友。所以只要 May 能很幸运地在选课时选到之前 Tony 上过的那些课,那她拿到 A 的几率也就差不离了。

不过也正是由于 May 和 Tony 都属于大学生了,May 对 Tony 的崇拜感也就不像从前那般强烈了。其实这点很好理解,如果说当初 May 对 Tony 是既崇拜又依赖,那现在就只剩下依赖了。因为 May 也已经不是低 Tony 好几届的高中生了,她已经年满十八岁了。所以即便他俩年龄相差了四岁,但 May 已经感觉自己和 Tony 是同龄人了。

有过恋爱经历的朋友都会明白,如果女方一旦开始不再崇拜男方,那么她的所有行为举止也就开始跟着变化了。就比如 May 吧,自从她上了大学之后就经常对 Tony 呼来喝去。起初她只是想测试一下之前 Tony 所说的那些对她不离不弃的话能不能兑现,不过时间一长她也就渐渐习惯用这种方式和 Tony 交谈了。在 Tony 的纵容和忍耐下,May 的脾气被惯得越来越大。起初只是两个人关起门来在屋里理论,渐渐地 May 就开始在大庭广众之下"修理"Tony 了。最严重的一次要数 May 在商场里突然不开心了,于是她直接把手上的包往地下一摔就掉头走人了。当时商场里有不少顾客都看到了这一幕,在众人的指指点点下 Tony 不但没有指责女友,反而迅速捡起地上的包赶紧跑到女友身旁去认错。

Tony 的认错方式很传统,大概意思就是:"宝宝你别生气了,我知道错了。"

"你哪儿错了?"

"我刚才不应该不给你买那个巧克力。"

"你为什么不给我买?"

"我是觉得咱们刚吃完饭,再吃巧克力的话你肯定就长胖了。"

"你还是没有意识到你错在哪!你还是在狡辩!而且你现在居然都嫌弃我变胖了!"

"我意识到自己哪错了,我不狡辩了。我们去买巧克力吧,好不好? 我知道错了。"

"你真知道了?"

"真知道了。"

"那我老这么说你,你还爱我吗?"

"我爱! 我这辈子只爱你!"

"那如果我明天依旧这样,你还爱我吗?"

"我爱! 你怎么样我都爱你!"

于是乎,May 对 Tony 的"施暴行为"便越演越烈了。不过尽管如此,她始终还是幸福的。因为她感受到了 Tony 对她的爱,因为她体会到了爸爸和 Tony 的区别。

其实上学的时候就是这样,刚开学的时候觉得有股子新鲜劲,中途便觉得离期末遥遥无期,日子漫长到令人窒息,可是等快到期末了又发觉自己浪费了宝贵的光阴,于是假期刚一到来就开始追悔莫及。

对于吴暇来说,现在正处在第三个阶段,也就是很快就要期末考试了。

吴暇这学期报了一门地质学,其实她压根不知道什么是地质学。但是没办法,在她选课的时候只剩这一门课有空位,再加上这门课又正好属于转去四年制大学的其中一个大类里面的小分支,于是吴暇就只能硬着头皮上了。到目前为止,这门课已经上了将近十三个星期了。尽管吴暇在书店花了一百多美元(在美国,大学教材都很贵)来买这门课的教科书,但至今为止她几乎一页都没翻看过。因为对她来说,这些知识完全一点用处都没有。而且说实在的,她真的觉得每天上课是在听天书,如各种石头、大气层、海洋、几千年几亿年的化石。总之,所有这一切都不是吴暇感兴趣的,她的心里预期就是能顺顺利利拿个 B 就行了。

以吴暇目前的成绩来看,拿到 B 可能有点难度。不过天无绝人之路,老师说只要他们能在本周六去某地参加一次课外活动,就可以得到 200 分的附加分。这 200 分对于吴暇来说简直就是救命的 200 分了,有了这 200 分吴暇铁定能拿 B,没准期末考好点还有望冲进 A 呢。

于是吴暇想都没想,就自告奋勇地上前报名了。然而当她看到周末要去参加活动的地址后,却险些傻眼了。她要去的地方,还真不是一般的远。她用妈妈车上的导航一搜,在不堵车的情况下单程就需要两个小时。这么远的距离搭配一个基本不怎么出远门的吴妈妈,这 200 分能否拿到手也快成了世界未解之谜。

"小暇啊,这也太远了,而且肯定要走高速的。我不敢开呀。"

"那怎么办? 我认识的那几个人都不打算参加这个活动,所以也没人能给我捎过去了。要不咱们打黑车吧?"

"打黑车肯定特别贵,而且也不知道你们弄到几点才能结束呢。人家司机肯定也不可能一直在那等着你。先别急,我再想想办法吧。"

"你能想什么办法呀,咱们在这谁也不认识的。主要是单阿姨靠不住,要不就让她带我去了。"

吴妈妈想了一会儿,突然想到一个合适的人选。"要不我给老秦打个电话? 让他辛苦一下,帮帮忙?"

听妈妈这么一说,吴暇脑海中便浮现起那个每天把外公外婆哄得很高兴的也是部队出身的秦叔叔的身影,于是拍手叫好:"好啊,好啊。你赶紧打,你现在就打!"

为了女儿的学业,吴妈妈也豁出去了。她抱着会被拒绝的心情拨通了老秦的电话,然而出乎吴妈妈的意料,老秦居然很爽快地答应了。临挂电话时,老秦还在电话那头很理解地说了句:"咱们现在被拴在这,其实都是为了孩子。出门在外,有任何需要尽管开口,千万不要不好意思。"

就是这样一句话,让吴妈妈倍感温暖。是啊,出门在外需要别人帮忙的地方真是太多了。

很快就到周六了,天气很好适合出行。秦叔叔提前驾车来到了吴暇家门口,接上她们母女俩后就朝指定地点开去。三人聊了一路,气氛格外轻松。跟导航走了两个多小时后,终于到达了老师所说的指定地点。秦叔叔停好车,陪吴暇母女一同朝山上走去。

这是一座几乎没有植被的秃山。砂石的山路很不好走,幸好吴暇照老师说的那样穿了一双耐磨的鞋子,不然不仅会进满脚沙子还有可能把脚给磨破皮。吴暇算早到的,吴妈妈和秦叔叔陪她在山上等了一会儿。见陆陆续续地有同学来了,他俩才一步三回头地朝山下走去。

这里没有信号,所以想通过手机联络基本上是不可能了。由于不知道老师什么时候让大家回家,所以吴妈妈在下山前反复交代吴暇自己和秦叔叔会在停车场等她。

老师还算仗义,没让学生们走太多冤枉路。只是边走边讲解当初这里有什么,现在这里却变成了什么,哪儿是地震带,哪儿又有曾被海水淹没过的痕迹。总之吴暇在一旁听得云里雾里,不过全当是来郊游了吧。

走着走着,他们眼前就出现了一个小木屋。这个木屋有点像山林管理员的工作室。老师带着大家走进屋子,并交代说:"有任何问题,可以向管理员提问。另外,这里的一切都只许看不许摸。"众人纷纷答应,并开始打量起小木屋里的东西。

其实准确地说,不能用"东西"这个词来形容小木屋里的景象。因为那些明明不是东西,而是"生物"。是的,这间木屋里饲养着各种奇形怪状的生物。有蜜蜂、有蚂蚁、有说不上名字的虫子和蜘蛛。总之吴暖在这间屋子里见到了传说中的蚁后,也见到了只在"动物世界"里见过的响尾蛇。

响尾蛇不大,被关在一个玻璃盒里。玻璃盒的上方有一些小孔,估计是给它呼吸用的。起初吴暖以为这只是一个标本,然而当她走近那个玻璃盒时才发现那不是标本而是一条活生生的蛇。蛇没有动,吴暖也没有动。不过吴暖能够清楚地听到蛇尾巴所发出的震动声。说不上是"吱吱吱"还是"嗡嗡嗡",总之振幅极大,隔着玻璃罩都能听得真切。双方僵持了片刻,吴暖觉得既然有玻璃罩挡着想必它也奈何不了自己什么。于是吴暖猛地伸出右手,朝玻璃罩上方就是一挥。就在这千钧一发的时刻,响尾蛇迅速朝玻璃罩发起了进攻,那速度犹如离弦的箭,快到一眨眼就会错过看不见。

吴暖被这突如其来的变故吓了一个激灵,她暗骂自己手太欠,没事儿招惹它干嘛呀！只见吴暖像丢了魂似地连退好几步,她再也不敢靠近那个玻璃盒了,她觉得这一切简直太可怕了。那种可怕不仅仅是速度上的可怕,因为那层透明的玻璃盒竟被擦拭得如此干净,令吴暖觉得眼前根本就没有任何遮挡物一样。吴暖快速走出那间小木屋,她不知道这间屋子里会不会再出现一些让她魂飞魄散的生物。这是她第一次感受到大自然的奇妙,也是她第一次体会到人类的渺小。她有点开始后悔自己这学期没有好好听这堂课了,她觉得自己错过的不仅仅是一堂课,很有可能错过了某种生存技能。这是她第一次体会到在美国上学的好处,因为在这里学习不单单需要坐在教室,更需要来到她可能这辈子都不会主动来的秃山上去消化知识。这种体验令她难忘,这种体验她很欣赏。

过了一会儿,学生们三三两两从木屋里走了出来。随后老师对这次课外活动进行了高度赞赏,并让大家在白纸上签到,从而可以得到那 200 分的成绩。大家陆陆续续下了山,直奔停车场走去。

吴暖 360 度地观察了一下,所有参加这次活动的同学除了她以外,全部都是自己开车来的。一想到自己曾和妈妈因为开这么远的路而产生的担忧,吴暖瞬间觉得当初的情景和身旁一脸轻松的同龄人形成了鲜明的对比。这是吴暖第一次感到自己和外国同学之间的差距不是一点半点。那种差距不是别的,而是独立性。吴妈妈始终不能理解为什么老外可以让自家孩子开这么远的车,却如此放心。而老外更不会理解为什么亚洲的家长要对他们的孩子如此上心。总之这种差异是与生俱来的,双方都没有做错,只是结果却大不相同。

吴暇像个小公主一样地坐进了秦叔叔的奔驰车,吴妈妈递来矿泉水,秦叔叔调大空调风量。总之同样身为中国父母的他们始终觉得,把孩子当作是皇帝一样供着是天经地义的。即便他们知道有时应该试着放手,但具体是什么时候放手就另当别论了。

由于在山上没信号,秦叔叔只能将车开出停车场之后再输入导航了。然而出去的时候并不像来时那么顺利,他们试了好几次依旧是没有信号。由于这里的山路是单行线,所以想按原路返回是不太可能了。于是秦叔叔只得跟着前面的车,试图赶紧走出这片山区。

回去的路果然不好走,这里根本没有四平八稳的大马路,有的只是曲里拐弯的盘山路。好在秦叔叔开车技术一流,一路上在山里绕来绕去的,也并没有感到坐着不舒服。差不多至少绕了将近十几道弯,GPS终于显示开始搜索回家的路线了。不过尽管最终搜索到了家里的地址,山中的信号依旧时断时续。

吴妈妈本来就害怕开车和坐车。身处这种山路,她只得死死地抓着头顶上方的那个把手,说什么也不敢松开。秦叔叔和吴暇一看吴妈妈如此紧张,不由得一起打趣道:"你怎么又把自己铐上了?"之后三人便笑作一团。

然而笑声还没停止,秦叔叔突然感到身体不适。他使劲抓着方向盘,用略带痛苦的声音说:"小暇,帮叔叔拿瓶水。"吴暇不知道秦叔叔怎么突然变成这样了,她没顾得上多问,立刻从身旁给秦叔叔新开了一瓶水。

"怎么了老秦,你不舒服了?"吴妈妈一眼就看出秦叔叔的状态不对。

"嗯,不知道怎么了,胃突然特别疼。"

"胃?左边还是右边?有多疼?"

只见秦叔叔疼得连话都说不出了,接过吴暇递来的水慢慢地喝了一口。

"老秦你要是实在不舒服就先靠边停下吧。"吴妈妈在后座焦急地说着。不过她又左右看了看,这么窄的道路根本没地方停车。

"没事，忍一忍就过去了。"秦叔叔忍着剧痛，一字一顿地说。

"要不一会儿换我开吧，你看看前面有没有可以停车的地方，然后换我开吧。"吴妈妈看到秦叔叔这时已经疼得满头大汗了，也着实吓了一跳。

"没事，这些路弯太大，你肯定开不了的。放心，不会出事的。"

确实没出事，秦叔叔依旧开得非常稳，只是他额头上那些如黄豆粒大小的汗珠正如瀑布般流下。看到秦叔叔这样，坐在副驾驶的吴暖也有些慌了。她想讲个笑话缓解一下气氛，但在这种时候讲笑话不是找抽嘛。她又想祈祷秦叔叔快点好起来或者赶快开到家，但这种苍白无力的祈祷又有什么用呢。吴暖就这样呆坐在副驾驶，想帮忙又帮不上。那种无力感是那么真切，因为明明这个人就在你眼前，可你却什么也做不了只能眼睁睁地看着他被病痛侵蚀。

吴暖记不清那天秦叔叔到底开了多久才开到家。她只记得车速基本上没有变过，但那段路途却像是足足开了一年多。

秦叔叔把吴暖母女送回家后，转头便要走。吴妈妈硬拽着他，说什么也不肯让他走。吴妈妈觉得人家本来就没有义务送女儿去那么远的地方，再加上路上还出了这样的事，而且到底是什么身体状况还并不清楚，所以吴妈妈怎么也不放心让老秦一个人现在就开车回家。万一老秦在路上再出点什么事，可真就是一辈子的罪过了。

"老秦，你先在我家休息一会儿再回去吧。你这样我真的是不放心啊。"

"是啊秦叔叔，你先别走了。你到我房间躺一会儿吧。"

兴许是真的太难受了，秦叔叔没再推辞。不过他坚持不去吴暖的房间，说只要在沙发上稍微歇一会儿就行了。经过吴妈妈的反复询问，秦叔叔终于说出自己具体疼痛的部位以及感觉了。吴妈妈听完秦叔叔的描述，立刻得出结论："老秦，我觉得你刚才是胆囊炎发作了。你以前有过这种情况吗？要不要我带你去医院做个检查？现在这种大马路我开着就没问题了，而且我也知道附近的医院在什么位置，要不你休息一会儿咱们就过去？"

"没事，不用那么麻烦。等下次如果再犯的话再去吧。"

"哪能等下次呀，有一次就能疼死了！唉，真不知道你刚才是怎么挺过来的！你说今天这事儿闹的,让你开了这么远还让你受了一路罪。"

"这都是小事。以前我们实战演练那会儿,不比这艰苦多了？真没事,你们不用担心了！"说完秦叔叔起身就要往门外走。

"现在就走？你再歇会吧,你现在能开车吗？"吴妈妈在后面紧追着秦叔叔担忧地问着。

"放心吧,没事了。"秦叔叔虽嘴上这么说,但额头上的汗珠依旧不停地往外冒。

见老秦执意要走,吴妈妈也明白老秦肯定是不想让她们娘俩担忧,于是嘱咐道:"那你路上慢点儿,有事儿随时给我打电话！"

"行,那我先走了。小暇,叔叔先走了。"秦叔叔冲吴暇摆了摆手。

3

秦叔叔走后,吴妈妈一直沉浸在自责中。她觉得如果不是自己太没用不敢上高速,也就不会害得人家老秦受这么大的罪了。

"妈,我觉得秦叔叔真是个好人。如果换做是我的话,肯定不会答应别人去那么远的地方的。"

"是啊,你说咱们今天办的这叫什么事儿啊！"

"胆囊炎是什么？很疼吗？"

"疼啊！当然疼了！我以前得过胆结石我知道,真是能要了命了。"

"啊？这么严重啊。那他可真是够坚强的！"

"你看他头上出的那些汗就知道了,肯定是一直在那硬撑呢。"

"那怎么办啊,要不然咱俩明天去看看他吧。"

"是,我还想说明天带他去医院做个检查呢。其实这种事早做手术早好,不然等下次再犯就又得遭一次罪。而且如果真是胆囊发炎导致破裂,甚至都会危及生命呢。"

"啊？这么严重啊。那你明天直接带他去急诊得了。美国有急诊吧？"

"应该有吧，明天可以去医院看看。"吴妈妈顿了顿，继续说，"小暇啊，有些话妈妈其实不该跟你说，但是看到今天这事儿我也真是挺想找你聊聊的。"吴妈妈依旧双眉紧蹙，她觉得有些话是时候跟女儿说说了。

"什么事儿啊？你说吧。"

"其实你爸这次来，我俩也很认真地谈了一次。你也知道他国内有工作不可能常来，而且他也明显不喜欢这里。但是我呢，现在慢慢在这边把所有事都捋顺了，再加上你还要在这边至少上好几年学，所以如果让我现在回去也不太现实。"

"嗯，这个我早就想了。所以我就说嘛，我根本就不应该出国。其实你俩这样长期两地分居也怪可怜的。"

"你也不小了，其实有些事跟你坦白说也应该问题不大了。"

"你说呀，怎么今天说句话这么费劲啊。"吴暇有点不耐烦地说。

"其实吧，我跟你爸这次也聊了，唉，怎么跟你说呢。反正就是我俩觉得长期这样下去也不是个事，你能理解吧？"

"没懂，你是说你要回国吗？让我住校？找寄宿家庭？还是什么情况啊？"

"我一时半会肯定是不可能回国了，你自己一个人在这儿我怎么可能放心啊。我跟你爸这次聊的意思就是说，是不是两个人分开会比较好。"

"分开？谁跟谁分开呀？咱俩分还是你俩分啊？"吴暇听了半天还是没听懂，不过两秒钟过后她突然觉得自己好像明白了什么。"离婚？你是说离婚吗？"吴暇试探性地小声询问着。

"嗯，是有这种打算。但是也还没定呢，只是这次聊了一下。"

"离婚？嗯……离婚。"吴暇若有所思地小声嘀咕着这两个字。

"你要是不愿意，我跟你爸肯定就不离。我俩这么多年都过来了，其实也不是非离不可。所以你要是不愿意就直说，我们肯定会尊重你的意见的！"吴妈妈担忧地望向女儿，仿佛突然变成了一个做错事的孩子。

"瞧给你紧张的，我是那么不通情达理的人吗？"看到妈妈一脸紧张，吴暇缓和了一下气氛，"其实你俩如果要真离婚吧，我倒不会不同意。主要你俩这么多年在一起，嗯……怎么说呢，其实我真没觉得你俩是夫妻。"

"什么意思?"

"我觉得你俩更像是朋友,就是那种特别好的朋友。而且我也没觉得你俩是我爸妈,我觉得咱仨都是特别好的朋友。我从来都不怕你们,你们也从来都不说我,就像是那种无话不谈的朋友。"

"嗯,我们对你的教育一直也比较开通。"

"所以说啊,我觉得就算你俩离了也没事。因为就算你俩离了依旧可以是朋友啊,反正我觉得你俩离不离婚影响都不会太大的。"

"如果真离婚了,肯定是会有影响的。只不过我跟你爸也确实像你说的那样,没有太多夫妻间的互动。所以说,这点也正是我们之间欠缺的。你现在还小,有些事你也体会不了。"

"我能体会,当然能体会了。其实有的时候我都总结了,我之所以变成现在这样其实你俩要负主要责任的。"

"你变成哪儿样了? 你现在不是挺好的吗?"

"排斥男生啊! 你没发现我周围的女生都谈恋爱了吗? 你没发现我一个男朋友都没交过吗? 难道你真以为这是单纯的青春期不叛逆啊?"

"那……不然呢?"

"我实话跟你说了吧。就你跟我爸那种相敬如宾的相处方式,真是给我害惨了。"吴暇仿佛瞬间变成了一名老师,开始给吴妈妈讲起她自身的一套分析理论了:"你就说我从小到大,就从我记事开始说起吧。如果说我三岁开始记事,现在也记了有至少一轮了吧。在这十几年的光阴里,我可以很负责任地说,你跟我爸从来没有在我面前有过任何牵小手亲小嘴的举动。就连一句什么'我爱你''我想你'之类的话都没有。"

"嗯,这个我承认,我俩确实没有。"

"所以说啊,当我在学校看到有人早恋的时候,当我看到他们牵小手亲小嘴的时候,我就觉得这俩人特恶心。你能明白吗? 就是特想揍他们。就是觉得他们特别低俗,就是觉得为什么非得动手动脚,就不能老老实实地谈场精神恋爱吗? 就是那种厌恶感,能懂吧?"

这是吴妈妈第一次了解到女儿对于男女关系的真实感受。她没想到自己和丈夫的一些举动居然会对女儿影响这么深,于是她开始担忧起来:"小暇,你听妈妈说啊。你这种想法是不对的。虽然说上学期间不应该谈恋爱，但是如果两个人成为了男女朋友，那么两个人之间的这些亲密举动都是正常的。我跟你爸是因为这么多年都习惯了，再加上那个年代的人都比较保守。我们谈恋爱那会儿就比较保守，再加上一直在部队，所以说这么多年就这样了。但是你千万不能有这种想法，知道吗？将来你跟男孩子谈恋爱或者结婚，这些举动都是很正常的你明白吗？"

"我知道很正常啊，但我就是觉得很不舒服啊。而且你知道重点是什么吗？重点是如果在班上有个人不小心碰了我一下，甭管是男生还是女生啊，只要是有人不小心碰了我一下，我都会本能地躲开。就属于那种特别不喜欢有人碰到我，因为你跟我爸就从来谁也不碰谁，所以我觉得家里人都没碰过我，外人就更没资格碰我了。"

"是，你有这种保护意识是对的，所以我跟你爸一直对你很放心。但是……小暇啊。你有的时候想法也不能太极端，人跟人之间正常的交往总归是要有一些身体上的接触的。"

"所以说，总而言之言而总之吧，我想表达的就是你跟我爸如果想离就离吧，因为本来你俩的这些举动就不像是夫妻。所以我相信就算你俩离了，也照样是朋友。"

"如果我俩要真离了，你真不会受影响？"

"放心吧！你又不是不知道在国内的时候，我们班上一半的同学都是父母离异。你知道他们都怎么跟我说吗？他们说父母离婚之后不但过年过节压岁钱能收双份，最重要的是两个大人都觉得离婚亏欠他们了，所以反而要比没离之前对他们更好了。"

吴妈妈一听女儿这么说，明显有些不高兴。"你这都是听谁瞎说呢！哪有说父母离婚了还这么高兴的。你呀，就是一直过得太幸福了。如果我跟你爸真离了，你肯定就不这么说了。"

"反正你俩怎么决定我都行，我也已经十八岁了，甭管是真长大还是假长大吧，反正名义上我也算成年了。至少你们给了我一个幸福的童年，所以就算你们离了我也不会怪你们的。"

"你真这么想？"

"骗你干嘛，当然这么想了。"

"嗯，那妈妈就跟你再多说几句吧。其实有的时候我也需要有个人来关心,虽然表面上我天天乐呵乐呵的,但不管怎么说女人都是需要被呵护的。你看这两年咱俩在这边,虽然你爸在经济上给了咱俩不少支持,但是美国所有的事情都是我一个人在办。其实有的时候我真是觉得挺累的,我也需要有人照顾、需要有人搭把手。你说如果我跟你爸离婚了,我俩肯定心里都不好受,毕竟都是二十年的夫妻了。而且你爸人也不坏,责任感又强,也没有不良嗜好。总之人是好人,但就是不太会关心人也不善于表达。再加上他这次来,甭管去哪儿都需要我带着他。就完全是……唉,你知道我是多么希望能有个人带我去这儿去那儿的吗?再说你爸自己一个人在那边,也没个人照顾。他那人你还不了解吗,肯定天天下了班就随便凑合着吃两口就完事了。我们也都人到中年了,如果他就这样凑合着吃个四五年,身体早晚要垮掉的。而且上次你爸发烧,要不是你外公给他打电话的时候听出他声音有点儿不对劲,肯定他自己就这么糊弄过去了。你说他发那么高的烧,旁边也没个人照顾。而且他又不愿意麻烦别人,也不知道给你外公打个电话让他过去看看他。要不是你外公后来主动把药给他拿过去,他还指不定哪天才能痊愈呢。所以如果你爸身边要是真能有个人来照顾他,我也就安心了。再加上他也清楚美国这边他也确实帮不上什么忙,所以说白了我俩这几年就都得一直这样各过各的。你看我们在一起也都二十年了,其实早就变成亲人了。不管以后怎么样,我们肯定是希望对方能够过好的。所以像我俩现在这种情况,双方都干耗着完全是一点意义都没有。可能我现在跟你说这些你还理解不了,但是我俩确实是这么考虑的。"

"嗯,我知道。"

"其实不该跟你说这些的,就是今天看到老秦这样突然觉得如果身边没个伴儿的话,要真是万一出点什么事,真是能要了命了。不过你也别想太多了,我跟你爸这事还没定呢。一是我俩得先清楚你的想法,另外我俩自己也得再好好想想。反正你马上就期末考试了,等考完之后我跟你一起回北京,然后我跟你爸再好好商量商量。"

"嗯。"

"期末好好考,别受这些事的影响。哎,真是不该跟你说这些,反正不管结果怎么样吧我跟你爸对你肯定是不会变的!"

"哎，我还以为你就是跟我瞎聊天呢，没想到你俩都替对方设计好了。你放心吧，我不会想不开的。不过说真的，就你俩这种不吵不闹的夫妻，要是突然离婚了，肯定一堆人都接受不了。"

"行了，你也出去一天了，回屋躺会儿吧。我跟你爸这事还不一定呢，反正最坏的打算你也清楚了，剩下的你就别琢磨了。"

"嗯，那我睡觉去了。"

"去吧，记得洗完澡把头发吹干啊。"

"嗯，那你俩如果离婚的话一定不能瞒着我啊！"

"嗯，快去吧。"

看着女儿的背影，吴妈妈突然有些后悔了。这些话她本不该说的，可是她为什么还是说了呢？她了解女儿，女儿在他们面前一向表现得很坚强，但女儿心里到底是怎么想的，她现在倒有些看不透了。女儿是真的对离婚这件事无所谓吗？还是只是单纯地想让自己心里好过一些才强装出这种无所谓？如果自己和丈夫真的离婚了，女儿会受打击吗？如果自己不跟丈夫离婚，这样长期的两地分居又有什么意义呢？无数的问题游荡在吴妈妈的脑海里，她觉得自己今天真是傻到家了。她没事跟女儿提这些事情干嘛？真是没事找事！不过能够确定的是女儿并没有大发雷霆。或许这样的表现是好事吧？或许吧。

然而此时将衣服脱得精光的吴暇，正赤裸着站在卫生间的镜子前。她就那样静静地看着镜中的自己，这是她第一次如此认真地看自己。她从头发开始看起，然后看额头、眉毛、眼睛、鼻子、嘴唇，之后再看向自己的身体。她不明白为什么自己会如此细致地打量着自己的身体，是想从中找寻到什么吗？然而她又能找到什么呢？眼睛，像妈妈。睫毛、像爸爸。鼻子……嘴巴……

她就这样一直看着，直到门外传来妈妈询问的声音，她才渐渐回过神儿来。她慌忙地把淋浴的喷头打开，调到了适当的温度。她站在喷头下，只觉脸颊有些烫。她不清楚脸上的那种感觉代表什么，是洗澡水，还是眼中泪？

她，分辨不清。

她，何必分清。

第二天正好是周日，吴妈妈将车开到老秦家。看到老秦依旧疼到不行，吴妈妈二话没说直接拉上老秦去医院看急诊了。

在美国看急诊和普通预约不一样。像之前 Terry 那种需要预约做手术的或者是预约家庭医生体检的病人，需要等上好久才能等到医生。然而看急诊的病人则可以享受到很好的待遇，而且看病的速度也相对及时。

好比说遇到有人出车祸了、被救护车拉来了，或者像老秦这种突然疼到不行必须马上做手术的，可以一分钱都不出，先上手术台再来结账。

也就是说，如果遇到这种紧急状况的病人，美国医院选择先救治病人再考虑病人是否有医保。如果病人有钱，则可以申报保险或自己掏钱。如果病人既没钱又没买保险，在政府查明情况后则很可能减免全部医疗费用。因为救死扶伤本就是医院的责任，所以即便有些病人没钱，医院也还是会帮其先进行手术的。

在这种情况下，吴妈妈觉得美国的医疗更具人性化。因为这里不像在国内，必须先挂号，先交钱，因为在这里就算不交钱也能先上手术台。

经过 B 超等一系列检查，最后医生给出的结论是因胆结石引起的急性胆囊炎，和昨天吴妈妈的判断基本一致。遇到这种情况，必须马上做手术。手术大约进行了一两个小时，手术很成功，一切顺利。事后，老秦在医院仅住了三天就出院了。一个星期后老秦收到了账单，上面显示的手术金额约3.8万美元。由于老秦有保险，所以保险公司很快就替他把这笔钱给付清了。

老秦很感谢吴妈妈，他觉得能在异国他乡遇到一个肯替自己着想的人实在是太难得了。然而吴妈妈却觉得这并没有什么，毕竟互相帮助也是应该的。

第十六章　打黑工

很多人都可以在美国实现所谓的"美国梦"，然而这样的梦真的美吗？付出和回报能成正比吗？

◇ 1 ◇

　　婚还是离了，是在寒假快要结束的时候离的。双方没有争吵、没有财务纠纷，仿佛一切都还和原先一样。

　　国内的车和房归吴爸爸所有，美国的车和房归吴妈妈所有。生活费和学费吴爸爸还会按照之前的给，不管未来怎样，至少这几年吴暇在美国上学时二人是这么协商的。所以对于两个大人来说，他们的生活看似并没有多少改变。嗯，看似是的。

　　离婚当天父母没有跟吴暇说。但其实吴妈妈这次和吴暇一起回国，就已经被吴暇猜得八九不离十了。吴暇之所以有预感，是因为前几天爸爸找自己谈了一次话。那天吴爸爸没有多说什么，只是对吴暇说了一句："丫头，爸爸对不起你。"之后他的眼圈便红了。吴爸爸哭了，当着女儿的面哭了。到底是怎样的心情，才会让一个男人当着自己女儿的面哭泣呢？

　　其实吴爸爸并没有做错什么，吴妈妈也没有。他们从来没有打骂过吴暇、从来没有在家里吵过架、双方都没有外遇、也都未曾夜不归宿。在这整整十八年的时光里,他们给了吴暇全部的关爱,他们用他们认为正确的方式维系着这个庭家。然而最终,他们却对女儿道歉了。那句"对不起"包含了太多含义。那是因父母离婚对女儿带来伤痛的对不起;那是对自己从青年变为中年的对不起;那是对这个即将破裂的家的对不起;那是对未来即将发生的所有变故的对不起。这简单的三个字,承载了太多太多。然而只有吴暇自己心里清楚,爸妈根本不需要对自己说对不起。

他们办理离婚手续的当天,吴暇正在家里睡懒觉。其实那一觉睡得并不安稳,或许作为女儿的她也有些不妙的感觉吧。

她没有给父母打电话,其实她是可以打的,甚至如果她打了这通电话可能父母就不会离婚了。但最终吴暇还是没有打,因为她不想打。

她明白自己已经十八岁了,她明白父母为自己付出的已经够多了,她明白自己不能再拴着父母一辈子了,她明白自己已经再也没有资格像小时候那样以自我为中心了。

吴暇爸妈是在上午十一点多回的家。吴暇听到了开门的声音,于是她紧紧地闭上了眼睛。

"还是先别跟她说了吧。"吴暇听到妈妈刻意压低的声音。

"嗯,等你们回到美国再说吧。"

"那我爸妈那边呢?"

"咱们明天去一趟吧。"

泪,有一滴泪偷跑了出来。它滴在了吴暇的枕头上,然后逐渐扩散成一片汪洋。吴暇是背对着门侧躺着的,她感觉到爸妈同时站在了她的房门口。他们静静地站了一会儿,吴暇也屏住呼吸躺了一会儿。然而就是这一会儿,三个人的内心都是痛的。

房门被爸妈关上了,吴暇终于松了一口气,她终于把被子往上拉了拉,将早已湿透的脸埋进了被子里。

吴暇在家不爱关门,除非是写作业或是复习考试的时候才会关上房门。然而今天,她却感谢这扇门的出现。是它让自己看起来没有那么脆弱,是它第一次成功地阻隔了自己与父母之间的爱河。

吴暇是多么希望爸妈可以大吵一架,甚至打一架也可以呀,因为至少这样她还可以去憎恨其中一方。可是他们没有吵架更不会打架,他们就这么平静地分开了。平静，真的可以平静吗？吴暇的内心是慌乱的，是绷紧的。她想要找个出口发泄，她希望可以发泄，但是她却没有这个权利去发泄。因为爸妈为她付出的已经够多了，因为她始终还是爱着他们的。

那段时期吴暇过得很压抑，因为父母的离异导致了她自信心的逐渐退去。其实对于吴暇这种从小被家人呵护大的孩子来说，她们最看重的就是家庭。同样，她们一切自信的来源也都源自家庭。

就拿吴暇来说吧，她一直觉得自己很幸福。这种幸福来自于她有一个完美的家庭。她敬佩爷爷奶奶参加过抗日战争，她敬重外公外婆是救死扶伤的白衣天使，她更喜欢爸妈像朋友一样的相处模式。随着离婚率的增长，吴暇经常从同学口中听到"父母打架""父母离婚"的消息。所以她一直觉得自己和其他孩子不一样，她觉得自己比他们都要幸福，她觉得自己什么都不用担心，什么都不用怕，因为她始终有个完整而温馨的家。然而正是这个唯一支撑她自信的来源，却在她来到美国仅仅两年的时间里彻底崩塌瓦解。她难过、自责、不解。她不明白这一切为什么会发生得如此突然？她不知道接下来的日子还会不会有好的逆转？就像她不明白其实从不吵架的两个人感情才更容易破败不堪。

她确实自责了，也后悔了。她后悔当初自己佯装洒脱，她后悔自己没有对父母进行劝说。她突然有些害怕，她害怕自己变成一个个体，她害怕自己和父母之间也会产生这样的分离。

她觉得这一切都是美国的错，都是留学的错，都是自己的错。她觉得如果自己没有出国，爸妈肯定就不会分开了。但是两年了，两年下来她怎么可能对美国的看法没有一点改观呢？两年的时光足以改变很多事情。它可以让一个家庭破碎，也可以让一个孩子习惯另一种生活环境。

其实这一点在吴暇身上表现得还是比较明显的，她这次回国就感觉到有些不适应了。不是说她不适应北京，而是她觉得很多事情都不像在美国时那么规矩。比如过马路，她就有点害怕了。因为车子从来不让人，因为行人从来不怕车。所以不管是车还是人，都在马路上横冲直撞、见缝插针。她觉得北京的交通有点乱，甚至说是有些没有章法。不过话又说回来，这么多年不都一直是这样嘛。另外，她也不太喜欢在北京的商场和餐厅上厕所了。因为她感觉这些公共场所都比美国的脏很多，因为厕所里面既没有卫生纸也没有一次性的马桶坐垫,甚至连洗手液都普遍闹饥荒。

她不清楚自己是从什么时候开始习惯美国那种生活的,她对自己有这样的想法感到羞愧与困惑。她始终是热爱自己的祖国的,可是为什么这次回来她却发现这么多的不足之处?

临回美国前,吴暇几乎每天都约着和孟琦见面。因为她不想回家面对父母,她更不知道如何面对外公外婆的难过。

吴暇爸妈离婚这件事,对两位老人的打击也不小。他们怎么也想不通为什么吴暇爸妈会离婚,他们不明白年轻人的想法,即便吴暇爸妈已经不再年轻了。

和孟琦见面的时候,吴暇总是哭。她哭了很多次,哭得很伤心,因为她明白她不能在家里哭。孟琦不知道应该如何劝她,因为她本就是一个不善于表达的女生。吴暇一直在问:"他们怎么就离婚了?""你说是不是因为我出国了?""你说我当初怎么就不拦着他们呢?""你说他们是不是过几年就不要我了?""我真觉得自己特没用!"

每当吴暇说这些的时候,孟琦总是说着相同的几句话来宽慰吴暇。大致就是:"你别哭了。""你别想太多了。""大人的事我们也控制不了的。"除此之外,孟琦不知道还能再说些什么。

这是吴暇第一次感受到不被理解的痛苦。她并不怪孟琦,因为孟琦没有义务陪她一起痛苦。因为孟琦的家庭很美满,所以她没有任何机会去体会这种痛苦。不知道为什么,吴暇突然想起了单阿姨。也突然想起了单阿姨经常说的那句:"你们根本就不理解我!"

是啊,很多事情发生了就是发生了。旁人又怎么会理解呢。吴暇突然有种想要理解单阿姨的冲动,她觉得或许这些年单阿姨自己一个人在美国过得很不如意吧。但其实真的应该理解她吗? 没准也未必。毕竟在这个世界上有很多人都会受到挫折,然而大部分的人选择重新振作起来,而不是像单阿姨那样对旁人加以伤害和指责。

想明白这些后,吴暇将眼泪擦干。她很认真地对孟琦说了声"谢谢",就再也没有在孟琦面前提过父母离婚的事了。因为她终于明白,很多事情是需要自己独自消化的,既然别人帮不了你,又何必把自己培养成下一个祥林嫂呢。

◇ 2 ◇

很快，吴暇就又回到了美国。即便她觉得一切都是留学的错，但她始终还是要在这里继续学习、生活。这学期她选了很多课，可是她无心上课。她变得很消沉，即便她总是试着说服自己不要这么消沉。

从北京回来后，母女二人便没再像从前那样有事没事地聊天了。她们好像都有心事，也都有意避开对方的眼睛。她们就这样僵持了一个星期，只有在每天吃饭的时候才会简单地聊上几句。

又到了晚饭时间，吴暇终于主动开口提起了她和妈妈都刻意回避的话题。

"妈，你想我爸吗？"吴暇开门见山地问。

吴妈妈没想到女儿的第一句话竟是这么直接。其实她是有想过找机会跟女儿好好聊聊的，但是她不知道应该怎么开口，毕竟她觉得自己做错了。"想，肯定会想，毕竟我俩都二十年了。"

"那你俩为什么还是离了？"

"就像我之前跟你说的，可能还是不太合适吧。"吴妈妈回避着女儿的目光，低下头赶紧往嘴里扒了两口饭。

"我觉得他自己在北京挺可怜的，而且他又不会说甜言蜜语，肯定也不会有女的愿意跟他这种冷冰冰的人谈恋爱的。"

"其实你爸还就这点好，作风好。但他就是不太会关心人，但其实女人真的很需要对方来关心的。"吴妈妈叹了口气，继续说，"其实如果我让他干点什么吧他也会去干，但就是嘴上不会说好听的。你看就上次他来美国，看我把这边都弄得这么利索他也不知道说两句好听的犒劳犒劳我，就好像我做的所有这一切都是应该的，就好像我永远也不需要被人关心似的。你看其他人，都是老公先出来探路，然后妻子跟孩子才会出来上学。可是我呢,一个人当两个人用,他也从来没有说过几句安慰的话。其实跟他在一起这二十年,我总觉得我们的婚姻里缺点什么。可能就像你说的吧,我俩的亲密度不够吧。不过这也不能全怪他,没准在他心里还觉得我不小鸟依人呢。"

"反正你俩都有病,他不会说甜言蜜语,他不知道关心人,重点是你也没给他机会让他关心你呀。你什么事都自己干了,你还指望他能替你干什么?而且他肯定还觉得没让你出去上班,你在家风吹不着雨淋不着呢。"

"哎,小暇呀,可能再等你长大点就明白了。其实有的时候有没有物质条件并不重要,你就说咱们天天吃饭能花多少钱啊?胃就那么大一点,就算吃再贵的东西也就只能装那么一点。但是精神就不一样了,其实我渴望的就是精神上的关心。我要的真的不多,哪怕他能经常口头上说几句好听的,我干再多的活也觉得值得。可你爸就是不肯说,他觉得老夫老妻了弄这些华而不实的没意思,他觉得男人就应该实干而不是耍嘴皮子。但很多时候,就是由于这些细节才让两个人变得有隔阂了。"

"嗯,他确实这方面挺欠缺的。所以说,以后我要是找老公肯定就找一个像你这样的。什么都听我的,而且还什么都替我干了。"

"你可别想美事儿了,天底下除了我以外还有谁能容忍得了你?你看看你脾气那么大又容易急,而且说话直来直去的,也不知道给人家留面子。再加上你看看你那房间乱的,自己也不知道收拾收拾。哎,你说你一个女孩子,怎么就没点女孩儿的样儿啊。"一听到女儿打算将来成家后依旧想当甩手掌柜,吴妈妈也着实焦急起来。她觉得如果女儿还没有意识到自己的不足,将来肯定就嫁不出去了。

"我长的是女孩儿脸啊,身材是女孩儿身啊,声音也很清脆呀,而且我觉得我性格挺好的啊。难道说非得在家洗衣服做饭才能找到好老公?难道房间乱点就没人要了?你可真逗,你这都是些什么逻辑呀。"吴暇不为所动。

"你看看你,跟你爸一个样,整天一副无所谓的样子。反正你趁早改改你这些坏毛病吧。别到时候真没人要就麻烦了。再说女人就这么几年的青春,你要是这几年碰不上一个好人家,等到你三十岁了人家就该各种挑剔你了。"

　　一听这话，吴暇立马翻脸了："真没劲，一跟你说点什么你就总是挑我毛病。难道你对我就这么没信心？难道你非得把我培养成你这样才能安心？你觉得自己过得幸福吗？你在家当了一辈子贤妻良母了，你真的快乐了吗？所以说你的那套做女人的标准根本就是行不通！反正我就是这样，要是有男的愿意接受就接受，接受不了就拉倒。我凭什么为他们改变啊，既然我都没打算要求他们替我做什么，他们也就没有资格来要求我！"

　　"人都是相互的，你要是真跟哪个男生好上了，肯定也要为人家着想的。"

　　"是啊，你说的这个前提是我真看上他了，或者说是我意识到我应该洗衣服做饭了。可是我现在没觉得不洗衣服不做饭是坏事啊，所以现在没必要把自己往这方面培养。总之，我是不可能找一个天天指望着我来收拾家的男人的。我还有自己的梦想呢，我还需要用大块的时间写歌呢。如果我把一天的精力和脑细胞都用在怎么布置家居的话，那我还不如死了算了呢。我实话跟你说吧，天天在家收拾房间完全没有任何意义。瞎耽误工夫不说，还会让别人觉得你毫无价值！"

　　"怎么就毫无价值了？你自己设想一下，如果将来你成家了，人家男孩子忙一天回来了，难道他不希望能看到一个好一点的生活环境吗？人家肯定是希望你把饭菜都准备好，把房间都收拾干净，这样他就觉得离不开你了，你俩的感情也就更好了。如果人家一回来看到家里乱糟糟的，那他心情能好吗？将来你们的日子能好吗？所以我现在跟你说的这些都非常重要，你从现在起就要改改你这些坏毛病了。"

　　原本还处在双方"探讨"阶段的吴暇，在听到妈妈这番话之后，立刻把筷子狠狠地放到了桌上。"妈，你别气我了行吗？凭什么他一回家就有现成的，然后我就不能出去工作呀。如果他要是因为我会收拾房子才跟我在一起，那还不如趁早拜拜呢。反正我的原则就是如果他想让房子干净，我们可以选择一起收拾。但如果我不愿意收拾，他也不愿意收拾，那解决方案就是找个保洁来家里收拾。做饭也一样，如果我不想做，或者他不想做。那我俩要不就在外面吃，要不就找人来家里做。总之我是不会因为找了个男的，就开始天天伺候他了。说句不好听的，我都没给你跟我爸做过饭，我凭什么给别人做饭啊。"

"你这都是些什么想法啊。哪有过日子还天天在外面吃的,再说了去外面吃又贵又不卫生。"

"妈,都什么年代了。要是他连让我出去吃顿饭的钱都拿不出来,那我还跟他在一起干嘛呀?你当我是受虐狂啊。"

"钱不是这么花的,以后要用钱的地方多了去了,你以后要真是成家了肯定还是要尽量节约的。"

吴暇换了个姿势,突然语重心长地说:"你知道为什么你跟我爸聊不到一起去吗?"

"为什么?"

"因为你俩的价值观不一样,而且是特别不一样。我觉得如果我现在是在跟他聊,他肯定特别支持我的观点。他肯定会跟我说如果我找了个男的导致我以后的生活质量还不如现在的好,那我就干脆甭找了。可是你呢,你却一再地教育我说让我去迎合对方。你怎么就不想想,我凭什么找一个人还得受委屈啊。我凭什么要变成他认为好的样子啊。如果他喜欢我,我怎么样他都会喜欢的。所以你就不要再说这些没用的了,你要做的就是多鼓励我,而不是把我培养成一个伺候别人的人。我现在真觉得跟你聊天越来越费劲了。"

听完女儿的假设后,吴妈妈来了句:"嗯,你爸确实有可能会这么说。"

"所以说呀,以后你就别老揪着这些小事不放了。像这种收拾衣服啊什么的,这些谁都会干。所以说,我现在只是不想干而不是说不会干。就比如现在吧,我最看重的是前途问题而不是这些鸡毛蒜皮的小事。我今天就跟你说句实话吧,自从你俩离婚以后我就觉得自己应该独立了。至少我得有自己的事业,至少我不能再天天在家憋着了。你能明白那种感觉吗?因为我觉得你们都不要我了,我觉得早晚有一天谁都指望不上了。"

"小暇你可别乱想啊,虽然我跟你爸离婚了,但是日子还是和以前一样的,我们怎么也不可能不要你的!"

"反正我就是有这种感觉。你呢,也没必要自责,因为我也没怪你们什么。总之,我现在很没有安全感,而且我也没有以前那么自信了。真的,我不骗你,自从你俩离婚之后我就不像之前那么自信了。所以我必须要做出一番事业,我必须要让别人通过认可我的作品从而认可我,而不是说因为他们觉得我有一个比较好的家庭所以才喜欢我。你能明白吗？总之，我现在对唱歌和写歌的事儿更加坚定了。我必须要通过这种方式让大家认可我，因为我不想给你和我爸丢人，我不希望别人将来会说这孩子真没用。你知道我现在压力有多大吗？其实我也不知道自己是怎么了，我就是觉得我应该替自己的将来想想了。以前我听别人说单亲家庭的小孩都比较独立也比较自私，之前我不知道是为什么，不过现在我终于懂了。因为他们害怕失去，因为他们觉得自己连家都没了，所以才会想要保护自己。不过你放心把，我不可能变得这么极端的，毕竟我都这么大了。所以不管怎么说，你两做得也已经够不错了，至少我心智健全，至少我还有个很完美的童年。"

吴妈妈没想到离婚这件事居然会对女儿影响这么深。曾经的小暇是多么自信哪，可是现在她却说自己缺乏自信心了。她意识到女儿现在非常缺乏安全感，所以她暗自发誓一定要加倍对女儿好，决不能让女儿出现任何差池。不过当她听到女儿依旧想把音乐当做是自己的事业时，又忍不住再次相劝："小暇啊，我是真的不希望你将来做音乐。你说你做这个有什么意思呢？能有发展和出路吗？而且说句打击你的话，虽然咱俩不是一代人，但我真觉得你写的有些歌并不是很好听。虽说你唱歌挺有感觉的而且也不跑调，但是你嗓门不够洪亮啊。像韩红那种嗓子才算是好嗓子呢，她那种就是天生唱歌的嗓子。就你这小嗓门儿，我真觉得想走这条路会很难啊。"

吴暇的性子本来就是一点就着。当她听到妈妈如此诋毁自己的作品外加质疑自己的歌唱水平时，立马就怒了。"你到底什么意思呀?! 你不支持我就算了，还天天泼凉水！什么叫我写的歌不好听啊，哪儿不好听了?! 而且我是在清唱，没有伴奏你能听得出效果吗？反正我这辈子就是要唱歌，你说什么我都是要唱歌！你要是不支持我，咱俩以后就别聊了！"吴暇突然像发疯似地冲妈妈大喊，因为她最受不了的就是别人质疑她的创作。"你不知道我这个年纪最需要的就是有人鼓励吗！天天上课下课的有什么意思？能有前途吗！难道你就希望我以后找份工作给人家打个工，然后再找个男的结个婚生个孩子就完事儿了?! 为什么你就看不到我的天赋！为什么你就不觉得我在这方面要比很多人都强得多！你见过周围有会写歌的人吗？你那些同学朋友的孩子有我唱歌好听吗？为什么你就是看不到这点，为什么你就是想打压我！我都跟你说了，我觉得现在我指望不上你跟我爸了！所以我要独立！我要有自己的生活！我要让别人觉得就算没有你们了我依旧可以把自己养活！音乐就是可以给我带来更好的生活的唯一动力，你为什么还要天天这样阻挠我！"

吴妈妈愣住了，或者说是吓傻了。她怎么也想不到女儿怎么突然就变成这样了。"小暇，你这是怎么了？怎么说着说着突然就翻脸了？我跟你说这些也是为你好，我就是想让你干点正事别老天天不务正业的。再说你这脾气也真得改改了。有什么话咱俩好好说，你没事老急什么？"

"我怎么好好说？你还想让我怎么好好说！什么叫正事，什么叫不务正业？音乐对于我来说就是正事！我一直在跟你说我要唱歌！我要唱歌！我要让全世界的人都听到我的歌！可是你呢，你天天否定我！天天羞辱我！就算唱歌没发展又怎么了?！就算全世界的人都不认可我又能怎么了?！这些重要吗？这些都重要吗！重要的是我在写歌的时候感到很快乐！重要的是我享受唱歌给自己带来的那种快乐！你为什么就不能替我想一想！为什么你总是按照你的思维来限制我！"

"我没有限制你什么，我只是不希望你浪费太多时间在这些没用的事情上。"

"什么是有用的！什么是没用的！你觉得你做的这些事都有用吗？都有用你干嘛还觉得不快乐！天天洗衣服做饭有用吗？把我养这么大了有用吗？我现在还不是照样跟你吵架吗？你付出的这些你觉得都有用吗？就是因为看到了你这样，我才发誓不要做一个天天在家给老公收拾屋子，给小孩做饭的女人呢！我就是要有自己的事业，我就是要让所有人都崇拜我！难道我这么想有错吗？为什么我要像你一样一辈子都在为了别人活?！"

吴妈妈彻底无言以对了。是啊，她这辈子一直在为了别人活。从小听父母的话，爸妈想让她参军她就去了。结婚后她把重心放在老公身上，吴暇出生后她辞掉工作开始无微不至地照顾女儿的生活。她从没给自己买过任何一件贵一点的衣服，她把全部的钱和精力都花在了女儿身上。她希望吴暇可以拥有最好的，她觉得只要女儿拥有了她自己便有了。她就是按照这样的原则活到了现在,可是就像刚刚吴暇说的,到头来她自己又得到了什么?这是她第一次反思自己的人生。活了半辈子的吴妈妈,第一次质疑自己这么多年的生活理念真的正确吗?

争吵过后,吴暇母女谁也没再多说。她们算不上冷战,但她们却各自回了房间。那一夜,出奇地安静。她们都僵直地躺在自己的床上没有发出一点儿声音。虽然身子是静的,但脑子却是乱的。不知道她们是什么时候睡去的,或许二人都一夜没睡吧。

第二天一早,吴妈妈来到了吴暇的房间对女儿说了对不起。又是对不起,又是在吴妈妈没有做错任何事情的时候对女儿说了对不起。吴妈妈平静地说:"我昨天想了一个晚上,觉得你说得挺对的。你这个年纪确实需要家长多鼓励,以前是我不好,你别生妈妈的气了。只要以后你能保证不耽误学习,你写多少歌我都会支持你。"

吴妈妈话音刚落,吴暇就哭了。因为妈妈始终都是那个妈妈,始终都是那个只要自己开心了她就会觉得开心的妈妈。

看到女儿哭了,吴妈妈也哭了。母女俩就这样一个躺着、一个站着,全哭了。是啊,昨天的吵架是不可避免的,因为她们都清楚双方不过是在找各种各样的理由发泄罢了。因为她们都憋了太久,因为这个家终究还是散了。

"小暇,咱们养只小狗吧。一是换换心情,另外就咱们两个女的在美国也确实怕不安全。"待两人平复心绪后,吴妈妈坐到吴暇床边。她把昨晚思考的结果告诉了女儿,毕竟她们都需要转移一下注意力了。

"嗯,那就养一只大狗吧。国内不让养大狗,咱们就来美国养。"

"好,那就养大狗!"

母女二人经过一番商讨后,最终决定养一只德国黑背,也就是军队那种大狼狗。她们觉得大狼狗既聪明又忠诚,而且肯定也是看家的好能手。于是在秦叔叔的帮助下,她们在一个养犬基地买下了一只仅有两个多月大的小狼狗。尽管这只小狗的价格不菲,但一想到它有纯正的血统证书吴妈妈也就不觉得心疼了。总之从这天起,吴暇家就又多了一位成员。她们对它就像对待自己的亲人一样好,吴暇也给它起了一个中文名——壮壮。

〈 3 〉

壮壮很听话,虽然刚到家的头几天还有些不适应,但一周后就彻底把这里当家了。吴妈妈每天都会带它到门口遛几次,所以壮壮基本上没在家里随地大小便。

虽然壮壮是大狼狗,但毕竟现在只有三个月大。三个月的大狼狗和普通的小型犬体型差不多,所以吴妈妈便把它当成是宠物狗来养了。

考虑到壮壮还太小,自觉性肯定不高,为了避免它在屋子里乱拉乱尿,吴妈妈愣是陪它在客厅睡了四个月。吴妈妈之所以睡客厅是因为客厅旁边就是大门口,只要吴妈妈看到壮壮起来转圈了就知道它是想要尿尿了。为了不把地毯弄脏,吴妈妈总是一个健步冲到大门口把门打开,然后壮壮就很自觉地出去方便了。

至于为什么不把壮壮直接关到小院去,那是因为母女二人都不舍得让它自己在外面孤零零地呆着。所以从这点来看,她俩还是很有爱心的。

不过有爱心归有爱心,吴妈妈在沙发上睡了四个月之后,基本上腰也快睡断了。但即便如此,她依旧毫无怨言地坚持到底。于是在吴妈妈长达四个月的陪吃陪喝陪睡后,壮壮便将吴妈妈视为自己的亲妈了。从此吴暇的生命中就多了一个"狗弟弟",不过这个弟弟只听吴妈妈的话,几乎不听吴暇的。

壮壮长得很快,转眼就成帅小伙儿了。随着壮壮的长大,它的定力也越来越好,基本上可以一觉睡到大天亮,等第二天早上再出门尿尿。于是乎,吴妈妈终于可以毫无顾忌地回屋睡觉了。看到妈妈对壮壮如此上心,吴暇也开始回忆起小时候妈妈照顾自己时的情景。尽管有时她总喜欢和妈妈顶嘴,但她始终明白妈妈是这个世界上最伟大的母亲!

和人类一样,狗狗的成长也会体现在外貌上。抛开身体长大了不说,壮壮的脸形就和小时候有了明显的不一样。小时候它的脸相对比较圆，但现在它的嘴巴却越来越长了。不过变化最大的还不是脸型，而是壮壮的耳朵。

原本壮壮头上耷拉着的两个耳朵很是可爱，可就在一夜之间头顶上的两只耳朵突然竖起来了。不过不是正常地竖起来，而是两个耳朵都朝中间靠拢，形成了一个正三角。有的时候是左耳搭在右耳上，有的时候则是右耳搭在左耳上。起初吴妈妈跟吴暇还以为是壮壮长残了呢，可当询问完养狗达人秦叔叔之后才知道这是狼狗成长的必经之路。于是在接下来的日子，母女二人每天的娱乐活动就是嘲笑壮壮的耳朵了。

壮壮依旧很憨厚，尽管每天都会被嘲笑，但只要吴妈妈一带它出去玩儿，壮壮就张着大嘴呼哧呼哧的，一笑泯恩仇。

壮壮最喜欢到吴暇高中门前的那片草地玩球。每当吴妈妈把新买的网球往很远的地方一扔，壮壮就会像脱缰的野马一样朝目标飞奔出去，没一会儿又满载而归地把球还给吴妈妈。吴妈妈每天都会带壮壮玩球，直到有一天奇怪的事情发生了。

那天吴妈妈依旧是带壮壮去草地玩球，也依旧用的是常规品牌的网球。可是当壮壮这次把球捡回来的时候，吴妈妈发现不仅球上满是血渍，就连壮壮嘴里也都淌着血。看到这一幕，吴妈妈吓坏了。她想看看壮壮到底是哪里受伤了，但壮壮却别过脑袋死活不给她看。于是吴妈妈拿起那个血次呼啦的网球左看右看，不过她既没有发现网球被咬裂，也没有发现上面有任何钉子之类的硬物。正当吴妈妈困惑不解的时候，壮壮嘴里的鲜血越流越多了，只见那些从牙缝中渗出的血液正滴滴答答地滴落在草地上。吴妈妈这下是真慌了，正当她不知所措的时候突然想起来老秦家里养的那两只大狼狗，于是立马拨通了老秦的手机。

“Hello?”老秦接起电话。

“喂，老秦啊，是我。有个事我想咨询你一下啊。”吴妈妈语气很是惊慌。

“怎么了？你说。”

“就我刚才带壮壮去草地玩球，然后它突然嘴里就开始流血了。我刚才检查了，球上并没有钉子什么的。你说这是怎么回事啊？它现在还在流呢。你说它是不是得了什么绝症了？还是吃坏了？还是草地喷毒药了？你养过狗有经验，你知道这是怎么回事吗？"

听完吴妈妈的描述，老秦突然就笑了："哈哈，你放心吧。这不是什么大事，就是小狗开始换牙了。"

"啊？换牙？换什么牙？狗还会换牙呢？"

"是啊，换完牙之后它可就更厉害了。估计你跟它拔河都拔不过它了。"

"噢，是这样啊，那我就放心了。我说怎么突然就流血了呢。谢谢你啊老秦，刚才真是吓死我了。"

"客气什么，有空带着小暇来家里玩啊。"

"行行，好的。"

吴妈妈挂断电话后，总算是舒了口气。她想看看壮壮到底是哪颗牙掉了，不过壮壮依旧很有骨气不给她看，于是这件事也就不了了之了。

总之自从有了壮壮，吴暇母女的日子比原先过得快活多了。壮壮的一举一动都会牵动吴暇母女的心神，这也正好成功转移了她俩对于离婚这件事的注意力。吴妈妈觉得自从有了壮壮，在美国的日子更加充实了，她不仅需要照顾好女儿，更会在充裕的时间里逛一逛宠物商店打发时间。壮壮的出现给吴妈妈带来了某种精神寄托，也为她提供了一个继续待在美国的理由。因为她现在已经没有任何退路可言，她不仅要陪女儿完成学业，更需要陪壮壮度过未来的十至十五年。这对于吴妈妈来说是件好事，至少她无须再对北京念念不忘了。

4

转眼间，Lily 到美国已经两年了。她深深地爱着这里，却很少和人提起自己的家庭。因为有些事情她也搞不明白，就好比妈妈替她办的日本绿卡。

虽然 Lily 妈总对 Lily 说她有日本绿卡，可是每当 Lily 详细讯问时，Lily 妈又解释不清日本绿卡、留学签证以及日本国籍之间的真正差别。按 Lily 妈的原话来说："反正你最好是两年来一次日本，然后我让老头替你续签。"至于续签什么，怎么续签，Lily 妈则一概不知了。

所以对于 Lily 来讲，她是一个很没有安全感的人。她不喜欢中国，因为那里有她缺少关爱的童年。她很喜欢美国，却也清楚地意识到想留下来很困难。她对日本的态度不冷不热，却要为了保住那个说不清是什么绿卡的绿卡，来回颠簸。

是的，又需要续签了。Lily 妈在电话里特意嘱咐 Lily 这个暑假一定要准时回到日本办理手续，尽管 Lily 不想去但她还是向老板请假了。

礼品店的生意不算很好但也差不到哪去，每天总会有些稀稀拉拉的散客光临。Lily 在这家店已经工作半年了，每周上四天班，一个月也能挣到五六百块钱。尽管在店里要受尽老板的眼色和责骂，但看在钞票的份上，Lily 全忍了。

虽然店面不大，但 Lily 需要做的事情却很多。如果是上早班，Lily 则需要早早地来到店里等老板开锁。之后老板便去另外那家店忙活了，而 Lily 则需要独自一人把店里比较抢手的商品一件件地搬到门口。如果是上晚班，则需要她把门口的商品一件件地搬进店铺，然后再等老板过来给铁门上锁。所以如果老板来晚了，Lily 则需要一直站在店门口傻等。对于 Lily 来说，这也能证明为什么她一直想要得到美国身份了，因为正规的老美公司是不可能出现这种情况的。

那天老板依旧铁青着脸，原因就是 Lily 在记账的时候少记了两块钱。

记账，是个很麻烦的事情，也是很多华人老板在意的事情。其实正规的老美公司是不需要店员记账的，因为每笔销售的金额都会直接显示在机器里。然而很多华人老板为了少上税，所以只收现金不能刷卡，于是只能通过详细记账来统计销量了。

老板要求所有员工每天必须一笔一笔、一字不落地把所有账目都记清楚。好比说，Lily 卖出去了一个折星星的折纸。客人拿出 5 美元，星星纸卖 1.99 美元，所以算上加州购置税之后 Lily 应找给客人 2.83 美元。如果正好赶上店里有买二赠一的活动,则客人掏了多少多少钱,实际应该收多少多少钱,都必须记下来。

再比如,星星纸分为红色、绿色、蓝色、粉色。为了让老板了解到哪种颜色更好卖,Lily 不但要把价钱记下来,还要在价钱后面明确标出今天具体卖的是哪个颜色的哪一款。

由此看来,Lily 每天的工作量简直是大得惊人。她每天都要记清今天到底卖的是哪款汽车香水、汽车坐垫、方向盘的套、遮光板、后视镜、布娃娃、水壶、饭盒、书包、围裙、脱鞋,等等。Lily 不但要负责给前来选购的客人做详细的介绍,还需要记清每天促销的产品折扣,之后还要一字不落地在本子上记账。总之,这项工作可谓是又费体力又费脑力,而且一个小时下来才只能赚不到 6 美元。这样赤裸裸的剥削,也真是广大留学生的血泪史了。

在如此高强度的工作下,Lily 不小心记错账了。她仅仅是少写了两块钱,竟然被老板成功地发现了。至于老板为什么会发现是因为老板在点钱的时候发现多了两块钱,而账目本上却找不到这两块钱的来源。尽管老板知道 Lily 没有贪污这两块钱,但还是劈头盖脸地给 Lily 讽刺挖苦了一番。

“两块钱。你别看这两块钱数目不大,但你知道日积月累下去这件事会有多严重么!”老板依旧带着浓郁的台湾腔。

“对不起啊,老板。昨天店里实在是太忙了,我一时给疏忽了。”

“做错事就是做错事,不要给自己找借口。你连在我这样的小店都做不好,将来大公司怎么可能会用你呢?”

Lily 沉默不语,低头听着。

“你现在好好给我讲一下,为什么会犯这样子的错误。如果在我这里工作的员工,每个人每天都犯一次错误,那我直接关门停业好了。我真是搞不懂,为什么你们年轻人就不能认真工作。难道你们觉得赚钱就这么容易吗?我和你一样,当初也是来美国留学。可是我那个时候真的是好认真好努力的,根本不像你这样记个账都会记错的。唉,我好难过,怎么店里就没有一个可以让我放心的人呢?”

“老板,你别生气了,我下次会注意的。”Lily 依旧低眉顺眼地说。

“下次?这次都没有做好,我怎么知道你下次会不会又做不好!我知道你是留学生没有合法的工作机会，所以才提供这个机会给你。可是你呢，却这么不认真。"老板越说越投入，恨不得就要捶胸顿足。

"老板，我以后会注意的。"

"哎，对待你这种员工我真的不知道该怎么办了。但这件事绝对不能就这么过去了，不然你肯定是记不住的。"

"那你想怎么办？"Lily紧张得都不敢大口喘气了。

老板歪头想了想，缓缓地张嘴说："这样吧，昨天你的工资全部扣掉了。你千万不要记恨我，因为你做错了就是做错了。我这么做也只是为了能够让你记住这件事，换句话讲我也是在帮助你。你明白吗？"

扣工资？就因为少写了两块钱就要被扣工资？Lily真的太需要这笔钱了，她觉得自己的付出本来就没有得到相应的回报，然而现在老板却又提出要扣她工资。于是Lily据理力争道："老板，我觉得这样不合理。虽然我少记了两块钱，但是这两块钱却依旧在钱袋里，所以你根本就没有任何损失，我觉得你不应该扣我的工资。"

"看来你还是没有认识到自己的错误啊。我实话和你讲吧，我这家店已经在这里开了将近十年了。每年有多少留学生来这里打工啊，可是这个广场里又有多少家店铺肯用留学生呢？所以我觉得你不要意气用事，犯错误了就要接受惩罚，这样以后还可以继续在这里好好做下去。你说呢？"

这是Lily第一次被人威胁，而这个人正是可以让她挣到零花钱的老板。Lily再也不敢多说什么，因为她真的很需要这份工作，因为就像老板说的，现在又有谁敢冒险聘用没有美国身份的留学生呢？

"那就照你说的办吧。"Lily不情不愿地说。

"哈哈，这样的认错态度就很好嘛。那你继续工作吧，下次可不要再犯错了哦。"老板瞬间阳光灿烂了。

尽管外人都会称呼他们一声"老板"，但其实刨去房租、进货、员工工资、政府税收，他们每月能赚到手里的钱也就没剩多少了。所以他们能做的一是对客户能宰就宰，另外就是尽量挖出员工犯的错误。

"老板。"Lily有些不好意思地开口了。

"怎么啦？"

"我们月底就放暑假了，我需要回一趟日本，我想请一个月的假。"

"什么？请假？"老板又准备发飙了，"你觉得这份工作能等你一个月吗？而且暑假正是客人多的时候，你明明知道我现在人手不够你还要请假。而且你如果要请假也应该至少提前一个月和我讲吧。现在马上就要月底了，你突然说要走你叫我怎么办呀。"

"对不起啊老板，我之前太忙了就忘记说了。"

"不行，你不能走。至少也要等我找来接替你的人你才能走。"

"可是我需要到日本去办证件，我这次是无论如何都要回去的。"

"虽然我们没有签订过任何劳工合同，但是最基本的常识你总该知道吧。你如果想要请假，肯定是要至少一个月前通知我的。你这样随随便便就走了，我的店铺怎么办？做事情不要这么不负责任呀。"

"等我回来之后，一定好好干。我这回是真的需要早点过去的。"

"如果在大公司，你这种情况都是需要被罚违约金的你知道吗！"老板又开始吓唬她了，"如果交不出违约金，还会坐牢的！"

一听这话，Lily 也被吓得不敢作声了。她没想到事情会这么严重，她以为只要跟老板打声招呼就可以了。

"不是我吓唬你啊，在美国这种如此讲究法律的国家，你如果犯法肯定是要被判刑的！"老板继续给 Lily 编故事吓她。

"那……那怎么办？"

"看在咱们没签合同的份上，我也就不去法院告你了。但是如果你执意要走的话，这个位置肯定就不可能再给你留了。"

Lily 想了一下，觉得还是去日本办绿卡的事情比较重要，于是一咬牙一跺脚，从牙缝里挤出三个字："那……好吧。"

没想到 Lily 竟然没有被自己唬住，老板明显有些错愕："哦，这样啊。那你就干到这个月底吧，正好我也需要时间培养新人。不过每小时的工资要再扣一块钱。由于你的原因我必须多花精力来培养新人，而且培养新人期间另外那家店我肯定也不能照顾周全，生意肯定没之前好。所以为了避免太大的损失，就从你工资里扣掉了。"

尽管 Lily 一百个不愿意，但少一块总比没有强。如果现在跟他闹僵，没准自己一分钱也拿不到了。于是 Lily 说："那好吧。"

确定 Lily 要走后，老板对 Lily 的态度明显更恶劣了。既然 Lily 不可能再继续为他效力了,他也就没必要对她客气了。下班前,老板有意无意地来了句:"吃不了苦就直接讲出来嘛,何必说什么非要去日本呢。难道你以为日本身份就那么好办啊。"

然而离他只有五步之隔的 Lily 只能用最不起冲突的方式回应老板的挑衅,那就是装作没有听见。

回到家之后,Lily 给妈妈打了电话。她告诉妈妈可以按时回去了,于是妈妈在欢笑声中挂了电话。

躺在床上的 Lily 回想着今天发生的事情,她觉得自己的命实在是太苦了。为什么吴暇找工作的时候碰到的都是和蔼可亲的好老板,而自己遇到的却是这样的人渣。Lily 把所有的一切,都归结于吴暇有绿卡而自己没有绿卡。是啊,她太需要这张绿卡了。她觉得只要自己有绿卡了,就不会被人欺负。她觉得只要自己有绿卡了,就会有更多的发展空间。于是她暗自发誓将来一定要拿到美国绿卡,不论用什么样的方式,不论付出多么惨痛的代价!

第十七章　与网友会面

拿什么拯救你，生活在洛杉矶的寂寞少年。

1

　　自从跟日本老头分居后，Lily 妈就搬到了东京。她在东京租的房间很小，也就比 Lily 在美国的房间大一丁点儿。虽然女儿能来日本 Lily 妈很开心，但毕竟她每天都需要出去工作，所以只能把 Lily 一个人关在屋里。

　　Lily 很想出去，但妈妈不让。因为她担心女儿语言不通会出状况。不过很快，Lily 妈便打消了这个念头。

　　事情的经过是这样的，有一天 Lily 和妈妈从超市回来，发现她们家隔壁住着一个外国留学生。由于 Lily 妈经常早出晚归的，所以邻居住的是什么人根本不清楚。当得知邻居是个美国人后，Lily 在日本的日子就不那么枯燥了。

　　邻居是个交换生，准备在日本过完暑假再回美国。Lily 向邻居询问了日本教育和美国教育的差异，也从中打听到许多一直被误导的事情。

　　通过和邻居交流，Lily 得知日本的绿卡根本就不叫绿卡，而是叫做"永驻签证"。这个永驻签证说白了就是往返日本不需要再签证，至于其他方面则一点实惠都没有。Lily 觉得邻居描述的"日本绿卡"和妈妈描述的出入很大，不过她没打断邻居而是继续听了下去。

随后邻居又和她聊到了学费问题，他说如果是以留学生的身份来日本上学反而要比本地人便宜，因为日本会给留学生提供 30% 的学费减免。听到邻居这样描述，Lily 更觉得和妈妈所说的完全不一样了。

"有永驻签证学费不应该是免费的吗？"Lily 不敢置信地问了一句。

"怎么可能会免费，只有美国才给学生免费上学呢。"

随后 Lily 又了解到，日本的所谓"绿卡"和美国的绿卡完全不是一个概念。在美国如果享有绿卡，除了没有资格给总统候选人投票外，基本上其他福利和美国公民享有的没有太大差别。而日本的所谓"绿卡"，则什么福利都享受不了，只是确保了可以永远呆在日本而已。

在得知这一情况后，Lily 突然脑袋发蒙。她不知道到底是谁说了谎，此刻的她已经没有心情再去分辨谁对谁错了。

不管怎么说，她始终是喜欢美国的。即便妈妈说的是正确的，她也不想在日本生活。可如果邻居说的是正确的，没有退路的她便更要绞尽脑汁地留在美国。所以不论二者谁的说法是正确的，不论日本到底有什么样的政策，Lily 的真心都早已属于美国。只不过当她听到自己所拿的日本永驻签证没有任何意义的时候，内心还是有些失落。

和妈妈住了将近一个多月，Lily 实在是受不了了。虽然她小时候很渴望得到父母的关爱，可是一旦真有人关心她的时候，她又觉得这样的关心让她很不自在。

就好比 Lily 妈会经常问她一些她认为没有必要问的问题，好比说："你在哪呢？还在邻居家吗？""你吃饭了吗？""没走太远吧？""宝宝你在干嘛呢？妈妈很快就回来了。"Lily 并不觉得这是妈妈在关心自己，反而觉得是在监视她。对于早已习惯一个人独来独往的 Lily 来说，她已经不习惯被人问来问去了。她觉得那样很烦，失去自由了。

所以即便有的时候她很羡慕吴暇有一个那么爱她的妈妈，但她也清楚地知道自己根本无法适应身边有这样一个妈妈。她会觉得很啰嗦，她早就不太明白如何与人亲密生活。

在日本的这一个多月里，她过得很压抑，因为她总是会感受到妈妈对她的各种关心。她不需要这些关心,因为这些关心让她觉得很累,因为一个从小被放养的孩子注定会在温室里枯萎。

这次在日本没吃到什么好吃的,基本上都是在家做饭了。原因很简单,因为外面的饭很贵。Lily 妈跟 Lily 说得最多的一句话就是:"你这次回去,一定要抓紧相亲啊!"

Lily 告知妈妈在美国找不到合适的,妈妈则说:"那你就到交友平台上去注册。总之你一定要抓紧时间,等你把美国身份办下来了,就把我也申请过去,然后我就可以跟日本老头离婚了。等将来我也在美国找一个人结婚,咱俩就都可以留在美国了!"

一想到妈妈打算和自己一起住在美国,Lily 又开始惴惴不安了。她不习惯和妈妈一起住,就连现在和舅舅一家住也纯属被逼无奈。虽然舅舅一家对自己很好,但她所希望的仍是自己一个人独处。

Lily 不想让妈妈失望,所以嘴上连忙答应着一回美国就找对象。其实她并不渴望能有一个真正关心自己的人出现,她想要的只是一个能帮她留在美国的人。对于一个从小没被父母疼爱过的孩子来说,让她现在再去重新认识一个人、接纳一个人、相信一个人,基本上是不可能的。她不可能全心全意地对谁付出,所以她也清楚自己根本就指望不上别人对自己真心付出。这也就证明了在 Lily 的潜意识里,她对和人假结婚这件事是不抱有任何希望的。她不想打击妈妈,但是她明白这条路是行不通的。因为她不习惯身边多一个人存在,更因为她的自尊心不允许那张绿卡成为别人高她一头的资本。

从日本回到美国后,Lily 和吴暇见了一次面。一见到 Lily,吴暇就惊呼:"你是不是在那边水土不服啊? 怎么头发少了这么多啊!"

虽然 Lily 嘴上回答"是",但实际只有她自己清楚,这哪里是什么水土不服,这是因为她天天都在思考自己接下来的路要怎么走,所以才天天睡不好觉,愁得已经快要露头皮了。

见 Lily 愁眉不展的样子,吴暇也有点不知所措了。她试探性地问了一下 Lily 到底怎么了。于是 Lily 把自己没有退路的事情告诉了吴暇。吴暇听后却很开心。"我跟你说啊 Lily,这就对了! 他们那边的绿卡不要就不要了,有什么了不起的呀。再说了,等你在美国毕业之后就赶紧回国。真的,听我的准没错。现在国内正需要海外人才呢，等你回去之后人家肯定都抢着要。所以说啊，没什么好发愁的。去不了日本才应该感到庆幸呢。”

“哎，反正说来说去我就是想要有张美国绿卡，不然我将来回国都费劲。”

“啊？什么意思啊？这和回国有什么关系？”

“我们留学生和你们不一样。如果我们考试没考好，美国是有权力不继续给我们颁发留学签证的。所以有些学习不好的，好几年都不敢回国。因为他们一旦回国了，就很有可能进不来美国了。”

“还带这么玩儿的？这我还真是头一次听说。”

“要不怎么说你很幸福呢。而且你选课的时候也比我们自由，你可以这学期一门课都不选或者只选一门课。可是我们不行，我们每学期要上的学分都是固定的，不能少于那个数字的。反正规矩特多，而且如果我明年能转去四年制的大学，我就不想和舅舅一家住在一起了，和他们住一起一点都不自由。不过如果我真自己租房肯定又要有新开销，而且工作又不好找。不像你，爸妈给你买好房子也不用担心房租和伙食费的问题。”

“嗯……那个……听你这么一说，好像还真是这么回事儿。”

“所以说呀，有绿卡和没绿卡差距是很大的。就拿打工来说吧，之前我那个老板就一点都不讲人权，克扣我们工资。但是没办法呀，本来我们打工就不合法，所以我们也都不敢告他。”

“你如果非按这个角度来思考问题吧，也确实像你说的没绿卡的确不太方便。可是如果你换个角度想问题，马上就发现情况大逆转了。你想想看如果你回国了，你还发愁找不到工作吗？而且你又会双语，多少人都羡慕你呢。所以说，你完全没必要在美国忍气吞声的，大大方方地回归祖国反而要比现在幸福得多。”

“国内再好，也只是北京上海那种大城市好。如果我回去了，我还是会回我们那个小城市。就算我不回老家去当北漂，那我不也照样还得重新租房子找工作嘛。与其那样，我还不如在美国租房子找工作呢。你在北京有家，你可能不觉得有什么。而且你爸又那么关心你，可是我爸基本上从来都不给我打电话。上半年刚有微信的时候我主动加了他，之后他就一句话都没在上面跟我说过。所以我回国一点意思都没有，不过就算跟你说了这么多估计你也还是理解不了的。"

一向伶牙俐齿的吴暇，在听到 Lily 的想法后瞬间语塞了。她不知道该说些什么，因为不论她说什么都没任何作用了。Lily 的遭遇确实是她理解不了的，她没想到在这样一个美好的年纪里，居然会有 Lily 这种不幸的孩子。Lily 完全是为了生存而生活，这和吴暇很不一样，因为吴暇早就拥有了 Lily 一直拼命追寻的东西。吴暇突然觉得人生真的很不公平，也突然明白每个人的喜怒哀乐的切入点都是不一样的。这是她第一次认识到，人与人之间之所以会走上不同道路的真正原因。是啊，这些全都源自童年的生活环境、源自父母的教育问题。

吴暇没再多说什么，因为 Lily 的思维已经固定了，她不可能觉得中国会比美国好，就像吴暇不可能觉得美国要比中国好。两个思维定势的人，是不可能继续聊下去的。她们可以互相理解，但理解的层面却很有限。在吴暇心里 Lily 已经走进死胡同了，但她自己又何尝不是呢？

这个暑假吴暇没有回国，一是她想多上几节课，这样就能早转学、早毕业，从而早点去音乐学校上课。二来她也在这个暑假考到了驾照，作为奖励她得到了人生中第一辆属于自己的车。

之所以选择两门的 Fiat，主要是考虑到停车方便。车子很小，随随便便找个空隙就可以当停车位了。吴暇对这辆车很满意，白色车身红色敞篷。内饰的座椅是红色的，方向盘是白色的。不过最主要还是这辆车的刹车和油门都很轻，只要轻轻一点就可以很好地操控。

由于吴妈妈在买那辆二手丰田的时候吃了不少亏，所以在给女儿买车时她选择了正规车行而不是私下交易。在车行买车很方便，她们当天交完钱就直接把车提走了。

　　自从有了汽车后，吴暇又学会了一项新技能——加油。在美国，所有人都要自己到加油站去加油。加油站里唯一的员工，只负责在屋里收钱。如果用现金加油，则需要往屋里走一趟。如果直接刷卡加油，则不需要进屋了。但不论选择哪种付费方式，加油的时候都要靠车主自行解决的。

　　常规的加油站都有三档油的型号，♯87、♯89、♯91。♯91是最贵的，但其实也贵不到哪里去，一加仑也就3块多美元。

　　吴妈妈总是让吴暇加♯91号的，虽然她不懂车子，但她总觉得最贵这档油最好。按照她的逻辑：油越好对车子的内部结构也就越好，车子的内部结构越好操控性就越好，操控性越好就越不容易出现交通状况。所以为了女儿的安全，吴妈妈每次都叮嘱吴暇一定要加最贵的。

　　其实自己加油也不难，只要记住几点就可以了。第一，把车开进加油站；第二，选好一个位置后，停车、熄火、开油盖；第三，走到加油的机器前刷卡，然后输入银行卡或信用卡所登记住址的邮编号；第四，选择一个型号的油，第五，把加油枪插入油箱里；第六，按住加油枪的把手并将它卡住；第七，加油完毕，把加油枪放回原处；第八，拿完收据开车走人。

　　当吴暇学会这项技能后，突然觉得国内的加油小哥工作量一点都不大，因为这项工作简直太轻松了。此外她也意识到，在美国不论你有钱没钱，不论你开着多贵的车，只要是到了加油站，都需要自己下来加油。

　　吴暇的车很省油，全加满只要35美元。如果周一到周五每天都需要去学校的话，35美元够吴暇往返学校俩礼拜了。所以通过加油，也可以体现出美国的物价真的很便宜。

　　虽然外公外婆听说吴暇会开车了，都很欣慰，但毕竟这么长时间没见到外孙女，二老还是特别想她。为了不让外公外婆太过思念，吴暇保证每天都和他们在MSN上至少视频半个小时。

　　至于吴爸爸，则和女儿在微信上交流感情。随着微信的风靡，大家交友的便利程度也得到了极大的提升。毕竟只要能上网就可以使用微信，既然发短信和打电话的钱都省了，大家互动的频率自然就高了。

$\diamondsuit$ 3 $\diamondsuit$

May 依旧和 Tony 在一起,只不过他们之间的互动却略显单薄了。自从 May 的"撒泼"模式开启后,Tony 就变得"爱学习"了。Tony 基本上是三天一大考,两天一小考,好不容易赶上不用考,他却说要和同学到图书馆复习。

"你是不是故意躲着我!"May 再也受不了了,直接一个电话拨过去就开始逼问了。

"不是躲着你,我是真没时间了。"

"你以前怎么有时间?自从得到我之后,为什么就开始没时间了!"

"我都跟你说一万遍了,我是因为爱你才和你在一起。至于那个什么,是因为我觉得我肯定会娶你,所以早一天晚一天也不是多大的问题。"

"你就是为了和我上床才故意讨好我!现在你目的达到了就不要我了!"

"你别老瞎想了好吗,我都这么大了,今年都二十四了。我那些国内的同学都上研究生了,我现在连学校还没转出去呢,你就体谅体谅我吧。难道你希望你老公三十岁才能大学毕业吗?我现在是真的不能总陪着你,你应该理解一下我啊。"

"当初你追求我的时候怎么没想过你三十岁才能毕业,为什么我们那个完之后你就开始担心能不能毕业了!"

面对 May 的质疑,Tony 真是无话可说。他已经不想再向 May 解释什么,因为这段时间 May 翻来覆去地只是围绕这个话题问来问去。直到这个时候 Tony 才意识到,为什么周围的朋友都劝他不要和处女谈恋爱。是啊,没有过那方面经验的女孩是很单纯可爱,可是她们同样也很较真儿啊。她们总是担心是不是睡过之后男方就不要她们了,要不就是她们觉得自己受了多大委屈似的。总之睡之前什么都好,睡之后她们就觉得你对她们的好就是为了骗她们去睡一觉。

"啊！苍天哪，大地啊，我到底要怎么解释 May 才肯消停啊！"Tony 是真快被 May 逼疯了，他在心中无尽地呐喊。

"我跟你说话呢！你为什么不回答我！你是不是想借此机会甩了我！我就知道一直以来你都是在骗我！我妈妈说的一点都没错，你根本就不是好人！"

"宝宝我求你了，你放过我吧好吗？我明天真有考试，我如果这科过不了，GPA 就会往下掉好多。周末，周末我去你家接你行吗？我们出去吃饭，就去你最爱的那家韩国烤肉店好吗？"Tony 真的是没招儿了，他不知道这样的日子还会持续多久。

"你不就是想让我消失吗？好啊，那我就消失给你看！我这一个礼拜都不会联系你，你也不用联系我！周末我不会跟你出来的，你好好考试吧。拜拜！"May 像一个女烈士一般地挂断电话。她觉得自己刚才真是太威武了，没有被这个臭男人忽悠，依旧保持着最冷静的态度。是的，May 就是这样看待自己刚才的举动的。

挂断电话后，Tony 把手机放到桌子上，原本看到一半的复习题此刻也没心情看了。他不明白女朋友怎么突然变成这样了？以前 May 什么都听自己的，可是自从他给她买名牌、同意她化妆后，她的脾气就变得越来越暴。Tony 起身去厕所洗了把脸，不想再想这些事情。他觉得彼此需要冷静一段时间。

直到周日晚上 11：59，Tony 和 May 依旧谁也没联系谁。因为 Tony 把全部的注意力都放在了考试上，而 May 则把全部的注意力都用在跟 Tony 怄气上。

这几天 May 很煎熬，她时不时看眼手机，几乎连睡觉的时候也没有开静音。第一天她还暗自发誓，如果 Tony 给自己打电话，自己绝对宁死不屈。第二天，她觉得如果 Tony 给自己打电话，她就先假装生气然后再原谅他。第三天，她决定连假装生气这项都可以去掉了，她会在第一时间接起 Tony 的电话。可是直到第四天、第五天，Tony 依旧没来过一通电话。

May 以为是自己的手机坏掉了，于是她让吴暇给自己打了好几次电话。之后 May 感觉是微信出故障了，于是卸载重装了好几次。总之她折腾了很久，却始终拉不下脸主动给 Tony 打个电话。

　　周一的时候，Tony 给 May 发了条微信，说考试成绩出来了，考得很好。Tony 问 May 要不要晚上一起吃个饭？May 想都没想就欣然接受了。

　　于是接下来的日子，他俩又和好了。只不过 Tony 是真的觉得两人和好了，而 May 只是为了不失去 Tony 才假装不计前嫌了。在 May 心里，她始终是想探寻真相的，她很想知道 Tony 和自己在一起是不是就是为了和自己睡觉。这个想法在 May 心里越积越深，于是只要 Tony 的态度稍微有一点点没达到 May 的标准，May 就会觉得 Tony 不爱自己了。

　　于是在接下来的日子里，他们就这样相互折磨着。但不得不承认，他们之间依旧是有爱的。

4

　　如果将 Tony 和 May 的情感比作是严寒，那此时的 Lily 则是春暖花开。通过某个社交网站发来的邮件，Lily 准备和一个网友见面了。

　　他们在 Facebook 上互相加了好友，然后约好见面地点。和这个网友见面前，Lily 没有跟任何人说起她的这次相亲计划。一是她不需要任何人的建议，二是她向来也不相信别人给出的建议。

　　那天应该算得上是阳光明媚了，虽然洛杉矶天天如此吧。不过当她亲眼见到对方的时候，心情却怎么也明媚不起来了。

　　为了准备这次"约会"，Lily 特意买了条新裙子。她从国内带来的衣服都小了，因为她来到美国后就至少胖了 20 斤。不过她并没有减肥的计划，因为儿时食品的匮乏让她无法拒绝美国的食物。她很爱吃也很能吃，她觉得委屈谁都不能委屈自己的胃。

　　见面地点是 Lily 选的，她选了一家一直很想去的甜品店。Lily 比预计时间早到了十分钟，因为她想挑一个好一点的座位观察网友的一举一动。

尽管她从没想过靠男人养活自己,但她现在的确需要靠男人得到美国身份。这是一种很矛盾的心理,因为 Lily 打心眼里有一种很强烈的女权主义,可是她现在又不得不低声下气地奢求一张绿卡。这种感觉是不愉快的,所以也注定了这次见面是无法轻意如愿吧。

对方来得很准时,基本上是卡着点到的。他穿了一身黑,黑色 T 恤衫、黑色牛仔裤和黑色鞋子。只不过不论单看哪样,都廉价到不行。Lily 向网友示意自己的位置,男人笑眯眯地走近 Lily。

男人不笑还好,丑点就丑点吧也还可以忍受。可是当他咧嘴一笑,一嘴的大龅牙加哈喇子直击 Lily 眼球。那种感觉,简直比诈尸了还要恐怖。Lily 赶紧将视线从他身上移开,猛灌了几口水压压惊。

"你就是 Lily?"男人率先开口了。

"嗯,我是。"

"你跟照片上有些不太一样。"

"哦,是吗?"

"你好像比照片上胖一点。不过没关系,我喜欢胖一点的。"

"哦。"

"你想吃什么? 我们开始点吧。"

"突然不想吃了。"

"哦? 难怪人家常说女人多变呢。"

Lily 本来就很紧张,她从没跟男生这么近距离地接触过,她根本就不知道应该说些什么。再加上对方长得这么猥琐,她就更不知道说什么好了。Lily 在心里盘算着,如果将来和这样的人假结婚还不如一头撞死呢。不过话又说回来,如果对方肯给自己办身份即使他长成这样自己也认了。

"你好像不太喜欢主动和别人聊天啊。我看你在网上打字就很简练,没想到出来见面了你的话依旧很少。"

"哦,也许吧。"

"不过没关系。我很喜欢交朋友,所以我来找话题就可以了。"

"哦,好的。"

"之前听你说你学的是酒店管理专业? 你们在学校都学了些什么?"

"就是一些理论知识,然后营养学和实践的做饭课什么的。"

"你还会做饭?"

"会一点儿。"

"真希望有机会可以亲自品尝到你做的美味。"

"哦,呵呵。"

男人见 Lily 总是一副不爱搭理自己的样子,于是换了一种方式和她交流。

"我的专业是美国历史。我们每天都需要翻阅大量的资料和写很多论文。如果你在这方面有需要帮助的地方,我很乐意为你效劳。"

一听对方在学习上能够帮到自己,Lily 立马热情起来。她的确太需要有这么一个人出现了,因为她这学期的美国历史课已经弄得她焦头烂额了。

"真的吗? 那太好了。我这学期正好选了一门历史课,要是你能帮我就太好了。"

"当然了,我很乐意帮助你的。其实我们可以经常见面,每次见面的时候我都可以告诉你应该怎么写。"

"行,没问题。我现在正在写一篇文章呢,如果你有时间帮我改一改?"

"好呀,求之不得。"

于是在接下来的时间里,Lily 和网友聊得特别起劲。她觉得就算对方帮不了自己假结婚,能让对方帮自己写一学期作文也行啊。想到这,Lily 瞬间觉得网友没那么丑陋了,最起码看着比最开始顺眼好多。

很快,网友就履行了自己的诺言。他不仅帮 Lily 修改了历史老师留的作业,更是连英文课的作文都直接帮 Lily 代写了。于是 Lily 这两堂课的成绩瞬间突飞猛进,直接晋级班里前几名。尽管如此,Lily 依旧没好意思开口向对方提起假结婚的事情,毕竟她的自尊心还是高于一切的。

看到 Lily 的成绩有了这么大的进步,吴暇立马按捺不住了。

"我说,姐们儿。你最近什么情况啊,挺厉害啊。"

"还行吧。"

"别还行啊。透露一下,最近是不是找到智囊团了?"

"其实也没有,就是网上认识了一个作文写得还不错的人帮我修改了一下。"

"网上找的? 是那种付费网站吗? 就是那种交钱了就可以替你写作文

的那种网站吗？"吴暇以前听别人说起过这种网站，但是据说还是不靠谱的偏多。

"不是那种，这人不要钱。"

"不要钱？那是哪种啊？你快说说，回头我也找一个啊。"

"就是网上聊天的时候认识了一个人，然后他挺好心地帮我修改了一点。"

"我靠，这叫好心吗！这简直就可以以身相许了！男的女的？你们见过面吗？以后还会继续帮你吗？"吴暇瞬间激动了，因为她也太需要有这么一个人了。

"男的，见过几次。"

"哈哈，看来有情况啊你。你怎么一直闷着不说啊，这种事你得乐于分享啊。这样，你把那哥们儿给约出来我也见见。之后我这作文不就也有指望了吗，大不了回头请他多吃几顿饭呗。"

"嗯……那好吧。我试试。"

"还试什么呀，这事儿就这么定了。你就约这两天就行了。"吴暇开始指挥起来，"不过说真的，你可真是太棒了！瞬间崇拜你了！你说我也天天上网怎么就没遇到一个会写作文的？你这上的都是什么网啊，回头我也看看去。我跟你说啊，你得再接再厉！争取把数理化也全拿下！"

Lily当然不会说自己是在社交网站上认识这人的，于是只能打着哈哈说："那我试试吧。"

吴暇一脸欣慰地望向Lily，一个劲地说："能认识你我真是太有福气了，我得好好想想怎么犒劳你。真的，给我点时间，容我三思。"

"哈哈，行。"

于是Lily在生活格外单调的洛杉矶，又陆续见了一些网友。他们有的没看上Lily，有的则被Lily瞧不上。总之Lily依旧没有找到合适的如意郎君，也依旧没有勇气向这些网友提出假结婚的提议。Lily觉得如果能够直接找到真爱就好了，毕竟真结婚总比假结婚有颜面。可是真爱哪能这么容易就找到啊？Lily对男方的要求很高。身高至少一米八、五官端正、大学学历以上、身体健康，最最重要的是一定要是美国国籍。是啊，说来说去，她的真爱不是别的，就只是美国身份而已。

第十八章　写给外公的歌

春风拂面秋叶落
冬雪成融扁身卧
一盏家酿敬君饮
隔江相望云自落

1

新学期开学没多久，外公就病了。吴暇很清楚的记得，那天是 9 月 18 日。吴暇之所以能记得这么清楚，主要是因为她历史学得好。几十年前的这一天正是日本在东北蓄意制造冲突并发动侵华战争的日子，也就是大家所说的"九一八事变"。

吴暇像往常一样，打开电脑登录 MSN 准备和外公外婆视频。可是左等右等，外公始终没有上线。从吴暇十六岁到美国开始，外公没有一天爽约。如果第二天他们有事不能按时视频，则会在头一天提前说明。想到这，吴暇觉得事情有点不对劲，于是便让妈妈给外公打个电话。

家里电话通了，但是没人接。打外公的手机，还是没人接。过了几个小时以后，吴妈妈又往家里打了一遍。这次电话接通了，是外婆接的。

"喂?"

"喂,妈。你们干嘛去了?怎么打家里一直没人接?"

"你爸发烧住院了,我刚从医院回来。"

"啊?怎么发烧了?昨天没听你们说啊?"

"昨天还没事呢,早上起来的时候才发现的。"

"输液了吧?退烧了吗?"

"输液了,不过还没退。医生觉得他年龄大了怕弄成肺炎,所以等全好了再让他出院。"

"嗯,全面查查也好。我爸现在多少度啊?"

"早上我给他量的体温是 39 度多,现在稍微下来点了不过还在烧呢。"

"那还真是有炎症了,那就先住着吧。那边条件怎么样啊?在新楼还是旧楼啊?"

"在新楼,现在住院部都搬到新楼去了。离咱家特别近,就咱家前面那栋楼。条件挺好的,他们说他级别够了所以给他找了个单间。里面电话、电视都有,还有独立的可以洗澡的卫生间呢。"

"嗯,那是挺好的。反正有什么事你就随时跟我说,然后你把我爸的手机拿到病房去吧。回头有什么事我也能直接给他打,别忘了带上充电器啊。"

"嗯,行。我晚上去问问他们病房电话,你也可以直接往病房打。"

"行,知道了。"

"那你跟小暇说一声这几天就先不视频了,电脑都是你爸在操作我也不会用。"

"行,那你也睡一觉吧。你别太累啊,回头你再生病就麻烦了。"

"我没事,我身体好着呢。其实你爸身体也好着呢,不知道怎么就突然发烧了。"

"以后你们剩菜剩饭别舍不得扔啊,现在北京那么热,别到时候给吃坏了。"

"知道了知道了,你就不用操心了。"

"那行,那你睡午觉吧。挂了,拜拜。"

挂断电话后,吴妈妈悬着的心总算是放下了。虽然说自己的老父亲发烧了,但是现在医院条件那么好肯定过两天就能出院了。

　　吴暇听到这个消息后，也没太当回事。毕竟感冒发烧这种事，搁谁身上都很正常。而且这又不是什么大病，吃点药输点液也就能痊愈了。

　　吴暇母女一直觉得外公身体很好，何况事实也确实如此。他不抽烟、不喝酒，生活作息极其规律。外公每天骑车出门买菜，等于是变相地锻炼身体。所以这么多年以来，外公一直就没生过什么病。至于外婆就更没生过什么病了，吴妈妈一直觉得母亲的腿脚比自己还要灵活得多。

　　然而就在大家对外公抱有高度信心的时候，外公却迟迟没有出院，依旧处于发烧的状态，时而高烧时而低烧总是好不了。

　　当事态发展到这一步时，吴妈妈也开始觉得情况不妙了。她打电话询问到底是怎么回事，为什么输液都不管用。然而外婆却一直说医生还没确诊，还在研究化验报告。

　　吴妈妈是个急性子，她想直接问问老父亲到底是什么情况，于是拨通了父亲的手机。

　　"喂?"外公的声音没有什么异常，听起来还是很健康。

　　"喂，爸。是我啊，你现在感觉怎么样了? 还烧不烧啊? 这都好几天了，怎么还不见好啊?"

　　"没事的，都挺好的，你们放心吧。"

　　"你身体上有没有觉得哪里不舒服啊? 是不是没力气呀? 吃饭呢? 胃口还行吧?"

　　"胃口都挺好的，什么事也没有。"

　　"我听我妈说医生还在研究化验单呢? 他们跟你聊了吗? 现在怀疑是什么呀? 你有没有痰啊? 不会是往下走到肺了吧?"

　　"没有，现在输着液呢，不会成肺炎的。这边有你妈和医生呢，你不用担心了。你就做好自己的本职工作，把小暇照顾好就行了。"

　　"你要真有什么事得及时跟我说啊，要真是有个什么特殊情况我就回来帮忙了。"

　　"别别别，你千万别回来。我现在身体好着呢，你在那边照顾好小暇就行了。你回来也帮不上什么忙，而且过几天肯定就能出院了。"

　　"她现在自己会开车了，上课什么的我都让她自己去学校了。要真是有什么事，我可以回来的。"

"真不用回来,机票那么贵就不要来回折腾了。再说过两个多月小暇不就放寒假了吗,到时候你们再一起回来就行了。"

"哎,那行吧。你要没觉得不舒服就先这么着吧。反正你有什么症状及时跟医生护士沟通啊,而且他们怎么出个结果出这么慢啊? 他们到底怀疑你得什么病了啊?"

"其实什么病也没有,他们就是觉得我七十多岁了所以想帮我全身检查一下。过几天肯定就没事了,现在体温已经下来了。"

"那行吧,天气热你多喝水啊。"

"我知道,你跟小暇也注意身体,千万别在那边病了。"

"行了,知道了。我让小暇跟你说两句吧,天天跟我说想外公呢。"

"好好好,你快把电话给她。"

吴暇早就在一旁按捺不住了,一把夺过妈妈耳边的电话。

"喂,外公。你感觉怎么样啊?"

"哈哈,小暇啊。外公挺好的,外公一听到你的声音我这病就好一半了!"

"那必需的,我是谁呀。我听我妈说你还发烧呢,你怎么还没退烧啊? 是不是他们给你的药不管用啊?"

"管用管用,别担心了。马上就好了。"

"嗯,我觉得也是。你身体那么棒,肯定再过两天就出院了。你赶紧出院吧,都好久没看到你了,我都迫不及待地想跟你视频了。"

"好,外公争取赶快好起来,然后就回家跟你视频去。你最近学习怎么样啊? 都跟得上吧?"

"学习有什么跟不上的,我学得好着呢。"

"那就行,学习一定不能落下。要多背单词,让你妈给你每天默写十几个单词,日积月累下来单词量就很多了。"

"哎呀,知道了知道了。你赶紧养养病吧,学习的事你就甭操心了。"

"哈哈,这小丫头,一说学习就不耐烦。那好吧,外公不说了。你那边也晚上了吧? 你早点睡吧,身体一定不能搞坏啊,不然等你像我这么大岁数的时候可就该受罪了。"

"知道了,你也赶紧眯一会儿吧。我明天再给你打电话。"

"不用不用,电话费太贵不用一直打。你好好看书,有事再来电话。"

"行了你甭管了,打电话能花几个钱啊。你不跟我妈说了吧?不说我就挂了啊。"

"你挂吧,不说了。"

"行,拜拜。"

挂断电话后,吴暇母女二人又简单交流了一下。她俩也不明白为什么外公还没出院,可是听外公的声音却又中气十足不像生病的样子。所以两个人思来想去,最后得出的结论便是外公年龄大了,所以可能恢复的时间需要稍微长一点。至于其他的病症,基本上应该是不会出现。

想到这,两人也就放下心来。至于外公外婆呢,则开始对身在美国的女儿和外孙女报喜不报忧了。

然而一直等到十月中旬,外公依旧没在 MSN 上上线也没出院。这下吴暇和妈妈都急了。她俩身在美国,只能大眼瞪小眼地干着急,至于外公到底得了什么病为什么还没有出院,却一点情况都摸不清。

吴妈妈给吴爸爸打了通电话,告知前夫自己父亲住院的消息。在得知自己以前的老丈人住院了,吴爸爸第二天就买了鲜花、水果和牛奶去病房看望老人。

一见是小吴来了,外公很是开心。他忙招呼小吴坐下。

"哎呀,你说你怎么来了?我这边没事的,你工作忙还特意跑一趟干嘛呀?"

"过来是应该的,您说您住院这么大的事怎么也不跟我说呀。"

"不要紧的,就是发了几天烧现在没事了。"

"他们说是什么原因引起的了吗?我听说您都住了快一个月了,怎么还不见好啊?"

"现在最终的诊断结果还没出呢,他们说还得再讨论讨论。"

"这样,您先好好休息。我去医生办公室问一下,他们这效率也太低了,实在不行转到我以前的医院得了。"

"不用不用,这边有好多老同志在,我们都熟悉了。"

"那我先去问问医生,看看什么情况吧。"

吴爸爸记下了外公的床位号,转身就去了医生办公室。当医生得知吴爸爸是病人家属后，先是对他埋怨一番怎么现在才来医院看望老人。之后又说他们现在怀疑老人得了急性髓性白血病，不过目前还没有确诊，所以还没有通知病人。

急性髓性白血病？当吴爸爸听到这个名词时明显愣了。"白血病？这不太可能吧？家里的房子都装修十多年了，按理说也不会有异味了。这病是怎么得的呀？而且他年龄都这么大了，要真是确诊了怎么治疗啊？"

"目前患白血病的因素有很多种，一方面是装修时吸入的甲醛，可能还有饮料啊，染发剂啊，或者是其他什么。病人具体是如何得的我们现在还不能给出结论，一切都要等确诊之后才能最终定夺。"

"那大概什么时候可以确诊啊？另外白血病也不容易治啊，你们有什么可选方案吗？老太太知道了吗？"

"我们还没跟病人的老伴说。考虑到他们年纪都大了，怕他们接受不了。再加上现在还没最终确诊，所以只是跟他们说让他们继续住院观察。具体出报告的时间还不好说，不过这个月底应该可以了。"医生顿了顿，又补充了一句，"最晚十一月初吧。"

"那治疗方案呢？"

"如果确诊了，我们还需要再进一步讨论治疗方案。毕竟病人年事已高，再加上白血病本来就很难救治。所以如果真是这种情况，也请家属早点有个心理准备。不过病人是院里的老人了，我们肯定会给他进行最好的治疗的。"

"那行，那就辛苦你了。回头有什么事你及时给我打电话。"说完，吴爸爸便把自己的手机号留给了医生。

"好的。"

离开医生办公室后，吴爸爸再次回到了外公的病房。这次屋里多了一个人，吴暇的外婆也来了。

"妈，你来了。"虽然他和吴妈妈离婚了，但对二老的称呼却还是没有变过。

"对，我过来看看你爸。你说你这么忙，就别特意跑来了。这边有我呢，放心吧。"

一看二老都在，很多话吴爸爸也就不方便多说了。"嗯……刚才我去医生办公室,他们说结果还没出来,估计得等到月底或者下月初了。不过没事,您就放松心态,其实好多时候都是情绪影响的。"

"你看,我就说没什么事吧。"一听吴爸爸这么说,外公也放心不少。

"那您就早点休息吧,我就先回去了。有什么事随时给我打电话,我也会隔三岔五过来看看的。"

"不用,你忙你的吧。我能有什么事啊,没事的放心吧。"

"记得多吃水果啊。回头想吃什么随时跟我说,我有车,买的时候也方便,就别让我妈去超市拎那么多东西了。"

"好的好的,知道了。你快回去吧。"

"那行,那我就先走了。您好好休息啊。"

说完,吴爸爸跟二老道了别。

下了电梯走出住院楼,吴爸爸便拿出那部可以拨打国际长途的手机给吴妈妈拨了过去。

"喂?"吴妈妈接起了电话。

"喂,我刚从医院出来。见着你爸了。"

"他怎么样了?你看他精神状态好不好啊?"

"比以前瘦多了,但是精神状态还行。我刚才问医生了,他们怀疑是白血病。但是现在还没确诊,所以也就没跟他俩说。"

"什么?白血病?怎么可能呢,这不可能啊!"

"嗯,我也觉得不可能,但是医生就是这么说的。而且你爸年龄也大了,我估计如果确诊为白血病的话也只能保守治疗了。要是再给他上化疗什么的,身体肯定两下就垮了。所以到时候如果真到这一步了,也绝对不能用化疗。"

"不是……不可能是白血病啊。如果真是白血病的话,那肯定就好不了了啊。而且恶化速度肯定特别快呀。我爸身体一直都那么好,怎么会突然得这么个病啊!"

"哎,你现在说这些都没用。咱们只能先想到最坏的结果,然后看看能怎么治疗。刚才我问医生了,他们说最快也得月底才能出结果,所以这两天你也别担心,毕竟还没确诊呢。但是如果结果出来了,我觉得你跟小暇就赶紧回来吧。"

"那你说我要不要跟我爸说啊？我妈呢？我要不要跟她说啊？"

"你最好先别说。一是还没确诊，没必要让他俩自己吓唬自己。再说了，你妈又那么沉不住气，回头再给吓出个三长两短算谁的。反正先谁也别说吧，你也先别跟小暇说。万一不是白血病呢，说完了她也担心又影响学习。"

"唉，你说这都叫什么事啊。"

"你这段时间给你爸妈打电话，也别老一惊一乍的。我看你爸现在精神头还挺好，其实好多病都是自己吓唬自己。你就让他保持良好的心态，其他的也别多想了。你看我爸当年得肺癌，不还是靠着意志力挺过来了，现在他老人家不也活得好好的。所以精神鼓励很重要，如果精神垮了那就全完了。"

"行，我知道了。反正这段时间你就多费心了，有时间你就多去看看他，然后要真有什么事我们就买票回来了。"

"嗯，我知道。你也别想太多了，我把手机号告诉医生了。回头要是有什么消息，他们会通知我的。"

"好，那就好。"

那一夜，吴妈妈彻夜未眠。

最终的诊断结果一直没出。十月底没出，十一月初没出，直到十一月中旬才确诊是白血病。

当外公得知这一消息时，他一下子就瘫坐在了沙发上。是的，他怎么也没料到自己研究了一辈子的血液病，竟然会在晚年发生在自己身上。他还是有些不敢相信，就像远在美国的吴暇母女一样不愿相信。

考虑到外孙女十二月中旬就可以放寒假了，所以外公死活都不让她俩现在买票回国。

"我身体好着呢，你跟小暇不要现在回国。"

"可是你都确诊了！"

"还有不到一个月小暇就放假了，我能撑得住。如果现在你们回来，那她这学期就等于白上了。没必要为了我再耽误一学期的课，早点毕业比什么都强。"

"可是……可是你……"吴妈妈早已泣不成声。

"我没事,现在医生已经给我换了一批最好的药了。每天就是多输点液,其他都和以前一样没什么区别。"

"但我上网查了,如果真是白血病的话身体很快就垮了。"

"你放心吧,我的身体我自己清楚得很,一时半会死不了的。你跟小暇千万别回来,一定要上完这学期的课!"

"爸,你说会不会是医生误诊啊?"吴妈妈还是不死心。

"应该不会误诊的。他们说是第 23 对染色体迅速变异导致的,人老了总归要接受现实的。"

"可是……那他们说没说怎么治疗啊?"

"他们建议我做化疗,但我跟小吴商量了不要做化疗。我都七十多了,经不起折腾了。如果做化疗好细胞和坏细胞全都一起杀死了,我现在年龄大了细胞生长得本来就很慢,如果把好细胞都杀死了抵抗力就全没了。再加上做化疗肯定又掉头发又呕吐的,估计走得还会更快呢。"

"那保守治疗怎么治啊?就光是输液呀?"

"对,现在就是输液。其实这样挺好的,最起码你们回来的时候我还不会因为做化疗头发都掉光。你不要担心了,我现在没有觉得不舒服。真的,你放心吧。"

"怎么可能没有不舒服!你就是太能忍了,你说你怎么会得这么个病啊!"吴妈妈再也抑制不住心中的悲痛。

"好了,不要哭。不要让小暇看到了,不然会影响她学习的。你先不要和小暇说太多,千万不能让她分心!一切要以学业为主,千万不能因为我把这学期给荒废了。"

不过吴妈妈还是跟女儿说了,而且是边哭边说的。吴暇对白血病没有什么概念,她依旧停留在外公身体很好,外公很快就会痊愈的信念里。不过看到妈妈每天惴惴不安的样子,吴暇的情绪也明显很是低落。她依旧喜欢听许嵩的歌,只不过那段时间一直在单曲循环《南山忆》这一首歌。

南山忆

乘一叶扁舟入景随风望江畔渔火
转竹林深处残碑小筑僧侣始复诵

苇岸红亭中抖抖绿蓑邀南山对酌

纸钱晚风送谁家又添新痛

独揽月下萤火照亮一纸寂寞

追忆那些什么你说的爱我

花开后花又落轮回也没结果

苔上雪告诉我你没归来过

遥想多年前烟花满天你静静抱着我

丝竹声悠悠教人忘忧若南柯一梦

星斗青光透时无英雄心猿已深锁

可你辞世后我再也没笑过

独揽月下萤火照亮一纸寂寞

追忆那些什么你说的爱我

花开后花又落轮回也没结果

苔上雪告诉我你没归来过

独揽月下萤火照亮一纸寂寞

追忆那些什么你说的爱我

花开后花又落轮回也没结果

苔上雪告诉我你没归来过

花开后花又落轮回也没结果

苔上雪告诉我你没归来过

◇ 2 ◇

　　吴暇终于放假了,她是周五正式放的假。母女二人再也耗不起了,她们提早买了周五晚上十一点多的国航直飞北京的机票。

　　临走前,吴妈妈把小院的钥匙交给了老秦,她希望老秦能够每天帮她喂喂狗。老秦二话不说就答应了。一是壮壮对他挺友好的,二是那些寄宿宠物的地方也都没有太合适的。

　　当一切交接完毕后,老秦便把吴暇母女送到机场。

　　吴暇记得很清楚,当飞机降落在北京时是爸爸来接的她们。吴暇觉得爸爸明显比以前瘦了,而且鬓角处也有白头发了。年初他才刚和妈妈离婚,年底就憔悴成这副样子了。看到爸爸这样,吴暇很想哭。她觉得这个家到底是怎么了?为什么爸爸瞬间老了这么多?为什么外公突然就病倒了?

　　当她推开病房门的那一刹那,眼泪再也止不住地落下了。吴暇清楚地看到,外公正穿着白色的病号服,佝偻地坐在病房里的白色沙发上。他头发花白,整个人比原先瘦了一圈。外公再也没有原先的活力,现在的他看起来要比原先苍老了十几岁都不止。

　　“爸,你怎么瘦成这样了?你在电话里怎么不说?你不是说你精神状态很好吗?你怎么什么都不告诉我!”吴妈妈再也控制不住了,她快步走到父亲身边,眼泪夺眶而出。

　　看到女儿和外孙女都回国看自己了,外公勉强挤出一丝微笑:“不哭了,不哭了。我现在不是好好的嘛。团圆了,总算是团圆了。”

　　吴妈妈随后去了医生办公室,询问了自己父亲的病情。医生给出的结论是:由于病人年迈体弱突发高烧,导致病毒损伤骨髓造血功能。经初步诊断,病人患有急性髓性白血病。

　　或许是终于盼到吴暖母女回来了,外公唯一的心愿仿佛一下子就了了。在接下来的两个礼拜中,外公的病情迅速恶化。第二次骨髓穿刺的结果很快就出来了,已明确诊断为急性髓性白血病。外公从之前的只输液不输血,变成三天输一次血。到最后,直接演变成一天一袋血外加一堆营养液。就这样,外公在他人生中最后的两周里,交代了很多事情。

　　他对吴暖说:"小暖呀,你一定要好好学习。你很聪明,但就是不够勤奋。记住外公的话,一定要聪明加勤奋才行。"

　　他对吴妈妈说:"等我走了,你一定要好好照顾你妈。她脾气不好,你多让着点她。"

　　他对吴爸爸:"小吴啊,虽然你们离婚了,但是这么多年我们二老一直把你当成是自己的儿子看。如果日后她们遇到什么困难,你能帮的就尽量帮。"

　　交代完这些之后,外公又将脸转向吴妈妈:"这次住院也花了不少钱,我们的积蓄本来就不多,以后的日子还要靠你们自己努力了。你妈年龄也大了,一定要替我照顾好她。还有小暖你也要照顾好,能在美国顺利毕业将来找个好工作我就安心了。另外你一定要保重好身体,以后这个家就靠你支撑了。我死后不要办追悼会。我的那些老同学、老战友年龄也都大了,不要再让他们为了我大老远地跑一趟了。另外千万不要买墓地,咱们没必要花那个冤枉钱。等我走后,把骨灰放在我的书房就好了。"

　　外公对女儿和小暖说他这一生没有遗憾了。十五岁离开上海参军,本想去参加抗美援朝,却在火车开动后才得知他们这批学生是被送往沈阳医大学医的。当时满腔热血想要战死沙场报效祖国的外公,还因为这件事情绪低落。但冷静下来,一想到自己可以成为救死扶伤的医护人员也算是保卫祖国的一种方式,外公便发誓好好学习将来做一名优秀的部队军医。几年后,外公顺利毕业了。他没想到自己一毕业就能如此幸运地分到北京,更没想到可以在院里遇到吴暖的外婆。他们就这样,在这个单纯的环境中工作、生活了一辈子,从技师到主任医师,从应届毕业生到教授,从青年到暮年。然而最令外公感到自豪的,不仅仅是他带出了很多优秀的学生,更重要的是他还参与撰写过一本医学类的图书,该书在业内也曾有重要的研究价值。没错,他将毕生的心血都投入到医学行业里,他对得起国家对他的信任,也对得起身为一家之主对这个家庭的责任。

"好了,不要再哭了。我这一生是无憾了,所以你们也不要太难过。你们日后能过得好,我也就安心了。"

在最后一周时间里,外公已经没有力气再多说什么话了。他一直持续高烧,外加身上全是出血点。他的两只脚肿得很厉害,所以基本上已经不能下床了。吴暇问外公:"外公你是不是很难受呀?"

外公只是微微摇摇头:"不要紧,我不难受。"老人一直都是这样,从他第一天住院起,吴暇就没有听到外公抱怨过一声。即便他早已累得精疲力尽,即便他一直在与病魔做抗争。

很快老人就要走到生命的尽头。在最后的几天里,外公和吴暇的对话是这样的:"小暇啊,你替外公看看现在是不是已经秋天了? 院子里的落叶都有好多了吧? 是不是有好多小战士在街上扫落叶?"

吴暇站到窗户边拉开窗帘。"外公,现在是冬天。树枝都枯了,没有落叶。"

外公没再多说,静静地闭上了眼。

最后三天,外公一直昏迷不醒。不过到了最后一天晚上,外公的眼睛一直持续半睁着。吴暇以为外公醒了,她简直是开心极了。她紧握着外公的手,不停地唤着外公,然而除了老人眼角流出的泪水外,吴暇没有得到任何回应。

一家人在病房守了一夜,直到第二天早上九点四十五分的时候,监护仪上的波纹变成了一条直线。是吴暇第一个发现那几条直线的,她先是愣了几秒,随即彻底崩溃了。

吴暇大哭,撕心裂肺地哭。直到身体瘫软,直到眼泪哭干。

那天是吴爸爸替外公穿上早就备好的寿衣的,是一套军装。那天是1月3日,那一天对于吴暇来讲刻骨铭心、挥之不去。

尽管外公生前特意交代过不开追悼会、不办遗体告别,可是全院的老干部还是自发来向外公告别了。

告别仪式在外公去世的三天后举行,那天外公穿着军装、身上盖着党旗,他静静地躺在那里,是那样的安详与平静。

前来道别的人很多,队伍一直延伸至走廊尽头。

那天,很多老同志都落泪了。他们对外公的评价极高。他们说,外公是一个对工作极其认真的人。他们还说,外公为人正派、性格随和。

此时站在大厅中央的吴暇早已思绪万千。她想起小时候外公带自己去公园放风筝,想起六岁那年外公给自己买的第一架钢琴,想起长大一些后外公带自己去参观各个博物馆,想起没学过汉语拼音的外公在 MSN 上敲击出的"小暇生日快乐! Happy Birthday!"的祝福语。

吴暇就这样想着想着,突然想起外公在机场嘱咐自己的话语,外公说:"小暇啊,外公这辈子最大的遗憾就是没有学开车。等下次我们再来美国,外公希望你能开车来机场接我们。"现在吴暇会开车了,可外公却再也没有机会坐了。吴暇终于长大,终于到了可以孝敬他老人家的时候,可是外公却再也给不了她这个机会了。

吴暇只觉得自己快要窒息,她不想再继续待在这个充满伤痛的空间里。这是她第一次面对亲人离世,而且还是她最最敬爱的外公。她崩溃了,她彻底承受不起。她不知道这一切到底是因为什么? 她不知道这一切是不是都是自己去美国的错? 短短两三年的时间里,父母离婚、外公去世。她曾经最看重、最引以为傲的家庭就这样消失不见了。

将外公的遗体火化后,院里告知家属由于外公的级别够高,所以老人的骨灰可以直接安放在八宝山革命公墓里。

这一点是外公生前没有预料到的。如果他老人家在天有灵知道自己可以就此长眠于八宝山,想必也会倍感欣慰。吴暇和外婆还有爸妈一起去了八宝山,他们替外公选了一处存放骨灰盒的灵位,等一切都安排妥当后几个人深深地鞠了三个躬。

回到家,吴暇拿起笔,在那个早已写满大半本的橙色笔记本里,又多添了一首歌。吴暇这次没有绞尽脑汁地去想歌名,而是直接写了六个字"写给外公的歌"。

写给外公的歌
临近五更月光已温柔
依稀燕雀似曾陪过我
历经岁月有你
我是多么快活
唯有离别静止轮回过

桥头渔火乌篷中柔弱
渔惜鸬鹚正如你怜我
一桩断木系住了多少个过客
是否感叹过人间苦乐

你凝望着我双手颤抖着
拂去我泪水以免滴落你心窝
你问我是否秋叶已叠落
倚靠你病榻寒风掠过

春风拂面秋叶落
冬雪成融扁舟卧
一盅家酿敬君饮
隔江相望云自落

又是一年花开花又落
一株青桐零落几枚果
夕阳西面隐落
东面又能奈何
只有盼着下一轮来过

你凝望着我双手颤抖着
拂去我泪水以免滴落你心窝
你问我是否秋叶已叠落
倚靠你病榻寒风掠过

春风拂面秋叶落
冬雪成融扁舟卧
一盅家酿敬君饮
隔江相望云自落

第十九章 富二代的纸醉金迷

他们都花着家里的钱，享受着本不属于他们这个年纪应有的生活。他们疯狂更换女友、他们钟爱改装车、他们没日没夜地胡吃海喝。这样的生活有错吗？他们真正在意的又是什么？

外公的去世对一家人来说简直是致命的打击。一夜之间，吴妈妈仿佛瞬间苍老了好几岁。那段时期，她几乎没怎么进食。其实吴暇和外婆也一样，大家都沉浸在悲痛的氛围里久久无法释怀。

看着吴暇一天比一天消瘦，吴妈妈很是担心。那段时间吴暇几乎一直把自己关在房间里，不愿意与人接触，她总是哭红眼睛。

"小暇啊，要不你约上孟琦一起出去转转吧。"吴妈妈生怕女儿就此得了抑郁症，她建议女儿应该多出去走走，"没准换个环境就不这么伤心了。"

"不想去。"

"你总是把自己关在家里也不是办法啊，还是出去走走吧。现在正好放寒假，你们同学有没有组织聚会的？要是有同学聚会什么的，你就多去参加。和同龄人在一起有话聊，慢慢也就缓过来了。"

"没什么好聊的。"

"你别再这样了,就算妈妈求你了。看到你这样,我这心里真是太难受了。我知道你心情不好,可是我们心情也都不好。你天天闷在家里,我真担心你会出事啊。这段时间我肯定是顾不上你了,我的精神状态也不好。唉,你就体谅妈妈一下,别老让我操心了。"吴妈妈带着哀求的语气说完这段话。没错,这些都是她的真心话。

其实吴妈妈要比吴暇更加难过,毕竟从此以后她就没有父亲了。外公这个病得的太突然,吴妈妈完全没有心理准备,也完全想不到老父亲竟然会走得这么快。现在的她不仅要安抚母亲,更要把父亲临终前交代的事情办妥。她需要给老家的亲戚挨个打电话说明情况,更需要每天接待前来家里看望外婆的邻居。总之,她是真的没有精力再去安慰女儿。每当她看到吴暇那么难过,她的心也就跟着又痛了一次。她希望吴暇可以出去走走,早点缓过来,至少现在的她已经承受不起女儿的悲痛了。

吴暇看着妈妈疲惫的神情,突然就更难过了。其实这段时间她是有想过自杀的,因为她觉得自己的心瞬间就被掏空了。她每天自暴自弃,可妈妈却为了这个家独自忙来忙去。看到妈妈支撑着如此脆弱而坚强的内心,吴暇忽然明白人死不能复生,她能做的只有接受现实。"妈,对不起。我会尽快调整过来的,对不起。"

听女儿这么一说,吴妈妈的泪水不禁潸然而下。是啊,短短两三年的时间,吴妈妈自己就失去了生命中最重要的两个人。她去年刚离婚,今年父亲就去世了。这样的打击她也承受不起,可是女儿那句"对不起"却狠狠敲击了她的心。

她紧紧抱住女儿,缓缓地说:"小暇啊,从今天起你就要学着长大了。不知道为什么,妈妈突然觉得自己已经老了。好像精力也不如从前了,有点力不从心的感觉了。"

吴暇含着泪,一字一顿地说:"妈,我知道。我都知道。"

吴妈妈是真的累了,她觉得身心疲惫。这么多年来,她一直把全部的精力都用在了女儿身上。而最后,她却无力维持自己的婚姻和父亲的生命。她第一次觉得自己竟是这么没用。本以为自己什么事情都能处理得很好,可到头来自己却什么也解决不了。现在的她,什么都没了。她没有工作、没有丈夫、没有父亲、没有完整的家了。所以她更需要保护好女儿，更加不能让女儿受到一点伤害。因为她真的怕了，她害怕这种失去的感觉。她不求别的，不求女儿将来能够有多么多么优秀，只求她能平平安安的，只求她现在能够快点缓过来。

　　吴暇了解妈妈的担忧。为了让妈妈放心，吴暇在网上发起了同学聚会。其实也不能说是她发起的，毕竟很多人都有这个意向，所以七八年没联系上的小学同学们则通过强大的互联网联系上了。大家约好时间地点后，期待着分离多年后的再次相见。

　　正所谓，不见不知道，一见吓一跳。当同学们都陆陆续续地来到指定地点后，吴暇发现所有人都变了模样。其实每个人脸上的变化倒不是很明显，但是身高、声音和意识形态则和小时候有着很大差别。

　　他们有的长到了一米九几的大高个，有的则基本上停留在小学六年级的海拔没变。他们有的背上了 Chanel，有的则挂上了大金链。他们有的成为了高才生，有的却连初中都没有毕业。

　　尽管所有人都变了，但他们最真挚的同学情谊却始终没变。就拿封赫来说吧，当他和吴暇刚一碰面就瞬间打开了话匣子。

　　先简单介绍一下封赫的情况吧，这样大家就能明白为什么他俩会聊得如此尽兴了。

　　封赫和吴暇是小学同学，是吴暇转学后认识的同学。吴暇是在小学五年级的时候转去这所寄宿学校的。当时吴暇一家都希望吴暇可以尝试一下住集体宿舍的感觉，于是吴暇也就停止了为期四年的走读生涯。

　　刚到这所寄宿学校的时候吴暇很不适应，因为她在这里没有朋友，总想家。可是渐渐地，她发现这里的同学都很友善。而且大家每天一起吃一起住,感情自然逐渐牢固。

　　吴暇在班上算个子高的,所以她就顺理成章地被安排坐在教室的最后面。和走读学校不同的是,他们班只有 27 名同学。由于人少的缘故,吴暇很快就和同学们打成一片。尽管她依旧不喜欢和别人发生肢体上的接触,但言语上的交流还是进行得很顺利的。

　　在这期间,同样坐在最后一排的封赫则充当了每天和吴暇谈天说地的小伙伴的角色。尽管当时可聊的话题也比较局限,但互相帮着把把风之类的有益团结的活动,二人配合得还是很默契的。所以那段时期,封赫基本上没被老师骂过,因为吴暇的把风技术堪称一流。

　　小学毕业之后,大家基本上就都失去了联络。因为那个时候大部分同学都没有手机,至于同学录里留下的信息基本也都随着年龄的增长变更好几次了。于是大家就都这么各自走散了。吴暇后来听别人说封赫随着父亲去深圳上学了,不过想想也没什么奇怪的,毕竟那个时候能上得起寄宿学校的,家里面大多都是做生意的。

　　能和封赫在同学聚会上再次相见,吴暇自然兴奋不已。他俩从小学时候的事情聊起,直至聊到两人的现状。不得不提的是,当年封赫的身高要比吴暇还矮半个头,可是现在却已经长成一米九六的大高个。吴暇对封赫的身高表示很满意,毕竟和他交流的时候有助于活动活动脖颈。

　　"哇塞,个儿够高的啊。你这是怎么长的呀,以前没发现你有这潜质啊。"吴暇开口打趣道。

　　"嗨,哥们儿我随随便便就长这么高了。别提有多少小姑娘,拜倒在我的大长腿下了。"

　　"哈哈,你就继续吹吧。最近怎么样啊,在哪儿上学呢?"

　　"在美国呢,你呢?"

　　"美国? 真的假的? 我也在美国呢,你在哪个城市啊? 我在洛杉矶。"

　　"我靠,要不要这么巧。我也在洛杉矶。"

　　"别逗了,你又忽悠我呢吧?"

　　"我逗你干吗,我真在洛杉矶!"

　　"真的?"吴暇一脸不可置信,"那你在洛杉矶什么地儿啊? 我在 M 大学上课呢。"

"哦哦，我听过那学校。听说还不错，不过离我们挺远的。我住 T 市，挨着海边。"

"那确实挺远的。你跟我说说，当时怎么就想起来出国了。我至今都后悔不已啊，觉得那边太无聊了。而且重点是，跟那帮人说话特费劲，完全没有跟北京人说话这么爽快的感觉。甭管说什么都生怕伤到他们的自尊心，反正就是各种提心吊胆的。"

"是，都这样。要不怎么说我见着你特别激动呢。刚去那边的时候也差点给我憋坏了，不过现在好了，碰上几个北京哥们儿聊得特别开。"

"哇塞！你也太幸福了！我身边就没遇到过一个北京的！高中的时候遇到一个老北京，不过觉得跟她交流起来也挺费劲的。可能是我这人比较不会跟人相处吧，谁知道呢。"

"你还不会跟人相处？你要不会就没人会了。不过说真的，我看你没怎么变啊。挺好的，看着还是干干净净的。"

"那必须呀，主要我跟我妈住在一起，所以也没什么机会变。"

"你妈跟你一起去的？移民了？"

"对，你呢？"

"我没移，我是留学生。回头没事儿咱们可以经常走动起来啊，顺道儿我把那几个北京朋友也介绍给你认识认识。"

"就等你这句话呢，太靠谱了你！你快讲讲，你在美国都是怎么过的？我天天和我妈在家呆着巨无聊，你过得无不无聊？"

"刚开始挺无聊的，不过后来就自己找事儿做呗。不过你是女生，好多事儿你也做不了，嘿嘿。"

"做什么呀？你赶紧说呀。"

"好好好，我说我说。"

于是在接下来的时间里，封赫对吴暇讲述了他在美国的生活。

"哥们儿我不到十八就去了。那时候是我爸问我想不想出去的，其实说真的，当时真挺想的。之后他就给我找了个中介，那中介还行不用考托福。到了美国之后，他们给我安排到一语言学校上课。那里边也没中国人，全是什么韩国、日本、意大利的。"

"啊？那你能适应吗？你们互相说话听得懂吗？"

"刚开始听不懂,后来就连比画带说呗。反正说来说去也就那么点事儿,慢慢儿也就能猜出个大概意思了。"

"那然后呢?"

"然后我不是没满十八岁嘛,所以买不了烟。但我其实初中就开始抽了,所以没烟还真是没法儿活了。为了能抽到烟,我就认识了一帮比我大的女生,让她们帮着买酒买烟。那时候语言学校有宿舍,男女生各一栋楼。不过后来混熟了以后,基本上也就男女混住了。哈哈,你懂的。"

"不是吧,你们也太乱了。"

"哎,没辙呀。那时候大家都空虚寂寞冷,所以随随便便地就在一起了。不过也算不上交男女朋友,因为我们都清楚就是打发一下时间缓解寂寞。至于未来怎么样,谁也没想过。不过相比后来的事儿,这些都算小儿科。"

"还有比这更恶劣的?!"

"也算不上恶劣吧,我觉得这就叫做生活。怎么说呢,很快我在语言学校就毕业了。其实我们那个语言学校跟我现在上的这个学校是挂钩儿的,所以语言学校一上完也不用考试直接就能进我现在这个海边学校了。当时进来之后,发现中国人还不少。然后慢慢地,我们就开始一起出去租房子住,也算是留学生的普遍生活写照吧。"

一听说封赫和同学们一起租房住,吴暇瞬间兴奋不已:"租房好不好玩儿啊?你们几个人住一起啊?是有男有女,还是全是男的?"

"刚开始是仨男的。后来搬了几次家,就变成一女的和仨男的了。我们一般就是租一整栋房子,然后大家平摊房租和水电费什么的。而且我那时候没车,他们还都挺照顾我,上课的时候直接就给我捎过去了。不怕你笑话啊,其实那段时间我还是挺用功学习的,总觉着出来一趟不容易,我也挺珍惜的。"

"那然后呢?"

"然后认识的人就越来越多了,再加上我爸给我的钱也不少。所以后来就慢慢不怎么想学习了,天天一帮人来家里喝酒 Party。我记得就我们那房子,最多一次住了将近四十个人。对,差不多得有四十个。那次大伙儿都喝大了,然后也就都留下来随便躺地上睡了。嗨,反正那时候朋友是挺多的，因为那时候买酒什么的都是我掏钱。"

"哈哈，就在那当冤大头玩儿呗。"

"嗯……也不能完全这么说，毕竟那时候我是真觉得挺快乐。再加上我对钱也没什么概念，反正没钱了我爸就再打给我，所以那时候花得也挺凶的。不过也正是因为我出手大方，所以一帮人都愿意跟我玩儿。那时候觉得自己挺幸福的，但现在想想其实也挺二的。"

"怎么了？"

"有段时间我爸生意也不是特好做，再加上他也意识到我天天在那胡吃海喝的，就基本上把经济来源给我切断了。你也知道我爸妈离婚离得早，他后来又找了一女的，所以其实我骨子里也挺恨他的。当时我就觉得老子没他照样过，所以他说不给我钱了我也就没再开口向他要了。其实就是跟他赌气较劲吧，总觉得就算不拿他的钱我也不会活得比以前差。但是有些事儿你肯定也知道，人一旦是花钱花爽了就很难再克制住了。所以即便那段时间我爸给我的生活费比原先少了不是一点半点，但我花的钱还和以前一样多。所以没过多久，我就觉得自己开始负担不起那样的花销了。那段时间，我差不多天天管周围的哥们儿借钱。哎，就是有点拉不下脸来让外人觉得我突然没钱了。你能明白吗？就是我特想维护好那些之前整天围在我身边的人，我特享受那种感觉。可是实际上呢，我兜里的钱已经经不起我那么折腾了。所以也正是那段时期，我才认清谁是真朋友，谁是酒肉朋友。反正那时候我周围的朋友少了能有一多半吧，最后留下来的也就是和我合租的那几个哥们儿了。"

"啊？怎么都这样啊？那他们也太不够义气了！以前你花钱的时候他们骗吃骗喝的，然后你一没钱他们就全都走了。这也太过分了！"

"嗨，其实我后来也想开了。人之常情嘛，本来就是半道儿认识的，人家也没必要非对我掏心掏肺的。不过也正因如此，我知道自己得开始赚钱了。那时候有个朋友正好开了个奶茶店，然后我就过去帮他看店了。"

"这么巧！你也在奶茶店干过？我之前也干过！"

"没看出来呀，你还出去打工呢？哈哈，我还以为你妈肯定舍不得让你出去呢。"

"我一说要打工，我妈乐得屁颠儿屁颠儿的。你继续说你的事儿，那然后呢?"

"然后那段时间我除了上课就是打工。差不多每次我都是最晚一个离开的,当时就觉得那家店是我自己开的一样,反正就是特别上心吧。其实我都没想过会出去找工作,我以前一直觉得这辈子就这么混下去就得了。不过也确实是生活所迫吧,一个人一旦生活水平到了一定的标准就很难再降下来了。当时我就觉得即便没有我爸,我也能活得很好。所以那段时间我开始教人打高尔夫,也算是两份工作同时在做吧。"

"你还会打高尔夫球呢?什么时候学的?打得好不好?回头也教教我啊。"

"没问题,必须教你啊。哥们儿我从初二开始学打高尔夫,那时候我爸觉得将来如果我跟别人谈生意肯定会用得上,就让我学了。连我自己都没想到竟然对高尔夫越来越感兴趣,之后差不多每个寒暑假都会去各地打比赛。总之哥们儿就是轻轻松松球道中正,潇潇洒洒三百多码。"

"哈哈哈,瞧你那小样儿吧。"吴暇被封赫逗得哈哈大笑。

"哈哈,真的。有的时候我就在想,得亏我不是一女的。如果我要是个女的,绝对非封赫不嫁了!"

"自恋狂!"

"不过说正经的啊,那段时间我还真是没少挣。在奶茶店虽然累得要死要活的,但一个月至少三千多。再加上后来找我学高尔夫的人也越来越多,一个月基本上挣个六七千美元还是不成问题的。"

"哇塞!这么多!那你也太厉害了吧!看来你球教得确实不错啊!"

"那必须不错啊,专业水准啊。不过也就是因为教了高尔夫,哥们儿我后来就栽了。"

"什么情况?"

"当时我在网上打广告,教人家高尔夫。然后一女的就给我打电话说想学球,一听说话声儿是北京的,我二话不说就答应了。到地儿之后一见到她,我立马就挪不动步了。怎么形容好呢?四个字吧。美若天仙、仙女下凡、高贵大气、秀外慧中,总之我就认定她是我女神了。那天教完球我死活不肯收她钱,但她最后还是硬塞给我了。到了停车场,我才发现原来她开的竟是一辆二十多万美元的车。说没受打击是不可能的,我突然觉得自己跟人家有差距了。而且那差距还不是一点半点的，反正就觉得必须要努力赚钱了。"封赫换了个姿势，继续说，"其实那时候我对车也不是太感兴趣，搬了几次家之后也就随便买了一辆开了。但是当我看到她开的车比我的好太多的时候，那种男人的自尊心就受到打击了，所以我也就是从那时候起开始计划换新车了。"

"那之后呢？你俩在一起了吗？"

"之后我就疯狂地追求她啊，天天接送她，教她打球，而且还是倒贴的那种。之后甭管我在干嘛，只要她一个电话我就立马飞奔过去找她。所以那时候我的成绩一落千丈，基本上一学期下来能有好几个 F。为了不被学校开除，我就托人买答案或者找人替我去学校考试什么的。反正那段时间确实挺浑蛋的，但是没辙啊我是真心喜欢她啊。"

"那她后来接受你了吗？"

"没接受。她说她年龄比我大，而且也不太想谈恋爱什么的。不过我后来也总结了，估计那时候她觉得我没钱吧。"

"你都一个月六七千了还不够她花的啊？"

"嗨，谁知道呢。那段时间她就故意疏远我，然后我也就没再联系她了。再后来我妈给了我点儿钱我就换车了，正好那段时期也新认识了一帮玩改装车的朋友，所以就把我新买那车全都给改了一遍。甭管是轮毂还是喷漆还是座椅什么的，反正就是怎么牛逼怎么来了。可能她后来也听人说了，然后就又开始联系我了。嗯……但最后还是没在一起。因为有一次她半夜叫我去她家，其实也不止一次，总共应该有三次。总之她分别找了三个理由，让我半夜过去找她。我去了之后她什么也没说，直接抱着我就啃。我一看这架势，绝对有门儿啊，然后我就对她展开了疯狂的进攻。之后没一会儿她就让我给抱到床上去了，再之后她就自己把衣服都脱了。"

"我去，这也太主动了。"此时吴暇早已听得面红耳赤，热血沸腾，"然后呢？然后呢？继续继续，注意细节，这段必须详细说！"

"然后我就问她愿不愿意当我女朋友。虽然当时我也已经各种受不了了，但我还是想要问清楚她是只想就这样呢，还是想要和我长期交往。反正她当时没说话，就只是那么看着我。我也不知道自己是怎么了，其实当时上了也就上了，但我总归不喜欢那种偷偷摸摸的感觉，所以我直接走了。

那三次基本上都一样,我都是没碰她就回去了。"

"弄了半天什么也没发生啊,害得我白激动半天。"吴暇明显很失落。

"是啊,我自己回去之后也捶胸顿足呢。你说这么好的机会,我怎么就没跟她发生点什么呢!不过后来我也想明白了,毕竟她不想跟我有什么未来,我又何必再和她继续纠缠呢。所以从那以后我就不联系她了,她后来主动给我打过几次电话我也没接。反正就这样了。"

"没想到啊,你在这方面还挺正派的。那后来呢?后来你有正儿八经地交过女朋友吗?"

"交啊,必须交啊。其实我对每段感情都是很认真的,只不过每段都不长久罢了,可能还是没遇到合适的吧。"

"那你有遇到过那种就跟找你学球那女的一样的女生吗?就是让你直接眼前一亮的那种。"

封赫歪头想了想。"其实还真有这么一个。那次是我跟一哥们儿去夜店玩儿,然后就看到一女的挺漂亮的。我就问我哥们儿觉得那妞儿怎么样,之后我哥们儿就告我她基本上已经被 CCC 一半以上的人都睡过了。"

"CCC 是什么?"吴暇不解地问。

"就是洛杉矶的一个超跑俱乐部。"

"哦,这样啊。"

"嗯,所以其实那女的就是一'外围女'。"

"那她还真是挺不检点的。"

"是啊,要不我怎么刚才一上来就说感觉你没怎么变呢。看来还是跟家里人住在一起好,女孩儿真不该太早就出来自己留学。"封赫发自内心地感慨道,同样吴暇也很认可他的说法。

通过和封赫的交流,吴暇意识到他和自己的生活圈子完全不同。她觉得封赫的留学生活要比自己精彩很多。当然了,像封赫那样的生活也是吴暇玩不起的。

原本吴暇以为,每个留学生在出国以后最看重和最想念的除了国内的父母就是国内的家。然而令她没想到的是,封赫却给出了一个全然不同的回答。

对于留学生而言,他们最看重的其实是朋友。出门在外,当有喜讯发生时父母不在身边，陪在自己身边的是朋友。当自己悲伤难过时父母不在身边，陪在自己身边的是朋友。当自己的车被拖走、考试复习题看不懂、房东催要下个月的房租、第一次被警察开罚单、银行寄来了上个月的账单、第一次自己买机票、第一次和外国人争吵、自己所租的房间被盗、第一次在异国他乡和男女朋友分手、第一次在国外过生日、第一次看懂一整部外国影片、第一次去机场接机、第一次自己做了人生中的第一顿饭、第一次开车自驾旅行、第一次在外实习……所有这些留学生们经历过的"第一次"，都没有父母陪在身边参与。陪在他们身边的，只有朋友。所以他们珍惜朋友，直至若干年以后回到国内的他们所看重的依旧是朋友。只是这种从对父母的依赖转变成为对朋友依赖的全过程，是他们当年并没有察觉到的。然而正是由于这些年的留学生活，使得他们对"朋友"二字的理解要比其他人深刻得多。这也正是为什么会有很多人用很轻蔑的语气说："快瞧瞧那帮富二代，拉帮结伙的，也没人管管！"

其实不是没人管，而是早就管不住了。在他们最需要父母陪伴的时候，能够给他们人生启示的只是身边那群同龄的朋友。所以不管他们当年做的事情是否出格，他们都只能那么做。因为他们没得选择，这就是属于他们的生活。

回到家之后，吴暇的心情好了很多。她第一次感觉到生活竟可如此多样，她渐渐明白不应该再像从前那样封闭自我。她应该多出去走走、多交朋友，她不应该局限在以妈妈为中心的生活中。

独立，此刻的她很渴望独立。她希望自己可以像封赫那样，能够自己养活自己。她希望自己将来也会有很多朋友，希望自己可以试着赚点钱，她觉得未来的日子应该精彩万分。

是的，封赫的出现对吴暇来说意义非凡。他不但让她领略到了不一样的生活模式，更让她重新振作起来。和封赫见过之后吴暇渐渐明白，在这个世界上她还有很多事情没有尝试过，她应该抱着积极的心态迎接生活，她不应该再有轻生的想法，也不应该继续闷闷不乐。

两天后，吴暇收到了一条 Lily 发来的微信。这是她回国后 Lily 第一次主动联系她，开场白是："在吗？"

"嗯，在。怎么了？"吴暇回复着。

"你在国内的朋友多不多？大概能有多少？"

"还行吧。我以前经常转学，所以总共加起来也有六七所学校吧。"

"这么多！你怎么老转学啊？"

"我爸妈希望我能接触不一样的人群，所以就经常让我转学。怎么了？怎么突然想起问这个？"

"我不是一直找不到工作嘛，但我现在又没钱花，所以我就想做做代购。"

"做代购？就是把美国的东西卖到国内来？"

"对，你觉得这事能行吗？"

"能行啊，太行了。我支持你，真的。现在两边差价这么大，你肯定能赚不少钱的。"

"对，我也是这么想的。但是我老家那边的人也没什么消费能力，所以我就想问问你周围有没有人愿意找我买东西。"

"你放心，就算他们没兴趣我也帮你发展成有兴趣。不过你打算怎么弄这事啊？人家在哪儿能看到你在卖东西啊？毕竟现在网上竞争这么厉害，而且又都真假难辨。怎么才能让人相信你卖的是正品呢？"一想到之前 Lily 认识的那个网友男帮自己修改了不少作文，吴暇觉得回报 Lily 的时候终于到了。

"这个我想过了，如果开个网店肯定竞争不过别人。所以我打算开一个微信代购号，到时候让他们加我微信然后我就直接在那上面卖。"

"嗯……这样好像也行。那钱呢？钱怎么付呀？"

"我妈有国内银行卡，到时候用她的名义开就行了。钱就直接可以转账到银行卡里，然后她再打给我就好了。"

"嗯嗯,那还真挺方便的。"

"对,现在都特方便了。"

"那你是先发货还是先收钱啊?我觉得还是先收钱吧。回头我帮你宣传一下,反正咱们在美国也卖不了假货。到时候我让他们先打钱,然后你就同时给他们发单号和发货。如果有那种预订款的,就让他们先付定金你再去给他们找货。"

"好啊好啊,我也是这么想的。如果我先发货的话,风险肯定就太大了。不过如果我先收钱,你觉得他们能相信我吗?"

"嗨,这有什么呀。我介绍给他们的,他们不信你还能不信我啊?再说了,哪有不交钱先发货的。双方信任彼此也都需要有个过程,况且不买就不买呗,多大点事儿啊。反正如果遇到那种婆婆妈妈的人,爱买不买,不用搭理。"

"嗯,你说的特别在理。"

"我觉得你也不用定价太高,不然就没有竞争力了。你就刚开始的时候不赔钱就行了,先了解一下大概的流程,累积一下客户群,等人多了慢慢也就赚钱了。"

"主要我都不知道国内是个什么价格,其实还真是挺不好定价的。"

"我在北京看了一下。就 MK 那包,美国换算过来差不多 2000 多人民币吧。你知道在北京卖多少吗?在北京直接奔 5000 了,而且颜色还不全。所以如果你不到 3000 就能卖,肯定一帮人乌泱乌泱地找你买。我觉得你也别太黑了,差不多就得了。"

"能差这么多?"

"是啊,反正差挺多的。但是你不用卖太贵,你现在本来就没客源呢,要是价格再下不去,肯定就没人找你买了。我觉得如果美国的成本是 2500 人民币,甭管国内卖 5000 还是卖多少,你差不多卖个 2700 或 2800 就足够了。最好是直接给人家把运费也包了,如果运费包不了你就标价再低一点。"

"那就不超过 2700 吧,然后邮费他们自己出。反正我的要求也不高,能把油钱和伙食费挣出来就可以了。"

于是在接下来的交谈里,两个完全没有任何从商经验的女生开始了长达三个小时的筹划。她们觉得自己能做的就是给大家提供一个正品渠道，至于标价她们则不敢奢求太多。

"你说我把微信号起成什么名字啊?"Lily 询问着。

"我觉得可以想一个比较有特色的,而且要突出是代购美国商品的。"

"微信名称我还得想一想,但是微信号就编辑成'zsqltogether'吧。"

"zsqltogether?"

"对,就是'自食其力'四个字的拼音首字母加上'together'这个英文单词。我现在在美国也找不到工作,如果真能通过做代购自食其力了,我觉得也挺不错的。"

"哈哈,你别说这还真挺励志的。"

"那就这么定了?"

"嗯,就这个了! 回头微信名称你再好好想想就齐活儿了。"

于是在接下来的日子里,Lily 开始对比各种快递公司的价格和邮寄时间的长短。与此同时,吴暇则把 Lily 的微信号告诉了国内的朋友。

尽管有时 Lily 为了满足顾客的需求,需要开车去很多商场帮忙比较价格、在专门的网站上订货、给客人解释各个产品的功效、去店里实地拍照、时不时地帮助客人查询快递单号、在十多个小时的时差面前整宿整宿地睡不了觉、帮顾客填报海关通关的货运单、不厌其烦地给新添加微信的客人说明自己只卖正品不卖假货、一次又一次地对客人说自己的利润已经很低不能再打折、了解最新的时尚资讯、按时给顾客推荐性价比更高的产品。不过只要当她看到银行卡里又多了一些钱,她就觉得这一切的艰辛都是值得的。

自从开始做代购,Lily 每天的生活更充实了。原本她想把赚的钱和吴暇平分,但吴暇却谢绝了。吴暇觉得 Lily 很不容易,既然她能通过代购挣点油钱那自己又何必从中分一杯羹呢? 她了解 Lily 的定价,她知道其实刨去时间、精力和那点可怜的车马费,Lily 基本上也挣不到什么钱了。再说她也仅仅是帮 Lily 介绍了一些同学,至于人家愿不愿意买全凭 Lily 昼夜不停地替大家解答问题。Lily 的辛苦吴暇是看在眼里的,她除了支持以外从未想过从中获取什么。

随着客源越来越多,Lily 的信誉度也越来越高了。尽管汇率一直在变,但她却并没有趁火打劫。她一直是按照最初的价格卖给客人的,因为现在的她已经很知足了。

再之后,Lily 妈给女儿介绍了做日本代购的朋友。吴暇也把自己在韩国和澳大利亚上学的朋友介绍给她。于是在接下来的日子里,Lily 不仅卖美国的包包、鞋子、化妆品、保健品和母婴用品,也开始卖韩国、日本的护肤品和澳大利亚的保健品了。

在 Lily 尽心尽力地打理下,她的小生意做得越来越像样了。通过代购积累下的成就感也让她更加坚定了最初的信念。她觉得自己是有能力的,她明白自己是不需要依靠男人的。尽管 Lily 妈依旧在电话里催促 Lily 赶快找个有身份的男人嫁了,但她却再也没有登录那些社交网站了。她觉得一个人生活很好,现在的日子很好。

第二十章　消失的男友

承诺是最动人的，却同样伤人最深。
没有经历过被爱，又怎会割舍不来。

1

　　寒假快结束时，吴妈妈带着女儿和母亲一起回到了美国。依旧是秦叔叔去机场接的她们，只不过随之而来的还有一则坏消息。

　　秦叔叔说自己每天都会按时喂狗，但由于晚上他不可能住在吴暇家，必须回自己家，所以壮壮在小院里只要一听到外面有动静就狂叫不止。当然了，这些情况都是邻居在举报信里提及的。

　　其实这就是住 Condo 的坏处。由于每家每户挨得很近，所以只要有点风吹草动就格外醒目。秦叔叔把邻居们写的信件递给吴暇。吴暇大致看了一眼，前几张基本上是以请求的口吻写的，主要是说请不要让狗晚上乱叫。可是日期最近的几篇却写的是如果你们家的狗再这样扰民的话就报警了。

　　看来祸不单行，就是这个道理。北京的事情刚处理完毕，就要到美国继续处理。

　　再次回来，仿佛一切都变了。吴妈妈遛狗的时候，被对面小区阻拦。阻拦的原因就是"你们家的狗太大了，我们小区的业主害怕"。

每到这时，吴妈妈就用她仅会的几个单词据理力争："我每次出来都会给它拴上链子，再说它的粪便我也都拿塑料袋装好扔掉，为什么我不能在这遛狗?!"

每到这时，小区保安则回答："对不起，这是我们业主的要求。"

"那你们小区的狗还经常来我们这边遛呢，凭什么你们能来我这边，我就不能到你们那边。"

"因为你的狗太大，我们小区的住户害怕。"

除此之外，住吴暇家隔壁的那个墨西哥老头也开始变本加厉了。

大部分的美国家庭都会养狗，可这个墨西哥老头却很不喜欢狗，不管是大狗小狗他都不喜欢。所以原先壮壮只要叫两声，墨西哥老头就会使劲猛敲墙壁。那段期间墨西哥老头三番五次地给宠物管理协会的人员打举报电话，说壮壮太大了不应该在 Condo 养。他还要求他们派专人过来查看吴暇家里是否给壮壮办过狗证，如果没有狗证就可以顺理成章地把壮壮抓走。前来检查的工作人员看到壮壮所有的证件和打针记录都是齐全的，告知可以在这边合法饲养。事后墨西哥老头还不死心，直接把壮壮告上了法庭。为了这事，吴妈妈还特意花了四百美元给壮壮找了位律师，从而证明所有证件都是齐全的，可以在这里养大型犬。

见吴妈妈把官司打赢了，墨西哥老头更加气愤了。每当吴妈妈中午切菜的时候，他就用力猛敲墙壁，好似吴妈妈在做菜时不应该发出一点动静。由于美国的房屋都是木质结构的，所以隔音效果自然不是很好了。

总之尽管壮壮住在这里是合法的，但经过墨西哥老头三天两头的折腾，吴妈妈再也不想和他成为邻居了。

其实很多英文不好的华人都会多多少少在美国碰到各式各样的无奈。因为他们对政策了解得不够透彻，当很多突发状况接二连三地发生时，即便很多时候他们是占理的却无法用英文表述清楚。这也不难理解为什么外国人经常上街游行，而身处美国的华人却很少在公共场合发声。其实并不是他们不想抗争，而是语言不通的他们真的很难争辩什么。所以外国人会将大部分中国人定义为"斯文的""不爱出声的"甚至是"懦弱的"。这也不难解释为什么在很多外国电影中出现的亚裔演员，大多演绎的角色都相对柔弱。除了几位功夫巨星外，大多数亚裔演员在电影中所呈现出的角色无非只有那么几种。第一种,演个受气包;第二种,演个不入流的小角色(通常以服务生、妓女为主);第三种,演个书呆子;第四种,演个被人嘲笑的谐星;第五种,演个男同性恋……

没错,这种歧视和思维定势已经根深蒂固了。因为语言的障碍,即便我们中国人再聪明再有胆识,可是在"英文"面前,我们始终还是败下阵来。

吴妈妈说不过小区保安,更觉得天天被墨西哥老头找碴儿太过心烦,于是她决定换个环境。

终于,一家人为了壮壮搬家了!

她们无论如何也不会放弃壮壮,即使她们知道如果不养壮壮了也就没有邻居继续举报了。她们爱壮壮,更把壮壮当做是家里的一份子,所以她们不能让壮壮受到一点委屈。其实壮壮很通人性,身材高大威猛又有纯种德国黑背的血统。每次吴妈妈带它去操场玩球的时候它都会吸引住众人的目光。很多老外都会一个劲儿地夸赞:"Nice! Good dog!"

但不管怎么说,既然和邻居闹得这么不愉快,也就没必要再继续待下去了。吴暇母女和秦叔叔商量了一下,觉得还是搬到独立的 House 居住比较好。一来私密度相对高很多,二来壮壮的活动空间也会大很多。于是在接下来的一个月里,吴妈妈又开始找房子了。幸运的是,吴妈妈在报纸上找到了一位来自台湾的房产经纪人陈先生。陈先生很敬业,在这一行已经做了十几年。只要看到符合吴妈妈标准的房源,他都会尽责地开车带吴妈妈去看房。短短一个月的时间,吴妈妈基本上参观了几十处房屋了。

那段时期买房的人很多,许多大陆投资客都是拿着现金过来买房的。在好学区、好地段的房子一下子就被抢光了,有时想买到合适的房子甚至还需要买主往上加价。

和第一次买房时不同的是这回有了陈先生的指点,吴妈妈对买房的门道也就多多少少地了解到一些。

陈先生来自宝岛台湾,所以也算是南方人了。一般南方人都比较讲究"风水",陈先生也不例外。当他看到一处房屋在街道尽头的拐角处时,会赞不绝口地说:"这个位置好,是聚宝盆。"然而如果房屋的大门冲着大马路,陈先生则会对吴妈妈说:"我建议不要买这栋房子,这栋有路冲。"

吴妈妈自然是搞不懂这些的,不过既然陈先生说面对大马路不好,那就不买吧。不过话又说回来，其实吴暇她们住的 Condo 就是有点路冲的。难道说这两年家里发生的变故，都是由这栋房子引起的？不可能，不可能。这也太迷信了吧。

吴暇一家算是幸运的。在陈先生的帮助下，她们很快就找到了一处各方面都比较满意的房子。房子离吴暇的学校很近，离秦叔叔家更近。

新房是独栋的 House，四室两厅两卫两车库外加一个超大的后院，壮壮在后院可以玩得很开心。这样既不用担心被邻居举报，又有很大的私人空间。

吴暇一家对这栋房子很满意。由于洛杉矶的房屋都是木质结构，所以搬进来之前特意找杀白蚁的公司进行了全面检测。另外为了买这套房她们也把原先那套 Condo 卖掉了。虽然这套房要比之前那套贵很多，但由于原先那套也随着经济复苏涨价了，所以总的来说两套房的中间差价也还是可以接受的。

于是在吴暇生日前后，吴暇母女及外婆和壮壮一起搬进了新家。

搬家后的感觉好极啦！街道两旁环境优美，马路对面就有一个很大的公园。一家人早晚散步、遛狗、锻炼都很方便。这里的社区治安非常好，曾有两次吴妈妈在晚饭后和家人出门时忘记关车库门，但回来后却发现家中安然无恙只是虚惊一场。另外新房子的出现也让吴暇体验到了露天烧烤的喜悦。吴暇很喜欢吃烤肉，独立 House 的超大后院更为吴暇提供了很好的烧烤场地。每当她约上一些朋友来家里烧烤时，后院总会传来一帮年轻人的欢声笑语。这样的日子真的很快活，不会再有人敲墙，生活乐趣更多样。

吴暇家里的事情刚处理妥当，May 这边就火烧眉毛了。

自从上次和 Tony 和好后，她和 Tony 见面的次数却没有因此增多。

那段时间 Tony 确实把主要精力都用在了学习上，所以很快也就转去正规的四年制大学了。Tony 转走之后，他和 May 见面的次数就更少了，甚至两人联系的时间也越来越少了。对此 Tony 给出的解释是："现在的大学要比以前的 College 难得多，我如果还像以前那样会被退学的！"

May 从未怀疑过 Tony，然而她却在无意间发现了端倪。

那天 May 想给 Tony 一个惊喜，所以她就自己开车到了 Tony 的学校。快到学校时 May 接到了肖倩的电话，肖倩说家里的牛奶喝完了，想让女儿回家前去超市买两桶回来。一想到 Tony 肯定还没下课，于是 May 就调转车头直奔 Tony 学校附近那家超市去了。

超市不大，停车场也比较小。May 刚停好车，就一眼看到了 Tony 的车。起初她以为只是车型和颜色相同，可走近一看车牌就是 Tony 的！

"Tony 怎么会在这里？他不是应该还没下课吗？"May 心里疑惑起来。

May 想都没想，直接掏出手机给 Tony 发了一条微信："你在干吗？"

过了几秒，Tony 回了两个字："上课。"

"难道是他把车子借给别人开了？"May 将信将疑地走进超市。

May 没有马上去冰柜里挑牛奶，而是风风火火地在超市的各个区域穿梭。她希望能够看到 Tony，同时又害怕看到 Tony。她不知道自己到底是怎么了，也不知道是从什么时候起，她不再像从前那般百分百地信任Tony。

正当 May 快要走到洗漱用品区域的时候，突然看到了那个熟悉的身影。没错，就是 Tony！此时他正背对着她在挑浴巾。

"他不上课来这里干嘛？""他刚才干嘛骗我说在上课？""他房间不是有浴巾吗，干嘛又要买新的？"此时无数个问题同时出现在 May 的脑海里，然而她却突然有些犹豫到底要不要直接上前问清楚。

她就像个特工一样，在发现目标后迅速隐蔽起来。她决定偷偷跟踪Tony，她想看看他到底为什么骗自己。只见 May 快步退回到那片零食区，找了一个差不多的位置随手拿起一包薯片打掩护。她眼睛一眨不眨地望向 Tony，没一会儿的工夫 Tony 就拿着浴巾去挑牙膏了。

May 就继续这样跟了一路，她始终和 Tony 保持着较远的距离。这一路上 May 都没有发现有什么异常，直到 Tony 背对着她站到了收银队伍里。

　　等待结账的队伍并不长，而且周围也很空旷。没有了商品和货架的遮挡，May 才终于发现 Tony 并不是一个人在逛街！他身旁有一个女生！一个身高不到一米五的女生！

　　那个女生看起来瘦瘦小小，和 Tony 站在一起把 Tony 衬托得挺拔高大。那个女生的面庞 May 看不到，但她却看到 Tony 爱抚着她的头发，和她有说有笑。

　　这样亲昵的举动，如此怜爱的动作。May 站在原地，瞬间就石化了。她本以为自己有勇气上前质问 Tony，她本以为自己可以以一个正房的姿态教训那个凭空冒出来的小贱人，可是最终她却什么也没有做，因为她怕Tony 会离她而去，因为她怕那个女生会嘲笑自己。

　　她就这样静静地看着他俩渐渐远去，她不知道 Tony 会不会在停车场看到自己的车，她不知道 Tony 会不会给她做个解释。

　　然而她等了很久，都没有等到 Tony 的解释。那天他们谁也没有联系谁，第二天也依旧如此。直到第三天，May 终于受不了了。她开始疯狂地给 Tony 打电话、发信息，可是 Tony 始终都没有回复，Tony 就这么人间蒸发了。

　　May 像疯了一样开着车去 Tony 家，可是当她再次见到房东女儿 Kiwi 的时候，Kiwi 却告知她 Tony 早在两个月以前就不租了。

　　May 彻底慌了。她像一个乞丐般央求 Kiwi 能不能对自己透露一点 Tony 的行踪，可是 Kiwi 却守口如瓶地回了句：“我又不是他妈，我怎么知道他在哪里？”

　　May 绝望了，她觉得自己被骗了。她不知道什么叫做失恋，可她知道此时此刻自己有种想要杀人的感觉。Tony 就这么消失了，毫无征兆地消失了。如果她没看到 Tony 和那个女生在超市该有多好。如果她没将车子停在那辆宝马车周围该有多好。如果 Tony 依旧爱着自己该有多好。

　　May 掏出了手机，又给 Tony 拨了过去。Tony 依旧没有接听，May 就开始疯狂地给他发语音。

　　“你在哪里？你为什么不接我电话！”

　　“我告诉你，我全都知道了！我看到那个女的了！我看到你们两个一起逛超市了!”

“你为什么骗我!你就是个骗子!”

“我妈妈说的一点都不错,我根本就不应该和你在一起!”

May 发着发着,自己就哭了。她不知道自己是怎么了,她觉得自己的心很痛。Tony 是她最亲近的人啊,他怎么忍心抛弃自己呢? Tony 和爸爸不一样啊,他说过会一直对自己好就肯定会啊。Tony 说会爱自己一辈子,可是一辈子还没结束呢为什么他就不在了?

May 就这样在微信里骂了 Tony 一个星期,一个星期过后 May 突然觉得或许是自己冤枉他了。和所有看过韩剧的女生一样,May 开始幻想是不是 Tony 得了什么绝症了。

“老公,对不起。前段时间是我太冲动了,你是不是生病了?”

“我不应该那么说你,你能原谅我吗?”

“你现在在哪里? 我想过来找你。”

“我知道是我误会你了,你肯定没有和那个女生在一起。”

“老公,如果你生病了就告诉我,我会好好照顾你。求你不要再躲着我了好吗? 不管遇到什么,我都会和你一起面对的。”

“老公,我爱你。今天外面有点热,你能不出门就不要出门了。”

May 就这样发了很多条信息,甚至有些信息的内容都成功地把她自己给感动了。她宁愿相信 Tony 没有骗自己,因为只有带着希望活下去才不至于如此痛心。

May 就这样给 Tony 发了三天慰问信息,可 Tony 始终沉默不语。

May 再一次被激怒了! 她又开始在言语上炮轰 Tony。于是在接下来的一个月当中,她就这样时而咒骂、时而关心、时而清醒、时而狐疑。

兴许是 Tony 身边的朋友实在看不下去了,于是在某天下午 Tony 曾经的同学告知了 May 部分实情。Tony 的同学说,那个女生是中越混血。她一直生活在美国,英文很不错,所以 Tony 转学那会儿帮了 Tony 很多。

“转学? 他们那个时候就在一起了?! 他们都在一起好几个月了?!”

“这个我就不清楚了。”那人为难地说,“不过你也别太执着了,过去就过去吧。”

May 彻底崩溃了。她怎么也想不到 Tony 竟然会欺骗自己这么久,更何况 Tony 当时还在脚踏两只船！Tony 什么时候变成这样了？他曾经答应过自己的那些承诺呢？May 再也受不了了，她需要发泄，她必须发泄。于是她拨通了吴暇的电话，她想要有人陪在自己身边。

"喂？"吴暇漫不经心地接起了电话。

"喂，你能出来陪陪我吗？我现在在学校旁边的星巴克。"

"什么情况啊？你哭了是吗？"吴暇"噌"地一下从床上坐了起来，"你等会儿啊先别激动，我现在就过来啊。你别乱跑，我马上就到。"挂断电话后，吴暇直接从床上跃起随便找了件衣服就跑出门了。

"你干嘛去啊？"吴妈妈在身后喊道。

"May 叫我出去一趟，我过一会儿就回来了。"此时吴暇早已发动了汽车。

学校离家不远，很快吴暇就开到了学校附近的星巴克。吴暇一进门就看到精神焕散的 May。她快步走到 May 的身边，把椅子往外一拉就坐到了 May 的对面。

"你什么情况啊？吓死我了！"

"Tony 出轨了。"

"谁出轨？Tony 出轨？不可能的，就他那样借他俩胆儿他也不敢出轨。"

"他真的出轨了，我亲眼看到了。"

"啊？捉奸在床啊？"

"他和一个女的一起逛超市。那个女的是中越混血，他朋友全都告诉我了。"

"中越混血？合着弄了半天找了个越南人啊？"

"他朋友说那女的帮他复习考试什么的，然后他俩就在一起了。那人从小在美国长大，所以英文很好。"

"那女的长什么样儿啊？你赶紧描述描述，这都什么审美啊。"

"我没看到正脸，反正个子挺矮的。"

"弄了半天找了个小地出溜儿啊？嗯，这也不怪他。他只有找小地出溜儿，才能凸显自己的威猛高大。我看啊，拜拜了也好。反正你两站在一起也不般配，再说你妈不也一直特烦他吗。"

"可是我不想和他分开，我觉得除了他以外不会再有人对我那么好了。"

"你可别逗了。他对你好吗？他如果对你好，能干出这种事吗？说白了这才是他的真面目，所以趁早看清趁早解脱了。"

"不是的，他不是这样的。他对我真的特别好，他以前什么都听我的。其实我这么久才跟你说，就是觉得他还会回心转意的。我不想告诉你，就是因为连我自己也不相信他会真的离开我。我总觉得过段时间他就会回来了。你说是不是因为我以前太任性？是不是因为我老说他，所以他觉得没面子了？那我现在给他认错还不行吗？我给他认错，他是不是就会原谅我了？"May 说着说着又哭了，她太想挽回 Tony 了。

"打住打住啊。挽回什么啊？就他这样的你还想挽回呢？我跟你说啊，书上可都写了，这男人一旦是出过一次轨，以后就会出第二次、第三次。你只要原谅了他一次，他就会觉得已经把你吃死了就再也不会重视你了。"

"可是都是因为我以前对他不好，所以他才被迫这样的。"

"什么叫被迫这样啊！出轨就是出轨，找那么多理由干嘛。再说了，如果他以前和你在一起觉得憋屈他就找你谈话让你改正啊。他找你谈了吗？没谈吧。他自己蔫不出溜儿地什么都不说，然后突然给你来这么一下。我跟你说，他这就是没素质，就是故意的。你说两个人在一起，你说他两句能怎的？大老爷们儿还说不得了？他如果是因为这个劈腿，那就太小心眼儿了。"

"可是我还是觉得是我做错了，我当时不应该老说他的。"

"说两句怎么了？哪有两个人在一起不挨说的？我实话告你吧，就我爸我妈一辈子没吵过架，到头来还不是离婚了？所以说不吵架的都不正常，你说他两句纯属应该的。"

"真的吗？"

"那必须是真的啊。就他这种连分手都不敢当面提的男人，只配两个字形容。"

"哪两个字？"

"小人！我跟你说他这种人就是个小人！偷偷摸摸找个小三，然后又不敢承认。我最看不上这种人了！大老爷们儿敢作敢当，没见过像他这么不会办事儿的！"其实说来也挺逗的，每次别人一出点什么事吴暇总是义愤填膺的。或许这就是北京姑娘的真性情吧。

"那我现在应该怎么办？"

"你现在就过好你自己的日子就行了。就他那样的也没什么好留恋的了，想在越南姑娘面前找点儿存在感，那你就让他去吧。"

"其实我有想过找一个比他高、比他帅的男朋友气气他的，但是就是不知道到哪里可以找到这样的。"

"又高又帅的在洛杉矶好像还确实不太好找，不过没事儿总会找到的！"

"要不我们去健身房吧。"

"去健身房干吗？怪累的。"

"我那天看到那个女生又瘦又小的，我就在想是不是他嫌弃我变胖了。"

"哎哟喂，你让我说你什么好啊。这跟你变不变胖有直接关系吗？主要是那女的天生营养不良，她倒是想长胖呢，她也没这功能啊。我跟你说，你就甭再琢磨他的事儿了。真的，咱向前看就得了。"

"那也应该去健身房，因为在健身房遇到帅哥的概率会比较高。"

一听这话，吴暇立马两眼放光。"真的假的？健身房有帅哥？那还不赶紧的，咱俩现在就去吧。快点儿的，麻利儿的！咱俩现在就过去溜一圈儿吧！"

"你不是不想找男朋友吗，干嘛这么激动啊？"

"那是以前，以前不想找。可我现在改主意了，我现在特别想找。哎，其实也不知道是为什么，自从我们家出了这些事儿以后我突然特别想结婚。怎么跟你形容呢？就是突然觉得甭管那男的是谁，反正我就是想成家了。可能是害怕了吧，我总觉得自己没家了。所以我现在就特别想有一个自己的家，一个以我为中心的家。"

听到吴暇这么一说，May 突然觉得吴暇和以前不一样了。即便她依旧在自己面前嘻嘻哈哈的，可是 May 能感受到吴暇的内心要比以前脆弱了。

"那咱们就这周末一起去健身房办卡吧。"May 提议道。

"行,就这么定了。咱俩必须在短时间内找到大帅哥,然后咱四个就成双成对地出门嘚瑟。"

"哈哈,好。那我这几天就去研究一下办健身卡要多少钱。"

"对对对,一定要抓紧时间搞定。早去早下手,早下手早幸福。"

May 果然不负众望,第二天就把价格问出来了。当吴暇得知了健身卡的价格后,不禁连连感叹:"美国的健身卡可真便宜啊! 怪不得全民都在健身呢!"

在美国的健身房健身,一个月只需要支付 30 美元。没错,只要 30 块钱就可以随便享用健身房的各种器械、健身课程、游泳池、温泉池、桑拿房、动感单车和篮球场。这也就不难解释为什么老美们各个都有马甲线,个个都是肌肉男。

为了迎接人生中的第一次健身,吴暇为自己选购了各种装备。她买了黑色的健身衣、健身裤、运动袜、运动鞋、游泳衣、游泳帽、游泳镜、夹脚鞋、蓝色大浴巾、灰色瑜伽垫、红色呼啦圈、紫色小哑铃和红色健身包。

当 May 也准备好这些后,两个女生就朝健身房出发了。

第二十一章　健身房的 ABC

有一种男人，只要你见上一面就会为之倾心。

有一种情感，世人称之为一见钟情。

健身房的人很多，从青少年到老年人不等。一般上午到晚饭前后，中老年人比较多。然而等到晚上八九点钟到凌晨三四点之间，则是二十岁左右的年轻人偏多。

由于吴暇一直遵守着每晚八点之前必须回家的家规，所以她和 May 在健身房死守了半个月都没有遇到让人眼前一亮的男青年。为了早日得到幸福，吴暇申请把门禁时间延迟到了晚上十点。

由于她俩并不是以健身为目的的，所以她俩每天的基本项目就是在跑步机上走和在脚踏机上聊天。每次健身过后，俩人除了眼睛在健身房内得到了充分的运动外，身体上的其他部位则基本按兵不动。不过正是由于她俩的小眼珠子经常滴溜溜地乱转，在她们来到健身房的第三周的某一天，两人终于锁定了进攻目标，发现了一个万中无一的男神！

事情的经过是这样的。那天吴暇和 May 正在脚踏机上有一搭无一搭地蹬着腿，正当二人感叹这家健身房没帅哥的时候，面前的大镜子里突然出现了一个高大伟岸的背影。而且那个身影离她俩非常近，因为那个人正好刚走上她们身后的那台跑步机。

看到镜子中男人的身材如此完美，吴暇和 May 都激动得不好意思回头看。等了三周终于出现猎物，第一次充当猎人的她们，心跳早已飙到 150。

"怎么样？怎么样？这个简直太帅了！"吴暇已经激动地语无伦次了。

"是啊，是啊。背影就足够秒杀一切了！不知道他长得怎么样，但我觉得肯定不会差到哪里去。"

"小点声小点声，别让他听见了。不行了，受不了了，我得回头看一眼。"

吴暇小心翼翼地回过头，尽管男生面前没有镜子看不到她们，但吴暇却有种做贼心虚的感觉。然而不回头不要紧，一回头吴暇整个人都怔住了。由于她和May都坐在脚踏机上，所以她们在镜中并不能很准确地估算男生的身高。可是当她转过头来真真切切地看向真人后，那种少女见到白马王子的感觉立马就涌现出来了。

"快看！快看！他的身材简直太棒了！你看看手臂上的肌肉和小腿的线条！还有身高，他这个绝对超过一米八八了！"吴暇简直要鼻血直流。她死命拍打身旁的May，叫May不要再装矜持了赶紧回头看吧！

尽管吴暇一直压低声音说话，但May依旧可以感受得到吴暇那颗激动不已的心。于是她也将视线从镜中收回，小心翼翼地转过身，生怕对方突然从跑步机上下来或猛地转头看向她们。

"哇塞！太帅了！身材太好了！"就在转身的一刹那，May也彻底沦陷了。

"完了完了，激动了。你说咱们现在该怎么办？要不要过去要电话啊？"

"要！必须要！咱们都等这么多天了，终于等到一个大帅哥。必须要！而且我就指着他去气Tony了。"

"哎哟，大姐。都什么时候了，你怎么还想着Tony啊。别的不说，就他这身高就已经把你家Tony秒杀到桌子底下了！"

"你说得太对了。如果当初Tony是这个身高，我妈妈肯定就不会反对了。"

"行了行了，别说Tony了。你赶紧想想下一步该怎么办，别回头人家跑完步就回家了！"

"哎呀，我也不知道该怎么办，我也没有经验啊。"

"那就还按咱们原先说的那样，直接上去要电话？"

"行！我听你的！"

"好紧张啊！你说他要是拒绝咱们怎么办？那肯定就丢死人了！不过没事儿，豁出去了！如果他要是拒绝咱们，大不了这辈子咱俩都不进这家健身房了！"

"对，豁出去了！"

就在两个女生密切讨论时，男生突然边跑步边往右侧的器械区看了一眼，估计是想看看有没有空出来的器械可以去练。就在这不经意地转头瞬间，彻底让吴暇打消了刚才所有的顾虑。简直是太帅了！那精致的五官、高冷的侧脸，一看就是纯正华裔血统。吴暇彻底疯了，她觉得自己这辈子终于熬出头儿了。她在心里呐喊："这男的，我要定了！"

然而此时疯掉的不止吴暇一个，May 也看到了男生的侧脸。她觉得这是自从她十二岁来到洛杉矶以来，见到的唯一一张令她窒息的亚洲面孔。这个男人简直堪称完美！他不仅身材好，长得也好。May 忽然觉得自己当初怎么会接受 Tony 那种又矮又不帅的男人，她觉得自己当初真是瞎了眼了。眼见帅哥近在咫尺，May 瞬间觉得自己对 Tony 的感情全都释然了。

"完了，我觉得我已经爱上他了。你说这是不是就是所谓的一见钟情啊？"一向高高在上的吴暇，在看到男生侧脸的时候便下定决心今生非他不嫁了。

"我也一见钟情了，我突然觉得自己以前的眼光简直太差了。"

"你能意识到这点，我就很欣慰了。赶紧搞定他吧，他比 Tony 强一万倍了。哎，受不了了，太帅了。咱俩一会儿直接跟他表白吧。甭管他最终选了谁，只要不被别人抢走就行了！"

"是是是，肥水不流外人田啊！"

"我要是将来和他结婚了，绝对什么都听他的。"

"我要是将来和他结婚了，别人肯定都羡慕死我了。"

于是两个女孩你一言我一语地感叹着男生的俊朗，幻想着婚后生活的美满度。她俩甚至连今后给健身哥生儿子还是生闺女以及小孩儿的长相都"未卜先知"了。她们就这样直勾勾地看着男生的背影，完全不理会被闲置的脚踏机的落寞心情。

正当两人看得出神，男生突然减速直至停止跑步。只见他潇洒地从跑步机上下来,朝饮水机走去了。

"什么情况? 他准备撤了?"吴暇突然如梦初醒!

"是啊,他怎么不跑了!"

"怎么办? 咱俩现在去不去要电话啊? 必须赶紧去了,他要真走了就麻烦了!"

"对,现在就去!"

"你说一会儿怎么跟他开口啊? 他是留学生还是 ABC 啊? 真希望他是留学生,这样我就直接跟他说中文了!"

"我觉得他应该是 ABC,因为留学生的身材没有这么好!"

"那就这样,如果是留学生就我来,如果是 ABC 就你来。反正甭管咱俩谁来,电话号码必须给拿下啊!"

"行! 就这么办!"

"那咱俩现在就过去? 第一句怎么说啊? 直接要电话吗? 他会不会觉得咱俩有病啊?"

"应该会觉得咱俩有病。不过没关系,试试看吧!"

"行! 那咱俩快过去吧,别一会儿他真回家了!"

吴暇话音刚落,自己就从脚踏机上下来了。她对 May 说了句:"跟上啊。"然后就径直朝男生走去了。

就在这短短的十来米的距离中,就在从脚踏机到饮水机的路程里,吴暇的心一直怦怦直跳。她觉得自己将要完成一项世人都无法超越的壮举,她觉得此时此刻无比神圣,誓死要将对方搞定。

她就这样,直愣愣地走到了男生身后。刚想回头跟 May 来一个决战前的眼神触碰,却发现身后空空如也! 人呢?! 吴暇彻底慌了! 她环顾了一圈,愣是没看到 May 在身边。她下意识地朝脚踏机的方向看了一眼,没想到 May 依旧纹丝不动地坐在上面。

"你什么情况啊? 快过来啊!"吴暇拼命朝 May 挥手,用没有任何声音的夸张口型对 May 招呼着。

"我不敢! 你加油!"May 也在原地对吴暇使劲摆手。

"骗子! 关键时刻就掉链子! 逃兵! 等我成功要完电话就跟你彻底绝交!"吴暇在心里咒骂着。

然而不等吴暇多想，男生已经喝完水转过身了。看到身后突然站着一个女生直勾勾地盯着自己，男生也着实被吓了一跳。他以为吴暇是在排队等着喝水，于是很知趣地往旁边挪了挪。

见男生已经发现自己了，吴暇也不知道从哪儿来的勇气，直接就开口说话了："你是中国人吗？"吴暇直接对男生说了中文。因为她很希望对方是一个堂堂正正的中国人！因为她这辈子只爱中国人！

男生明显没想到吴暇会这么问自己，于是略带疑惑地用英文回了句："Yes."

"你会说中文吗？"吴暇依旧不死心，期望对方不是 ABC。

"Just a little."

"哦，那也行了。嗯……你现在有女朋友吗？"

"No."

"没事儿没事儿，你很快就会有了。"

"What?"

"你能告诉我你的电话号码吗？"

男生迟疑了片刻突然笑了，或许他这辈子都没见过这么直白的女生。"Wow! OK."于是男生把自己的电话号码告诉了吴暇。

"好了，收到了！那我今晚就给你发短信。拜拜！"吴暇满载而归、慌忙撤退。

看着吴暇惊慌又激动的神情，男生不禁笑出了声。

一直躲在远处持观望态度的 May 看到吴暇转身走了，于是赶忙跑到吴暇身边："怎么样？要到了吗？"

"别理我啊，咱俩从此绝交了！"

"哎呀，你就别生气了。我就是不敢嘛，我哪能想到你自己就去了呀。"

"什么叫我自己就去了？！咱俩不都说好了一起去嘛！"

"好了好了，我错了。不过刚才你真是太威猛了！真的，我现在特别崇拜你！"

一听到有人崇拜自己，吴暇的语气立马软下来了："真的？"

"真的！女中豪杰！"

"那行吧，原谅你了。"

"你都跟他说什么了？电话要到了吗？他叫什么名字啊？"

"我去！名字忘问了！"

"那怎么办啊？你要不要再回去问一下啊？"

"哎，算了算了。赶紧离开这儿吧，我现在心脏还怦怦乱跳呢。反正电话搞到了手，回头发短信问吧。"

"也对，那咱俩快走吧。"

回到家之后，吴暇一直盯着手机里的那串号码看。她很想给那个男生发条短信，但又实在想不出应该发点什么。冷静下来之后，她突然觉得刚才有点太冲动。不仅一点都不矜持，而且对方肯定会误以为自己是个很随便的女生。

她有点后悔了，她觉得自己的名誉彻底扫地了。她不知道对方会不会搭理自己，她甚至开始怀疑对方给自己的那串数字是一个假号码了。她确实没有以前自信了，而且她从来都没有很认真地思考过男女方面的问题。她不知道怎样成为一个合格的女友，她甚至不太明白应该怎么跟男生交流。以前她和男孩子交流的时候，不是把对方当成大姑娘，就是把自己当成纯爷们儿，所以她觉得那种兄弟姐妹之间的沟通可以很正常地进行。然而这次不一样，这次她想试着谈恋爱了。她是真的对这个男生一见倾心，她也真的想要有一个属于自己的家了。吴暇希望男生不要因为刚才自己鲁莽的行为讨厌自己，希望自己可以找机会好好和他解释。即便现在什么都没发生，但吴暇已经单方面宣布恋爱了。当她想起男生跑步时的背影，都会觉得脸红心跳。她不知道自己为什么会有这种反应，这种从来都没出现过的反应。

吴暇一直是一个沉不住气的人，只要是她想办的事就必须立马办成。所以她盯着手机没几分钟，就按捺不住地给男生发了条短信。短信内容很简单，是用英文编辑的。"我就是刚才管你要电话的那个女生。我在美国没有起英文名，所以你想怎么称呼我就怎么称呼吧。我想和你交朋友，可以吗？我们什么时候一起吃顿饭呀？希望可以等到你的回复。"

吴暇反复看了好几遍，确认语句通顺没有拼错单词后，果断按下了发送键。当手机上显示信息已发出，吴暇的心跳也随之静止了。从小到大，她没有一次这么紧张过。她很害怕，怕号码是空的、怕男生会不回复她、怕对方已经有女朋友了只是刚才没有告诉她、怕自己这辈子的清白就这么毁于一旦了。

她就这样紧张地思考着,然而手机却一直都是安静的。

男生没有回复她。一分钟过去了,两分钟了,半个小时了,四十分钟了。她就一直拿着手机,一直重复着打开短信功能又退出去。什么都没有,无声无息。

吴暧慌了,彻底慌了。她觉得自己刚才担心的事情全都应验了。她有点恨自己,觉得自己太丢人了。她觉得如果自己是那个男生,肯定也不会给这种女孩回信息的。她觉得自己刚才的举动已经把对方吓坏了,她觉得May 才是最聪明最明智的。她不知道自己是怎么了,她感到空气稀薄快要窒息了。

"我一到家就给他发短信了,可是他没回我。怎么办啊? 他是不是觉得我有病啊?"吴暧像丢了魂儿似地给 May 发了条语音。

"应该是没看到吧,你再等等。他都把电话号码告诉你了,应该不会不理你的。"

"万一他告诉我的是个假的呢,你说我要不要给他打个电话过去啊? 可是如果我打了跟人家说什么呀? 他要是不接怎么办,那我多没面子啊? 哎呀,烦死了烦死了! 你说我现在该怎么办啊!"

"你可以打给他试试,你就随便找个话题跟他聊聊呗。"

"难受,头疼。我觉得自己快要死了。你说他怎么这样啊? 他为什么不回我短信啊? 如果他讨厌我可以直说啊! 他不回短信算什么意思啊! 他如果直接跟我挑明了说不想理我,我也就不用想这事儿了。可是他什么都不说,这不是让我干着急嘛!"吴暧一股脑儿地说了很多,连她自己都没有发现此时的她就像是个失了恋的女子。当然了,是单方面宣布失恋的女子。

"你别想太多了,没准他是真有事呢。"

"哎,算了算了。跟你说半天也没用,我直接给他打一个得了!"

于是吴暧就拨通了男生的电话。电话通了。一声、两声、三声,一直转为语音信箱都没人接听。

"他不接我电话!"这回吴暧连语音都懒得发了,直接给 May 打了过去。

"没准是开车呢，或者是静音了？"

"开什么车，静什么音啊！他家住在太平洋啊？都快一个小时了，他还没到家啊！不行，气死我了！他这样也太不礼貌了！我好歹也是个女的吧，我这样主动找他，他居然不理我，这叫什么事儿啊。你说我要不要给他发条短信质问他或者直接骂他？真是气死我了！"

"你不要老是这么沉不住气，哪有你这样追求别人的。"

"那我应该怎么办啊？难不成我就一直这样傻等下去啊？再说了，我也没打算追他啊。我是想着回头直接问他愿不愿意跟我在一起，他如果愿意的话我俩直接成男女朋友就行了。"

"哈哈哈。"在电话那头的 May 已经笑出声了。"哪有你这么谈恋爱的？能不能成为男女朋友哪有一天就能确定下来的？我跟 Tony 在一起之前，他还追了我三个月呢。"

"你们那种都不靠谱，太磨叽了。如果两个人感觉都不错，还费那劲干嘛？反正我最烦那种磨磨叽叽欲擒故纵了。他如果觉得我不错，大大方方说明白就得了。当然了，如果他不喜欢我也应该赶紧挑明了说。省得两人在这瞎耽误工夫，有那时间我还不如多写两首歌呢。"

"哈哈，你怎么谈个恋爱跟打仗似的。哪有这么快啊？再说了，谈恋爱这种事可不能速战速决。其实我觉得最幸福的时刻不是两个人在一起的时候，而是在一起之前的所谓暧昧期。就是那种双方都没有挑明心意，但又都有好感的时候最美妙了。怎么跟你形容呢？就是有一种猜不透对方心理，但是又觉得很有希望的那种感觉。就是那种没有捅破，却已经得到的感觉。而且你还会担心是不是自己有竞争对手，你还会担心他是不是也在跟其他女生聊天。就是那种又紧张、又刺激、又未知的感觉。嗯，反正就是特别美好的感觉。"May 说着说着，自己都沉醉了。

"美什么好啊？！都这样了还美好呢？你都不知道人家喜欢谁，都不知道他天天跟谁发短信，然后你还在这儿独自美好呢？你可别气我了。你说你净弄这些乱七八糟的干什么？两个人要是都看对眼儿了就赶紧在一起得了。没事儿暖什么昧？弄来弄去都是虚的，一点保障都没有。反正我一会儿准备再给他打一个，他要是还不接我电话我就直接给他拉黑了。真是给他脸了，还跟我摆上谱了！"吴暇越说越气愤，她觉得自己完全被忽视了。

"哎呀,你就再等等吧。现在还不到十一点,他如果十二点还没回复你,再把他拉黑吧。"

"哎,行吧。谁叫我对他一见钟情了呢? 再给他一次机会吧。"吴暇自顾自地总结着。

"那你继续犯花痴吧。有个男生想约我周末一起吃饭,我正在想怎么回复他呢。"

"有什么可想的啊? 想去就去,不去就拉倒。你赶紧回复人家吧,老让人家等着多不好啊。就你这样的,跟那个健身哥有什么区别! 磨磨蹭蹭的,想去还不直说。你赶紧回复人家吧,挂了。"

"我越不说他才越想约我呢。好了,拜拜。明天见。"

挂断电话之后,May 继续跟前几天新认识的小男生搞暧昧,而吴暇则继续抱着手机苦苦等待着。

尽管她嘴上一直在叫嚣,但却始终没有勇气把健身房的大帅哥拉黑。因为她真的很喜欢他,因为她觉得他的出现可以拯救她失败的人生。

吴暇就一直这样苦苦等待,直到 11:38 分的时候男生终于回复她了。回得很简短,就几个英文单词:"Sorry, I was in the gym."

吴暇也说不出来这是一种什么样的心情,当她收到短信的那一刻,里面的内容是什么已经变得不重要了。重要的是他回复了,重要的是这个号码是真实存在的。吴暇很善解人意地回复道:"那你早点休息吧,明天我再给你发短信。晚安,我爱你。"

她也不知道为什么自己会把"I love you"这三个词发出去。但是她就是发了。

估计男生是被搞晕了,他肯定没见过直接上来就对自己说"我爱你"的女孩子。出于礼貌,男生回了一句:"…night."

或许这就是吴暇吧。她说话一向口无遮拦,做事也一向不计后果。爱了就是爱了,何必藏着掖着。于是在接下来的几天里,吴暇对男生展开了疯狂的追求攻势。尽管男生依旧觉得莫名其妙,但也总是有一搭没一搭地回复着。吴暇知道了男生的名字,叫 Hank。也知道了男生喜欢听黑人说唱,还知道了男生每天晚上都会去健身,而且也知道了男生比自己大几岁已经从一所名校毕业。至于其他的,无非就是男生的父母都是中国人,但他从小在美国出生。哦,对了。他还有一个比他小几岁的弟弟。

每次 Hank 都不是很及时地回复吴暇,但吴暇却等得越来越有耐心了。她不知道自己是真的爱上他了,还是只是为了寻找某种精神寄托。吴暇能确定的是,自己已经不再理智了。她每晚都会和他说晚安,也都会对他说一句:"I love you."

然而每到这时,Hank 都只是回复一句话:"Don't say that , Love is a strong word."

Love is a strong word? 这句话到底应该翻译成什么? 爱是强大的? 不对,不应该这么翻译。吴暇思考了半天,最终觉得这句话应该理解成:"爱,不是随便说说。"

Hank 始终觉得吴暇是在玩自己,因为他从没见过有哪个漂亮姑娘会这么主动地追求男生。他不了解吴暇的过去,也不了解吴暇的个性。他只是觉得这个女生好奇怪,怎么会平白无故就喜欢上了自己。不过他还是和吴暇保持着联系,因为他也想试着了解她,因为他也觉得吴暇很有趣。

Hank 一直保持着很冷静的态度和吴暇交流,而吴暇却总是希望速战速决赶快把他搞定。吴暇对 Hank 表白的话语越来越直白,而 Hank 则变得越来越谨慎了。他的谨慎让吴暇感到无地自容,他的谨慎甚至让从没有过任何恋爱经历的吴暇开始自卑了。

"难道自己就这么不招男生喜欢吗?""难道自己就这么失败吗?""为什么他还不接受我?""是因为觉得我长得不好看吗?""还是因为他讨厌我的性格?""Love is a strong word,这句话到底代表着什么?"吴暇就这样沉浸在一个人的伤痛中。那段时间她没什么食欲,也打不起精神。如果 Hank 回复短信很及时,吴暇则满面春光神采奕奕。如果 Hank 很晚才回复或只是简短回复了几个字,吴暇则萎靡不振心痛难忍。

她就这样自我折磨了一个礼拜,她哭过笑过却始终没再提出要和Hank 见面。因为她害怕失败,她觉得如果自己在短信里都搞定不了对方,更何况是见面呢。

这种感觉很奇怪,却又很真实。真实到她觉得自己已经和他生活了一辈子,真实到她觉得自己和他再也没有机会生活一辈子。

吴暇终究是有天赋的,或许这件事放在常人身上也就不了了之了。可吴暇不一样,她习惯性地拿起笔,把此时此刻备受折磨的心情全部记录在了歌词里。是的,短短半个多小时的时间她又写好了一首歌,一首有词、有曲的英文歌曲。

歌名就是 Hank 经常对她说的那句话,那句她永远也读不懂的话语。

Love is a strong word

You say you like black music

I have no feeling to write it

I'm not sure if my style could match it

But I'll try my best to fix it

I told you we should separate

But you said YingYang is perfect

So I try to keep our difference

I thought it will make you to love it

(I really love love you

I really really do

I really love love you

I really really want you)

But one day you said we need to talk

I was looking forward to this conversation a lot

I was hoping you ask me to be your girl

You said let's get over it，Let's stop

Let's stop?

Let's stop!

My emotions I can finally control

Friends are better than strangers I know

(I really love love you

I really really do
I really love love you
I really really want you)

My tears are slowly flowing
This love you won't be knowing
You say love is a strong word
But I know you won't be staying
My own style is coming
Explain by those feelings
Can you hear my heart breaking
Though this music is showing

Love is a strong word
You tell me more than one thousand times
Love is a strong word
I never thought I will fall in love so fast
Oh that day
You hold my hand so tight and apologize
Love is a strong word
I can't forget
A few years later
There may be a guy who chase me so hard
Can I still keep
The feeling that I felt in love so deep
Oh that day
I hope your face will be in my dreams
Love is a strong word
I totally agree
Oh that day

I hope your face will be in my dreams

Love is a strong word

Who can let you stay

不知为何,当最后一个字落笔后吴暇竟然释怀了。她觉得自己突然不难过了,因为这一周的自我折磨换来了一首歌实在是物超所值。

她始终是离不开音乐的,所以当歌曲完成时她的心结也就解开了。她再也没有自我催眠,再也没有懦弱得害怕见面。她主动约了 Hank,约在离家很近的一家泰式餐厅见了面。

Hank 很爽快地答应了和吴暇的这次见面,这应该是他们在健身房相遇后的第一次见面。他们在餐厅门口的停车场碰了面,Hank 还是那么帅气而吴暇则又重拾了几分自信。或许这就是一个有梦想的女生的心态吧。此时的她不再和别人对比谁的家庭更幸福,谁的爸妈更伟大。此时的她更看重的是个人价值,是音乐带给她的个人价值。

她给 Hank 清唱了一遍自己写的歌,Hank 明显有些震惊了。他连声叫好,吴暇看得出他是真心觉得好。Hank 问她这首歌打算什么时候发表?是的,这是这么多年以来第一次有人希望吴暇的歌曲可以尽早对外发表。

吴暇从来没有想过这个问题,因为她根本就没有这方面的门路。她不认识做音乐的朋友,更不知道到哪里去找唱片公司签约。她就一直这样默默地怀揣着音乐梦想,却找不到可以替自己实现梦想的道路。或许是压抑太久的缘故,当 Hank 很随意地提出这个问题后吴暇竟然动心了。她确实需要赶快把这些歌的伴奏做出来,她确实需要早点录制早点发表。她渴望自己的作品被认可。

“你想吃点什么?”Hank 开口问道。

“都行,我喜欢吃辣的。”

“哇,我都吃不了。”

“那你就随便点吧,你点什么我吃什么就得了。”

于是 Hank 点了一份泰式炒粉,一份青菜。

吴暇看着如此单调的菜品,不禁有些皱眉。“没了?”

“我在健身期间是需要控制饮食的,所以我只能吃这些。如果你觉得不够，可以再点。"

"那行吧，就这样吧。"

和 ABC 在一起相处没有那么多客套，他们有什么就说什么，也不懂国内那套场面活儿。吴暇和 Hank 有一搭没一搭地聊着天，此时的吴暇已经不像一周前那般小心翼翼了。她的自信又回来了，甚至说她对找不找男朋友这件事也已经无所谓了。

"你最喜欢哪个国家？就是最想去哪个国家生活或者旅游？"吴暇开口问了一个没话找话的问题。

"日本。"Hank 想都没想，脱口而出。

一听 Hank 这么回答，吴暇立马就炸了。

"什么?! 日本?! 日本有什么好的?! 你干嘛想去日本！"

"他们的科技很先进，而且城市很繁华。我一直都想去日本看看，我觉得如果将来我要出国旅行的话第一个要去的地方就是日本。"

"你有病吗？你是个中国人，第一站不去中国你去日本干嘛？日本有什么好看的，他们以前对中国的侵华战争你都忘了吗？"

"其实在美国也会学到那段历史。只是我觉得那都是很久以前的事了，我们不应该去因为那段历史而指责现在的日本政府以及日本民众。"

"美国人了解那段历史吗？他们明白那段历史对中国人所造成的伤害吗？你在美国读中国历史不是跟我搞笑呢吗？什么叫他们现在是无辜的，他们哪里无辜了？现在的日本政府修改教科书，说当年是去中国帮助中国人民的。他们根本就不承认曾经侵略过中国！你知道他们当年都干了什么吗？南京大屠杀，杀了三十万中国人。之后他们还做人体试验，甚至连刚出生的孩子都不放过。还有慰安妇的事，他们强奸中国妇女。你觉得这些罪行可以被原谅吗？难道就因为几十年过去了，这些事就应该被遗忘吗？他们道歉了吗？他们至今都还在参拜靖国神社。你知道靖国神社是什么吗？我真觉得你应该好好上网查查了！"吴暇不知道是怎么了，竟给 Hank 上起历史课了。她觉得这是自己的职责，她觉得自己有必要让一个不了解中国历史的海外同胞了解这段历史。她觉得尽管自己是九零后，尽管这个社会发展得很快，但是很多根深蒂固的事情是必须让更多人知道的。

其实当吴暇说出这番话以后，她就意识到自己跟 Hank 彻底没戏了。设想一下，有谁第一次出来约会聊国家大事呢？又有谁会聊这么沉重的话题呢？可是吴暇觉得这些话是必须要说的，因为她的择偶标准就是男方一定要爱国。她觉得自己未来的男友以及丈夫，一定要正视这段历史。这是原则性问题，是将来能否成功教育下一代的基本问题。更何况身在异国他乡，吴暇从一开始就有这种使命感。她觉得一定要让中国人更加团结，一定要让所有华人都觉得自己的国家才是最伟大的。她不认为记住那段历史是坏事，因为只有记住了才能督促自己更加进步，这个民族才会更加进步。很多事情，别人可以选择遗忘或者故意掩盖事实，但我们不能，因为我们是中国人！

"我没听说过南京大屠杀，那是什么？三十万人？你确定有那么多吗？"Hank 显得很震惊，也有些怀疑吴暇这番话的真实性。

"你爸妈没跟你说过吗？就算你在美国生在美国长，你也不能不知道这段历史啊。"吴暇有点急了。

"我爸妈都很痛恨日本人，尤其是我爸爸。但是我和他们不一样，他们从小受到过那种教育可是我没有。在美国，我们不会讲这些的。"

"你可别拿无知当个性了。什么叫在美国不讲这些？你身体里流着中国人的血，你就必须知道这些。而且将来你如果有小孩了，你也有义务让他们知道这些。这是一种责任，是一种使命。如果所有中国人都像你这样，那中国早就完蛋了。"

"你很恨日本人吗？"Hank 不明白吴暇为什么会这么亢奋。

"我爷爷小腿处被小日本打过一枪，你觉得我恨他们吗？"

"真的假的！"

"所以我不会和他们交朋友，更不会去买日本车。可是美国人呢？满大街都是日本车，难道你们忘记珍珠港事件了吗？"

"我还是那句话，那都是上一代的事了，和我们已经没有关系了。而且日本车很好啊，既便宜又省油，为什么不买呢？"

"嗯，也对。日本人往美国出口的车质量都不错，要比出口到中国的强一百倍。所以说呀，美国人没有这种民族使命感。如果所有人都对珍珠港事件觉得无所谓的话，那还对得起那些死去的老兵吗？"

"其实说实话,那些老兵很多也不是美国人。所以可能美国人对于这些,也不是很在意吧。"

聊到这儿,吴暇终于聊明白了。是啊,美国总共才二百多年的历史。跟他们谈国家,谈民族,谈历史,又怎么谈得通呢?

吴暇给 Hank 发了几段讲解南京大屠杀的历史短片,是带中英文字幕的。Hank 回家看完后,给吴暇发了一条短信。大致的内容是:"或许我该收回对你说的那些话。以前我确实不了解这段历史,所以我觉得这段历史对于我来说是无所谓的。我没想到他们会做出这种事情,也许我今后应该多听听我父亲对我讲的事情了。吴暇,谢谢你给我发了这个视频。"

看完这条短信后,吴暇如释重负般地笑了。是的,她笑了。因为她觉得自己这次给祖国争光了,她觉得自己对得起爷爷,对得起父辈,对得起所有抗战英雄了。那是一种身为中国人的骄傲,更是一种让海外华人了解这段历史的自豪。她觉得自己出来留学是对的,是有意义的。她觉得自己今天所做的一切,都是值得被称赞和发扬的。

吴瑕终于明白,男生长得帅固然重要,但是他们内心的价值观更为重要。其实吴瑕和 Hank 在对于日本问题的认知上都没有错。对于吴瑕而言,由于爷爷参加过抗日战争,父亲详细地向她描述过那段历史,国内经常会播抗战影视作品,北京的学校在春游时会组织学生参观抗日战争纪念馆,所以吴瑕对这段历史刻骨铭心。然而对于 Hank 来说,这段历史太过陌生和遥远。他在生活中接触不到,在学校里接触不到,在社会中更接触不到。他不觉得这是民族恨,因为民族的概念对于他来说也是不清晰的。中国,对他来讲可能只是一个国名。他承认自己是中国人,但更认同自己是美国人。这与持有哪国护照无关,这是一方水土养育一方人的因果转换,所以他们注定走不到一起。吴瑕从一出生就肩负着民族使命感,而 Hank 却注定继承西方对东方的无知感。这也就不难解释为什么吴瑕会释怀。因为她的择偶标准包含了国家认同感和民族使命感,而 Hank 却仅限于关注个人魅力值。吴瑕觉得如果将来找男朋友或者找老公,对方一定要爱国也一定要铭记这段历史。因为她不希望将来他们在教育下一代的时候,在这些问题上产生分歧,因为她的孩子也注定要铭记这段历史,更要明白身为中国人的价值。

　　于是她又拿起笔,写了一首歌。一首她对自己和 Hank 相识的总结。她觉得他们的相识很可笑,基本上就是个错误。爱情不应该是只看外表的,真正长久的爱情是靠精神契合的。

错误的一天

寂寞的心

一年有余

无悲无喜

甚是平静

那天的你

格外靓丽

才让我忍不住

走上去

就是在这一刹那

新的萌芽

错的鉴定

爱的误差

我穷追不舍呀

你优雅配合着

才让我以为

真爱来临啦

这错误的一天又过了一天

这错误的时间又慢了一点

这错误的人呐还在身边

但带来了久违的悲欢爱恋

我舍不得放你走啊

像抓住最后一根稻草啊

其实我也知道没有未来的

只是你的出现让我重温了希望

> 我们最后一次谈话
> 我哭得像一个傻瓜
> 我紧握着你的手啊
> 感谢的话演绎得稀里哗啦

　　通过这件事,吴暇也总结了一下自己初来美国这几年的情感历程。这些年不乏有男生追求她,可她都一一谢绝了。她不喜欢搞暧昧,更不喜欢谈没有未来的恋情。这么多年来唯一让她心动过一次的 Hank,却又和她有着本质上的差别。她觉得还是和音乐恋爱吧,至少和音乐在一起最安全。想明白这点后,吴暇又恢复如初。她依旧潇潇洒洒,也依旧了无牵挂。这就是她,一个有梦想、有追求、不愿被束缚的吴暇。

第二十二章　回国录制歌曲

问：梦想到底有多贵？
答：11个月的工资仅值6首歌的编曲费。

◇ 1 ◇

很快又要到暑假了。自从和健身哥彻底玩完后，吴暇和 May 基本上就没再去过健身房。虽然这段时期 May 也和一些男生吃过几次饭，但她始终觉得那些男生不如 Tony。

女生都是愿意比较的，她总会拿这些男生和 Tony 比。好比说某个男生个子很高，但她却觉得此人没有 Tony 大方。某个男生长得很帅，但她却觉得此人的车没 Tony 好。某个男生家里很有钱，但她却觉得此人没有 Tony 的品位高。总之 May 是被 Tony 彻底伤透了，她心里很清楚自己一时半会儿是好不了了。

于是她便停止了这些毫无意义的社交，即便她的品位和见识都提高了，但在内心深处她始终还是那个干干净净不施粉黛的十六岁姑娘。May 觉得自己不该就此堕落，她觉得就算今后再也碰不上像 Tony 这样的男生，自己也不该随随便便就找个人在一起。所以她开始出去找工作，她觉得没准让自己的生活变得充实些，心情就会跟着好起来了。

然而吴暇却和她不一样,吴暇是怎么也不甘于留在美国的。一看暑假很快就到了,她便让妈妈帮她买了回国的机票。这次回国不为别的,她要找人帮她做歌。

没错,Hank 的一席话触动了她。她觉得与其这样默默无闻地在家感叹老天的不公,还不如勇敢地走出去找人帮自己把伴奏做好。如果没有成品,就算她对别人说自己写了再多的歌曲都是白搭。她必须要有完整的作品呈现,这样她今后的机会才会更大。

吴妈妈依旧是持反对态度的,只不过这次她劝说的方式比较委婉。吴暇自然是不会听的,因为吴爸爸对此事是非常支持的。

暑假到了,吴暇回国了。再次回来,她感觉有些不一样了。北京,还是那个北京。只不过,家没了。吴爸爸去机场接上她,吴暇已经记不清这是她第几次回国了。回到家之后,吴暇和爸爸一起挑了一下想要找人做伴奏的歌。他们总共从几十首歌曲中挑出了五六首出来,毕竟从来没有跟这些人合作过,所以第一次也没必要做太多。

帮吴暇做歌的人是吴暇一个小学同学介绍的。那同学说,这些人以前帮很多人做过歌,所以是很有经验的。吴暇身边没有懂音乐的,所以她也没有什么好对比的,只能认准这一家了。

录音棚在通州。对于住在西边部队大院的吴暇来说,通州离她的距离相当遥远。不怕人笑话,这应该是吴暇这辈子第一次来通州。是的,北京很大,但北京的孩子也都是划片儿活动的。住在西边的她很少会去东边活动,更何况是通州呢。

帮吴暇做歌的人名叫祝鑫,整个录音棚都是他的。祝鑫人很好,他女朋友人也很好。他们比吴暇大几岁,但却没有那种高高在上的所谓音乐人的臭架子。吴暇很喜欢这种感觉,她觉得很亲切。他们在大厅简单交流了一下,主要是想搞清楚吴暇打算把歌做出一种什么样的感觉。

"你这几首歌都是讲什么的?"祝鑫问吴暇。

"有亲情的,也有爱情的,还有一些表达我现状的。"

"那你希望我们帮你编成什么风格呢?"

"编什么?"

"编曲呀。"

"不用编了。我自己已经写好曲了，词、曲都是我自己写的，不需要再编曲了。"

听吴暇这么一说，祝鑫等人都笑了："哈哈，你理解错了。编曲不是作曲，编曲说得通俗点就是做伴奏。一般做一首歌需要很多步骤。总的来说分为五大块，词、曲、编、录、混。词和曲你都完成了，现在我们要做的就是编曲也就是帮你制作伴奏。等编曲编完了，你就来录音棚自己录唱。再之后等你唱完了，我们就来帮你混音了。"

"哦，原来是这样啊。那我刚才理解错了。嗯……混音是什么意思啊？"吴暇又听不懂了。

"混音就是后期帮你修声。比如你音准有问题啊，或者是配乐和人声之间的大小比例啊。太专业的我就不跟你细说了，总之是为了让你的成品更好就对了。"

"哦哦，好的。那我知道了。"

"所以你这几首歌打算让我们编成什么样的感觉呢？"

"嗯……我想想啊。"吴暇突然有点蒙了。因为即便她很喜欢音乐，但她终究是不了解这个行当的。她以为做伴奏就是随便弹个吉他或者弹个钢琴就得了，她没想到竟然是个这么大的工程。

"就比如这首，你打算要什么感觉的？"祝鑫随手拿起了一张吴暇打印好的歌词询问吴暇。

"哦，这个呀。这个我就想要中国风的感觉。就是那种有山有水的，然后闭上眼就特有画面感的那种感觉。就是一个人在山里，**静静的很悠远的**那种感觉。"

吴暇很认真地说完自己内心的想法，一伙人又都笑了："哈哈，你说的这个和音乐可不沾边儿啊。你最好说一下想要什么乐器和什么结构。如果你自己也不太确定的话，你也可以在网上找一些现成的音乐给我。比如你觉得谁的哪首歌比较适合这种感觉，你就拿来给我听。然后我就可以照着那首歌的编曲形式，帮你制作到你自己的歌曲中去。"

"要这么麻烦啊？我还以为只是弹个钢琴就行了呢。"

"哪能那么简单呀，编曲可是很讲究的。"

"哦，那……那我想想啊。其实我也不知道有什么歌比较好，因为我从来没仔细听过伴奏,我一般只是听人声的。嗯……那就用萧吧,或者琵琶?古筝也行,反正就是中国风嘛。"吴暇彻底凌乱了。她原本对于音乐的自信,瞬间被大打折扣了。起初她觉得自己很厉害、很成功,甚至都无人能及了。可是当她真正面对这些音乐人的时候,却发现自己其实只是个井底之蛙。她连最基本的入门都算不上,她一开口别人就能听出来她是个地地道道的外行。

"要不这样吧,回头你有什么想法咱们再及时沟通吧。我先让我手底下的人按照他们自己的感觉帮你先编着,等回头编好了你再发表发表意见?"

"好好,那你们就先编吧。反正我相信你们,你们肯定能编好的。"

"那咱们就直接进棚吧。你把你要唱的歌先清唱两遍,然后我们给你定好速度你就先大概录一遍,之后我们照着你这个旋律和歌词再帮你把曲给编了。"

"哦,行。不过……费用怎么算呢?"是啊,聊了半天还没聊钱呢。

"费用你不用担心,绝对给你最低价。你是想录真乐器还是就用电脑里的音源就可以了?"

"有什么区别吗?"

"如果录真乐器肯定贵呀。一方面是音质要比电脑里的音源好很多,另一方面也得花钱请人过来演奏啊。"

"那大概需要多少钱呀?"

"这就说不准了,看你里面的编曲会编到多少种乐器了。如果弦乐那些都打算用真乐器,我们还得去请整个乐团的人过来给你演奏。光小提琴就不知道有多少人了,所以这个价格肯定就高了。"

"哦,那不用。不用这么麻烦的。其实我就是想简简单单地做个伴奏,至于质量什么的我并没有太大要求。我就是想着如果以后有机会可以让人家听到我完整的作品。要不就用另外一种形式编吧,就是你刚才说的什么电脑编的那种就行了。"

"行,那就不给你用真乐器了。直接都用电脑里的音源吧。"

"嗯,好的。那这些加起来要多少钱呢?"

"几千块钱一首歌吧,总共下来三万多。棚费和混音的钱就不收你的了。"

几千块钱一首歌？这已经完全超出吴暇的预算了。原本吴暇只是想找人帮着弹个钢琴的，但是一听对方专业的解释后也确实觉得伴奏的价位变高了。因为不管怎么说，一首歌的前奏、间奏和结尾，乃至整首歌的整体情绪和想要表达的场景都是通过编曲呈现的。只不过五六千块钱一首歌也确实是太贵了一点。吴暇自己肯定是没有这么多钱的，她原本以为一首歌也就几百块钱呢。现在明显比预期翻了十倍，吴暇有些坐立不安了。如果现在就说不做了，一是对不起那个帮她介绍过来的同学，二是祝鑫他们都跟自己聊半天了，如果现在撤退也确实不太好意思。更何况吴暇除了他们之外，也不认识其他做音乐的朋友。如果不找他们做，那真是过这村就没这店了。可是如果真找他们做，那钱呢？这也是笔不小的数目啊。三万多人民币，如果按每小时 8.5 美元计算，那至少也要工作 540 多个小时才行啊。按照吴暇原先一周只工作 12 个小时来算，那也要整整工作 45 个礼拜啊，也就是将近 11 个月啊。11 个月换 6 首歌，值得吗？为了梦想付出如此多的钱财，真的值得吗？

吴暇一向是个懂事的孩子，她不希望父母为自己花太多钱。所以平常妈妈要给她零花钱或是要给她买什么的时候，她都会本能地拒绝。可是这次不一样，这次象征着梦想。她真的很需要这笔钱来帮助自己实现梦想，她真的很希望自己的作品可以早一点面世。她希望自己能够因此成功，她希望可以有更多的人听到她的作品。她很纠结，她真的很纠结。她终于知道为什么有那么多人会说艺术是无价的了。其实不是无价，而是太贵了。

"嗯……我想先给我爸打个电话。因为我也没钱，回头如果做歌的话也得是他出钱。"

"行，没事。你先打。"

"嗯，好的。"吴暇很不好意思地走出大厅。这是她有生以来第一次觉得兜里没钱是这么力不从心。

电话很快就通了。"喂，小暇。你那边怎么样了？见到他们了吗？聊明白了吗？"

"聊明白了，就是我觉得价格太贵了。"

"多少钱呀？不就做个伴奏嘛。"

"好几千呢！而且是一首歌就好几千！全下来怎么也得三万多了。"吴暇在外头压低声音说着，生怕被屋内的人听到了。

"做首歌要花好几千啊？那还真是不便宜啊。"

"是啊，你说怎么办啊。"

"我不了解他们这个行业，但他们是不是也分高中低档啊？你问问他们还有什么价位的，这些定价都是按什么标准标价的？"

"我也不知道按什么标准的，反正这个已经是最便宜的了。如果是找人录真乐器就更贵了，估计一首歌得上万了。"

"嗯。"吴爸爸在电话那边思索片刻，"这样，你问问他们这个价格做出来能达到什么样的水准。然后后期还有没有配套服务？比如说把你的歌帮着推广一下，放到网上或者 KTV 什么的。反正就是你能想到的你就跟人家聊呗。他们资源肯定比你广，多跟他们聊聊没坏处。另外像那些唱片公司什么的，他们有没有熟悉的？如果他们之间有合作的话，你问问能不能替你引荐一下？"

"行，我知道了。那如果他们说什么都没有呢，只是光编曲呢？那我怎么办呀，我是做还是不做呀？因为我刚才跟他们聊，如果光是弹个钢琴什么的肯定也出不来太好的效果。所以如果真做，肯定也就是按照他们这种方式来做伴奏了。主要我就是觉得太贵了，要不然就别做这么多首歌了，先做一两首得了。"

"你这几首歌的风格都不一样，要做就都做了。回头你给人家听的时候，人家肯定觉得你这孩子特有才华，什么风格都能写得出来，所以说省这点儿钱也没必要。只要他们做得好水平够高，你就甭管别的了。"

"可我还是觉得太贵了，要不就做两首算了。"

"你可以先找他们做一首试试，如果觉得他们水平还行，那这个假期就把咱们挑出来那六首都做了。你要真想以后走这条路，这些事就都得趁早办。回头儿你要是再往后拖，等以后有机会的时候你却拿不出作品来，那不就歇菜了？所以你听我的没错，你就先让他们做一个，如果听着好就全做了。另外你也得问问他们什么时候能交活儿，别到时候拖拖拉拉地一直也做不出来。"

"行，我知道了。那我现在就回去跟他们说。"

"嗯，行。我这边还有点事儿，等你什么时候完事儿了你就给我打电话，到时候我就过去接你。不过你最好提前给我打啊，从咱们这边去东边儿肯定特堵。"

"行，拜拜。"

挂断电话之后，吴暖心里总算是有点底气了。最起码爸爸还是愿意出这些钱的。吴暖把刚才爸爸在电话里交代的事情与祝鑫他们说了一下，他们也给出了一个回复。大致就是这个价格只能帮着刻几张盘，至于放到网上之类的就得靠吴暖自己了。不过时间上他们可以加急帮吴暖做，考虑到她暑假过后就要回美国，所以一个月之内应该可以帮她赶出来。

于是吴暖就进录音棚清唱了几首歌。这是她第一次进棚，看着那么多没见过的设备她真是兴奋坏了。她觉得这就是她想要的生活，她觉得这些设备比所有名车、名表、名牌包包都要高贵。

吴暖慎重地戴上耳机，又小心翼翼地调整好呼吸。她就这样站在录音棚里，闭着眼唱出了她自己写下的旋律。一首、两首，直至最后一首。

微笑

我们都要微笑

面对面的微笑

我们都在微笑

希望生活更好

熬过忙碌疲惫的一天

一个人静静坐在电脑面前

I don't need to do the paper work

我只是无人诉说

每天人来人往熙熙攘攘

不知道在为谁繁忙

我们日日夜夜紧紧张张

只为以后的辉煌

爱做梦的年纪渐渐退了

才看清现实的迷茫

回头看看父母两鬓的白发

停止幻想继续奋斗吧

我们都爱微笑

心与心的微笑

我们都在微笑

抛开所有烦恼

度过充实愉快的一天

坐下来和朋友一起聊聊天

I just wanna own my happy life

这不仅是个夙愿

I just want you own a happy life

享受美好的一天

2

　　祝鑫他们做得很好,很快吴暇就听到了成品。吴暇对所有歌曲都很满意。因为她珍藏这么久的作品终于可以有机会让大众听到了,她很兴奋,也很激动。她觉得下一步就可以找唱片公司了,或者说她马上就可以一夜成名了。

　　那段时间她心情很好,她把歌曲发给 May 听也发给封赫听。封赫对这些作品的评价都很高,他说吴暇简直是他这辈子见过的最有才华的朋友了。封赫的这番话对吴暇来说很受用,于是她整个人都飘飘然了。

　　女儿的歌曲做出来了,吴爸爸也听得无比激动。他叫公司的工作人员把这些歌给刻成盘,然后每人发了一张。他为自己能有这么一个充满音乐细胞和创作能力的女儿感到自豪。

然而人们常说的乐极生悲,很快就在吴爸爸身上得到应验了。

他确实太高兴了,于是就组织一帮人一起吃了顿饭。当然,主角是自己的闺女。他很自豪地想要在饭桌上把自己女儿写歌的事情告诉大家。他不是一个喜欢吹嘘的男人,可他这次是真的很替女儿感到开心。他觉得女儿应该被大众认可,最起码应该被周围的朋友认可。

那天来了十几个人,大家一起吃吃喝喝。正所谓好(四声)事的人总是有,聚会上则尤其多。没错,这次聚会就出岔子了。

一个人借着酒劲对吴暇说:"小暇啊,你很棒啊! 你爸爸天天跟我们夸你呀! 不过你知道嘛,你爸给你找了个后妈。这些歌你后妈听了吗?"

此人话音刚落,全场都寂静了。

"怎么回事啊? 吃饭就吃饭,你跟这儿瞎说什么呢!"吴爸爸明显是生气了。

看到这架势,那人也深知自己说漏嘴了,于是赶忙打着圆场:"哎哟,你瞧瞧我。喝多了,喝多了啊。"

"什么后妈呀?"吴暇的脸突然就变色了。

"你别听他瞎说,他就是唯恐天下不乱呢。来,吃菜吃菜。"吴爸爸有些慌乱了。

"吃什么菜呀! 什么后妈啊!"吴暇急了。

"我是你爸,你相信我还是相信他呀。你别听他瞎说。"

"他瞎说? 人家为什么要瞎说啊?! 你就是在骗我! 你是不是找女朋友了! 你找就找了,干嘛不跟我说啊!"

"还没定呢,刚认识的。"

"刚认识也是找了! 你有这个意向就是准备找了! 刚认识你也得跟我汇报啊! 你凭什么找啊!"

"好了好了,回去再说行吗?"

"回去说? 如果许叔叔今天不说出来,你是不是就一辈子都不打算说了!"

吴爸爸又看了老许一眼,这一眼真可谓是意味深长。

"行了行了,这饭也甭吃了。我带小暇先回去了,你们吃吧。"吴爸爸看吴暇情绪不对,再这么耗下去准得出事。

于是二人一前一后出了饭店大门,远离了这片是非之地。

"小暇,你走慢点儿。小心车!"吴爸爸在后面紧赶慢赶,却追不上火冒三丈的女儿。

"小心车? 赶紧给我撞死得了! 你把我当做是你女儿吗! 你为什么不跟我说! 你凭什么不跟我说! 你凭什么瞒着我!"

"我没有不跟你说,这不一直没找到合适的机会说嘛。"

"你就别找理由了! 你要想说早就说了! 你就是想一直瞒着我! 凭什么你找了个女的不让我知道! 我有权决定谁能跟你在一起,谁不能跟你在一起! 没有我的同意,谁都别想跟你在一起!"

"行行行,你先别激动了行吗?"

"我不激动? 你让我怎么不激动?! 全世界都知道你交女朋友了,就我不知道! 你就是不尊重我! 你就是不重视我!"吴暇的眼泪止不住地落下。她在街上冲着爸爸大喊,而吴爸爸则一个劲儿地给女儿擦眼泪和赔不是。那种场面很滑稽,也很心酸。晚辈对长辈的指责,在正常的人伦道德观里是不被允许的。然而现在吴爸爸,却拼命承受着。

"好了,别哭了。咱们回家吧。"吴爸爸一个劲儿地劝说。

"回家?! 你都找女朋友了,我还有家吗?! 我不回家! 我现在就要见她! 你去把她叫出来! 我现在就要见到她!"

"现在都这么晚了,明天吧。"

"不行! 我现在就要见到她!"

兴许是吴爸爸从来没见过女儿如此焦躁的情绪,他也有点手足无措了。"好好好,你先冷静一下。我现在就打电话约她。"

于是那晚吴暇在另一家餐厅见到了这位传说中的后妈,一个染着黄毛画着浓妆抽着香烟的女人。

这和吴暇心中所想的差距太大。她不喜欢女人化妆,因为自己的妈妈从来都不化妆。她不喜欢女人染个大黄毛,因为她自己都没染过头发。她更讨厌女人抽烟,因为自己和妈妈都不抽烟。她不知道爸爸的审美怎么突然变成这样了? 就这样的女的有什么好的? 简直像个拉皮条的。是爸爸因为离婚的事儿受到刺激了吗? 还是他突然神经错乱了? 他怎么会和这么一个不着调的女人看对眼儿了?

吴暇彻底困惑了,她甚至突然觉得自己的父亲变得陌生了。

女人一直没怎么搭理吴暇,她没有讨好她更没有夸奖她,就好像她是女主人而吴暇才是个外来的一样。那种感觉很奇怪,因为明明是吴暇过来审核她,而她却好像根本就不在意一样。

这顿饭彻底吃不下去了,吴暇走出餐厅自己站在漆黑的马路旁。她除了哭,什么也做不了。爸爸没有出来陪她,依旧在餐厅里和那个女人说着话。

她觉得自己瞬间什么都没有了。她觉得她已经失去了爸爸。原本她还很自信地想要把那个女人吓跑,可是现在她觉得自己根本就没有这个资本。是啊,爸爸都没有追出来,那个女人也没替爸爸追出来。

吴暇在外面站了半个小时,也哭了半个小时。她觉得这一切都太可笑了,她觉得自己更可笑。这些都是必然存在的,只是她当时没有意识到罢了。父母离婚,早晚会各自寻找另一半。只是她当初意识不到,她也从来都没往这方面多想。她以为即使父母离婚了,所有事情还和原先一样。她以为自己还是那个可以呼风唤雨的备受疼爱的吴暇。她以为了很多很多,但她都以为错了。现实根本就不是她所想的那样,现实根本就是她承受不起的。

她的心死了。她第一次把最不愿意想的事情都想出来了。如果爸爸将来又结婚了,会是什么样?如果妈妈将来又结婚了,会是什么样?如果将来他们又有孩子了,会是什么样?我还应该出现在他们的视线里吗?那个家是我的家,还是他们的家?我是不是就变成一个外人了?我是不是就无家可归了?

电话终于响了,是爸爸打来的。

"小暇,我们吃完了。你进来吧。"

"哦。"吴暇已经没有力气反抗了。

她走进去,坐下。女人依旧没说什么,爸爸也没说什么。然后爸爸结账,然后各自开车回家。

"我不喜欢她。"吴暇直说了。

"为什么?"

"因为她看起来特别脏。"

"什么意思?"

"因为她看起来不检点,因为她抽烟,因为她根本就没打算让我接受她,因为她根本就没尊重我的地位。"

"爸一早就猜到你会受不了,但没想到你会这么过激,这也正是为什么我没主动对你提的原因。我是怕你接受不了,所以我才一直在等待合适的时机。"吴爸爸没有接着刚才的话说,而是把自己的想法说了出来。

"你和她分手吧。"吴暇面无表情地说着。

"为什么?"

"因为我讨厌她。"

"哎,小暇啊。为什么你就不问问我讨不讨厌她? 为什么你就不问问爸爸和她在一起的时候快不快乐呢?"

吴爸爸的这句话出现得太突然了,突然到吴暇像被闪电击中了一样。是啊,她从来没考虑过爸爸和这个女人在一起的时候是否快乐。她想到的只是自己不想再见到这个女人了。

吴爸爸将车靠边停下。他郑重其事地看向吴暇,又最后问了一遍:"你真的很不喜欢她?"

吴暇想都没想,直接脱口而出:"我讨厌她!"

于是吴爸爸掏出手机,编辑了一条短信。短信的内容很简短,但却足以令吴暇记一辈子。"我们以后还是不要见面了,抱歉了。"

吴爸爸将短信发出了。与此同时,吴暇泪奔了。

她不知道应该说些什么? 因为此时此刻她觉得自己又有家了。她觉得自己刚才很可笑,爸爸怎么可能会不要她?

吴爸爸用自己的方式给女儿吃了一颗定心丸。看得出,吴爸爸也很难过。或许那个女的,真的可以给他带来快乐吧。可是为了女儿,他还是和她分手了。

"丫头,你信爸一句话。只要你没踏实呢,老爸我就不会踏实的。我不会让我的一些做法影响到你的人生轨迹。我也看出来了,你现在还承受不了这些。其实不管是这个阿姨还是其他的阿姨,你都是接受不了的。所以你放心,我这两年都不找了。等你踏踏实实毕业了,找到工作了,嫁人了,我再考虑我的事儿。你放心，我绝对不会让你因为这些事情而改变你的人生轨迹。"

那一夜，天是那么黑。

那一夜，爱是那么纯。

吴暇彻底踏实了。说她自私也好，不懂事也罢，总之她总算是把爸爸抢回来了。是的，她把本属于她一个人的爸爸从外人手中抢回来了。

她很累，身心疲惫。

只不过，不再万念俱灰。

第二十三章　金牌销售

有些人总是找不准自己的价值。然而只要给他(她)一个平台，他(她)自会绽放光彩。

　　May 通过坚持不懈地投简历，终于在朋友的介绍下成功进入了全美最大的企业之一——一家大型连锁百货公司。当她得到这份工作后，就把这个好消息告知了吴暇。正好商场现在还在招人，她觉得吴暇也可以过来试试。

　　吴暇满脑子都是音乐创作，自然对这些上班下班的事情不感兴趣了。可是一想到很有可能在未来的某天爸妈都再婚了，那自己又靠什么来养活自己呢？于是思来想去，还是先去工作一段时间吧。至少在自己唱歌没火之前，还是踏踏实实地挣点工资吧。于是再次回到美国的吴暇就到 May 的工作单位去应聘了。

　　May 在百货公司主要销售化妆品，确切地说是在兰蔻专柜销售化妆品。她觉得这份工作很适合女生做，所以就想把吴暇介绍到迪奥专柜。

　　想要应聘这种老美的大公司，自然要按程序一步一步来。和在奶茶店打工不一样，这里不会有老板直接过来面试你，而是需要你把全部信息输入到电脑里再回家等消息。

吴暇就经历了这样一道漫长的填资料的工序,漫长得很多人都想半路放弃。

办公室在三楼。吴暇上了电梯后,看到了走廊尽头"Office"的指示牌。那天她穿得很正式,笔挺的套装配黑色尖头皮鞋。她走进办公室向前台说明来意,于是前台叫她直接去旁边的电脑输入个人信息。

吴暇在一台电脑前坐下,然后点击了"申请工作"的标识。

第一页是基本信息,其中包含:姓名、生日、社会安全号、家庭住址、电话、邮箱以及驾照号。第二页是个人简历,其中包含:学历、曾工作过的公司名称以及曾就职的职务。填完这些资料后,吴暇以为已经大功告成。可当她点击屏幕右下角的"提交"按钮后,真正的资料审核才刚刚开始。

电脑网速很快,不到一秒钟的时间就已经切换到了问答页面。第一页有将近二十来道题,而总页数则显示为十二页。也就是说,如果你想在这里上班就必须先回答完这二三百道题。对于一个没有耐心的人来说,这样的题量真是要了命了,更何况谁也说不准后面还有没有其他的页面和其他形式的题。

为了多赚点钱早日回国做歌,吴暇也只能硬着头皮作答了。

这些问题问得都很系统。基本上一套题答完,求职者的全部社会背景就都被调查清楚了。比如题目中会问求职者是否犯过罪、是否吸毒、是否被拘留过、是否曾经开车违规、是否当过兵、是否参加过战争等问题。再比如会问求职者现在和谁一起居住?是租房还是买房?父母是否是美国永久居民?如果是,请写出他们的社会安全号、绿卡号或者护照号。再之后还需要求职者提供自己来到美国后每年的报税信息。题目基本涉及你是哪年来到美国的、从你来到美国第二年起每年的报税信息是什么、每年你的家庭总收入是多少、给政府上交了多少、是否接受过政府提供的各项补助等问题。

由于吴暇是学生不用单独报税,所以吴妈妈只是把她的名字加到了家庭税单里。吴暇打电话询问了妈妈这些年报税的情况,并一五一十地把报税信息输进电脑里。回答完这些问题后,和应聘工作有关的问题才终于开始。

这几页的题目很多,大致是问:求职者为什么会选择来这里应聘工作? 求职者是从哪里得到招聘消息的? 求职者想要应聘哪些职位? 求职者觉得自己的优势在哪里? 求职者会说几种语言? 分别为哪几种语言? 求职者喜欢和什么样的员工一起工作? 求职者不喜欢和什么样的员工一起工作? 求职者是否会种族歧视? 求职者喜欢自己一个人完成工作还是喜欢和同事一起完成工作? 如果看到有员工发生冲突,身为求职者的你会如何解决?

再之后,则会问一些很实际的问题。比如:你常用的交通工具是什么? 你希望在哪个区域的分公司上班? 你希望自己的上班时间是什么? 周末是否愿意上班? 你想从哪天开始上班? 你更喜欢直接面对客人,还是更喜欢做后勤工作? 你希望一个小时可以拿到多少美元的工资? 如果感恩节和圣诞节需要你加班,你会选择前来上班吗? 如果你选择来上班,希望自己的加班费是多少钱? 等等数十道题。

吴暇没想到老美公司居然会问得这么细。在她的认知里,只要老板肯给你工作机会你就应该谢天谢地了。就算是面临加班,也不应该有半点怨言啊。可是她真的没料到,美国公司竟然会将所有员工的劳动时长一条一条列出来。所有员工都是多干多得,每月拿到手的工资都会严格按照合约上的执行。也就是说,如果圣诞节和感恩节真的需要你来上班,那你当天所得的工资将会是平常的双倍。

这是吴暇第一次感觉到美国人的死板也有死板的好处。中国人太讲究人情世故,一旦有人提出叫你帮忙,我们多半都是不求回报的。可是在美国不同,美国人做事一向公私分明。他们从不会为了在老板面前多表现一下自己,而做毫无回报的工作。他们做的每项工作都是明码标价的,所以人们常说美国的劳动力很贵,这也正是为什么很多美国的大工厂没有开设在美国本土的原因。

当吴暇填完全部资料时,已经过去了两个多小时。她疲惫地回到家,进行了长达半个多月的等待。到第三个礼拜时,吴暇终于收到了公司发来的邮件。在邮件中明确列出几大重要信息:一是欢迎吴暇加入他们公司;二是指明吴暇的工作地点就是吴暇申请的那家离家很近的分公司;三是列出了培训时间；四是指明吴暇被成功分到迪奥专柜工作。

看完这封邮件后，吴暇非常开心。她觉得老美公司挺民主的，基本上她提的那些要求公司全都批准了。这家公司离吴暇家只有二十分钟的车程，对于生活在洛杉矶的人来说已经是非常幸运的了。

在得知女儿被老美公司录用后，吴妈妈也万分激动。"你可真是太棒了！真没想到你还没毕业呢就能进老美公司上班了！上班的时候一定要好好表现啊！认真做好每一份工作！要多学多练，向有经验的同事虚心请教！"

"哈哈！知道啦！"

到了培训那天，吴暇先是被领进一间屋子看短片。大概看了一个多小时吧，主要播的是公司的成立时间和公司理念。通过短片吴暇得知当年的公司创始人为帮助他人，在泰坦尼克号上不幸遇难了，同时她也了解到这家公司已有百年历史。看过短片后，吴暇还需要在电脑上回答一些问题，大致就是短片中提到的那些事情。等这些全部做完后，吴暇被领到了会议室。

会议室很大，一张很长的桌子周围围了一圈椅子。一个中年女人和一个三十岁左右的女人对吴暇进行了最后一轮面试考核。其中年轻一点的女人是迪奥专柜的经理，另一位则是化妆品部门的主管。

首先，化妆品部门主管夸奖了吴暇长得很漂亮皮肤也很好。她说这点很重要，因为只有你的皮肤够好、长得够漂亮，别人才会对你推销的产品感兴趣。再之后，她问了吴暇一些遇到紧急状况时的处理方式。比如如果客人对产品不满意，你应该如何处理？如果员工之间出现矛盾，你应该如何解决？如果你正在帮助一位客人，可是其他柜台的员工需要你的帮忙时你又该如何处理？

吴暇有条不紊地把全部问题一一解答完毕。主管和经理都觉得吴暇回答得很好，她们也都频频点头表示赞许。面试进行得很顺利。二十分钟后，她们二人一起祝贺吴暇顺利成为公司一员，吴暇也对她们进行了感谢。不过在临走前，部门主管郑重其事地对吴暇说了几句话："看得出你平时不怎么化妆，因为即便今天过来面试你也只是涂了浅色唇彩而已。你私下是否化妆我无权干涉，但是来我们这里工作的女性员工都必须化妆，而且一定要化浓妆。隔离、粉底液、腮红、暗影、高光、散粉、眼影、眼线、睫毛膏、眉笔、唇线笔、口红和香水缺一不可。不光是化妆品部门,其他部门的员工也有同样规定。因为你代表的是你所在的柜台,甚至是整个公司。只有你把最好的产品、妆容以及精神面貌展现给了顾客,她们才会找你买东西。我们每个柜台的提成是不一样的,你所在的柜台是3%。我相信你会成为一名很好的销售,也希望你能在公司愉快地工作。祝你好运,我的漂亮姑娘。"

这是吴暇第一次了解到为什么走在美国的大街上,基本上所有女人都化妆。原先她还很不理解,她觉得化妆品对皮肤是有害的啊。可是现在她明白了,这是一种尊重,一种对他人和自己身份的尊重。我们大部分的中国女性在中国上班时都选择了素颜。因为我们骨子里更崇尚含蓄内敛,所以我们害怕展现自己的美,害怕他人会因此说三道四。其实这种观念是错误的,甚至说是畸形的。美,是应该被发扬的、被崇尚的。我们为什么只限于看着电视上的明星和杂志里的人物点头欣赏呢?为什么我们就不能好好打扮打扮自己,就不能让全民的颜值有所提升呢?没错,这是吴暇第一次正视化妆的问题。因为她看到很多五六十岁的老美员工,依旧化着精致的妆容面带微笑地服务大众。那种感觉是积极向上的,那种氛围是没有年龄界限的。或许这也不难解释为什么很多美国的中老年人依旧没被社会淘汰,也依旧活跃在各个工作岗位上。因为她们的出现并没有让整个社会变得死气沉沉,因为她们的出现依旧充满了热情和美。

在中国,下岗员工越来越多。而在美国,中老年人的就业率反而并没有走下坡路。这不仅仅是两国之间人口多少的问题,这还体现了两国人民在心态上的差异。在中国,一旦是上了点年纪的人就会觉得自己不如年轻人了、害怕被淘汰了。可是在美国则恰恰相反。在美国,很多中老年人依旧自信满满。尽管他们可能有点跟不上这个时代,但他们却把自己打扮得光鲜亮丽,让自己看起来和年轻人没有太大差异。这种心态上的自信是很重要的。对于这一点,我们确实应该向美国人学习。当然了,凡事也要讲究适度,无须盲目追随。

◇ 2 ◇

第一天上班时吴暇还是有点小紧张，毕竟她从没在老美公司工作过，也从没真正研究过护肤品和化妆品这门学科。当她穿着 Dior 发下来的工作服来到柜台时，前几天面试她的柜台经理已经在柜台等她了。

"哇，你今天看起来可真漂亮！"柜台经理夸张地赞美吴暇。不过此时的吴暇并不像刚来美国时那般激动不已，因为她早已了解这是美国人和他人打招呼的一种方式。确切地说，美国人喜欢只拣好听的夸赞对方而且还是夸大其词地赞美。

"谢谢，你今天也很美。"吴暇礼貌地回应着。

"嗯……不过你的妆面还是有点淡，要不要我再帮你化一下？"经理终于提出了核心问题。

"嗯，好吧。"吴暇没有拒绝。

"那我就抓紧时间给你化一下，正好还差十分钟店里才开门迎客呢。"经理示意吴暇在镜子面前坐下，然后娴熟地把各种化妆刷和化妆品摆在了柜台上。"你可以看着镜子，这样也顺便学习一下我的化妆手法。"

对于吴暇来讲，这种面对面的学习机会真是求之不得。因为她真的不怎么会化妆，因为她从来没有学习过应该如何去化妆。

经理动作很快，看得出她在化妆方面算是老手了。只见她先把吴暇的妆面卸干净，然后就开始在吴暇脸上施展功力了。

在经理的指挥下，吴暇一会儿闭眼、一会儿睁眼、一会儿向上看、一会儿又向下看。总之，经理三下五除二地就把妆给化好了，可是坐在镜子面前的吴暇却基本没什么机会看着镜子学习一下。

"好了，完成了！"

经理满是成就感的话语飘进了吴暇的耳朵里。吴暇平复了一下激动的心情,满怀期待地睁开了眼睛。她仿佛已经想象到自己美若天仙的面容了,因为当她闭眼感受化妆刷在脸上温柔地扫过时,那种感觉是无比舒适的。

她缓缓地睁开双眼,满怀期待地看向镜中的自己。然而不看不要紧,或许还能有点念想。可当她看到镜中那人不人鬼不鬼的烟熏妆时,差点没从椅子上掉下来。

吴暇还算见过世面,即便她内心早已翻江倒海但表面依旧风平浪静。"谢谢经理,我很喜欢。"吴暇敢对天发誓,这是她这辈子第一次说谎。因为那两个大黑眼圈的惊吓程度真是直逼国际恐怖片。

于是在接下来的几分钟里,吴暇一直手拿纸巾。只见她一会儿假装翻翻柜子,一会儿又假装看看资料。每当她做这些动作的时候,都会悄悄将手上的纸巾在眼皮上扫一遍。就这样折腾来折腾去,吴暇的熊猫眼终于变得正常些了。

通过这件事吴暇也意识到,自己必须开始学习化妆了。她的双眼之所以会被经理化成那副样子,主要还是因为亚洲人的眼型和老外的差别太大。吴暇是单眼皮,虽然眼皮不肿眼睛也很大但再怎么说也是单眼皮。她没有深邃的眼窝,没有欧美眼型的大轮廓。她最适合的其实就是中国风的古典美,那种脱俗淡雅的沉静美。然而经理的眼睛却和她恰恰相反。经理的眼睛是典型的欧美大双眼皮。她们最适合的就是烟熏妆,因为只有用烟熏妆才能填满她们深凹下去的眼窝。

不过也正是因为闹了这么一出戏,吴暇的审美和化妆技巧在短时间内突飞猛进。欧美的女人喜欢将肤色晒成古铜色,而我们亚洲的女人则独爱病态白。所以在选择粉底液的色号上,吴暇和经理也有着天壤之别。总之经过吴暇的精心钻研,她终于研究出一套适合自己的妆容。也正因如此,每位前来化妆品区域逛街的顾客都会熟记位于中心位置的迪奥专柜。因为在这个专柜里,常常出现两名截然不同的员工。一位热情奔放,一位沉静内敛。一位烟熏红唇,一位淡雅脱俗。一位肤色古铜,一位白皙如玉。总之,吴暇和经理的出现不但将中西方的美展现得淋漓尽致,更让很多欧美及亚洲的顾客看到了更加适合她们自己的选择。

那段时间,迪奥专柜的生意很火。一方面是产品本身很好,另一方面吴暖的出现也吸引了很多亚洲顾客。

其实很多前去买化妆品的客人对自己的肤质以及对产品的属性都不是很了解。她们绝大多数人只是为了买而买。有的是工作需要，有的是为了约会，有的甚至就是单纯对某个品牌的追随。

通过观察，吴暖发现很多老美的销售都很想得到那 3％的提成。所以她们会一个劲儿地给客人推销最贵的产品，而非最适合客人的产品。在这方面，吴暖和她们有着本质上的区别。因为她始终觉得自己是位艺术家，她觉得即便自己前来工作是为了赚钱给自己做歌用，但她绝不允许自己堕落到争抢那 3％的提成的境地。

每当有客人找吴暖购买商品，吴暖都会询问客人是什么肤质、平时在家都用哪些产品？如果吴暖觉得她们正在用的商品和今天想要买的大同小异，则会劝客人不要再多花一份钱买一个类似的产品。再比如很多客人在她的专柜一次性消费了几百美元。作为感谢，吴暖则会在权限范围内尽量多赠送客人一些试用装和产品小样。

吴暖的热心与热情很快就感染到了每一位前来消费的顾客。很多客人都往公司寄去了表扬信，而吴暖正是这些表扬信里提到的那位员工。当然了，这些都是在公司晨会上得知的。

吴暖不仅仅对客户好，她和各个专柜的工作人员也都相处得很好。随着中国游客的大量增加，很多其他专柜的产品也都很受中国人的爱戴，比如雅诗兰黛、倩碧、娇韵诗、伊丽莎白雅顿，等等。拿伊丽莎白雅顿举例子吧。在美国销售的伊丽莎白雅顿和在国内销售的产品种类有些区别。比如国内电视广告里介绍的某个系列，在美国却并没有同步销售。所以很多国内来的顾客都会因为这些问题跟美国销售闹得不太愉快。因为美国销售告诉她们这里没有这个产品，而国内的客人则感觉对方是在骗自己。每到这时，吴暖都会替美国销售向客人解释清楚原因并尽量满足客人的需求。比如客人说她想要一款这样那样的精华液，那吴暖则会把客人的需求翻译给这些专柜的销售人员。随后销售人员会替客人找出一款新产品，然后客人心满意足地刷卡付钱，满载而归。每到这时，客人都会开心地感谢吴暖的帮助。其他柜台的销售自然也都非常欢喜，因为如果没有吴暖的帮助她们可能会错失良机。更何况吴暖从来都不会吃独食，即便她全程都在帮助中国客人,但当中国游客刷卡付钱时吴暇则很知趣地闪到一边。她从没想过去抢其他柜台的生意,即便语言上的优势可以让她直接把客户拉到自己柜台交易从而拿到其他柜台的销售提成。她没有这么做,因为她不会为了赚钱而丢掉自己做人的原则,所以每个柜台的外国销售都很喜欢吴暇也都很感谢她。同样的,吴暇也在帮人翻译的过程中很快掌握了各个品牌的产品功效。

这是一种很好的学习。吴暇不仅提高了自身的口语能力,同时也巩固了为人处世的道理。

很快,吴暇就不仅仅是在化妆品区域忙碌了。她开始帮助香水柜台的销售给中国游客当翻译,之后又帮卖包的销售去翻译,再之后她甚至跑到了卖男装的柜台去帮人家翻译。短短一两个月的时间里,吴暇在这里已经大名远扬了。可能她依旧记不清每位员工的姓名,但所有老外都已经记住了吴暇的姓名。他们很喜欢这个来自中国的女生,因为她不贪财、不挖人墙角、总是那么谦逊礼貌、始终保留着一颗无论走到哪里都要给中国人争光的心。

看到吴暇的热情后,老美深切感受到中国人是无私的,是具有奉献精神的。于是她们对 May 也越来越热情,因为她们坚信 May 也会像吴暇一样不图回报,帮助她们早日完成销售业绩。

就这样一来二去的,吴暇和 May 在这里已经如鱼得水了。

有一个现象不得不提,那就是吴暇自打在这上班以来就发现每周都会有一群中国孕妇来逛街。由于那些孕妇都不会讲英文,所以久而久之在吴暇的帮助下,她们与吴暇也彼此混熟了。

那些孕妇每次逛街时,基本上都是相同的六七个人一起出行。她们都挺着个大肚子,也都没有家人陪同。起初吴暇很不解,不知道为什么每周都会出现中国孕妇集体逛街。不过后来她渐渐了解到这些人是特意来美国生孩子,想让孩子拿到美国国籍的,她们都住在周边的月子中心里。

月子中心,在很多华人社区是很常见的。月子中心的收费很高,基本上每个孕妇每月都要向他们交付几千美元的住宿费,也就是几万人民币。月子中心收到这笔钱之后会请专人帮着收拾床铺,甚至也会开车带她们去买日用品。说白了,这样的价位主要包括孕妇在美国期间的吃、住、行、玩、产前检查以及孩子出生后的母婴看护等项目。

　　吴暇很不理解为什么这些人会选择把孩子生在美国,因为即便孩子有美国身份了可家长依旧什么保障也没有。对于这种专门到美国生孩子的家庭来说,孩子在十八岁以前虽说可以享受到美国的义务教育,可是家长依旧只能拿着旅游签证无法长期留在美国。换句话说,如果将来他们真打算让孩子在美国念书,那他们和孩子也注定会长时间的两地分隔。

　　由于有太多的中国人渴望给孩子一个美国身份,所以在洛杉矶结伴行走的华人孕妇越来越多,月子中心也开得风风火火。随着非法月子中心的增多,美国政府察觉到不对劲了。于是从 2014 年开始,美国政府实行全面打压华人社区的非法月子中心。不过这些都是后话了,在文中就不过多提及了。

　　那段时期吴暇在百货公司做得还算开心。不仅自己越来越美了,而且每次去迪奥总部培训完毕后也都可以免费领取很多新产品。自从吴暇有了这份工作,她所用的香水、化妆包、化妆刷、眼影、睫毛膏和口红全是迪奥免费送的。这对吴暇来说,也算喜事一桩了。

　　虽然 May 所在的兰蔻柜台赠送给员工的产品不如迪奥多,但每次 May 在培训结束后也会获得兰蔻公司给她的最新产品。总之两个女生都在这里度过了很快乐的时光。只要不用上班,吴暇依旧选择不化妆。而尽管 May 和 Tony 早就不联系,但她却始终钟爱香奈儿的口红,尤其是那支曾经被主推过的淡粉色。

3

　　2013 年年初,吴暇、Lily 还有 May 终于顺利从 College 转出去了。她们各自来到了心仪的四年制大学,准备继续学习大三和大四的专业。

　　吴暇和 May 转去了同一所大学,而 Lily 则选择了一所较远的临近海边的大学。

　　四年制的大学和 College 有着本质上的区别。不仅换了一批新面孔,就连 Semester 的制度都变成 Quarter 了。总之自从转到新学校后,吴暇和 May 都感到学习压力变大了。在这里再也搞不到答案,只能拼命用功读书了。

　　学业的压力让吴暇有些烦躁,然而她一烦躁就只能通过创作音乐平复心情。那段时间她总是翻来覆去地听祝鑫他们替她制作的歌曲。她每天晚上都会自己一个人关上灯来听。每当播放器中传出了熟悉的旋律和自己的声音,吴暇就觉得很悲哀、很感伤。她觉得自己的作品是那么完美、那么成熟,可除了自己以外却没有人能听得到这些歌曲。

　　她不知道怎么把歌上传到网上,就像她不知道即使放到网上又怎么能让大家查找到。她不知道怎么把歌寄给唱片公司,就像她不知道就算唱片公司收到了又会如何对待她的作品。她不知道自己还要在这条没有出路的道路上行走多远,她只知道如果自己在临死前还没有让大家听到这些音乐,那在断气前是无论如何也闭不上眼。

　　是的,她害怕自己临死前仍旧没被大众认可,甚至说根本就没有机会被大众认可。她不知道怎么才能走进大众的视野,她不知道怎样才能让自己的作品在众人面前得以展现。她渴望被认同,她渴望自己的作品被认同。那种感觉,是每个有梦想的人都曾有过的。她不明白自己究竟是从什么时候起开始喜欢音乐,她只记得当年十六岁在机场见到那个吉他少年时,自己还是一个没有梦想的女同学。

　　是什么改变了她? 又是什么成就了她? 吴暇不清楚,也想不通。和每个二十岁的年轻人一样,吴暇不清楚自己的未来会是怎样的,May 也不清楚自己的未来会是什么样的,封赫和 Lily 同样也是不清楚的。

　　转学以后吴暇和封赫见了几次面。封赫还是那样风度翩翩,也还是那样嬉皮笑脸。Lily 的变化也不大,依旧在发愁身份问题,也依旧做着各国代购。

　　其实仔细一想,每个人的一生都是按照不同的生活轨迹运行的。即便他们都来自中国,即便他们年龄都相仿,即便他们都是在十六七岁的年龄段来到美国,即便他们都选择在洛杉矶这座城市生活,即便他们上了同一所大学,即便他们选了同样的专业,但他们所走的道路早已截然不同。

　　到底是什么决定了这样的不同? 是他们自身? 是父母? 是家庭? 是学校? 是国家? 还是整个社会呢?

第二十四章　选择

每个人都会在一生中面临很多选择。有时一个好消息，足以改变人们一生的命运。然而两个好消息同时出现时，是否会成为你无法抉择的难题？

◇ 1 ◇

　　在百货公司工作最大的好处就是拥有员工折扣。不论锅碗瓢盆、衣服鞋子、床单被套、化妆品和包包，只要是店里销售的商品，所有员工都可以享受比优惠券还要实惠很多的员工折扣。对于吴暇而言，这只是公司的某种政策。可是对于深知柴米油盐贵的吴妈妈来说，吴暇的这份工作真可谓是主妇的救星。她很希望女儿可以长期做下去，或者是在迪奥专柜谋个一官半职。

　　半年后的一天，吴妈妈的期望终于得以应验。

　　那天吴暇依旧化好妆开车去上班。只不过她左眼一直乱跳，差点跳成面瘫。她将车停好，从员工通道进入商场。来到迪奥专柜时，发现柜台经理比前段时间更胖了。

　　"Hi，你来啦。"经理很热情地向吴暇打招呼。

　　"Hi，早上好。"吴暇也微笑着回应。

"我有两个好消息要告诉你。一个是关于我的,另一个是关于你的。你想先听哪一个?"

"先听你的吧。"吴暇不想扫了对方的兴。

"我怀孕啦!"经理喜笑颜开,给了吴暇一个大大的拥抱。

"哇!那真是太好了!恭喜你啊!"

"哈哈!其实已经五个月了,只不过我一直都没说。"

"为什么不说?多好的事啊。"

"之前担心会出点什么状况所以就没说,再加上你也知道这里人多嘴杂的。"

"你放心吧,我不会随便说的。"

"没关系,我刚才已经跟好几个人都说了。因为我老公希望我回家好好养胎,所以我很快就会辞职了。"

"啊?辞职啊?"

"虽然我很喜欢这份工作,但是我更爱肚子里的 baby。"经理一脸幸福地说。

"嗯,也是。可是咱们柜台总共就咱们两个人,如果你走了还会来新员工吗?"

"你放心吧,我走之前会帮你找到帮手的。"

"嗯,那就行。"

"对了,你还没问我关于你的那个好消息是什么呢。"

"是什么?"

"你可以当迪奥柜台的经理啦!哈哈,我和化妆品部门主管以及迪奥高层都觉得你可以很好地胜任这份职务。怎么样?开不开心呀?!"不等吴暇有所反应,经理已经欢呼雀跃了。

"我还真没往这方面想过,不过我应该也能做好的。"

"你当然可以做好了,而且我相信你会做得比我还要好!现在中国游客越来越多,你的优势肯定会发挥得越来越好。另外你知道吗,当上经理之后每个月的工资还会涨不少呢。"

"真的?"

"那当然了。反正我很快就走了,跟你说说也无妨。我每小时的工资都会比你高不少，另外你也可以变成全职员工了。而且每次迪奥总部开会的时候你也会得到很多小礼品，还有如果销售业绩好的话还会有更好的奖励。"

"什么奖励？"

"iPad mini！"

"哇，那还真是挺好的。"

"当然了！而且上周我和迪奥高层开会，他们都很看好你的销售天赋。我觉得过不了几年你就有机会被调去迪奥总部了，或者是把你派去其他国家做当地的地区经理也说不定呢。"

"真的？我有那么优秀吗？"吴暇一脸不敢置信。

"你一直都很优秀呀，我们大家都是有目共睹的。下个月咱们主管应该会找你谈一次话，到时候你就跟她说你想当这个经理。因为其他柜台的员工也都惦记着这个职位呢，如果你不当的话她们肯定都想调到咱们柜台呢。"

"嗯，好的。那我好好想一想，尽快给你答复吧。"

"哈哈，好的。我们未来的经理。"

经理以为吴暇只是客套地矜持一下，因为这么好的事情有什么好想的？然而对于吴暇来说，这件事还真得好好想想了。

自从她半年前到这里工作以来，自己已经攒下不少工资了。她很想利用假期回国继续录歌，因为这些钱已经足够她再做好几首歌了。然而迪奥经理的头衔，也确实很吸引吴暇。她明白一直以来妈妈对自己的期望，她也明白这份工作在很多人眼里是多么可望而不可求。如果她现在就能当上迪奥专柜的经理，等她大学毕业后很有可能被直接调去迪奥总部甚至中国地区。对于一个十六岁才到美国的中国姑娘而言，能够这么顺利地进入美国的大企业甚至是全球知名的迪奥已经很值得骄傲了。

可是梦想呢？如果接下这份工作，那梦想又该何时才能实现呢？难道应该为了一份既稳定又有前途的工作而放弃自己的音乐梦想吗？吴暇有点困惑了，她不知道经理今天这番话是对她的考验还是替她做了个了结。

如果是考验。那她确实动心了，她确实有些动摇要不要继续做音乐。

如果是了结，她又没有勇气直接对音乐做个了结。因为她真心热爱这一行，因为她觉得那是她唯一想要向世人证明自己的途径。

◇ 2 ◇

那天，她很迷茫。她很想找人商量。可是她又能和谁去商量？在正常人眼中，这么好的工作机会有什么好商量？音乐，一个虚无缥缈的东西，不能吃不能穿的，还要一直往里砸钱。梦想的定义到底是什么？是不是所有得不到的都可以称作是梦想？

正当吴暇无法抉择时，爸爸的一条微信再次坚定了她对于音乐梦想的决心。

"小暇啊，我看电视里正在宣传一个唱歌比赛。是个原创歌曲的比赛，中央台办的，我看着还不错。回头你要是有兴趣也可以自己上网了解一下。我觉得跟你挺沾边儿的，都是自己写歌自己唱歌的。"

"我不想参加比赛，站在台上被人点评多傻呀。我就想直接签约唱片公司，然后就可以开演唱会了。"

"现在哪还有人买唱片呀，再说咱们又不认识这方面的人，哪能那么容易就签约成功啊。我觉得还是参加比赛靠谱，最起码电视上的曝光率高啊。"

吴暇仔细想了一下，好像也确实是这么个情况。虽然她依旧觉得在台上被人点评很傻，而且还有一定几率会被淘汰。但不管怎么说，她的作品终于可以面世了，大家终于有机会听到她的创作了。这不就是她一直所期盼的吗？是啊，她不图钱、不图利，她只是希望大家可以听到自己的作品。想到这，吴暇突然想开了。她觉得参加比赛就参加比赛吧，甭管最终结果如何，最起码终于有人可以听到她的歌。

于是她向爸爸详细询问了那档栏目的名称和开播时间，便自己上网搜索。

　　吴暇用很多关键词进行搜索，可最终有价值的信息却寥寥无几。因为这是主办方第一次做这个栏目，所以很多报名情况以及报名方式在网上都没有系统地列出来。吴暇打开了很多网页，但始终没有一个是官方发布的。这样的搜索结果让她很着急。她不知道是由于自己身处美国看不到很多国内的网页，还是主办方确实没有上网更新这些消息。没办法，吴暇只好给孟琦发了条微信，希望孟琦能够在国内帮她关注一下报名信息。另外她也在微信朋友圈发了一条消息，大致内容就是如果谁有这方面的资源和资讯，请早点与自己取得联系。

　　吴暇没从孟琦那边得到什么有价值的信息，不过一个从小和她一起长大的女生却给她发了一条消息。

　　"我看到你朋友圈问的事儿了，然后我就问了一下我周围的朋友。我有个哥们儿现在正在做传媒这块儿，他们公司好像跟你说的那档节目有合作。要不我直接把他微信号给你？"

　　吴暇一看这事儿有门儿，立刻回复道："好啊，谢了！"

　　女生把那人的微信号告诉了吴暇，并告知吴暇对方姓周，叫周富生。

　　"你这朋友是干嘛的？"吴暇问道。

　　"具体的我也不清楚，反正你直接跟他聊吧。他人挺靠谱的，应该能帮到你。"

　　"那行，那我就直接跟他说了。"

　　吴暇加了周富生的微信，并大致向他说明了自己的情况。吴暇告诉对方自己很想参加这个比赛，却一直找不到报名方式。如果对方有资源的话，最好也能帮自己一把。

　　周富生说他周一会在会上跟公司员工讨论一下吴暇的要求，于是吴暇只能把是否要当迪奥经理的事情推到了下周二再向现任经理表态了。

　　等待，是最让人难熬的。因为它充满未知、充满变数。吴暇很希望周富生能带给她一个好消息，但同样的，吴暇也很害怕听到这个好消息。

　　如果她不能参加比赛，很有可能她会抱憾终身，但却可以踏踏实实地在迪奥上班。如果她能参加比赛，就会有很多人听到她的作品，但同样她也会面临部分人的质疑。因为她明白每个人的审美是不一样的，她的作品不可能所有人都喜欢。她可以承受住这样的质疑吗？或者说如果比赛现场的导师对她说出一些负面的点评，她自己真的可以虚心接受吗？有很多的未知数等待着她。如果真的站上舞台，她能否临场发挥顺利？她会不会出错？毕竟她从来没有接受过这方面的专业培训。服装呢？发型呢？妆容呢？她自己需不需要再减减肥？这些她曾经从未考虑过的问题，都在一瞬间蹦出来了。

原本她只想安安静静地唱首歌，可是随着娱乐行业的多面化，对歌手和选手的要求也越来越高了。她不知道自己能否胜任，但她确实很想抓住这次机会。因为她是女生，她担心再过两年自己就没有勇气再为梦想拼命了。到时候可能会面临谈婚论嫁，可能会为了父母安定下来。她不可能一直任性下去，她的梦想或许真像妈妈所说的那样是个吃青春饭的行业吧。

吴暇有很多顾虑，但她依旧充满期许。

终于熬到周一，周富生也按时给吴暇回复了消息。

"我们开完会了。公司觉得你可以先跟我们签约，之后我们可以直接把你推荐到节目组去。这样你就省了很多海选环节，可以直接进入决赛了。当然了，我们事先也要先听一下你的作品和你的演唱实力。如果你要是不太符合这些标准，就算我们想帮你也不太现实。"

看到这段话，吴暇的手都颤抖了。直接晋级？可以直接晋级？吴暇对自己的作品一向很有信心。她觉得只要对方听到自己的作品，肯定会同意自己直接晋级。她早已按捺不住内心的激动情绪，颤抖着双手给周富生发了一条微信。"那我暑假的时候去你们公司吧，你们可以到时候听一下我的作品。我觉得自己应该没问题。"

吴暇毕竟和周富生没打过交道，所以她不敢直接把作品发给他。她很怕对方会盗用她的作品，因为她很看重自己的那些作品。她是那样渴望成功，却又如此小心翼翼。或许是太在乎了，再或许是对这个行业太不了解了，所以她很保守，她觉得自己迈出的每一步都有可能改变自己的命运。她必须谨慎，所以她丢掉了以往对凡事都无所谓的个性。

"暑假肯定就来不及了。如果要签约就得尽早，他们报名的时间也快截止了。"

"可是我现在还没放假呢。我们六月中旬放假,我一放假就回北京行吗?"

"他们那个节目明年一月份正式开播了,如果你六月份才回来的话肯定是来不及了。就算你现在回来,我们都不确定能不能给你直接弄进去呢。所以越快越好,六月肯定就没戏了。"

听周富生这么一说,吴暇也有点着急了。毕竟对方可以直接给她保送进去,毕竟她靠自己的力量连报名方式都还没搞定。于是吴暇把情况跟父母说明了,爸妈的说法也注定是截然不同的。

吴爸爸说:"回吧,机会不等人。如果你联系的这人靠谱的话,你可以回来试试。不过你最好提前跟学校请好假,毕竟学业也是很重要的。"

然而吴妈妈却说:"你问的这人靠不靠谱啊,你别听风就是雨啊。你现在还没放假呢,回去干嘛呀?再说了你才刚转到这所学校不到一年,最起码等毕业了再去弄你这些唱歌的事啊。而且这种唱歌比赛每年都有,你也不差这一届啊。你如果现在回去了,那你现在的工作怎么办?人家能让你请这么长时间的假吗?你看看你现在的工作,是多少人梦寐以求的。你说你唱歌能有出路吗?万一选不上不就白跑一趟了。况且你临时买机票肯定特别贵,你这些都想清楚了吗?"

吴暇想清楚了,吴暇觉得自己已经想得很清楚了。她决定回去,不论付出多大的代价她都认了!

她来到新学校,问清楚了请假的规定。藉于她是绿卡,可以享受和美国公民同样的待遇。因此她可以申请到连续四个学期的休学期,之后可再回学校继续上课。

对于吴暇来说,这个消息简直如同雪中送炭。她觉得连学校的政策都寓意着叫她赶紧回国签约,那她还有什么好顾虑的?

于是她向学校提交了休学申请,但吴妈妈却因此大发雷霆。

再次走进百货公司、来到楼上的化妆品区域,吴暇觉得一切都是这么熟悉。然而这次她不是来上班的,而是来辞职的。所有人都很遗憾。因为所有人都认为只要她肯留下来,将来一定会在这个行业前途无量。可是所有人也都祝福了她,因为每个有梦想的人都是值得被祝福的。

走出商场大门时,吴暇没有觉得自己丢掉了一份抢手的工作,她反而有种前所未有的解脱。

是的,她终于没有任何束缚了。她终于可以全身心地投入到音乐的怀抱了。这种感觉是她渴望已久的,也是她一直想要实现的。

梦想,已经近在咫尺。

北京,才是她最好的归宿。

吴暇分别和封赫、Lily 还有 May 进行了道别。

封赫很支持吴暇,他觉得吴暇太酷了。有梦想就应该去追寻,何必在乎别人的眼光呢。然而 Lily,却表示出了诸多不解。她觉得吴暇简直太对不起她手中这张美国绿卡了,太不懂得珍惜美国的一切。至于 May 则抱着无所谓的态度。因为她自身没有梦想,所以她也不好评判吴暇什么。

尽管吴妈妈依旧很生气,但她还是给女儿买了回京的机票。她觉得女儿早晚都会后悔的,不过既然女儿长大了那就让她自己决定一次吧。

临走前,Lily 劝吴暇先买一个 MCM 的书包再回国。吴暇不解地询问原因,Lily 给出的答复是:"最近这牌子在国内特别火,好多人找我代购的时候都点名要这款呢。你赶紧买吧,回去之后好嘚瑟。"

"我回去是唱歌去的,又不是秀包去了。"

"你就听我的吧。现在国内攀比得那么厉害,如果她们看到你背这包肯定都围在你身边巴结你。再说了,这包在美国又不贵。趁着两边差价大,你赶紧多买一点囤囤货!"

"有这么玄乎吗?"

"有啊,太有了!而且这包最适合在机场背了,回头率百分百。"

"哈哈,行吧。那我明天就去买。"

May 也向吴暇推荐了一款包,一款名叫巴黎世家的包。吴暇看到巴黎世家的款式后,瞬间就喜欢上了这个牌子的所有包包。虽然价格有些贵,但吴暇还是一咬牙买了一个红色的。因为她觉得自己在短期内不会再回美国了,所以多买点装备也是情有可原的。

吴暇和周富生约好周一在公司见,于是周五的时候吴暇就收拾好行李准备周六飞北京了。

"你真的不会后悔吗? 在迪奥工作多好啊。"吴妈妈又问了吴暇一遍。

"不后悔,你别再说这事儿了。"

◇ 3 ◇

　　第二天一早，秦叔叔将车开到了吴暇家门口。他帮吴暇把行李箱搬到后备箱，然后就载着母女二人去了机场。

　　"要不我还是和你一起回去吧。"吴妈妈不放心地说。

　　"你回去干嘛呀，这边儿还有壮壮呢。"

　　"可是你自己真打算在国内待一年啊？你能照顾好自己吗？我真是有点不放心啊。"

　　"有什么不放心的，早晚不都得走出这一步嘛。"

　　"就是啊，你就别担心了。小暇没问题的。"秦叔叔也一道安慰吴妈妈。

　　"哎，你说好端端地非去唱什么歌。那家公司靠不靠谱啊，你说你都没打听清楚就回去。万一是骗子怎么办啊？"

　　"是骗子我也认了，反正学校办的是休学，大不了再回来上呗。但如果他们不是骗子呢？如果不是骗子，我的作品就终于可以有人听到了。你知道这对于我来说有多重要吗？我不奢求什么，只要有人听我就满足了。"

　　"真是可惜那份工作了。你到时候回来的话还能继续去那上班吗？哎，真不知道你是怎么想的。"

　　"行了行了，你别老说这些没用的了。我都决定好的事儿，你还老在这儿说什么。"

　　"哎。"吴妈妈把剩下的话，全都咽进肚里了。

　　很快就到机场了。秦叔叔拖着两个大号行李箱走在前面，吴暇则背着那个黑色的 MCM 双肩背包和妈妈走在后面。

　　其实真的不后悔吗？此时的吴暇，已经有些后悔了。她不知道回到北京后自己能不能成功，但她确实已经决定放弃美国的一切了。其实放弃一件事很容易，可是坚持一件事却很难。吴暇始终放不下音乐，她始终还是对音乐抱有期望的。

他们很快就到柜台办理了登机手续。吴暇将行李箱托运了,也拿到了登机牌。

他们朝安检的方向走去,这一路三人都沉默不语。因为感伤,因为很快就要面临长达一年之久的分离。

到达安检处,吴妈妈和秦叔叔就不能再往前走了。吴暇排在队伍当中,一直背对着妈妈。她知道妈妈没有走,她也知道自己眼眶里的泪快要不受控制。她不敢回头,因为她也说不好自己的这个举动是成熟还是冲动。她不知道自己会满载而归,还是会备受打击直至伤痕累累。她渴望成功,却又害怕失败。她其实只是一个二十一岁的女孩,一个有梦想却又找不到方向的女孩。

当吴暇通过安检后,她转身看了一眼妈妈和秦叔叔所在的方位。他们依旧站在原地,吴妈妈也一直拼命朝女儿挥手示意。吴暇冲妈妈摆了摆手,视线也随即变得模糊。

没过一会儿,吴暇收到了一条妈妈发来的短信:"小暇,回北京照顾好自己。妈妈希望你可以实现自己的音乐梦想,更希望你可以快快乐乐地成长。加油!需要我的时候,我随时回国陪你!"

不争气的眼泪,还是落下了。吴暇现在这样算什么?学也不上了,工作也辞掉了,连妈妈都不要了。难道音乐就真的这么重要吗?难道为了让别人听到自己的作品就真的这么重要吗?她突然不知道自己这样做到底值不值得,甚至说她不知道自己这样到底是不是一个女儿应该做的。她看得出妈妈的伤心,也感受得到妈妈的难过。可是她还是选择了离开,选择了头也不回地离开美国。

吴暇走了很长的路,终于看到 Gate56 所在的位置。她朝 56 号登机口走去时,迎面走来了两个男同性恋者。他们都纹着文身,也都大大方方地牵着手。

在和他们擦肩而过时,吴暇礼貌地朝他们微笑点头,他们也很友善地对吴暇微笑点头。这样的举动竟是那么自然,完全是真情流露。吴暇不知道自己是从什么时候起正视同性恋这个问题的,吴暇也不知道自己是从什么时候起不再排斥文身的人了。她只记得自己上高中时,曾对 May 表达出自己对同性恋的反感。她只记得自己在来到美国前,一直觉得文身的人不是黑社会,就是地痞无赖。她的观点到底是什么时候改变的?她是什么时候变得如此包容了?她不再像从前那样偏激,她不再像从前那样只要和他人的观点不统一就立刻翻脸。她变得随和,变得宽容。也许这些改变就是来到美国这些年最大的收获吧。

此时的吴暇突然有些喜爱这里了,毕竟她的青春期是在这里度过的。美国,到底是一个什么样的国家?它真的那么不堪吗?或许也未必吧。现在的吴暇终于明白,美国也早已是自己的家了。因为这里有妈妈,因为有妈妈的地方就是家。

吴暇找到一处安静的位置坐下,她觉得在临走前应该记录些什么。音乐还是要追寻的,只是成败已经不再是唯一了。她明白不管自己是否会实现梦想,妈妈始终都会在这里等着她。她突然有些伤感,有些觉得自己太不懂事了。梦想固然重要,可是真的迈开这一步时也就意味着要失去很多别的东西。

吴暇拿起笔,也拿出了那本快要写满歌词的笔记本。她觉得此时此刻将要开启一段新的旅程,她觉得美国的一切就要成为过去了。

曾经

走在熟悉的巷口

有种复杂的感受

你在远处伫立好久

看到我后便喜上眉头

回忆这些年感受

轻狂和沉稳全有

谁还保留当年的劲头

一个背包说走就走

我们的青春

我挥霍太多

去寻找什么理想

活得太过自我
临走那天
你只是静静看着我
没留下什么话来牵绊我
我们的青春
我没好好把握
想要的太多
得到的只有落寞
回首那天
你只是紧紧抱着我
眼角泛的光
不停地闪烁

后　记

　　故事写到这里就告一段落了。我本不想再写后记，因为《曾经》已经很有深意。不过编辑黄芝再三建议我还是写个后记，以便达到作品的完整性。于是我思来想去回了句："那好吧，反正都写这么多了就索性再来几笔。"

　　写这部小说，大约用了我五个月的时间。那时候我刚做完网剧《最好的我们》的音乐。本想着去美国歇一歇，却因为那边的生活实在太过单调，所以我不得不打开电脑打发一下时间。起初我只想记录自己在美国生活过的那八年，算是给自己一个交代，也给家人一个可供回忆的记载。不过刚写了一段，我就改主意了。我从没想过要当一名作家，因为我的梦想一直都是成为一名原创歌手。当时的想法很简单，如果我能坚持写完一本书那估计这本书就是我此生唯一一部作品了。既然绝版了，我就不能只聊自己那点事儿了。

　　写一本书很费精力，如果我能通过这本书帮助到更多的人，那应该比我自己写本自传回忆录要有意义得多。其实这和写歌是一样的。一首歌的诞生，最初是写给自己。可是当第一个字起笔时，它的意义就已经不同了。一首情歌会治愈很多人，一部优秀的作品更会感染几代人。想到这儿，我突然觉得光写我自己那点事儿有点太自私了。美国，对于很多人来说都是一个遥远又神秘的国度。既然我在那里生活了八年，亲自体验了留学和移民的分别。那我就有必要把这些真实的情况以文字的形式反映出来。不论是写歌还是写书，只要能给大家带来帮助我就已经心满意足。

说实话，我最开始想写的不是这个内容。其实我想写的是留学归国后的生活。也就是所谓的"海归"的生活。我的很多同学都在毕业后选择回国，当然也有一部分人留在了美国。回与不回的差异是什么？最终双方又分别得到和失去了什么？这两个话题才是我最想写的。可是考虑到大家会因为不了解留学生活而读不懂"海归"和"海待"的选择，所以我才改变策略率先完成了这部小说的创作。

聊到这儿，可能很多小伙伴会问："那你还会再写第二部吗？"嗯，我想我会写的。因为我本来要写的就不是这一部啊，因为我本来想写的就是你们所说的第二部啊。不过至于什么时候写，就另说了。对于有音乐梦想的我来说，为了完成这部作品我推掉了很多歌曲的创作。甚至这段时间我都没工夫替自己写歌。怎么说呢，其实有时候人们在做事情时是会寻求一个平衡点的。在梦想和责任面前，到底哪个才是自己应该选的？或许三年前我会选择梦想，因为那时我也确实为了梦想直接休学。然而现在我会选择踏踏实实地把这本书写完，为的只是给大众提供一个很全面的留学指南。

我在书中提到的不用考托福就能直升美国大学的事是真实存在的，所以大家可以照着我书里所写的那样替自己省去一笔不小的课外补习费和中介费。当然了，我也深知很多英语辅导班和中介公司的人会因此"封杀"我。不过各位老板，钱永远是赚不完的。我只是在这里写了一种上大学的捷径，而并非是想断了大家的财路。所以恳请各位手下留情，我们依旧可以相敬如宾地做朋友。不过话又说回来，如果大家能在国内打好基础，出国后肯定可以更快适应国外的生活。由此可见，出国前有针对性地上些辅导班也是很有帮助的。

好了，言归正传吧。美国到底好不好？想必读完这本书的人已经在心里有了各自的定义。《留美不美》只是一个书名，我并没有说留在美国或者去美国留学到底好不好（美不美）。我更希望大家可以把这个书名拆解成"留，美不美？""留美，不美！""留美不？ 美！"……

聊点实质性的话题吧。就好比我们喜欢豆浆油条,而美国人习惯可乐汉堡。如果把美国免费续杯的制度搬到国内,将会出现何等景象?大家都能井然有序地花一块钱买杯豆浆,然后踏踏实实地去上班?还是各位大神直接"把牢底坐穿",喝着豆浆斗着地主侃着大山?我们确实有很多地方需要向他人学习,这不是崇洋媚外而是一种变相的自律。我们总在抱怨国内的福利待遇没有国外好,可是我们却很少从自身进行检讨。其实在美国最常见的一种夸张的现象就是中国旅游团吃自助餐。我们就好像没吃过虾一样,到了国外就拿着盘子一盘一盘地疯抢。各位真的能够吃完这么多大虾吗?如果吃不完就会被倒掉,如此浪费的举动真的合适吗?我没有将这些负面的东西写在正文里,但类似的事件却一直在出现。有些事情我们不能逃避,我们必须正视它。就比如国人素质,就比如我们在踏出国门的那一刻所承载的到底是什么?我们确实要在海外完成学业,这是我们对自己及家人的责任。但我们更需要时时刻刻注意自己的言行,因为我们代表着中国人的身份。过多的话就不说了,我没有义务给大家进行说教,更深知自己没有资格成为思想品德课的老师。总之很多话,点到为止就够了。中国,不仅仅要靠政府带动。中国,更需要靠我们每个人来传承和维护。

好了,说着说着又开始读人民日报了。嗯,还是换个轻松点的话题吧。如果大家有兴趣听听我的歌,可以扫下面这个二维码。黄芝知道我热爱音乐,所以她希望大家可以通过这个平台听到我的创作。说实话,我很感谢她能主动提出在后记的编排里放上我的作品。下面是二维码,也是我新注册的豆瓣音乐人的账号。感谢大家支持原创音乐,也希望各位可以喜欢我的作品。在此由衷地感谢男友对我的大力支持,以及他在百忙之中为我制作的编曲。听歌不单单要听人声和词曲,更要好好品味编曲的魅力。(听歌时,建议佩戴耳机。)

　　至于文中提到的 Lily 的代购号,也是真实存在的。当然那并不是一个真的代购号,建立这个微信号主要是为了方便和读者进行交流。大家可以把对本书的意见和看法发给我,虽不能保证及时回复但我肯定会虚心接受各位的指教。如果大家对出国留学有任何问题也可以随时问我,只要是我所了解的都会尽量替各位进行分析。如果有想交流音乐的朋友,我肯定也会格外开心。如果各位留学生或者已经毕业的"海归"和"海待"们想诉说你们的故事,我同样非常愿意聆听。总之,这是一个我和读者交流的平台。我希望我们可以通过这种方式成为朋友,更希望以后有机会可以和各位面对面地交流。下面是微信号的二维码,有兴趣的朋友可以扫码添加,或直接添加微信号:zsqltogether。若微信好友已加满,读者还可直接发送邮件至 liumeibumei@qq.com,以便交流。

　　最后我还要特别感谢一些人。一是我的家人,如果没有他们对我的谆谆教诲,我肯定不会在年纪轻轻就有所作为。二是我的男友,如果没有他当初的鼓励和陪伴,可能我早就在追逐梦想的道路上自暴自弃了。三是我的朋友,如果不是为了满足国内朋友对美国强烈的好奇心和国外朋友对留学生活最真挚的感情,我也不会有动力尽早完成这部小说。最后,还要感谢清华大学出版社的工作人员为制作这本书所付出的努力和心血。尤其是编辑黄芝,如果没有她的支持与帮助,想必这部作品也不会这么早就问世。

　　再次感谢各位对我的肯定,也谢谢一路上支持我的读者朋友。如果大家觉得这本书给你们带来了启发和帮助,也希望诸位可以将它推荐给周围的朋友。借此机会,姜丹迪由衷地祝愿各位能够幸福安康,在充满期望的道路上早日实现自己的梦想!